吉川英治事典

Yoshikawa Eiji

志村有弘・編

勉誠出版

はじめに

日本に、国民作家（国民文学作家）と称される人がどれほどいるであろうか。国民文学の規定ははなはだ難しい。五木寛之の「青春の門」、岩下俊作の「無法松の一生」（富島松五郎傳）は、まぎれもなく国民文学である。そうして、ドラマの世界では倉本聰の「北の国から」を国民演劇と称してよいと思う。こうして見ると、文学であれ演劇であれ、国民文学・国民演劇と称されるには、「万民から愛される」ということが不可欠な条件のようである。

本事典は、国民文学作家・吉川英治をあらゆる角度から考察したものである。文学作品・固有名詞（関連人物・地名・新聞社・出版社・掲載紙誌等）、歴史小説・時代小説・随筆・俳句・川柳・絵画・語彙等の文学・芸術関連項目、受賞・文学賞選考委員の記録・講演という項目等、広範囲に項目を立てている。また、付載の年譜、参考文献も吉川英治の人生行路と文学、これまでの研究を知る上で便利かと思う。

本事典の刊行に際し、ご寄稿下さいました諸先生、また、直接間接を問わず吉川英治記念館、吉川英治の作品を発表してきた各新聞社・出版社に多大な恩恵を賜った。衷心より御礼申し上げたい。そうして最後になったが、本事典の版元である勉誠出版の池嶋洋次会長、刊行に至るまで直接の労を執って下さった岡田林太郎社長、編集部の方々に深い感謝の気持ちを捧げたいと思う。

二〇一六年七月

志村有弘しるす

【目　次】

【執筆者一覧】

青柳まや
阿賀佐圭子
岩田恵子
岩見幸恵
岩谷征捷
おおくぼ系
岡山高博
小澤次郎
上宇都ゆりほ
唐戸民雄
菅野陽太郎
桐生貴明
興膳克彦
児玉喜恵子
小林和子
崎村　裕
佐藤忠信
澤田繁晴
志村有弘
白井雅彦
杉山欣也
槌賀七代
冨澤慎人
中田雅敏
中山幸子
西村　啓
早野喜久江
原　善
堀江朋子
松尾政司
盛　厚三
八重瀬けい
柳澤五郎
山口政幸
山田昭子

吉川英治事典

【凡例】

本事典は、吉川英治に関する総合事典である。

一．一般項目篇では、家族・文学者・知人・雑誌・新聞など吉川英治と関わりのあった事物について取りあげた。

二．作品篇では、吉川英治の主要な作品について、【初出】【収録】を挙げ、◆の後に梗概と評価を示した。

三．必要に応じて、各項目ごとに【参考文献】を記した。

四．年号表記は原則として元号表記とし、西暦年が必要な場合は、元号の後に（ ）内で表記した。

五．引用文は原則として原文ままの表記としたが、読みやすさを考慮し、必要に応じて表記を改めた箇所がある。

六．書籍名は『 』で、雑誌・論文名は「 」で表記した。

七．各項目末の（氏名）は、執筆者を示す。

Ⅰ　一般項目篇

赤沢やす　あかざわ・やす

吉川英治の最初の妻。〔生没〕明治二十九年～?（一八九六～?）。何代も続いた牛込の古い畳職人の娘であった。両親は早くに亡くなり、兄の清二郎が四谷で家業を継いだ。芸者を好み、二十一歳の時に自ら「分武蔵」という待合に看板を借りて出たとされる。この「分武蔵」は英治の川柳仲間の叔母が営んでおり、大正十年（一九二一）ごろ、川柳仲間の誘いで茶屋の酒の席に来ていた英治と出会った。英治がやすを母いくに引き合わせる際、英治は末妹のちよをやすの待つ水天宮まで迎えに行かせたが、この時会ったことのない人で分からないという妹に、英治はやすの特徴を「目のさめるようなきれいな女の人だ」と伝えたという。大正十二年（一九二三）八月八日にやすは英治と正式に結婚し、高円寺の借家で同棲した。英治はやすに多少でも教養を付けようと考え、忙しい時間を割いて、自ら「いろは」を教えたこともあったという。二人の間に子は生まれなかったが、実業家が女中に生ませたという「園」（通称・園子）を昭和二年（一九二七）に養女として迎えている。しかし、この頃には早くも二人の間に溝が生じたとされ、家庭で仕事が出来なくなった英治は、家に居られず、温泉場を転々としながら作品を書いた。やすと英治の不仲の原因は、向上心に富み人気作家となっていく英治と、昔ながらの花街気質のやすとの性格の不一致などと言われている。花札遊びにかまけたやすが家事を行わなかったという話もある。その後、昭和十二年（一九三七）に家庭争議の末、二人は正式に離婚。同じ年に吉川は二番目の妻となる文子と結婚している。〔参考文献〕吉川英治『吉川英治全集』48（講談社、昭和四十三年）、吉川英治『われ以外みなわが師』（大和出版、昭和四十七年）、尾崎秀樹・永井路子『吉川英治』新潮日本文学アルバム（新潮社、昭和六十年）

（青柳まや）

新井洞巌　あらい・どうがん

日本画家。〔生没〕慶応二年～昭和二十三年（一八六六～一九四八）。上野国吾妻郡原町須郷沢（現在の群馬県吾妻

郡東吾妻町）に生まれる。名は信吉《のぶきち》。長井雲坪・菅原白龍・高森砕巌に師事し絵画（南画）を学ぶ。初めは白雲と号すが、後に洞巌と改める。画材を求め日本各地を訪ね、朝鮮・台湾・中国にまで足を運ぶ。吉川は、漂泊と放浪の画人、飽くなき美の求道者を「ほんとの南画人らしい日本の南画人は翁を最後として、もういまの世間には見当たらなくなったと私は思っている」と、詩画集『洞巌風雅集』（壱誠社　昭和三十五年）の贈序に認《したた》めた。「随筆　宮本武蔵」には洞巌に漢詩の読み方を教授されたという微笑《ほほえ》ましい逸話も見える。年齢を越えた温かな交流があったようだ。吉川は洞巌に剣の求道者宮本武蔵の姿を重ね見ていたのかも知れない。生前、新井は『南画の描き方』（中央美術社　大正十四年）を著している。

（唐戸民雄）

伊上凡骨　いがみ・ぼんこつ

木版彫刻師・川柳作家。〔生没〕明治八年～昭和八年（一八七五～一九三三）。本名純三。徳島市中常三島町に生まれる。明治二十四年（一八九一）に上京、錦絵彫師二代目大倉半兵衛に弟子入り、七年後に独立。水彩・素描の鉛筆や筆のかすれを木版で巧妙に表現した「さび彫り」の名人といわれる。明治三十五年（一九〇二）から、与謝野鉄幹の「明星」に凡骨の号で画家の挿絵などを木版印刻。また、黒田清輝らが結成した白馬会の機関誌「光風」に、洋画家の作品を版画で再現し、岡田三郎助、藤島武二らの作品を目刻した『思い出艸』（明治三十六年、金尾文淵堂）を刊行した。明治四十二年（一九〇九）には、木下杢太郎らがはじめた「パンの会」の常連となり、多くの作家や画家らと交流を深め、奇行に富んだ当時の逸話が数多く残されている。また、夏目漱石自装の『こゝろ』（大正三年、岩波書店）など、多くの作家の著書の装丁、挿絵を版画で印刻。このころ川柳作家としても活躍し、大正元年（一九一二）ごろ、句会で英治と出会う。大正十年（一九二一）一月、凡骨が創刊した「川柳村」に英治は同人として参加、同年「面白倶楽部」に吉川雉子郎の名で一等入選した「馬に狐を乗せ物語」の主人公伊波凡舟は、凡骨がモデル。英治が「大阪毎日新聞」に連載した小説「鳴門秘帖」（大正十四年）は、離室で昼寝していた凡骨に、「断るやつがあるか、絶好のチャンスだよ、書けよ、書けよ」（「鳴門秘帖のころ」）と言われて書いたもの。なお、英治の『貝殻一平』（上下巻、昭和四〜五年、先進社）の河野通勢画による装幀版画は、凡骨晩年の傑作と言われる。没後の昭和九年（一九三四）十月に東京日本橋高島屋で「凡骨版画展覧会」が開催され、与謝野寛、高村光太郎らとともに発起人として英治も名を連ねた。英治が凡骨に触れたものとして、「故人凡骨」（『草思堂随筆』）、「行方不明になる伊上凡骨」（「話」昭和十一年十一月、全集未収録）、「伊上凡骨の事ども」（「東京新聞」昭和三十二年二月七〜十日）などがある。〔参考文献〕盛厚三『木版彫刻師・伊上凡骨』（徳島県立文学書道館、平成二十三年三月）

（盛厚三）

池戸文子　いけど・ふみこ

→「吉川文子」を見よ。

石井鶴三　いしい・つるぞう

彫刻家・洋画家。〔生没〕明治二十年〜昭和四十八年（一八八七〜一九七三）。幕末の画家鈴木鵞湖の孫、日本画家版画家の石井鼎湖の子、洋画家版画家の石井柏亭の弟として東京に生まれ、十一歳で千葉船橋の薪炭の農家の叔母の矢橋家の養子となり、そこで馬と遊ぶうちに馬体の不思議な感触に感動し彫刻を志す。明治三十七年に石井家に戻り、小山正太郎に洋画を学び、加藤景雲に木彫を学ぶ。明治四十三年に東京美術学校彫刻科を卒業後、明治四十四年に文展で「荒川岳」が入賞。大正二年に研究科を修了し、大正四年に日本美術院研究所に入る。大正五年「行路病者」で二科賞受賞。大正十年に日本水彩画会員になる。昭和十九年から三十四年まで東京芸術大学（東京美術学校）教授。昭和二十五年に日本芸術院会員となる。中里介山「大菩薩峠」や吉川英治「宮本武蔵」の挿絵画家として有名である。長野県上田市に石井鶴三美術資料室がある。享年八十七。

（阿賀佐圭子）

伊藤彦造　いとう・ひこぞう

画家・イラストレーター。〔生没〕明治三十七年～平成十四年（一九〇四～二〇〇四）。大分市出身。剣豪、伊藤一刀斎の末裔で剣の師範。朝日新聞東京本社勤務中に同社専属挿絵画家右田年英からイラストを学び、改めて画家を目指し、結核で帰省すると、日本画家橋本関雪に師事。大正十四年に二十一歳で「大阪朝日新聞」掲載の番匠谷英一作「黎明」の挿絵でデビュー、行友李風の新聞小説「修羅八荒」の挿絵で好評を得て、時代物の挿絵画家の第一人者となる。デビュー当時から片目が見えなかったが、努力と情熱で画力を会得。戦前の少年雑誌草創期の「少年倶楽部」の連載小説の挿絵や大衆雑誌「キング」の掲載小説、吉川英治「萬花地獄」の挿絵で有名である。最後の仕事は、昭和四十四年から翌年にかけて描いた『吉川英治全集』44（講談社）のカラー口絵で「無宿人国記」の挿絵等がある。視力が衰え七十代で画業を引退すると老衰の為、一〇〇歳で死去。（阿賀佐圭子）

井上剣花坊　いのうえ・けんかぼう

川柳作家。〔生没〕明治三年～昭和九年（一八七〇～一九三四）。山口県萩市に生まれる。本名幸一。代用教員を経て山口市の新聞社に勤めた後、明治三十六年（一九〇三）に上京し新聞「日本」に入社。川柳欄を担当し、時事川柳大流行の契機を作る。三十八年（一九〇五）、柳樽寺川柳会を組織、機関誌「川柳」（のち「大正川柳」）を発刊し、川柳革新を推進し文学としての確立に貢献した。大正元年（一九一二）、「日本」に川柳を投稿していた雉子郎（英治）の才能を見抜き、直接東京の下谷西町に移り住んでいた家を訪ねて親交を深めた。その後英治は柳樽寺川柳会に加わり、「大正川柳」の編集幹事を務め、発展期の「大正川柳」を支え、井上を川柳の師と仰いだ。この二人の出会いは、英治の「忘れ残りの記」に詳しい。また、大正十三年（一九二四）、杉並区馬橋に移った英治の隣家に住んだ井上を、「朝夕往来、同氏を介して、文章家の誰彼を知る」（「自筆年譜」）と、その交友を記している。（盛厚三）

井上靖　いのうえ・やすし

小説家。〔生没〕明治四十年〜平成三年（一九〇七〜一九九一）。井上靖は文学活動のはじまりこそ学生時代中と早いものの、作家としてのデビューは「闘牛」による昭和二十五年（一九五〇）の第二十二回芥川賞受賞で、この時、井上は既に四十二歳となっていた。その翌年には勤めていた毎日新聞社を退社し、以後は執筆活動を本格化させていく。井上と英治の関わりは井上が作家となる以前に遡る。毎日新聞社の「サンデー毎日」には「大衆文芸」という大衆文学の懸賞募集があり、昭和以降は当時の学芸部長であった千葉亀雄が一人で選に当たっていた。千葉は日本文学の流派である「新感覚派」の名付け親としても名高い人物である。しかし、昭和十年（一九三五）十月に千葉が急逝すると、「サンデー毎日」は「大衆文芸」を継ぐ形で「千葉亀雄賞」を創設し、時代物と現代ものの長編大衆小説を急遽募集した。この第一回千葉亀雄賞の撰者であったのが吉川英治で、英治の他には菊池寛、大佛次郎が撰者となった。井上はこの賞に江戸時代を舞台とした「流転」一六〇枚で応募し、見事に時代物の第一席に入選した。「サンデー毎日」昭和十一年（一九三六）八月二日号で千葉亀雄賞の入選作が発表され、この時、英治は撰者評の冒頭において、「一等の『流転』は後味といふやうな点になかなかいゝ趣がある。筆者がまた、いはゆる芸道のカンどころにだいぶ予備知識を持つて書いた所が成功したものと思ふ」と賛辞を送っている。井上が大阪毎日新聞に職を得たのもこの受賞が縁らしい。井上はこの時の英治の恩を生涯忘れることなく、作家としての活躍が始まった以降も、『私本太平記』（毎日新聞社、昭和三十四年）や『宮本武蔵』（中央公論社、昭和三十五年）などの英治作品の推薦文を書いている。また井上は昭和四十二年（一九六七）に創設された、大衆文学を対象とした文学賞である吉川英治文学賞の選考委員も長年つとめた。〔参考文献〕曾根博義「吉川英治と井上靖」（「国文学解釈と鑑賞」平成十三年十月）

（青柳まや）

岩田専太郎《いわた・せんたろう》

挿絵画家。〔生没〕明治三十四年～昭和四十九年（一九〇一～一九七四）。東京市浅草区（現東京都台東区）に生まれる。尋常小学校卒業後、伊東深水らに師事し、「講談雑誌」に挿絵を描き始める。関東大震災で被災し、大阪に転移、広告出版社プラトン社の「女性」「苦楽」に挿絵を描く。大正十四年（一九二五）、英治が「大阪毎日新聞」に連載した新聞小説「鳴門秘帖」の挿絵が評判を呼び、出世作となる。その後、「新篇忠臣蔵」（「日の出」、昭和十年一月～十二年一月）、「無明有明」（「婦人倶楽部」昭和十一年一～十三年二月）などの挿絵を手がけ、単行本『神変麝香猫』（平凡社、昭和七年）、『新編忠臣蔵』（新潮社、昭和十一年十二月）、『恋山彦』（矢貴書店、昭和二十三年）、『修羅時鳥』（三島書房、昭和二十四年）、『燃える富士』（東京文芸社、昭和三十一年）などの装幀、口絵、挿絵をも手がけた。

〔参考文献〕岩田専太郎「過ぎた日を」（『吉川英治全集』月報25、講談社、昭和四十三年）

（盛厚三）

映画・演劇化された作品《えいが・えんげきかされたさくひん》

吉川は、映画について「日本映画の本質的な良好さと、特長は、現代物には乏しいと思う。その発達も、将来も、時代劇にあると、私だけは信じている」と記しているが（『草思堂随筆』中「映画」）、同時にまた「処女作から今日のものまで、映画を意識して描いたことなどは、一遍だってない」とも記している。しかし、吉川自身が、創作の際に映像化を意識していなくとも、登場人物たちが生き生きと動き、また読者の心を躍らせる展開を持つ作品世界は、映像を製作する者たちを刺激し、吉川作品は数多く映画化されてきた。昭和元年の「鳴門秘帖」をはじめとして、その数は二〇〇余に上り、「剣難女難」、「ひよどり草紙」、「神州天馬侠」、「貝殻一平」、「宮本武蔵」、「天兵童子」などが映画化されている。横藤二三雄は、このように吉川作品が数多く映画化されたことについて「（鳴門秘帖の映画について）当時、この映画が全国的に熱狂視され、当時の映画ファンで恐らくこれを見ないものはなかったであろう程」と記しており（平凡社『吉川英治全集』月報第十二号）、また、松本道夫は「吉川さんの作品は、ことごとく映画になる。その映画を観ている人が、知らず識らずに、原作吉川英治、を覚えこんでしまう」と記している（同前、月報第十三号）。また一九六〇年代以降には幾度もテレビドラマ化されてもいる。「太閤記」（昭和四十年）、「新・平家物語」（昭和四十七年）、「太平記」（平成三年）、「武蔵 MUSASHI」（平成十五年）などがNHKの大河ドラマになっており、その他にも「新書太閤記」（昭和四十八年、NETテレビ）、「鳴門秘帖」（昭和五十二年〜五十三年、NHK）、「宮本武蔵」（昭和五十四年、NHK新大型時代劇）などがある。テレビドラマの原作としては「宮本武蔵」が圧倒的に人気であり、これまで九回ドラマ化されている。宮本武蔵役を演じた俳優には、安井昌二をはじめとして、岡田英次、高橋幸治、市川団十郎、役所広司、上川隆也、市川新之助、木村拓哉らがいる。その他、「あるぷす大将」も三回ドラマ化されており、主人公の少年串本於兎の成長していくさまが製作者たちの心を動かしたものだろう。

（児玉喜恵子）

青梅　おうめ

昭和十九年三月、吉川と家族は赤坂表町から西多摩郡吉野村上柚木《ゆぎ》（現・青梅市柚木町）へと転居した。戦時下における疎開であり、文子夫人が新聞広告を見て探した家であった。現在は吉川英治記念館となっている。もとは養蚕農家だった屋敷を買い取り、母屋の裏にある洋館を主に書斎として使用していたという。また、梅を好んだ吉川は、屋敷の周りに梅の木を植えた。屋敷の造りについては『折々の記』中「ぼくのいなかや」に詳しい。そこには「田舎の旧家というものは、眺めて、一種の野趣と豪放な線のおもしろさがあるが、住んでみて、そう住みいいものではない」ことから、あちこちに手を加え「素人設計で、改造というよりは改風」して住んでいたとある。多摩川を挟んだごく近所に住んでいた日本画家・川合玉堂とも交流があった。吉川はこの屋敷に約九年半住している。ここで吉川は敗戦を迎え、二年余りの断筆生活を送った。敗戦後、青梅の吉川宅には多くの知人が避難し宿泊し、多い時には五十人を超えるほどであったという。「自筆年譜」には「都心、なお焦土なれば、外地の引揚者旅泊の縁なき知人など尋ね来、山村の旧屋は旅館のようだと日々笑う」とある。断筆中の吉川は、読書や習字、農作業の日々を送った。転居から約一年後、前妻やすの元にいた長女園子を空襲で亡くしている。昭和二十二年、執筆を再開し、この地で「新書太閤記」、「高山右近」、「平の将門」、「新・平家物語」を書いた。昭和二十五年には次女香屋子が誕生。また、昭和十二年に再婚した文子夫人とは結婚式を挙げていなかったところ、昭和二十八年三月に菊池寛賞受賞に際して結婚披露宴を開いている。そして、昭和二十八年八月、品川区北品川へと移転した。長男英明と次男英穂が吉祥寺の成蹊中学へと通っており、下宿生活を送っていることを不憫に感じてのことだった。（児玉喜恵子）

太田尋常高等小学校《おおたじんじょうこうとうしょうがっこう》

現・横浜市南区三春台四十二番地に所在。明治六年（一八七三）の学制に従い、太田村の設置した小学校で、はじめ「立志学舎」と称し、太田村東福寺内に置かれた。明治九年（一八七六）十二月に公立太田学校と改称。明治二十五年（一八九二）尋常高等太田小学校と改称し、翌年には校章が決定する。明治三十四年（一九〇一）横浜市尋常高等太田小学校となり、その後も時代の変遷によって幾度かの改称が行われた。昭和二十七年（一九五二）以降は横浜市立太田小学校の名称となる。吉川英治は『忘れ残りの記』の中で、家が南太田の赤門前の横浜市南太田清水町一番地に越し、それにより転校して、南太田尋常高等小学校に通うようになったと記しているが、南太田尋常高等小学校（現・横浜市立南太田小学校）が創立されたのは大正十年（一九二一）三月十五日であるので、明治二十五年（一八九二）八月生まれの英治とは年代が合わない。恐らく近似した名称である為に誤って記憶していたものであろう。英治は明治三十三年（一九〇〇）に太田尋常高等小学校に入学するものの、家運の急落によって三十六年（一九〇三）秋には退学している。太田尋常小学校では作家の大仏次郎も短い間だが学んでいた。大仏は英治の五年後輩である。〔参考文献〕横浜市役所

編『横浜市史稿』（臨川書店、昭和六十一年）　（青柳まや）

大佛次郎　おさらぎ・じろう

小説家・作家。〔生没〕明治三十年～昭和四十八年（一八九七～一九七三）。本名は野尻清彦。吉川英治と大佛次郎はどちらも神奈川県横浜市の出身であり、その関わりは当時の本人たちは知らなかったであろうにせよ、既に子供時代から始まっていた。吉川英治は明治三十三年（一九〇〇）に太田尋常小学校（現・横浜市立太田小学校）に転入するが、後に大佛次郎も同じ学校に短い間ではあるものの通った。大佛は英治の五年後輩に当たる。二人はデビューした時期も関東大震災後の大衆社会、大衆ジャーナリズム誕生時と言う点で共通であるとされるが、直接の対談等はしたことがなく、お互いに論じ合うなどしたことはないらしい。しかし、お互いに意識はし合っていたと考えられ、例えば英治は『草思堂随筆』所収の「講演」の中で次のような事を書いている。「なんどやっても苦手なのは講演である。日本英雄論だけでも数十ぺんやったという菊池寛でさえ、壇へのぼる前は負担で憂鬱になるという。大仏《おさらぎ》などもそうらしい。僕なども甚だ悔いることがある」。二人は講演に苦手意識を懐いている点でも共通であったようだ。しかし、二人には共通点ばかりがあるのではない。家運急落のため、突然父によって高等小学校を辞めさせられた後、様々な職に就き苦しい時期を過ごした英治とは異なり、大佛は一高を経て東京帝国大学法学部を卒業し、高等女学校教員をした後、外務省の嘱託職員を経て、作家としてデビューするなど生活は安定していた。また、英治の文学の出発点には川柳の影響があるのに対し、大佛にはフランス文学があるとされる。大佛の歴史時代小説の基本がフランス文学であるのに対し、英治の歴史時代小説の基本は日本的な情緒や精神性であった。この二人の違いが、作品そのものの面白さで時代を超えて読まれ続ける吉川英治の歴史時代小説に比して、大佛の「『鞍馬天狗』の大佛次郎」という名声が次第に消えていった理由であると言われる。なお、英治と大佛は共に昭和十一年（一九三六）の第一回「千葉亀雄賞」の撰者となっており、この時の時代物の第一席に入選したのが作家となる以前の井上靖であっ

た。〔参考文献〕吉川英治『吉川英治全集』47（講談社、昭和四十五年）、新保祐司、富岡幸一郎「対談 吉川英治と大佛次郎―歴史小説家と歴史家」（『国文学解釈と鑑賞』平成十三年十月）

（青柳まや）

絵画《かいが》

印章店の小僧をしていた時、ついつい印章店のおかみさんをスケッチしてしまった失敗談が『忘れ残りの記・小さい筆禍』に綴られている。画や書を集めた『吉川英治余墨』には、余技・趣味の範疇を超えた作品（色紙、軸、額、扇面、巻物、短冊、罫紙、半紙等）が収められている。主な作品を挙げると、昭和十二年に取材のために岡山県美作に宮本村を訪れた時に描いた「武蔵誕生地の図」、昭和二十五年の暮「新・平家物語」の史料調査取材旅行で厳島を訪れて、苔むす清盛塚に詣でた時の「清盛塚図」、この時に詠まれた「君よ今昔の感如何」は、昭和三十八年に建立された呉市音戸瀬戸公園の文学碑に刻まれている。「お通を牛に乗せたのは、かの普賢菩薩像を思いあわせて」描いたという「お通の図」は、昭和二十九年五月号「サンデー毎日」新緑特別号に掲載されている。その他愛唱歌とともに描かれている「白鷺図」、身近な果物（柿、いちご、ぶどう）、植物（露草、桔梗）等を自由に描いている。あとがきに添えられた文子夫人の言葉によると、「少年時代から画を描くことが好きで、僕は画家になる」と答えていたというエピソードや京都、厳島に出かけた折には、〝旅情童筆〟と書いた手帖、携帯用の硯、絵具を持参していることが綴られている。「仕事から離れて画を書いている姿は本当に楽しそうであった」と、身近にいる人が知る人物像が語られている。また、画を書く姿勢について、「子どもの頃は誰でも画を描く。画を描くのは、歌をうたうも同じだ。それが大人になると極まってみな描けなくなる。生半可な知恵や眼が妨げるからである。」（草思堂一家言1）と言う。親交の厚い、また『新・平家物語』『私本太平記』の挿絵で有名な杉本健吉は、「素がきの絵は字の如く簡素で力強く、美しく、書画一如というところでしょう」と述べている。英治のモットーは「いいものほど、ほとんどは、単調である。デザイン過剰は、要するにゆきづまりの混乱である」と心得を表している。〔参考文献〕『吉川英治全集』48（講談社、昭和四十三年八月）、『吉川英治展図録』（神奈川文学振興会、平成元年十月）、『吉川英治とわたし（復刻版吉川英治全集月報）』（講談社、平成四年九月）、『吉川英治余墨』（講談社、平成四年八月）、松本昭編『われ以外みなわが師―私の人生観』（大和出版、平成四年十月）、『改訂版　吉川英治余墨』（講談社、平成四年九月）

（早野喜久江）

外国語訳作品《がいこくごやくさくひん》

国民作家吉川英治の作品は様々な言語に移し換えられ、世界各国に紹介された。英訳が最も多く、『新・平家物語』（『The Heike Story』）、『宮本武蔵』（『MUSASHI』）、『新書太閤記』（『TAIKO』）、『忘れ残りの記』（『FRAGMETS OF A PAST』）の四作品が英国とアメリカで出版されている。なかでも『新・平家物語』は最も早く、連載を終える前の昭和三十一年（一九五六）に着手され、翌年ニュー・ヨークの出版社から上梓された。尚、同作品には仏語訳もある。『宮本武蔵』は海外での人気も高く、ノルウェー・フィンランド・スウェーデン・オランダ・ドイツ・フランス・イタリア・ロシア・スペイン及びルーマニア・ブルガリア・ハンガリー等欧州のおおよその言語で読める。『新書太閤記』は『宮本武蔵』ほど多くはないが、複数の欧州言語に移された。また、日系移民の多く住み暮らすブラジルでも両作品のポルトガル語訳が出版されている。二篇の大作は日本を知る際のひとつの手立としての役割を担ってきたのではなかろうか。アジア圏に目を移すと、『宮本武蔵』が中国と韓国で翻訳出版された。中国語訳には「剣与禅」と副題が付されており、かなり正確な訳出がなされているものと思われる。その他『新書太閤記』『三国志』も中国語に訳された。インドネシアは吉川の熱心な読者を多く持つのだろうか。『宮本武蔵』（一九八五～八七年・七巻）、『新書太閤記』（一九九四年・十巻）を初め、二〇一〇年代になると『新水滸伝』（三巻）、『平の将門』、『上杉謙信』、『源頼朝』（二巻）、『鳴門秘帖』が同国語に置き換えられる。巻数から推して抄訳などではなく、原典に忠実な翻訳がなされたものと判断される。重訳、日本固有の表現や文化を如何《いか》に他言語に移し得たか等の問題はあるにせよ、吉川作品が広く世界で読み親しまれていることは紛《まぎ》れもない事実である。今後も更に翻訳出版が重ねられることだろう。

（唐戸民雄）

鴨下晁湖　かもした・ちょうこ

日本画家。〔生没〕明治二十三年〜昭和四十二年（一八九〇〜一九六七）。東京浅草に生まれる。本名中雄。東京美術学校（現東京藝術大学）に学ぶが、中退し松本楓湖の弟子となり、大和絵系の歴史画を学ぶ。文展、帝展で活躍したあと、昭和初期から挿絵を手がける。英治が、昭和三年（一九二八）四月から翌四年六月まで「文藝倶楽部」に連載した英治の「続鳴門秘帖」に挿絵を高畠華宵、竹中英太郎らとともに描き、代表作のひとつとなる。また、英治の『萬花地獄』（昭和四年、平凡社）の装幀・挿絵、『江戸三國史』（全三冊、昭和四〜五年、平凡社）の装幀を手がけた。戦後は挿絵に専念し、昭和二十三年（一九四八）、岩田専太郎らと出版美術家連盟（後の日本出版美術家連盟）を結成し、講談社の絵本「舌切雀」や、書籍の装丁も手がけた。昭和三十三年（一九五八）、挿絵を描いた『天平の少年　奈良の大仏建立／乱世に生きる二人』（福田清人・文、講談社）で第五回産経児童出版文化賞を受賞した。

（盛厚三）

軽井沢　かるいざわ

長野県の地名。吉川英明の『吉川英治の世界』（講談社文庫）の「蕎麦屋にて」で英治は中軽井沢駅前のKという蕎麦屋の蕎麦が好きであったこと、英治が夏を軽井沢で過ごすようになったのは、『新・平家物語』の連載が始まった昭和二十六年からであったと記す。「吉川英治自筆年譜」の昭和二十八年・二十九年の項に軽井沢で過ごしたことが記され、三十二年の項に「八月、在軽井沢の友人諸子集まりて年々の八月十一日会を催してくれる」と記されている。八月十一日は吉川の誕生日。『川柳・詩歌集』には軽井沢で詠んだ句「啼かぬもの浅間ばかりか虫の秋」・「浅間晴れぬ桔梗の花も顔あげて」の句があり、「秋たけてのこる浅間と画家一人」という句が見えるが、この画家とは梅原龍三郎という。昭和三十六年夏、軽井沢で作った「倖せ何とひと問はば　むすめはなにと答ふらん／珠になれとはいのらねど　あくたとなるな町なかの／よしや三坪の庭とても　たのしみもてば草々に　人生植ゑるものは多かり」は、娘に与えた詩。大正十二年九月、吉川は関東大震災に遭遇したあと、十月中、北信濃の角間温泉へ籠ったが、「読書、越冬、所持金尽く」と「自筆年譜」に記す。また、昭和八年から九年に書いたユーモア小説「あるぷす大将」は「しなの歌」の合唱で始まる。「信州で飲む茶は美味い」のは「信州の水がよい」（『草思堂随筆』）からだと言い、『草思堂随筆』中の「穂波村から」には北信濃のこと、地獄谷のこと、須坂の瀬戸物一揆、佐久間象山のこと、煙火師のことなどを記している。同書中の「下頭橋」には信州角間の湯の林檎の美味についても触れている。軽井沢だけでなく、吉川の信州好みが諸書から伺われ、また信州は吉川文学の一母胎となっている感がある。（志村有弘）

河合卯之助　かわい・うのすけ

陶芸家。〔生没〕明治二十二年～昭和四十四年（一八八九～一九六九）。京都市に生まれる。京焼の陶工河合瑞豊（初代吉兵衛）の次子。京都市立絵画専門学校で日本画を学ぶ。卒業後、父から陶芸の手解《てほど》きを受け、斯《し》道を歩み名を為す。昭和三年（一九二八）、窯を五条坂から日向市寺西町に移し、染付や赤絵の手法を用いた作品を制作する。図柄は植物に材を取ったものが多い。また押葉陶器の技法では特許を得た。卯之助の人柄や作風を好み、吉川英治、岡部伊都子、富本憲吉等の文人が窯元に足を運んだ。吉川は「霜庭春語」のなかで「よい老人のよい顔」について言及し、志賀直哉や高橋是清と並べ、「陶工の河合卯之助氏の老顔もいい。ろくろを懸け、酒をのみ、ろくろを懸け、酒をのみ、あんな顔が出来たのだろう。」と記す。陶工の名は「随筆　宮本武蔵」や「随筆新平家」にも見える。後者には「友人」とあり、両人の親交の程を窺わせる。（唐戸民雄）

川合玉堂　かわい・ぎょくどう

日本画家。〔生没〕明治六年～昭和三十二年（一八九〇～一九五七）。愛知県葉栗郡（現・一宮市）に生まれる。明治二十九年（一八九六）上京し橋本雅邦に師事。岡倉天心、横山大観らの創立した日本美術院に参加。大正四年（一九一五）東京美術学校日本画科教授を務め、昭和十五年（一九四〇）文化勲章を受章した。太平洋戦争中の昭和十九年（一九四四）、東京都西多摩郡三田村御岳（現・青梅市）に疎開。近くの吉野村に疎開していた英治と出会う。英治が、昭和三十三年（一九五八）六月にこの地を離れるまで親しく交友を続けた。最近吉川英治記念館に寄贈された、英治が玉堂に宛てた書簡（昭和二十一年九月二十日消印）から、「画を拾ふ人にやあらむ露しとど」、「露しとど倦むこと知らぬ道の人」と詠んだ二句が発見されている。また英治には、川合玉堂の没後に開催された追悼展を訪れて書いた、「美翁玉堂さんをしのぶ―川合玉堂遺作展を見て」（『毎日新聞』昭和三十三年十月四日、全集未収録）がある。

（盛厚三）

川口松太郎　かわぐち・まつたろう

小説家・劇作家・脚本家・演出家・大映映画専務。〔生没〕明治三十二年十月一日～昭和六十年六月九日（一八九九～一九八五）。東京生まれ。左官職人の川口竹次郎の養子として入籍。警察署の給仕や電信技師など数多くの職歴を経たのち、大正四年（一九一五）より久保田万太郎に師事した。昭和十年（一九三五）、『風流深川唄』『鶴八鶴次郎』『明治一代女』で第一回直木賞受賞。選考委員であった吉川は選評で「川口君の近作の巧緻な所は充分に感心しているが、早く、小成させたくない気もする」と記している。代表作は『愛染かつら』（昭和十二年）、『新吾十番勝負』（昭和三十二年～昭和三十四年「朝日新聞」連載）。昭和四十四年（一九六九）、『しぐれ茶屋おりく』で第三回吉川英治文学賞受賞。吉川と親密な交友があり、講談社版全集（旧版）の編纂委員をつとめている。

（児玉喜恵子）

川端康成　かわばた・やすなり

吉川英治の展覧会図録、写真アルバム集を見ていると、川端康成の姿を度々目にすることはできるが、英治と川端の関係を伺えるものは少ない。川端の「吉川英治全集に寄せて」という文章である。「『神州天馬侠』や『ひよどり草紙』などを愛読した少年たちは、成人して、『宮本武蔵』や『新・平家物語』などを愛読したことであろう。また、初期の『鳴門秘帖』の読者は絶筆の『私本太平記』の読者となったことであろう」。これは、守備範囲の広いことに言及しているのである。もうひとつは、英治の通夜のときに川端が軽井沢の吉川山荘の庭の草花をわざわざ手折って持って行ったことである。その年の夏には、英治は山荘に行くことがもはやできなかった。川端の心根のやさしさに、草花の包みを手にした吉川夫人はもう言葉にならなかったという。

（澤田繁晴）

戯曲　ぎきょく

吉川の戯曲作品は、三作品あり、これらは講談社版全集（旧版）第四十八巻、及び講談社版全集（新版）第四十五巻に収録されている。「めくら笛」は、昭和十年（一九三五）にラジオドラマ用の台本として書かれたもので、「オール讀物」五月号に発表された作品である。自筆年譜には「小野賢一郎氏と企画、初めて試作」とあり、小野賢一郎とは東京日日新聞の記者である。盲目の男の仇討ちを描いた当作は、当時坂東簑助の朗読で放送された後、昭和十五年（一九四〇）に、田崎浩一監督により映画化され（日活、主演・月形龍之介）、昭和四十四年（一九六九）二月には、「横笛を吹く侍」のタイトルで「仇討ち」というテレビドラマシリーズの一作品として放映されている（TBS、主演・若林豪）。「あづちわらんべ」は、昭和三十二年（一九五七）に東をどり十周年用の台本として書かれたもので、「週刊朝日　別冊」八月号に発表された後、十一月に新橋演舞場にて上演された。全三幕五場の構成である。安土城を舞台に、信長によってキリスト教布教が許された宣教師たちによって造られた神学校「安土セミナリヨ」の切支丹学生たち「あづちわらんべ」が細川ガラシャを救う内容となっている。吉川は当作の「解題」において「洋風東漸の目ざめを背景に、なおまだ多分に野性的で、しかも豪朗性に富む安土童の一群を、何かで躍らせてみたく思った」、「ガラシャ以前の、若き日の珠子の受難こそ、そのままで劇になるがとは、かねがねからの私の幻想だった」と記している。細川忠興のもとへ輿入れするまで「あづちわらんべ」たちの憧れの少女であった珠子（幼い頃の細川ガラシャ）との交流、本能寺の変以後、ガラシャを支える「あづちわらんべ」たち、などが描かれている。「戯曲　新・平家物語」は、昭和三十六年（一九六一）に、前進座のために書かれたものである。はじめ、吉川は「新・平家物語」を原作として上演することを前進座の宮川雅青に許したが、その脚本の内容に満足がいかずに、結局自分で台本を書いたものである。五月の公演（大阪毎日ホール）では、吉川による改稿が間に合わなかったが、六月からの一ヶ月公演（東京読売ホール）では、吉川が徹夜で完成させた台本により上演がなされた。内容は、平清盛の出生の秘密をめぐる物語で、清盛、祇園女御、後の文覚・遠藤武者盛遠、が主な登場人物である。第一部「地下草の巻」、第二部「六波羅の巻」の全二部十四場の構成となっており、最終場面では、死の際にある清盛に対して、母である祇園女御が、清盛の本当の父親が実は白河上皇であると告げる。清盛が自分の本当の父親が白河上皇ではないかとの疑義を抱え苦悩する主筋とともに、文覚の渡辺渡の妻・袈裟への横恋慕や、忠盛の妻となって懊悩する祇園女御、などが描かれている。

（児玉喜恵子）

菊池寛　きくち・かん

小説家・戯曲家・編集者・実業家。〔生没〕明治二十一年～昭和二十三年（一八八八～一九四八）。香川県生まれ。代々高松藩の儒者。高松中学を首席で卒業するが、経済的事情で東京高等師範、明治大学、早稲田大学を経て、第一高等学校へ進学。芥川龍之介らと知り合うが、卒業直前経済的理由で退学。卒業資格検定試験を経て京大に入学。大正五年、卒業。時事新報社を経て小説家。大正十二年「文藝春秋」を創刊。大映社長等で得た富で川端康成、横光利一、小林秀雄らを援助。麻雀と競馬を好む。競馬は文学者馬主の草分け。戦争中の文藝翼賛運動のため公職追放。昭和二十一年、文藝春秋を退社。昭和二十三年死去。死の直前の菊池を吉川は見舞う。互いの家庭を訪問したことはなく、著名作家となり文壇での地位を確保後、あるいは馬主としての友人関係。昭和七年、讀賣新聞の座談会に直木三十五、菊池らと参加。この時の宮本武蔵に関する論争は『宮本武蔵』執筆の契機。昭和九年、陸軍大演習に菊池と共に招待される。同年、文藝春秋主催の文士劇が始まり、吉川は『父帰る』に自身の父を重ねた。昭和十年、直木賞創設。吉川は第一回より選考委員。昭和十三年、共に揚子江遡江作戦に従軍。その帰路長男誕生を知り菊池が英明と命名。弟、晋の文藝春秋への入社を菊池に頼む。この頃、菊池と共同の馬主となり、吉川が馬主になる最初。昭和二十二年、菊池は吉川を促し新生社の「東京」へ「人間山水図巻」等連載させ、翌年の『高山右近』等へ繋げる。昭和二十四年、菊池の文藝春秋社退陣後、晋も退社し六興出版に移り、晋への経済的支援に同社で『新書太閤記』『宮本武蔵』の出版を計画し、版権を持つ講談社と争う。吉川は、昭和二十八年、『新・平家物語』で第一回菊池寛賞受賞。昭和三十年、自伝「忘れ残りの記」を「文藝春秋」に連載。昭和三十一年、高松市の菊池寛銅像除幕式に出席。墓所は共に多磨霊園。

（岩見幸恵）

木村荘八　きむら・そうはち

洋画家、随筆家。〔生没〕明治二十六年～昭和三十三年（一八九三～一九五八）。東京市日本橋区（現東京都中央区）に生まれる。明治四十四年（一九一一）白馬会研究所に学び、大正元年（一九一二）岸田劉生とともにフュウザン会を結成、その後草土社を結成し、春陽会創設に客員としても参加。代表作に「パンの会」（昭和三年）がある。また、舞台装置、随筆などにもすぐれた才能を示した。大正十三年（一九二四）ごろから挿絵の仕事が増え、英治の『坂東侠客陣』（大正十五年、講談社）の挿絵を担当、『桜田事変』（昭和九年、改造社）の装幀も手がけた。昭和十四年（一九三七）から六年八ヶ月間に及んだ英治の連載「新書太閤記」（読売新聞）の挿絵は、荘八など八人の挿絵家が担当し、『吉川英治全集』48の「忘れ残りの記」（昭和四十二年、講談社）の挿絵も荘八ら四人が描いた。戦後は、文明開化期からの東京の風俗考証に関する著作（『東京の風俗』、『現代風俗帖』など）を多数出版した。

（盛厚三）

キング　きんぐ

大衆娯楽雑誌。大正十四年一月〜昭和三十二年十二月（一九二五〜一九五七）。但し、誌名の「キング」が敵性語と見なされ、昭和十八年三月より「富士」と改める。同二十一年一月、元の誌名に復す。発行所は大日本雄辯會講談社（現在の講談社。以下、講談社と略記）。社長野間清治は理想の雑誌、即ち万人に喜ばれる雑誌の発刊を模索する。しかも、面白いだけではなく、為になるものでなければならぬという。野間は五年の歳月を費やし綿密な市場調査を行い、編集の指針を巡り社員と議論を重ね、大正十四年一月「キング」を創刊する。娯楽と教訓の要素を併せ持つ記事や作品が並び、付録も付いた。内容の充実は言うまでもなく、当時のあらゆる広告媒体を駆使した予告・宣伝も手伝い、七十四万部を瞬く間に売り尽くす。ピーク時には一五〇万部を越えたこともあった。ともあれ、常識では考えられぬ発行部数である。野間の理想は具現化され、更には出版、マス・メディアの在り方を大きく変えた。吉川は新人でありながら、「キング」創刊号に村上浪六・渡辺霞亭《かてい》・中村武羅夫・下村悦夫などと共に名を連ね、「剣難女難」を翌年九月まで書き継ぎ、好評を博し作家としての地歩を築く。様々な筆名を用いて懸賞に応じたり、小さな為事《しごと》をこなしたりしていた小説家はこの長編で初めて本名吉川英治（正確には英次）の名を用いた。創作への決意の表明であろう。「剣難女難」の成功で、講談社と吉川は急速に親密の度合いを増す。同社の他雑誌からの依頼にも悉《ことごと》く応じ、多くの作品を寄せる。大正十五年八月から「鳴門秘帖」を「大阪毎日新聞」に連載し、新たな一歩を踏み出す。新聞や週刊誌にも活躍の場を得た吉川は一時期講談社から遠ざかるが、その後も「キング」に「万花地獄」「牢獄の花嫁」「恋山彦」「魔粧仏身」などを書き、いずれも人気を

得た。作家吉川英治を世に送り出したのは講談社の看板雑誌「キング」であることは間違いない。（唐戸民雄）

語彙《ごい》

吉川英治は豊かな語彙の持ち主だ。細やかな心遣いにより選び抜かれた的確な言葉は物語に潤いを与え、作品を際立たせる。その吉川文学の語り運び・展開の妙を支える、場景を鮮やかに写す巧みな表現・言葉は、おおよそ五つの傾向に大別できるように思う。小説家の名を広く世に知らしめた『宮本武蔵』を手掛かりに分類整理してみる。作家は描こうとする場面に相応《ふさわ》しい言葉を探し集め、熟慮の末、筆を進めるのが一般であるが、吉川は違う。その件《くだり》に似つかわしい言葉を自ら造り出し按排する。「清女」（清少納言の意ではない）「声圧・声縛」「痛懈《いただる》い」「寛度《かんど》」「虚慢《きょまん》」「神林」「拒闘《きょとう》」「人態《じんてい》」「万鬱《ばんうつ》」などがそれだ。読み手の視覚に訴え、一読して直ぐに意味が浮かび上がるように工夫されている。若かりし頃、俳句や川柳に親しんだ経験がこうした造語に活かされているのではないか。目新しくはないが、漢語（漢字の熟語）にその読み方とは異なる読み方（ルビ）を付し、場面によって使い分けるという手法も目に付く。例えば「化粧」を「お化粧《めかし》」「お化粧《つくり》」「化粧《けわ》い」「化粧《みが》き」と、「彼方」は「彼方《むこう》」「彼方《あなた》」「彼方《あっち》」と、「賭場」は「賭場《とば》」「賭場《あそびば》」と読み分けている。作者の心憎い配慮により、読み手は同じ漢語を目にしながら、当然違った印象を受け、物語を楽しむことが出来る。また、同一の漢語読み分けとは意図が異なるが、「旅籠《はたご》」「宿屋」「旅舎《やど》」のように一つの事物を表すのに幾つもの言葉を当て書き記してもいる。いずれにせよ、吉川の卓越した言語感覚の為せる業だ。漢詩文を訓読する際に屡々見受けられる同じ漢字を重ねた畳語表現が物語の随所に鏤《ちりば》められている。「怏々《おうおう》」「勃々《ぼつぼつ》」「班々《はんぱん》」「諄々《じゅんじゅん》」「恟々《きょうきょう》」「淙々《そうそう》」「瀟々《しょうしょう》」「悠々《ゆるゆる》」「濛々《もうもう》」「磊々《らいらい》」「鈍々《どんどん》」「呂々《りょりょ》」「燻々《くんくん》」「漠々《ばくばく》」「錚々《そうそう》」などだ。しかし、決して堅苦しさを感じさせるものではなく、適度に文体を引き締めている。ややもすれば、筋立ての面白さ故、先へ先へと急《せ》く読者を暫し佇《た》ち止まらせる効果もあるのではないか。仏教に関する言葉も時おり顔を出す。称名・念仏や題目の他、「普化」

「吹禅」「念々」「解脱」「無明《むみょう》」「凡夫《ぼんぷ》」「仏性《ほとけしょう》」「生死一如」「八寒十熱」「法燈の寂土」など禅宗に関連した言葉が多く見受けられる。人の斬り死にを扱う物語の中に差し挟まれた御仏の教えを示す言葉は効く。剣を介して生を繋ぐ武士・兵法者は常に死と隣り合わせであり、懸命に生きれば生きるほど死を引き寄せ心に留《とど》め時を過ごす。吉川はこれらの言葉を通して生の儚さ・危うさ・脆さなどを改めて私たちに突きつけているように思われる。その他、ごく稀に「坊んち」（若旦那）「お茶ッぴー」「お杓《しゃも》字《じ》」（共に女性を揶揄《からか》う言葉）「お洒落」「泥んこ」「ベロベロに」「ガチャ蝿」などのくだけた俗語風の言い回しも散見され、そこはかとないユーモアと仄《ほの》かな温《あたた》かみを感じさせる。硬軟取り混ぜた語彙の奏でる調和《ハーモニー》が吉川文学の魅力なのである。

（唐戸民雄）

講演　こうえん

吉川英治に『書斎雑感―講演集』（講談社、昭和五十二年、『吉川英治文庫』161に再録）がある。講演に関しては、この書でそのほぼ全貌を見渡すことができる。英治自身「なんどやっても苦手なのは講演である」（「講演」『草思堂随筆』）と言っているが、頼まれると断われないサービス精神が数を重ねることになった。内容はさまざまな話題に及ぶが、やはり歴史とその人物が中心である。小説が完結した後に依頼されることが多く、例えば、『草思堂雑稿』にその草稿が残っている「茶味即実生活―利休居士三百五十年遠忌記念講演―於京都朝日会館」や、「親鸞七百年忌記念講演」（京都公会堂、昭和三十六年四月二十二日）などがある。長男の吉川英明は次のように回想している。「二十四年の春には母と一しょに関西旅行に出かけた。さる所から講演を頼まれたのだが、講演に出向く際、日ごろ酷使している妻と、ゆっくり花見でも連れて行ってやりたい。ついては、車を一日、お貸しいただけるなら、と条件をつけた。そして希望どおり、母を連れて吉野山へ花見に行った」。英治・文子夫妻の仲のよさは有名だが、与謝野晶子から「吉川さん、夫婦愛というのは創作と同じですよ、その日その日が創作よ」（『書斎雑感』）と言われたことがその根底にあるようだ。この後、『新平家物語』のラストシーンのモデルになった吉野山で出会った老夫婦のことを紹介し、人間の最高の幸せは恋愛ではなく、もっと大事なことがあるとして、次のように結んでいる。「この吉野山の男女を理想として、夫婦晶子さんの言うように、その日その日を創作して、夫婦愛の完成を図るべきであると信ずる」（「歴史と現代の女性」）と。吉川英治という存在の本質を語っている。〔参考文献〕吉川英明『新装版　父吉川英治』（講談社文庫、平成二十四年）、「草思堂随筆」（『吉川英治全集』47、講談社、昭和四十五年）

（岩谷征捷）

河野通勢　こうの・みちせい／つうせい

画家・銅版画家・小説等の挿絵画家。〔生没〕明治二十八年〜昭和二十五年（一八九五〜一九五〇）。ベトル河野は、九歳の時に正教の洗礼を受けた時の聖名。出生地は長野県（父の本籍に基づき群馬県とする説もある）。大正三年に旧制長野中学校を卒業し、その年の十月に第一回二科展に初入選。以後同展に出品。同五年頃長与善郎の紹介で岸田の草土社展に出品し後同人となる。六年第十一回文展に「自画像」入選。七年に草土社同人となる。十三年春陽会展において春陽会賞を受賞する。十五年同会員になったが、翌昭和二年に劉生らと大調和会展を開き、春陽会を退会する。四年春貞雄と共に国画会員となる。本の装丁や大衆小説の挿絵などでも活躍する。白樺派文人や吉川英治と交流する。吉川英治の『ひよどり草紙』や『貝殻一平』などの装丁を担当する。〔参考文献〕『日本人名大事典』（平凡社、平成二年）、『日本近代文学大事典』（講談社、昭和五十二年）、『コンサイス日本人名事典』（三省堂、平成六年）

（中山幸子）

小村雪岱　こむら・せったい

日本画家。〔生没〕明治二十年〜昭和十五年（一八八七〜一九四〇）。埼玉県川越市に生まれる。明治三十九年（一九〇六）、東京美術学校日本画科選科に入学し下村観山に学ぶ。卒業後、國華社で古画の模写に従事し、泉鏡花『日本橋』（大正三年、千章館）の装幀により好評を得る。その後、資生堂デザインの基礎作りに参画し、挿絵、舞台装置の世界で活躍した。英治の「かんかん虫は唄ふ」（「週刊朝日」昭和五年十月〜六年二月）や、「遊戯菩薩」（「サンデー毎日」昭和十年六月〜九月）の挿絵が名高い。他に「旗岡巡査」（「週刊朝日」昭和十二年初夏特別号）、「柳生月影抄」（「週刊朝日」昭和十四年初春特別号）など三十点ほどある。また、歌舞伎座で演じられた英治原作「太閤記」（昭和十五年）の舞台装置も手がけた。英治の「彩情記」（「婦人倶楽部」昭和十五年一月〜十六年一月号）の挿絵を担当中、五十三歳で没した。英治に、追悼文「小村雪岱氏を偲ぶ」（「大衆文芸」昭和十五年十二月号）がある。

（盛厚三）

ゴルフ　ごるふ

多忙を極めた夫・吉川英治のことについて夫人の文子が述べている。「主人が仕事から解放されますのは、やはり四日（正月——筆者注）から三、四日の川奈でのゴルフ休暇でございました」。これは事実であろう。英治自身はある時、沢野久雄の「先生、どうして、こうも文壇人はゴルフが好きなんでしょうね」という問に対して本音を漏らしている。「ゴルフの効用は、いろいろあると思うよ。健康のためとか、その他ね。しかし、ぼくの場合はね。家内と一緒にやるだろう……二十年あまり一緒にくらして、ぼくにも家内にも、お互いによく分っているつもりなんだが、家庭の中でつき合っている家内というのは、ある一面しか見せてゐないんだね。家内にしても、ぼくの一面しか見ていないということでもあるね。しかし一緒にコースを廻っていると、家内には、いままで、ぼくに見せなかった、まったく新しい面があるんだ」。ゴルフだけのことにはおさまりきらないであろう。毎日新聞学芸部長の岩田豊雄は言ったという。「吉川君は、友人はいらんさ。いらんはずさ、あんないい細君がいればね、孤独じゃないもの」。ゴルフは、夫婦和合の秘訣であっただけではなく、人間観察の重要な一材料でもあったのである。

（澤田繁晴）

近藤浩一路《こんどう・こういちろ》

画家。〔生没〕明治十七年～昭和三十七年（一八八四～一九六二）。山梨県巨摩郡睦合村出身。本名は「浩」。土筆居、画蟲斎とも号す。はじめ東京美術学校西洋画科で油彩画を学ぶ。同級に藤田嗣治・岡本一平らがいた。明治四十三年（一九一〇）同校卒業。読売新聞社に入社し、漫画や挿絵を描いて名が知られるようになる。後に東洋画に転向し院展の同人となった。大正十年（一九二一）にフランスに渡り半年を過ごした。フランス滞在中に印象派以後の絵画に触れ、帰国後は東洋画の研究を深める。関東大震災後は京都に移り、自宅で墨心舎という画塾を開いた。芥川龍之介とも交流があった。吉川英治の『新書太閤記』（「讀賣新聞」昭和十四年一月～昭和二十年八月）の挿絵は近藤の水墨画分野での傑作であるといわれる。平成十八年（二〇〇六）に練馬区立美術館で「光の水墨画　近藤浩一路の全貌」展が開催された。〔参考文献〕日本近代文学館・小田切進編『日本近代文学大事典』（講談社、昭和五十二年）、小川正隆・下平正樹編『風景画全集　美しい日本』5（ぎょうせい、昭和六十三年）

（青柳まや）

佐佐木茂索《ささき・もさく》

小説家・文藝春秋社社長。〔生没〕明治二十七年～昭和四十一年（一八九四～一九六六）。京都生まれ。大正五年上京。芥川龍之介門弟。大正十一年「新小説」に発表した「おじいさんとおばあさんの話」が出世作。創作集に『春の外套』（金星堂、大正十三年）・『天ノ魚』（文藝春秋社出版部、大正十五年）・『南京の皿』（改造社、昭和三年）、新進傑作小説全集『佐佐木茂索集』（平凡社、昭和四年）・長編『困つた人達』（白水社、昭和六年）、没後に『佐佐木茂索作品集　小説集・随筆集』（文藝春秋、昭和四十二年）など。昭和二十一年、文藝春秋新社社長。昭和二十八年三月、東京会館で「新・平家物語」の会が開かれ、茂索は大谷竹次郎・徳川夢声らと共に発起人の一人となり、その会で吉川を「昭和の馬琴」と評した（尾崎秀樹『伝記吉川英治』）。吉川とは私的な交流も多く、昭和三十一年、高松市の菊池寛銅像除幕式に吉川らと共に参列し、「文藝春秋」昭和二十七年四月号掲載の「文藝春秋三十年の思ひ出」に茂索は宇野浩二・川端康成・小林秀雄・永井龍男・吉川英治と共に出席。昭和三十五年、吉川が文化勲章を受賞したとき、その日の服装を茂索から「紋付にしなさい」と言われたといい（『忘れ残りの記』）、茂索は昭和三十八年二月に書いた随筆「最後の一人」で吉川と晩年に「親しくなり得たのは、わたしの大きな幸福」と記している。茂索宛の吉川書簡や茂索の『吉川英治全集』第28巻月報掲載の随筆「先ず人を想う人」を見るとまるで親戚付き合いのような印象を受ける。佐川章は『大往生事典』（講談社）で石川達三の『裏返しの肖像』を引いて虎ノ門病院での茂索の臨終の場には石川達三夫人や吉川未亡人がいたことを記している。

（志村有弘）

佐多芳郎　さた・よしろう

日本画家・挿絵画家。〔生没〕大正十一年一月二十六日〜平成九年十二月十六日（一九二二〜一九九七）。東京生まれ。昭和十五年（一九四〇）より安田靫彦に師事し歴史画を学ぶ。昭和二十五年（一九五〇）に第三十五回日本美術院展覧会に初入選。昭和六十年（一九八五）、三巻からなる大作の絵巻物「風と人と」を完成させた。吉川をはじめ大佛次郎、山本周五郎、池波正太郎、柴田錬三郎などの時代小説の挿絵を数多く手がけた。吉川の作品では『私本太平記』（毎日新聞社全十三巻・吉川英治時代文庫版全八巻）のほか、吉川英治文庫の一二四〜一三二巻の挿画などを担当。吉川英治歴史時代文庫・第五十五巻に『私の吉川英治』『不思議なご縁』がある。〔参考文献〕佐多芳郎『風霜の中で―私の絵筆日記』（毎日新聞社、平成四年）

（児玉喜恵子）

詩　し

重厚な散文の人吉川英治は少ないながら詩も残している。伊勢神宮・那智・安芸などの旅先で詠んだ四篇、うち二篇には昭和二十五年とあることから、『新・平家物語』執筆の為の取材旅行の折に認《したた》めた作であろう。結婚や定年、禁酒満願など日常の節目に記されたものも四篇ある。飾らぬ言葉の連なりに小説家の気さくで細やかな心遣いが窺える。端午の節句に寄せた「題花菖蒲」は美しくも悲しい。また、嫁《か》すことの決まった娘曙美に送った二篇は優しく温かな父親の愛情に溢れている。共に三十六年の作だ。翌年、小説家は不帰の客となる。死を予感して、娘への思いを書き遺したのではないか。少年の頃、「少年倶楽部」に投じた「池田屋の夜」「もどり途」の両篇はあどけなく微笑ましい。これらの都合十三篇の作品は『吉川英治全集』53（昭和五十九年）に収められている。平成二十六年（二〇一四）六月十六日付の「朝日新聞」が報じるところによると、吉川の詩・短歌十一篇が新たに見つかったそうだ。同新聞学芸部記者宛の私信（昭和十九年九月八日付）に記されていたという。親しい間柄であったが故か、発表を意図していなかった為か、時局に関しての率直な思いが吐露されていた。吉川と戦争との関係をいま少し丁寧に問い直す必要があるのではないか。吉川は自作に織り込む詩にも目配りを怠らない。その真摯な姿勢を井上靖は「秋索索」に書く。小説家は『新・水滸伝』に白居易の「琵琶行」を引く際、「楓葉荻葉秋瑟瑟」の「瑟瑟」を「索索」とする当時の新たな説を入れ、それを採る。「作品の中に引く唐詩一篇にもなみなみならぬ態度」で臨む吉川に対し井上は驚きを隠さない。冷たさと同時に明るさを表す「索索」を選んだ苦労人の向日性を讃え「優れた人生詩人」と評す。吉川にとって詩作は手遊《てすさ》びでしかなかったのやも知れぬが、読む者の心を捉え打つ。人生の断面が篤実に刻み留められているからであろう。

（唐戸民雄）

しがらみ　しがらみ

吉川英治の主宰した文芸同人雑誌。「自筆年譜」によると、大正七年（一九一八）の項に「博文館退社の松田君と共に文芸雑誌「しがらみ」を起し、四号にて廃刊。金主は森ヶ崎の料亭大金」とあるが、文学館等も現物雑誌を所蔵しておらず、詳細は未詳。吉川は明治四十五年・大正元年（一九一二）あたりから積極的に川柳に関わり、盛んに句作をする。同時に、「川柳隅田川考」「川柳常識読本」「川柳脱線録」「臆病者のつぶやき」などの随筆を井上剣《いのうえけん》花坊《かぼう》の主宰する「大正川柳」に書く。大正三年には生活も安定し、離散していた家族が一つ家で暮らすようになった故か、創作欲も高まったのだろう。「江の島物語」が「講談倶楽部」の懸賞小説に当選する。また、「日仏商会に勤務の詩人大藤治郎と知り、詩交をあたた」めた。こうしたことから推して、「しがらみ」は吉川の詩や小説への意欲を示した雑誌ではなかったかと思われる。

（唐戸民雄）

時代小説　じだいしょうせつ

主に江戸時代を背景として描かれた作品のことで、所謂髷物《まげもの》・チャンバラ小説を指す。大衆文学と同義と理解されていた時期もあったが、その後大衆文学の扱う内容が多岐に渡り、単純にそうも言えなくなる。また、一方に史実に寄り添う歴史小説と呼ばれる作品も数多く書かれ、容易に分類することは難しくなった。吉川の創作もおおよそ時代小説と歴史小説の間を往来しつつ為されたものと認識されよう。ここでは創意に富む吉川の時代小説を従来の狭い枠から解き放ち、少し範囲を拡げ辿ることにする。この作家の描く時代小説は概《おおむ》ね大正末年から昭和十年前後までに書かれ、大別すると四つの系統に分けられる。歴史上の人物とのかかわりが皆無かまたは希薄であり、幻想的・空想的傾向のきわめて顕著な系統で、「江ノ島物語」「剣難女難」「板東侠客陣」「鳴門秘帖」「万花地獄」「江戸三国志」「女来也」「さけぶ雷鳥」「愛獄の父母」「牢獄の花嫁」「春秋編笠ぶし」「恋山彦」「修羅時鳥」「虚無僧系図」「無明有明」「悲願三大塔」「江戸長恨歌」などがそれである。弁財天の化身の白蛇、美剣士や美男の虚無僧、妖艶な湯女《ゆな》などを作中に置き、荒唐無稽な冒険活劇風の物語を紡ぎ出す。いささか筋立てを偶然に頼る嫌いが否めないものもあるが、とにかく興趣の尽きぬ作品が並ぶ。二つ目は、積極的とはいえないまでも物語の展開に関与する実在の人物を作中に配し、時代を踏まえはするものの、やはり虚構性の高い傾向をもつ系統である。「神変麝香猫」「自雷也小僧」「恋ぐるま」「江戸城心中」「隠密七生記」などだ。伝奇的な要素はやや後退するも、作者の筆は縦横に走る。内容は切支丹宗門と幕府との小競り合い、倒幕やお家騒動、豊臣家の再興、悲恋の心中、復習譚など様々で無類の面白さは健在だ。歴史上の人物と創作された人物の織り成す一大絵巻と言えよう。また、幕末・維新前夜を写す作品も幾篇かある。これらは、異見もあろうが、歴史小説の流れに加えるにはいささか創造性が勝っていると考え、時代小説の系譜に連ねることにした。「貝殻一平」「檜山兄弟」「お千代傘」「燃える富士」「女人曼荼羅」「松のや露八」などである。他に維新の頃を背景に借りて中国大陸の情勢を記した意欲的な「紅騎兵」もある。自らを取り巻く状況を行間に滲《にじ》ませることで、物語に奥行きと拡がりを醸し出す。吉川は創作に世相への思いを溶かし込むようになって行く。少年少女向けの時代小説も幾篇か認《したた》めている。「神州天馬侠」「ひよどり草子」「月笛日笛」「竜虎八天狗」「左近右近」「天兵童子」などである。真田幸村の子大助・忍術使い・怪人物等が作中を駆け巡り、物語を盛り上げる。幾多の子どもたちが毎月雑誌が届くのを心待ちにしていたことだろう。最後に、病に冒され中絶した「新・水滸伝」も時代小説の範疇に加えておこう。老若男女の別なく人々は英雄を求める。まして戦争へと転がり行く冷たい時代であれば、尚更だ。読者は夢を人生を吉川作品に見出していたのであろう。（唐戸民雄）

週刊誌　しゅうかんし

新聞とも月刊誌とも異なる媒体が創出された。週刊誌である。創刊当初は文学との関わりはさほど深くはなかったが、時が経つにつれ、随筆や小説に頁を割くようになる。新たな活躍の場を提供された作家たちは戸惑いながらも、週刊誌に作品を投じた。吉川も大正十一年（一九二二）に創刊された「週刊朝日」（初めは「旬刊」）と「サンデー毎日」の二誌と浅からぬ縁を持つ。昭和二年（一九二七）「蜘蛛売紅太郎」「邯鄲片手双紙」（共に「週刊朝日」。以下断りがない場合は全て「週刊朝日」）、五年「かんかん虫は唄う」、七年「自然を語る」（「サンデー毎日」。以下「毎日」と略記）「野槌の百」、八年「雲霧閻魔帳」「退屈兵学者」、九年「野火の兄弟」「松のや露八」（「毎日」）「石を耕す男」、十年「遊戯菩薩」（「毎日」）「みじか夜峠」、十一年「牡丹焚火」、十二年「旗岡巡査」「悲願の旗」（「毎日」）「随筆宮本武蔵」（「週刊太陽」）、十三年「濞かみ浪人」（「毎日」）「城乗一番」、十七年「上杉謙信」、十八年「黒田如水」などが昭和の早い時期に週刊誌に掲載された吉川作品だ。その多くは新春や夏季の特別号に寄せられた短篇である。しかし、半年前後の連載もこなし、自伝的な色合いの濃い「かんかん虫は唄う」を始め、「松のや露八」「黒田如水」「上杉謙信」の中篇四作を書き上げた。戦後になると、週刊誌の発刊が相次ぎ、多くの作家が筆を競う。その先駆けとなったのが、昭和二十五年～三十二年（一九五〇～五七）にかけて「週刊朝日」に連載された吉川の「新・平家物語」だ。源平の覇権争いを軸に、その蔭で翻弄される庶民の幸せとは何かを静かに問う物語は戦争で疲弊した人たちの心に響き、絶大なる支持を集めた。「平の将門」と並行しての執筆であったが、二十七年にそれを終えると、吉川は他の「依頼をほとんど謝して」、「新・平家物語」に心血を注ぐ。体調を崩し、休載せざるを得ない時期もあったが、屈せず七年の歳月を費やし一大叙事詩を織り上げる。「宮本武蔵」で新聞小説の常套を打破したのと同様、吉川は週刊誌小説とも格闘し己の流儀を貫き通す。こうした点は更に評価されて良いのではないか。その他、吉川は主に随筆を週刊誌に寄稿した。昭和二十九年（一九五四）「非茶人茶話」、三十年「新・平家紀行」（「別冊週刊朝日」）、三十二年「あづち・わらんべ」（同前　唯一の舞踏脚本）、三十四年「美しき日本の歴史」（「週刊文春」）、三十五年「画情仏心」などがある。また、二十九年には「新・平家物語」を執筆中の「週刊朝日」を通じて資料の提供を呼びかけた。一八〇余点が編集部に届けられたという。当時の週刊誌の影響力の大きさを伝える逸話である。生涯を通して長篇の週刊誌への連載は「新・平家物語」のみであった。時流を見極め様々な試みを重ねた吉川ではあるが、やはり、新聞という媒体が性《しょう》に合っていたのだろう。

（唐戸民雄）

衆文《しゅうぶん》

文芸雑誌。昭和八年八月～昭和九年十月（一九三三～一九三四）。第一巻第一号～第二巻第十号まで発行。昭和六年（一九三一）十月より平凡社から発行された『吉川英治全集』に毎回挿入されていた月報を継ぐ形で創刊された。英治は全集の月報に「無宿人国記」という長編を毎回書き下ろしていたが、それは英治が月報を、作者と読者をつなぐ媒体と考えたためであった。加えて読者からの要望もあり、月報が全集完結後に大衆文学の新運動の月刊誌に発展したものが「衆文」であった。雑誌名の「衆文」は英治の造語である。創刊号の会員総数は六八〇名。定価は二十銭で、これは終刊まで変わらなかった。「衆文」には英治を始め、大宅壮一、室生犀星、海野十三、河東碧梧桐、夢野久作などの多くの著名な作家が作品を寄せている。また「衆文」では個人の作品以外にも、作品批評や大衆文学作法講座、時代小説作法講座、また、大衆作家列伝という作家研究がなされているのも特色である。編集発行人は英治の弟の「晋《すすむ》」がつとめた。**〔参考文献〕**尾崎秀樹『伝記吉川英治』（講談社、昭和四十五年）、尾崎秀樹『吉川英治　人と文学』（新有堂、昭和五十五年）　（青柳まや）

受賞　じゅしょう

明治三十九年（一九〇六）十四歳、高嶋米峰主宰の「学生文壇」二号に初めて、小説「浮寝鳥」を投稿し当選する。「貿易新報」の俳壇に折々入選する。明治四十一年（一九〇八）十六歳、「横須賀新聞」の俳壇、秋季俳句大会に入選し、表彰される。明治四十五年・大正元年（一九一二）二十歳、雉子郎《きじろう》の号で「講談倶楽部」に川柳・俳句を投稿し、度々入選し掲載される。大正三年（一九一四）一月、二十二歳、「文芸の三越」（日本橋ビル落成記念に、三越呉服店が、小説、短歌、川柳等を募集して出版した本）に吉川独活居の号で、川柳一等に当選する。十月、「講談倶楽部」の懸賞募集に応じ、時代小説「江の島物語」が一等に当選し賞金十円を得る。大正十年（一九二一）二十九歳、童話「でこぼこ花瓶《かびん》」が「少年倶楽部」一等に、ユーモア小説「馬に狐を乗せ物語」が、「面白倶楽部」一等に、時代小説「縄帯《なわおび》平八」が、「講談倶楽部」三等に入賞する。合計七〇〇余円の賞金を得る。昭和二十八年（一九五三）四月、六十一歳「新・平家物語」により第一回菊池寛賞を受賞する。昭和三十年（一九五五）六十三歳、「忘れ残りの記」に、昭和三十年上半期の文藝春秋読者賞を受賞する。十月、第二回紫綬褒章を辞退する。昭和三十一年（一九五六）一月、六十四歳、昭和三十年度朝日賞を、小説「新・平家物語」に贈られる。昭和三十五年（一九六〇）十一月三日、六十八歳、文化勲章を受賞する。昭和三十七年（一九六二）一月、七十歳、「私本太平記」に、第三回毎日芸術大賞文学を受賞する。九月七日、従三位勲一等に叙せられ、瑞宝章を贈られる。〔参考文献〕『大衆文学大系十五吉川英治集』（講談社、昭和四十七年）、『吉川英治全集』現代日本の文学Ⅱ14（学習研究社、昭和五十一年）、吉川英明『吉川英治全集　忘れ残りの記　初期短編』46（講談社、昭和五十九年）、吉川英明『吉川英治の世界』（講談社　平成九年）

（中山幸子）

少年文学　しょうねんぶんがく

吉川は、デビュー作の「でこぼこ花瓶」を大正十一年に発表して以降、最後の少年小説「天兵童子」を発表した昭和十五年までの約十八年の間に渡り、少年向けの小説を定期的に発表している。

◎一覧

・「でこぼこ花瓶」（「少年倶楽部」大正十一年一月号〜四月号）
・「勤王秘話・星合破魔之助」（「少女倶楽部」大正十三年九月号）
・「坂本龍馬・情の握り飯」（「少女倶楽部」大正十三年十月号）
・「天狗屋敷」「少女倶楽部」（大正十四年三月号）
・「神州天馬侠」「少年倶楽部」（大正十四年五月号〜昭和三年十二月号）
・「ひよどり草紙」（「少女倶楽部」大正十五年一月号〜昭和三年十二月号）
・「龍虎八天狗」（「少年世界」昭和二年四月号〜昭和六年五月号）
・「月笛日笛」（「少女倶楽部」昭和五年一月号〜六年十二月号）
・「戦国お千代舟」（「少年少女絵物語」昭和五年十月号〜昭和六年四月号（中断））
・「魔海の音楽師」（「少年世界」昭和六年六月号〜十二月号）
・「もつれ糸巻」（「少女倶楽部」昭和七年一月号（連載中断））
・「風神門」（「少年世界」昭和七年五月号〜十一月号）
・「胡蝶陣」（「少女の友」昭和九年一月号〜十年六月号（連載中断した昭和五年の『戦国お千代船』を追加改稿したもの））
・「左近・右近」（「少女倶楽部」昭和九年九月号〜十一年三月

号）
・「朝顔夕顔」（「少女の友」昭和十年七月号〜十一年十二月号）
・「やまどり文庫」（「少女の友」昭和十二年一月号〜十三年二月号）
・「母恋鳥」（「主婦之友」昭和十二年八月号〜十三年八月号）
・「天兵童子」（「少年倶楽部」昭和十二年九月号〜十五年四月号）

第一作目の「でこぼこ花瓶」は、「少年倶楽部」の懸賞小説に一等入選したもので、その後、当時の編集長加藤謙一の強い勧めで同誌に「神州天馬侠」を発表。当時、吉川は少年小説について「少年の本質は原始人だと思うんだ。彼らは、頭の上にくだものがなっておれば、はたき落さずにはいられないし、お風呂の湯がじっと動かずにいるなんて、とてもがまんできないことなんだよ。そういう少年の本質を見のがしては、大人の子供になってしまう。ぼくは、竹童も蛾次郎も、そんなトッチャン小僧にしたくない。ほんとうの、むき出しの少年を書いてみたいと思っているんだ」と語ったという（松本昭『人間吉川英治』）。また、『少年太閤記』（講談社青い鳥文庫）の「この本を読むみなさんへ」には、「現代と過去と、時代はまるでちがっていても、なにか、民族特有なものを、長所も短所も合わせて、ふんだんにもっていたかれの性格やら、かれの人間的なあたたかい一面などが、今日《こんにち》でも、となりの人のような親しさを、わたしたちに感じさせるのではありますまいか。……秀吉の人間的ないいところも、また、わたしたちがかれを好きだと思うところも、その少年期から壮年時代にあるような気がします。どうも晩年の秀吉は、あまりおもしろくありません。……あとは、みなさんが成人の後に、もっと歴史を知ってから、やがて、また晩年の太閤をほかの書について読まれたらよいと思うのです」などとあり、吉川が歴史小説を通じて面白さと歴史的人物への親近感とを子供達へ届けようとしていたことがうかがえる。昭和三十七年（一九六二）五月、日本児童文芸家協会から、児童文学への貢献を称え「児童文学功労者賞」が授与されている。

（児玉喜恵子）

書簡《しょかん》

吉川英治は筆まめな人物であったようだ。『吉川英治全集』補巻3（講談社、昭和四十五年）には、大正十五年（一九二六）から昭和三十七年（一九六二）までに英治が送った様々な書簡が収められている。その相手は家族や出版関係者、脚本家、劇団関係者、役者、役人、旅館関係者その他と多岐に渡る。父からの書簡について、息子の吉川英明は次のように語っている。「はじめての手紙は、僕が大阪へ着任して、丁度一ヵ月目、まだ家が見つからず、大学時代の友人の家に居候していた時のもの。もう一通は、父の身体のすぐれない事を聞いて、軽井沢の父に宛てた僕の見解に、折り返してくれた手紙。一年余りの大阪勤務中、父からもらった手紙は、この二通でしたが「オヤジに手紙をもらうっていうのは、こんなにうれしいものか」自分でも驚きながら、そう思いました」。この時、大阪勤務で少し痩せたように見える息子に対して、英治は書簡で「外食依存となつたら　食物の栄養調節をよほど気をつけないと　長い間にとりかへしのつかない変質になりやすいぞ」と食生活の心配をするなどしている。また、同じ書簡では息子に「けちなサラリーマンたいぷ　すがれた記者臭　わるずれた報道人型そんなたいぷにとッつかれるなよ　吉川英明であつてくれよ」と人付き合いに関する助言など行っている。他にも、書簡からは英治の時代に対する考え方も見ることが出来る。例えば、太平洋戦争が終結して間もない昭和二十年（一九四五）八月三十日に、英治は疎開先の吉野村から、宮内庁内膳長であった秋山徳蔵に宛てた書簡に次のようなことを書いている。「十五日以来の多恨万憾老兄にもさだめしさだめし御噴涙と拝察　小生も以来新聞小説も筆を擱き　日々余憤抑え難き心地乍ら　過日風雨之夜独り慚愧漸く晴心一掃を得　久しぶりに今日都会まで歩き出まいり候」。この手紙からは英治の敗戦に対する心が垣間見られる。また、英治は亡くなる昭和三十七年（一九六二）にも幾つもの書簡をしたためているが、この年、英治はその著である『花見酒の経済』（朝日新聞社、昭和三十七年）を送って来た朝日新聞社の笠信太郎に宛てたお礼状で次のような日本社会への不安を述べている。「拝読中　しばしばこれはたいへんな　お花見バス

に　自分らものっているもんだと　窓外の空も遠景近景も　ひどく心もとない日本となってまいりましたにはいささか春憂を覚えました　けれど　同様の憂根は　経済とよばれる部門だけでなく　あらゆる今日の文化面にも内在しているやにおもわれて　次々いろんな別問題を考え読んでしまいました」。書簡からは英治の様々な心、またその人物像を読み取ることが出来る。〔参考文献〕吉川英治『吉川英治全集』補巻3（講談社、昭和四十五年）、わたしの吉川英治刊行委員会編『わたしの吉川英治』（文藝春秋新社、昭和三十八年）　（青柳まや）

職場　しょくば

吉川英治は明治三十六年（一九〇三）、父直広が横浜海運業界で名を知られた高瀬理三郎と感情的に対立した末に敗訴し家運が急激に傾くと、突然学校を辞めさせられ、以後様々な職業に就くことになる。父から尋常高等小学校の退学を告げられた際に、英治は大声で泣き出したという。学校退学後、数日の後には関内住吉町の川村印刻店へ蒲団を持参して小僧にやられた。この川村印刻店の店主である川村は篆刻家であるとともに竹雨と号した其角堂派の金港俳壇の宗匠であり、店頭では俳人たちが俳句ばなしに興を咲かせていたという。明治三十八年（一九〇五）に、主人である竹雨と客の俳人二人に雨の夜に雨の題で一文書けと言われた英治が書いてみせたところ、英治は翌朝には手紙を添えて暇を出された。以後、しばらく母と共に家に居ることとなるが、同年中には新聞広告を見て、南仲通り南仲舎の少年活版工になった。しかし、この仕事は長く続かず、同年中には知人の世話で横浜税務監督局の給仕の仕事に就いている。この時の初任給は七円であったという。明治三十九年（一九〇六）には父が再起のために横浜尾上町教会前に店舗を持ったことから、広告取次店「日進堂」の営業を受け継いだ。この時、同時に美容水の製販なども行うものの、父親の再度の没落によって店は翌年には閉店する。明治四十年（一九〇七）の暮れには日出町の海軍御用雑貨商である続木商店の店員となるものの、翌年十一月には退店。長屋に住む留さんという日雇い労働者に仕事を紹介してもらい、保土ヶ谷にある科学工場の建築現場の土工の手伝いとなる。明治四十二年（一九〇九）三月には横浜ドック会社へ年齢を偽って就職し、船具工となった。翌年十一月に第一ドックの入渠中に作業中の足場が崩れて足場板もろともドックの底に落ちる事故に遭う。英治は大怪我を負って横浜十全病院に一か月余り入院した。この時、父の直広は事故の報せを受け、男の子を一人失ったと嘆いたが、それを知った英治は「いない者と思って東京へやって下さい」と頼み、一円七十か八十銭のお金を持って東京に出たという。上京後、本所相生町のキリスト教青年会の職業紹介所に行き、菊川町のラセン釘工場の工員宿舎に入る。日給は夜具代などを引き二十八銭であったという。翌年には宿舎が、近くにある手提金庫製作所へ替わった。大正二年（一九一三）には日本橋の林善兵衛という人物から貿易部の仕事を得る。翌年には生計の見込みが立ち、浅草の栄久町新堀端に一戸を借家した。自製の輸出工芸品などを商館へ売り込みに行きつつ、川柳の投稿などを続ける。大正十年（一九二一）七月、山崎帝国堂の広告文案係に応募し採用されるが、同年十二月には退社。翌年、東京毎夕新聞の営業局長であった矢野錦浪の推薦によって、同社の家庭部に勤務する。後に学芸部を併せてデスクを持ち、週ごとの「日曜付録」に毎回童話を書き下ろし、取材で有島武郎や女流作家のもとを訪れるなどした。同年、社命によって「親鸞記」の連載執筆をはじめ、大正十二年（一九二三）に単行本発行。九月、関東大震災によって社屋が消失し、新聞再開の見込みも立たなくなると、全社員の解散が決まる。これによって英治は発心し、文学に専念する決心を固めたという。翌年「面白倶楽部」に「剣魔侠菩薩」が掲載されて以降は、他誌からの依頼もあり、原稿生活にやや自信がついたとされる。大正十四年には「吉川英治」のペンネームを用い「キング」で「剣難女難」の執筆を開始する。**〔参考文献〕**吉川英治『吉川英治全集』48（講談社、昭和四十三年）、尾崎秀樹『伝記吉川英治』（講談社、昭和四十五年）

（青柳まや）

白井喬二　しらい・きょうじ

小説家。**〔生没〕**明治二十二年～昭和五十五年（一八八九～一九八〇）。横浜市出身。著作に『神變呉越草紙』（元

泉社、大正十二年）、『新撰組』（毎日新聞社、大正十四年）などがあり、芥川龍之介や菊池寛に認められて大衆文学の先駆的役割を果たした。大正十四年（一九二五）に大衆作家の親睦団体である二十一日会を結成する。二十一日会には白井の他に後に英治と交流を持つ直木三十五なども参加していたが、まだ大衆作家たちとの個人的交渉の無かった英治はこの会には参加しなかった。大正十五年（一九二六）一月に創刊された大衆作家の機関誌「大衆文藝」は白井の提案である。また、白井が身銭を切って協力した『現代大衆文学全集』（平凡社）の企画は、大衆文学という言葉の一般化と大衆文学作家の地位向上に大きな影響を与えたとされる。同全集には英治の作品も収められている。英治は白井を自分と同じ場所にいる大衆文学作家として認めていた。『草思堂随筆』所収の「純」の中で、英治は「大衆文学陣も、いつ迄、白井、大仏、佐々木、長谷川、直木、僕らの陳列ではいけない」と記し、大衆文学作家の中で白井の名を最初に挙げている。また、二人には大衆文学作家としての文学的交流だけではなく、個人的な交流もあったようだ。同じく英治の『草思堂随筆』所収の「しらなみ拾遺」の中には次のような文章が見える。「白井喬二、先ごろ世田谷の私邸を白浪に見舞わる。盗児拙にして、彼の稿料一篇の額をすら得ず、むなしく、老母堂をして喝退の功をなさしむ。襲う所を得たりと雖も、技の至らざりしものといふべし。惜しむべきかな」。白浪は盗賊・泥棒のことである。この事件で、世田谷の白井の自宅に侵入した泥棒は、白井の母親の原稿料一篇分の金銭をも奪う事が出来ず、白井の母親によって家から追い出されてしまったらしい。「惜しむべきかな」の言葉には、失敗した白波に対する英治の嘲意とも異なる、ある種の同情のような面白い感情が見て取れる。

〔参考文献〕 吉川英治『吉川英治全集』47（講談社、昭和四十五年）、尾崎秀樹『伝記吉川英治』（講談社、昭和四十五年）

（青柳まや）

私立山内尋常高等小学校

しりつやまのうちじんじょうこうとうしょうがっこう

英治が七歳のときから通った学校である。『忘れ残りの記』には次のように描写されている。「そこ（植木会社

──筆者注）の表門を出て、桜並木とよぶ山手通りへ出、遊行坂《ゆぎょうざか》を降って車橋を渡る。そして町中の水天宮さまと隣りあっている私立小学校のペンキ塗りの校門をやっと見るわけだった」。この学校には、山内茂三郎先生がいて、英治が後年菊地寛賞をもらったときの受賞祝賀会に顔を出している。英治はこの先生の「御新造先生《ごしんぞ》」と呼ばれた奥さんの錦子《きんこ》先生からも教えを受け、「ぼくらは、どっちかと云うと、御新造先生が教壇に立つことを、もっぱら歓迎した」と感懐を述べている。夫妻はその後、商業夜学館、分教場、幼稚園、横浜千歳裁縫女学校などを創設し、横浜の学校の発展につとめた。（澤田繁晴）

新聞小説　しんぶんしょうせつ

大正十一年、吉川は川柳同人仲間の矢野錦浪の推薦で、東京毎夕新聞社に入社した。同新聞紙上で童話（日曜附録版）やインタビュー・訪問記『新女人国記』などを執筆担当し、その成果を認められ「親鸞記」を連載することになった。社命であった。「親鸞記」は、大正十一年の四月から十一月まで連載され、同作が吉川にとっての初めての新聞小説となった。この「親鸞記」には、吉川の署名が付されることはなかったが、好評を得たという。しかし、まもなく関東大地震によって東京毎夕新聞社は休刊を余儀なくされた。その後吉川は、講談社の雑誌等に作品を発表しながら作家としての地盤を固めていく中、昭和元年に大阪毎日新聞からの依頼で「鳴門秘帖」の執筆を始めた。同作の連載は、昭和元年八月から昭和二年十月まで続けられ、吉川の名を広く知らしめることとなった。この頃、当時報知新聞学芸部長であった野村胡堂が吉川を訪ね、新聞連載小説を依頼。「大阪毎日新聞」での「鳴門秘帖」連載終了とほぼ同時に、「報知新聞」紙上での「江戸三国志」連載が開始された。この「江戸三国志」もまた、読者より好評を得て、連載終了を待たず映画化されてもいる。そして、昭和四年七月から昭和五年三月まで「大阪朝日新聞」に「貝殻一平」、昭和五年九月から昭和六年五月まで「新愛知」、「河北」、「北海タイムス」に「江戸城心中」、同昭和六年十月から昭和七年十一月まで「大阪毎日新聞」および「東京日日新聞」に「檜山兄弟」、昭和七年六月から昭和八年一月まで「讀賣新聞」に「紅騎兵」、昭和八年八月から昭和九年四月まで「女人曼荼羅」、昭和九年三月から昭和十一年八月まで「親鸞」を「名古屋新聞」等に、同昭和九年四月から九月まで「信濃毎日」等に「讃母祭」、昭和十年八月から昭和十四年七月まで「朝日新聞」に「宮本武蔵」、昭和十二年九月から十二月まで「迷彩列車」、昭和十四年一月から昭和二十年八月まで「讀賣新聞」に「新書太閤記」、昭和十四年八月から昭和十八年九月まで「中外商業新報」等に「三国志」、昭和十五年一月から十月まで「朝日新聞」に「源頼朝」、昭和十六年二月から八月まで「梅里先生行状記」を、連載。昭和元年の「親鸞記」以降、昭和二十年八月までほぼずっと途切れることなく新聞連載小説を書き続けている。いったんは、戦争の激化により新聞連載小説の執筆が途絶えたが、戦後の昭和二十三年九月より「讀賣新聞」で「高山右近」の連載を開始（昭和二十四年六月まで）。その後、昭和三十三年一月から昭和三十六年十月まで「毎日新聞」で「私本太平記」を連載した。「私本太平記」を完結させたのは、亡くなる前年のことであった。吉川は新聞小説について「毎日あれだけ書くと、大袈裟にいへば心身ともに疲れるのである。何故疲れるかといへば、文學的な縷身彫骨といふことばかりでなく、讀者のもつてゐる現實な動きの中に愬へようと苦心するからである」と記している（「時代小説について」）。吉川はこのように苦心惨憺の作物としての新聞小説連載を作家としての生涯に渡って書き続け、大衆文学の巨匠となったのである。（児玉喜恵子）

随筆《ずいひつ》

『草思堂随筆』〔初刊〕（新英社、昭和十年九月）、普及版（新英社、昭和十一年六月）『草思堂随筆』（六興出版、昭和四十九年四月）。〔収録〕『吉川英治全集47 草思堂随筆・窓辺雑草・折々の記他』（講談社、昭和四十五年六月）、『吉川英治文庫160 草思堂随筆・窓辺雑草』（講談社、昭和五十二年七月）、『決定版吉川英治全集52 草思堂随筆・折々の記』（講談社、昭和五十八年十一月）、『吉川英治記念館版草思堂随筆』（吉川英治記念館、平成二年）。

『現代青年道』〔初刊〕（新英社、昭和十一年七月）。

『窓辺雑草』〔初刊〕（育生社、昭和十三年七月）。〔収録〕『随筆私本太平記・窓辺雑草』（六興出版、昭和四十九年三月）、『吉川英治全集47　草思堂随筆・窓辺雑草・折々の記他』（講談社、昭和四十五年六月）、『吉川英治文庫160　草思堂随筆・窓辺雑草』（講談社、昭和五十二年七月）、『決定版吉川英治全集52草思堂随筆・折々の記』（講談社、昭和五十八年十一月）、『吉川英治記念館版草思堂随筆』（吉川英治記念館、平成二年）。

『随筆 宮本武蔵』〔初刊〕（朝日新聞社刊、昭和十四年七月）、『随筆宮本武蔵』（六興出版社刊、昭和二十五年八月）、『随筆宮本武蔵』（六興出版社刊、昭和二十九年二月）、『随筆宮本武蔵』（六興出版社刊、昭和三十二年九月）、『随筆宮本武蔵』（講談社刊、昭和三十八年六月）、『随筆宮本武蔵』新装版（六興出版刊、昭和四十九年二月）、『随筆宮本武蔵』新装版（六興出版刊、昭和五十九年三月）、『随筆宮本武蔵』（講談社刊、平成十四年三月）。〔収録〕『吉川英治全集46　随筆宮本武蔵・随筆新平家・随筆私本太平記』（講談社刊、昭和四十四年五月）、『吉川英治文庫135　随筆宮本武蔵』（講談社刊、昭和五十二年一月）、『決定版吉川英治全集18　宮本武蔵4・随筆宮本武蔵』（講談社刊、昭和五十五年五月）、『吉川英治歴史時代文庫補巻5・随筆私本太平記・随筆宮本武蔵』（講談社刊、平成二年十月）。

『草思堂雑稿』〔初刊〕（富士出版社刊、十六年）『草思堂雑稿』普及版（富士出版社刊、昭和十六年十一月）。〔収録〕『吉川英治全集47　草思堂随筆・窓辺雑草・折々の記他』（講談社刊、昭和四十五年六月）、『吉川英治文庫160　草思堂随筆・窓辺雑草』（講談社刊、昭和五十二年七月）、『決定版吉川英治全集52草思堂随筆・折々の記』（講談社刊、昭和五十八年十一月）、『吉川英治記念館版草思堂随筆』（吉川英治記念館刊、平成二年）。

『折々の記』〔初刊〕（全国書房刊、昭和十七年五月）、『折々の記』（六興出版刊、昭和二十八年十二月）、『折々の記』（六興出版刊、昭和四十九年五月）。〔収録〕『吉川英治全集47　草思堂随筆・窓辺雑草・折々の記他』（講談社刊、昭和四十五年六月）、『吉川英治文庫160　草思堂随筆・窓辺雑草』（講談社刊、昭和五十二年七月）、『決定版吉川英治全集

52　草思堂随筆・折々の記』（講談社刊、昭和五十八年十一月）、『吉川英治記念館版折々の記』（吉川英治記念館刊、平成二年）。

「南方紀行」〔初刊〕（全国書房刊、昭和十八年一月）。

『草莽寸心』〔初刊〕（六興出版部刊、昭和十九年五月、）新装版（六興出版部刊、昭和一九年九月）。〔収録〕『吉川英治全集47　草思堂随筆・窓辺雑草・折々の記他』（講談社刊、昭和四十五年六月）、『吉川英治文庫160　草思堂随筆・窓辺雑草』（講談社刊、昭和五十二年七月）、『決定版吉川英治全集52草思堂随筆・折々の記』（講談社刊、昭和五十八年十一月）、『吉川英治記念館版草思堂随筆』（吉川英治記念館刊、平成二年）。

『俗つれづれ草』〔初刊〕（作品社刊、昭和三十三年二月）、愛蔵版（凡書房刊、昭和三十三年十二月）。〔収録〕『吉川英治全集47　草思堂随筆・窓辺雑草・折々の記他』（講談社刊、昭和四十五年六月）、『吉川英治文庫160　草思堂随筆・窓辺雑草』（講談社刊、昭和五十二年七月）、『決定版吉川英治全集52草思堂随筆・折々の記』（講談社刊、昭和五十八年十一月）、『吉川英治記念館版草思堂随筆』（吉川英治記念館刊、平成二年）。

『随筆　新平家』〔初刊〕（朝日新聞社刊、昭和三十三年）、『別冊新・平家の世界』（六興出版刊、昭和四十六年十二月）、『随筆新平家』（『別冊新・平家の世界』の改題新装版）（六興出版刊、昭和四十九年二月）。〔収録〕『吉川英治全集46　随筆宮本武蔵・随筆新平家・随筆私本太平記』（講談社刊、昭和四十四年五月）、『吉川英治文庫136　随筆新平家』（講談社刊、昭和五十一年十月）、『決定版吉川英治全集39　新・平家物語8・随筆新平家』（講談社刊、昭和五十七年三月）、『吉川英治歴史時代文庫補巻4・随筆新平家』（講談社刊、平成二年十月）。

『随筆　私本太平記』〔初刊〕（毎日新聞社刊、昭和三十八年）、「随筆私本太平記」新装版（六興出版刊、平成二年十月）。〔収録〕『吉川英治全集46　随筆宮本武蔵・随筆新平家・随筆私本太平記』（講談社刊、昭和四十四年五月）、『随筆私本太平記・窓辺雑草』（六興出版刊、昭和四十九年三月）、

『吉川英治文庫137　随筆私本太平記』（講談社刊、昭和五十二年六月）、『決定版吉川英治全集43　私本太平記4・随筆私本太平記』（講談社刊、昭和五十六年六月）。

『どうか娘を頼みます』〔初刊〕（六興出版刊、昭和四十四年）、普及版（六興出版刊、昭和五十年）、新装版（六興出版刊、昭和五十二年）。

『われ以外みなわが師わが人生観29』〔初刊〕（大和書房刊、昭和四十七年）、新装版（大和出版刊、昭和四十八年六月）、新装版（大和出版刊、昭和五十一年十一月）、新装版（大和出版刊、昭和五十九年）、新装版（大和出版刊、平成四年七月）、文庫版（学陽書房刊、平成九年）。

単行本として刊行されたものと全集に収録されたものが、今、手にとれる吉川の随筆であるが、整理されているとは言い難い。《尚、吉川英治の随筆は千二百を超え、そのすべては把握されていない。ここに挙げたのは単行本として刊行されたものだけである》初出も、果してそれが初出かどうかの検証そのものが困難な状態である。

例えば、初版本の『草思堂随筆』には、「日曜夕語」「僕の三畳」などがいずれも収録されているが、「サンデー毎日」「吉川英治全集月報」を初出とするのは「草思堂随筆」の項目に関するものであり、初出と出来るのは、「穂波村から」だけで、これは「サンデー毎日」昭和四年六月二日号・同六月九日号に掲載された「穂波村随筆」を改題したものである。しかも、この「穂波村随筆」は『草思堂随筆』に先立って『随筆世界を描く五十人集』（立命館出版部、昭和一〇年一月二日）に掲載されており、その意味で、初めて単行本に掲載された随筆である。「うごき」から「下頭橋由来」までは、元々は「草紙堂漫筆」というタイトルで書かれたものを、単行本掲載時にそれぞれ個別にタイトルが付けられたものである。しかもこのうち、「下頭橋由来」はさらに初出が異なる。「うごき」から「純」までは、平凡社版「吉川英治全集月報」に掲載されたもの（推定）だが、「下頭橋由来」のみは、吉川英治が主宰した雑誌「衆文」第二号（昭和八年一〇月一日発行）に掲載されているがゆえにである。また、入手しやすい「随筆」は、古いものでは昭和四十年代の講談社刊の「吉川英治全集」全五十六巻の第四十七巻の「草思堂随筆・窓辺雑草・折々の記その他」としてまとめられたものだが、そしてこれが、この後の随筆集の規範となっているが、それも「草思堂随筆」「窓辺雑草」の大半、「草思堂雑稿」「草莽寸心」の一部、「折々の記」は六興版に同時代の小品を加えたものであり、「折々の記以後」は編集部がまとめたものに編集部が付けたタイトルである。その後、昭和五十年代初めに、講談社刊の『吉川英治文庫』全161巻が刊行され、随筆は戦前の随筆集である「草思堂随筆・窓辺雑草」(第160巻)と戦後の随筆集である「折々の記」(第138巻)に分けられて出版される。平成に入り、同じ講談社から『吉川英治歴史時代文庫』全85巻が刊行されるが、その全集からはこの二巻は外されている。その為、この二巻は、吉川英治記念館の出版物として刊行されるに至っている。このように吉川の随筆は複雑な状況であり、現在においても確証をもってその全容を把握できないだけでなく、一つの全集で随筆を全て読むことも、現時点では不可能である。しかしそうはいっても、吉川の随筆は確かに興味深い。昭和十年に刊行された吉川の最初の随筆集『草思堂随筆』の序には、大衆と向き合わない「後ろ向きな自分」があると書きながら、昭和六年に刊行され始めた平凡社版「吉川英治全集」の月報は、読者との直接的な応答を求めて始まっている。その姿勢こそが、吉川の随筆の本来の姿勢であろう。月報の延長である「衆文」の創刊には、投稿者も批評や要望を投げかけるよう促している。さらに、例えば、吉川の代表作となった『宮本武蔵』である。その人気と反響に、史実と小説とが混同されるのをおそれ、名著『随筆　宮本武蔵』が生み出されるが、「屋上、屋を架す」と書き始められた昭和四十四年刊講談社版全集の序文には、朝日新聞社からこの随筆を出版したきっかけは、「武蔵研究などに関心を持つ一部少数のひとたちのため」だったとあり「読者から寄せられた考証」というものさえ書かれている。吉川自身この随筆を読む面白さを「小説と併せ読んだ場合。史実から見た小説。また、小説から見た史実。どちらから覗いても、或るおもしろさは得られよう」と自ずからの随筆の意図と価値を見越している。この他、『新・平家物語』『私本太平記』にもそれぞれに「随筆」があり、比べて読むと史実から創作への止揚の経過と卓越した吉川の想像力が感じられ、興味深い。故にも、吉川の随筆に関しては、これからの研究が待たれる。〔参考文献〕吉川英治記念館所蔵「随筆掲載図書のリスト」、城塚朋和『吉川英治文庫160』（講談社、昭和五十二年）解説、尾崎秀樹『吉川英治全集52』（講談社、昭和五十八年）解説「年輪を読む」

（槌賀七代）

杉本健吉　すぎもと・けんきち

画家。〔生没〕明治三十八年九月～平成十六年二月（一九〇五～二〇〇四）。一九五〇年から吉川英治著『新・平家物語』の挿絵を担当。七年にわたったこの『週刊朝日』誌上での連載が、挿絵画家杉本健吉を著名にする。その後も同氏の『私本太平記』、絶筆となった『新・水滸伝』の挿絵を描く。杉本自身、吉川との仕事が生涯のほぼ六分の一に当たる大仕事だったが、自分の力が吉川と組むには無さすぎたと回想し、「人相学ではないが、ズバリ顔立ちだけで、周囲の附加的情景無しにでも、その人の性格がわかるような人物が描ければ、その時こそ先生と握手出来るとおもっている」と述べている。吉川英治の訃報を聞いた時、杉本は一睡もせず、深い悲しみと感謝の意を込めて、『新・平家物語』の主人公たちに囲まれた吉川の「涅槃図」を描く。画面左下には、杉本自身も登場している。青梅市の吉川英治記念館には、杉本画伯の手になる吉川英治肖像画も展示されている。旧制愛知県立工業高校卒業後、商業デザインの仕事を手がけ、岸田劉生の門下に入り、岸田の没後は梅原龍三郎に私淑していたが、奈良に魅せられ、東大寺観音院住職上司雲海師の知遇を機縁に、観音院の古い土蔵をアトリエにし、奈良の風物を描く。ここで志賀直哉、會津八一、安倍能成、柳田國男、入江泰吉ら幅広い人間関係を得る。これらの交流人の中に当時朝日新聞出版局長であった嘉治隆一がおり、彼を通じて吉川の挿絵を描くことになる。一九八七年、愛知県知多郡美浜町美浜緑苑に杉本美術館が開館し、売らずにいた絵画を収蔵。二〇〇四年、肺炎のため死去（九八歳）。修業時代は、鉛筆を片時も離さなかった杉本は、素描を大切にし、ジャンルや画材、描法にとらわれず、水彩や水墨、油彩それぞれの特徴を生かし感興を表現。それらはおおらかな、時に繊細な筆遣いによくあらわれている。何をしても感激が伴えば、絵でなくてもよかったのかもしれないが、僕には絵だったと生前語っていた。一九八三年には大阪四天王寺太子絵堂障壁画を完成。出版物は秋艸道人（會津八一）歌、杉本画で五四年『春日野』（文藝春秋社刊）。画集は六〇年『墨絵奈良』（角川出版刊）、六七年『幻想奈良』（求龍堂刊）、八一年『杉本健吉素描集』（朝日新聞社刊）など多数。四八年には第一回中日文化賞を受賞。〔参考文献〕『吉川英治全集』33月報15（講談社、昭和四十二年）、「悲願〝新平家絵物語〟因縁」、木本文平著『生きることは描くこと杉本健吉評伝』（求龍堂、平成二十二年二月）

（植賀七代）

杉本苑子　すぎもと・そのこ

小説家。〔生没〕大正十四年〜。吉川の弟子。自らを「不詳の弟子」と称する。一九五二年、「燐の譜」で「サンデー毎日」の懸賞小説に入選。これを機に選考委員である吉川英治に師事。この年から昭和三十五年まで、中途半端に文壇に出ることを禁止され、六十編以上の習作を書いては吉川の添削を仰ぎ、吉川の書庫整理や年表作成などにも従事。その十年は、苦しみと不安の連続だったという。女の二十四、五歳から三十四、五歳。過ぎていく適齢期、老いてゆく両親、生活の不安があったと回想。「僕を信じ、そして自分自身にももっと自信を持つことだよ」との吉川の言葉に支えられた年月だったという。それが作家としての大成の基盤となる。昭和三十六年（一九六一）二月、「柿の木の下」（吉川の紹介で、師事後、初めて商業雑誌に掲載）を、「別冊週刊朝日」に発表。作家生活に入る。〔参考文献〕『吉川英治全集27月報2（講談社、昭和四十一年）、「夜と朝、朝と夜」尾崎秀樹『この愛、この生き方―歴史文学に見る女性たち』（潮出版社、昭和六十二年）

（植賀七代）

鈴木茂三郎　すずき・もさぶろう

政治家。〔生没〕明治二十六年〜昭和四十五年（一八九三〜一九七〇）。愛知県宝飯郡蒲郡町（現在の蒲郡市）出身。代用教員や新聞配達などをしながら、大学を終えジャーナリストとなる。取材を介して見た社会矛盾への憤りや自身の貧苦の体験などから共産主義に傾倒し、次第に実践活動に身を投じる。戦後は日本社会党に参加し、委員長や執行委員などの要職を務めた。著述家としても知られ、『鈴木茂三郎選集』（全四巻）がある。吉川は「霜庭春語」の中で、老人の良い顔について筆を進め高橋是清、陶芸家河合卯之助に続き鈴木を評し、「酒は呑まないが、社会党の鈴木茂三郎氏の顔もあたたかい。政治家としてはきりょうが好すぎる」と記し、一徹な政治家の心奥に仕舞ってあったのであろうぬくみを炙《あぶ》り出す。また、鈴木は「忘れ得ぬ人々」に吉川との思い遣りに溢れる温かな交流を認《したた》めている。尚、吉川と鈴木は共に文藝春秋読者賞を『忘れ残りの記』で、『一社会主義者の半生』で得ている。

（唐戸民雄）

青年太陽　せいねんたいよう

吉川英治の主宰した雑誌。昭和十年一月号から十二年五月号まで、計二十二冊が刊行された。安岡正篤の思想的な影響を強く受け、吉川は農村青年の精神を触発する為に日本青年文化協会を組織し、その機関誌として「青年太陽」を世に送り出す。創刊号には安岡・吉川を初め評論家高須芳次郎、詩人の北原白秋や白鳥省吾、作家の菊池寛、倉田百三、三角《みすみ》寛、加藤武雄など錚々《そうそう》たる顔ぶれが並ぶ。一通りならぬ力の入れようだ。他の号には白井喬二、佐藤惣之助、岡本かの子、島崎藤村、長谷川伸、山本周五郎、民俗学者柳田国男、植物学者牧野富太郎、宗教家・哲学者清沢満之《まんし》なども稿を寄せた。国家に貢献し日本精神の具現化をなそうと奮闘したものの、戦争へと急ぐ当時の状況が作家の描く理想を退けてしまう。吉川の思いが空回りした感は否めない。**【参考文献】**尾崎秀樹『吉川英治　人と文学』（新有堂、昭和五十六年）

（唐戸民雄）

川柳　せんりゅう

川柳は、吉川英治が生涯最も親しんだ文芸と言ってよいだろう。その作品は、『吉川英治全集』昭和四十五年版には「補巻第三」に、昭和五十九年版には「第五十三巻」（ともに講談社）に収録される。英治が生涯にわたって親しんだことは瞭然とする。神奈川県に生まれた英治は、明治三十六年（一九〇三）十一歳の年に家運が傾いて小学校を中退。その後、印章店の住み込み店員に始まって諸職を転々とするが、十代前半から親しんだのがこの五・七・五の十七音から成る短詩で、さかんに雑誌に投稿を続けた。『全集』所収句で最も古いものは、英治十四歳の明治三十九年に「横浜寿町の新年句会にて」「霞峰」の号で吟じた「松の間の廊下に逢うて御慶かな」である。その後上京して、住み込みで蒔絵師に弟子入りし、「吉川雉子郎《きじろう》」を号としてさらに川柳に親しむ。大正三年（一九一四）二十二歳になる英治は三越が懸賞募集した「文芸の三越」で川柳部門一等に「吉川独活居」の号で当選する。その句は近代建築の三越百貨店を詠んだ「駿河町地を掘り天にのびてゆき」である。この庶民文芸に目を向けて江戸期の川柳・雑俳を渉猟したことが、後の時代小説家への入口であった。二十歳を過ぎて短詩型文芸に飽き足らず懸賞小説への応募を始め、川柳入選の同年、「講談倶楽部」で「江の島物語」が一等に入選して、しばらくは川柳・小説・童話などの創作を続ける。川柳に関する随筆類もよく著わした。「お前は何のために川柳を作る？（略）世態を写すため、諷するため、面白いため？／そんなことより、この場合、自分のためと答えるのが本当である。／（略）／川柳を知る人は、川柳を知らぬ人より、豊かな生活を知る。川柳を知らぬ人の一生より、川柳を知る人の生涯は明らかに、生活の味感を豊饒に収穫するに違いない」（「川柳常識読本」）と断言している。昭和に至って川柳界とは訣別するが、折に触れての句作を生涯続けたことは『全集』を見れば明らかである。**〔参考文献〕**吉川英治記念館で発行している『続　川柳・詩歌集』の解説「作家以前の吉川英治―川柳家・吉川雉子郎」（城塚朋和）に詳しい説明がある。

（白井雅彦）

草思堂　そうしどう

屋号・雅号。昭和十年（一九三五）六月、英治は芝公園十四号の借家から赤坂表町三ノ二十四番地の家に移った。その屋敷は、茶人であった高橋箒庵が設計したといわれる草深い邸園で、その二階の書斎を「草思堂」と名付けた。昭和六年（一九三一）十月から始まった『吉川英治全集』全十八巻の月報に英治は随筆「草紙堂漫筆」を、全集完結後には大衆文芸雑誌「衆文」を刊行し、全集の月報を継続するかたちで「草紙堂漫筆」を連載し、昭和九年二月号にはじめて「草思堂漫筆」を用いた。「草紙」とは、江戸時代に刊行された絵本や絵入り小説本・日記などをさす。英治は、昭和十年（一九三五）九月に、はじめての随筆集『草思堂随筆』（新英社）を刊行した。この著の、随筆「映画」の冒頭には「私は日記を誌《っ》けない習慣なので、この草思堂随筆は、或る期間の、日記だと思って書いている」とあるから、全集の月報などに載せた「草紙堂漫筆」を「草思堂随筆」と赤坂表町の書斎の屋号に変えて収録したことがわかる。また、昭和十四年（一九三九）に刊行した『随筆宮本武蔵』（朝日新聞社）の「序」の最後には、「昭和十四年・仲春　於草思堂　英治生」と、赤坂表町書斎の屋号を用いている。ほかに、「草思堂」を冠したものに『草思堂雑稿』（昭和十六年、富士出版社）がある。英治は昭和十九年（一九四四）三月、戦争のため赤坂から家族と共に青梅の吉野村（現青梅市梅郷から柚木にかけての地）にある家屋敷に疎開した。この家屋敷は、地元の養蚕農家で、弘化四（一八四七）年に建てたものであったが幕末に土台を残して焼失、英治が移った建物は明治初期に建て替えられたものであった。英治はこの家屋敷を「草思堂」と名付け、書斎を「草思書屋」とし、小説「新・平家物語」などを書き、昭和二十六年東京に転居した。没後の昭和五十二年（一九七七）、吉野村の敷地には吉川英治記念館が建てられ、旧居宅は「草思堂」として残され、多くの人が訪れている。〔参考文献〕城塚朋和「「草紙堂」から「草思堂」への道」（『吉川英治文庫』160、講談社、昭和五十二年）（盛厚三）

大藤治郎　だいとう・じろう

川柳家・詩人。〔生没〕明治二十八年～大正十五年（一八九五～一九二六）。東京都本所区徳右衛門町（現・東京都墨田区）に生まれる。父は落語家の禽語楼小さん（二代目／本名・大藤楽三郎）。森鷗外の師でもあった依田學海が名付け親となった。「不選名」の名で、兄の大藤郁男とともに川柳を行っていたが、後に詩に転向する。京華中学校卒業後、ドイツ・フランス・イギリス・インド・南米などを遍歴。第一次世界大戦中にヨーロッパに渡り、捕虜となったこともあったという。帰国後は政治雑誌の記者から転じて雑誌「詩聖」の編集に従事した。詩集に『忘れた顔』（大正十一年）、『西欧に行く』（新潮社、大正十四年）がある。欧州や南米を巡ったことについては、『西欧を行く』の自序において、大藤は次のように述べている。「詩を書く為に旅をしたのではない。詩人たるべく努めて、獨、佛、白、英、印、南亜をめぐったのでもない。私の旅の偶然が私をしてこれらの詩を書かしめたのである」。大藤が吉川英治と出会ったのは大正三年（一九一四）、日仏商会に勤務していた時であったとされる。三つ年下の大藤は英治の川柳仲間の一人で、二人は詩交を温めたという。〔参考文献〕『明治大正詩選』（新潮社、大正十四年）、吉川英治『吉川英治全集』48（講談社、昭和四十三年）

（青柳まや）

高木勝次　たかぎ・かつじ

校閲者・作家。〔生没〕明治三十年〜昭和三十三年（一八九七〜一九五八）。大正十五年（一九二六）に朝日新聞東京本社整理部校正係として入社、在職中は、終始校閲の仕事に従事。昭和二十四年（一九四九）十二月、出版局校閲部次長兼査閲係となる。昭和二十六年（一九五一）一月、勤続二十五年の表彰を受ける。昭和二十七年（一九五二）八月に定年を迎えたが、その後も出版局嘱託として、校閲の仕事に従った。昭和三十一年（一九五六）、客員に選ばれ、次いで小学館に職を得る。高木勝次は、吉川英治が、昭和二十五年（一九五〇）年から昭和三十二年（一九五七）にかけて、「週刊朝日」に連載した「新・平家物語」の校閲に心血を注いだ。五十五歳が定年の当時、「新・平家物語」の連載がスタートしてすぐ定年を迎えたのだが、「校正は、高木君でなければだめだ」という吉川英治の懇請があって、嘱託として朝日新聞に勤務し、足かけ七年、吉川英治に伴走した。ゲラ一枚一枚に、自分の名前と校正年月日のゴム印を合わせて押し、降版する年月日を記入するという徹底ぶりだった。『新・平家物語』の完成に、高木勝次の功績は大きい。朝日新聞社入社前は、松竹脚本部の嘱託。また、青年時代、講談社の懸賞小説に「紅涙記」を寄せて入選。小説家として立つことを志していた。〔参考文献〕「朝日社報」（昭和三十三年九月三十日号）

（堀江朋子）

田中貢太郎　たなか・こうたろう

小説家・中国文学研究者。〔生没〕明治十三年〜昭和十六年（一八八〇〜一九四一）。吉川は田中貢太郎に親近感と敬意を抱いていたらしい。『草思堂随筆』に雑誌「酒」が送られてきたが「題字を田中貢太郎が書いている」と記し、「田中貢太郎老の該博」と述べ、坂本龍馬を「新潮」の会で「田中貢太郎老がお国言葉でこき下ろしていたと思う。つい近時の人だし、郷土の雑伝を聴き過ぎている貢太郎氏には、隣家のおじさんと同じくらいに考えられるものと見える」、そして田中の「話は面白い」と記す。東京湾に投錨中の軍艦を見にゆこうとした朝、「岩崎栄、田中貢太郎と共に訪れて、子どもの行くような所へ行くなと僕を叱る。笑而不答」と記す。（「叱る」の主体は岩崎）吉川の川柳に「川治温泉に遊びて同行の田中貢太郎に戯れて示す」として「午後の汽車待つや岩魚と貢太郎」がある。昭和九年、雑誌「博浪沙」刊。怪談小説など幅広い文学活動を行った。作品に『戀愛鬼語』（天佑社、大正十年）、『支那小説　蛇精』（改造社、大正十五年）、『怪談全集歴史篇』（改造社、昭和三年）、「旋風時代」（東京日々新聞、昭和四年〜五年。同九年・中央公論社刊）、『論語・大學・中庸』（大東出版社、昭和十年）などがあり、また実録『情叙日本大震災史』（教文社、大正十三年）は震災資料として貴重。〔参考文献〕『村の怪談』（志村有弘解説、勉誠出版、平成十年）

（志村有弘）

短歌　たんか

俳句・川柳をよくした吉川だが、時折短歌の筆も執った。五十四首が『吉川英治全集』53（昭和五十九年）に採られている。父母・家族への愛情、物書きの悲哀、旅先の感慨を詠んだ歌が並ぶ。「もの書くと一人で来しがこのいで湯わが子入れたし妻も呼びたし」は妻子への直截な愛情を織り込んだもの。幼き日に一家が離散し辛酸を嘗め続けた吉川の家族へのさり気ない思いが滲み浮かぶ。母いくの郷里千葉県の佐倉には「萱崖は母のむねにも似たるかなたかきをわすれただぬくもれり」と刻まれた歌碑がある。昭和九年、箱根での作だ。年齢を重ねても尚薄れぬ母への強い思慕を示した一首である。おおよその詠をとっても技巧からは遠いものの、三十一文字に溶かす深き思いは何処か仄《ほの》かに懐かしく読む者を温かに包む。また、当時の国策を後押しするかの如き歌もある。だからと言って、吉川が国策に荷担したと安直に決めつけるのは早計すぎよう。小説家は養女を昭和十九年三月九日の東京空襲で亡くす。娘の消息を尋ね焼け跡を幾日も歩き回り、生存の可能性のなきを認めると周囲を憚《はばか》らず泣きに泣いた、と父の無念を長男英明が後に書き記している。また、戦局が翳りを見せ始めた頃、編集者に宛てた書簡の中で戦況を訝《いぶか》しむ胸奥《きょうおう》を率直に吐露した詩歌が見つかった（『朝日新聞』平成二十六年六月十六日）。時に本心を曲げ或いは隠し、生き継がねばならぬ時代もある。吉川の態度は苛酷な時期を凌《しの》ぐ為の方便であったのではなかろうか。再考を要するところだ。その他、全集同巻には、明治末年に盛んになされた、「鄙《ひな》振り」をもじったもので流行語を取り入れた新趣向の狂歌の一種「へなぶり」四首も収められている。新規の短詩に果敢に挑む青年の創作態度に、尾崎秀樹の挙げる他年の吉川文学の特色のひとつ「時感」（作家の造語か。時代・状況を読む感覚の意）を既に覗い見ることが出来よう。

（唐戸民雄）

デビュー　でびゅー

英治の創作活動は少年時代からはじまっていた。明治三十九年（一九〇六）十四歳の時には「貿易新報」に投稿した俳句が入選している。また上京してからは何度か「日本新聞」の川柳の投稿欄へ作品を投稿している。「講談倶楽部」が創刊された翌年の明治四十五年（一九一二）には、吉川雉子郎のペンネームで川柳を投稿し、同年六月号には「高慢」と題した二句が、同月号の俳句欄には「袷」の課題で「水欄に眉涼しけれ初袷」が載った。その後、大正三年（一九一四）一月には「文芸の三越」に川柳が一等当選した。同年小説「江の島物語」を「講談倶楽部」に発表。この作品は江の島の弁財天にまつわる短編の霊験譚である。初めての新聞小説は「親鸞記」で大正十一年（一九二二）に「東京毎夕新聞」紙上に社命を受けて連載執筆した。翌年に「親鸞記」は毎夕出版部によって単行本化されている。大正十二年（一九二三）九月に起こった関東大震災によって前年に入社していた東京毎夕新聞社の社屋は炎上、新聞は休刊し社員は解散する。これによって英治は発心し、文学に専念する決心を固めたという。大正十三年（一九二四）には原稿生活にやや自信もついて、東京都杉並区馬橋に借家した。「吉川英治」のペンネームをはじめて用いたのはその翌年である。〔参考文献〕吉川英治『吉川英治全集』48（講談社、昭和四十三年）、吉川英治記念館『わたしの吉川英治』（吉川英治記念館昭和五十二年）

（青柳まや）

伝奇小説　でんきしょうせつ

吉川の伝奇小説について、陳舜臣は「（神州天馬侠について）私が酔ったのは、その伝奇性であった。……（宮本武蔵についても）伝奇性は、はっきりと作中に刻みこまれていた。……私にとって、吉川英治はあくまで希有の伝奇作家である」と述べている（『吉川英治歴史時代文庫』第一巻・解説）。また、向井敏は「歴史小説と伝奇小説」の中で「講談風ないし伝奇風時代小説の作者にまず要求されるのは史眼のたしかさでも構成の緊密精緻でもなくて、些少の歴史的事実や小耳にはさんだ口碑伝説を果てしもなくふくらませていく特殊な空想力であろう。ことわるまでもなく、その方面の達人の一人が吉川英治」（『江戸三国志（二）／吉川英治歴史時代文庫六』）と述べている。吉川の小説の多くに伝奇性があることは、疑義を入れないところであるが、では吉川における伝奇性とはどういうものであるのか。歴史的背景を維持しながらも、登場人物たちを空想や幻想をもとに描き出す伝奇小説では、登場人物たちが荒唐無稽な行動をとっても、それを読者に納得させるだけの筆力と構成力とが要求されるであろう。吉川の描き出す伝奇的描写における登場人物たちは、時に不合理で非常識な行動をとるが、それらを読者が現在でも支持し続けるのは、その人物たちの明と暗、不条理な運命における苦悩と闘いが同時に描かれているからではないか。それらは、仇討ちであったり、恋愛であったり、親子愛であったり、また権力との闘いにおけるものであったりするが、登場人物たちは不条理な運命に翻弄されながらも敵前逃亡するようなことはしない。現実世界ではあり得ないような神秘的力や超能力も多く使われ、それらがより伝奇性を強めるのだが、そうした人智を超越した能力が登場人物たちを助ける場面に、読者たちは心中で拍手喝采を送り、登場人物たちに感情移入しきってゆくのである。作品世界にあるリアリズムは、そのようなスリルによって損なわれることはなく、維持されたまま物語は進められてゆくのである。吉川作品の登場人物たちは、初めから強い力を持ってはおらず、肉体的、精神的に弱い側面から描かれはじめることが多い。過酷な運命に翻弄されながら、時にそれに負け敗退しそうになる。だが、たとえ神秘的力や超能力を用いさせてでも、彼らが運命を克服し、切り開いてゆく姿を読者は望み、また吉川はそれを読者の望んだ以上に作り差し出すのである。時に、伝奇性は史実の正確さと相反する結果をも生む。向井は、先の引用に続けて「(三田村鳶魚が『大衆文芸評判記』中で)吉川英治の『鳴門秘帖』も槍玉にあげられ、散々にこきおろされている。……その点の不備無頓着を吉川英治のために惜しんだが、それでもかつて少年の胸を躍らせた物語の魅惑の思い出は私から消えることはなかった」と述べている。吉川作品の伝奇性とは、こういうものなのである。

(児玉喜恵子)

東京毎夕新聞　とうきょうまいゆうしんぶん

「東京毎夕新聞」は、明治三十二年四月三日創刊の『千代田日報』が、いくつかの新聞社と合併を繰り返した後、明治四十三年九月二十六日『東京毎夕新聞』と改題し、昭和十七年七月に終刊した新聞である。「改題の辞」には、「此頃地方に「何々毎夕」と題した新聞が大層増えて来て、甚だ紛らはしくて仕方がありませんから、此方の方で『東京毎夕新聞』と改めたのです。『毎夕新聞』は名前を改めると同時に、中味をも改めました。『デーリ、ミロア』が倫敦の新聞界に大恐慌を来たさせた位の事は憚乍『毎夕』もやつて御目にかける積り」と高らかに宣言している。吉川英治は、山崎帝国堂の広告文案係を辞め、「東京毎夕新聞」の営業部長矢野錦浪の意向と川柳仲間で社員の川上三太郎に誘われて、大正十一年東京毎夕新聞社に入社した。当時東京毎夕新聞には尾崎士郎、三上於菟吉、岡鬼太郎等がいた。その尾崎が辞めた後、吉川が入社した。ハーモニカの宮田東峰も校正部にいた。入社した吉川は家庭部に入り、日曜版を担当し、続きものやインタビュー記事を一人でこなした。一週間に一本ずつ短編童話も書き、新鋭の内科医・慶応大学医学部の正木不如丘からの聞書き『血圧物語』を連載した。続きものを企画した吉川は、日本女子大学の井上秀子を自宅に訪ね、質問してまとめたのが「新女人国記」の始まりで、以後、長谷川時雨、伊藤野枝らを歴訪して記事にまとめ、連載した。大正十二年、白樺派の有島武郎の訪問記事を書いたが、有島が波多野秋子と情死する少し前に訪ねインタビューを記事にしている。この後、宗教的素材を扱い、読者の関心に応えようとした営業局長矢野錦浪は社長と相談の上、吉川に『親鸞記』の連載を命じた。無署名で挿絵なし、一段棒組のスタイルであった。一回五十銭の計算で、吉川は二時間ほど早く出社して執筆した。『親鸞記』完結後、東京毎夕新聞社出版部から単行本として刊行され、はじめて吉川英治の名前を用いた。大正十二年九月の関東大震災の時、吉川は東京毎夕新聞社で昼食を食べようとした時であった。吉川は川上三太郎と表の通りに駆け下り、のち大川端から一艘の肥料舟に乗り移り一夜を過ごした。震災で東京毎夕新聞社は焼け落ち、社長は金庫のものを皆で分けるように言って姿を消した。再建の目処が立たず、東京毎夕新聞社は解散となった、東京毎夕新聞社は、俗に腰掛け新聞といわれたほど、新聞人としての一応の技術が身につくと他に移る者が多かった。震災を機に吉川は記者生活に終止符を打ち、別の人生を歩む決意を固めた。

〔参考文献〕『東京毎夕新聞』、野間省一『日本出版百年史年表』（日本書籍出版協会、一九六八年十月）、尾崎秀樹『伝記吉川英治』（講談社、昭和四十五年十月）

（松尾政司）

陶芸 とうげい

英治自ら、陶芸を楽しんでいる様子を記録している箇所がある。「香屋子が絵を描けるようになると、夕食後、母と二人を連れて街に出て、土産物の楽焼屋に立ちより、香屋子と合作のお皿や茶碗を焼いたりしていた。」(「軽井沢・避暑地の日々」)この作品が、鉢「柿の図」(径17×高9㎝)である。迫力のある楽焼「ぶどう」の絵皿は、吉川英治展はもとより遺品の品として目に触れることができる。その他陶芸作品は、鉢「誕生佛」(径14×高5㎝)昭和二十三年頃京都にて裏千家宗匠らと遊んだ時の作品で外側に〝旅情童心・桐蔭席にて旅興英治〟とある。楽焼「桔梗図」この作品も次女香屋子と楽焼屋にて遊んだ時の作品である。楽焼「浅間山図」(径23・5×高2・5㎝)は軽井沢の家の隣に日本女子大学の寮があり、毎夏、女子大寮で講演をしていたが、昭和三十六年の夏は健康がすぐれなく断った。この絵皿はそのお詫びに贈ったという。楽焼「梅林図」(径26×高2・5㎝)、楽焼「父子合作 野花の図」(15・5×15・5㎝)に香屋子は、得意な紅色の小花をつけた赤まんま(イヌタデ)を画き、英治は好きな露草を画き添えている。『吉川英治余墨』に掲載されているが、これもまた遺品の品として展示されている。やきもののコレクションも相当な蒐集家であった。陶器研究家・小山富士夫が『吉川英治全集月報』の中で「吉川さんとやきもの」について詳しく紹介されている。それによれば「吉川さんが蒐集されたやきものはざっと五百点近くはあったろう」そして「文学者の蒐集としては、数からいっても最も多く、また感動するものがいくつかあった」と語っている。

〔参考文献〕『吉川英治展図録』(神奈川文学振興会、平成元年十月)、『新潮日本文学アルバム 29吉川英治』(新潮社、昭和六十年八月)、『父 吉川英治』(文化出版局、昭和四十九年九月)、『吉川英治とわたし(復刻版吉川英治全集月報)』(講談社、平成四年九月)、『吉川英治余墨』(講談社、昭和四十四年八月)、『改訂版 吉川英治余墨』(平成四年八月)、『吉川英治 人と文学』(吉川記念館編、平成十八年八月)

(早野喜久江)

投稿（習作期）　とうこう（しゅうさくき）

明治末年頃より、「新川柳」の同人となり雉子郎と号した吉川は、大正三年（一九一四）、「講談倶楽部」の募集した懸賞小説に「江の島物語」を投稿し一等入選。同誌の秋季増刊号に掲載された。投稿時の筆名は、吉川雉子郎であった。その後、大正八年に大連で冬を過ごしていた吉川は、生計のため応募小説を書き続け各誌へと応募。大正十年に帰国してから、それらの作品が次々と入選し掲載され始めた。童話部門一等「でこぼこ花瓶」は「少年倶楽部」、滑稽小説部門一等「馬に狐を乗せ物語」は「面白倶楽部」、時代小説部門三等「縄帯平八」は「講談倶楽部」にそれぞれ当選し、賞金計七〇〇円を得ることができ、大正十年二月に死去した母いくの葬儀費用となった。こうした投稿期を経た後、「東京毎夕新聞」に勤務し、処女作「親鸞記」を同新聞夕刊に連載することとなったのである。

（児玉喜恵子）

東福寺　とうふくじ

真言宗高野山の末寺で、光明山遍照院という。この寺の裏山は四国山と呼ばれ、四国の霊場八十八ヵ所にちなむ石仏が点在し、お遍路の道がつけられている。英治兄妹の幼き日の遊び場であったと思われると『伝記　吉川英治』（尾崎秀樹　講談社　昭和四十五・十二・八）にある。長谷川伸、大佛次郎も東福寺界隈で生まれている。奇しくも三人の大衆作家が東福寺と有縁なのである。『ぶらりハマ歩き』（NPO法人横浜シティガイド協会　二〇一三・九・二十九）には次のようなことが書かれている。後嵯峨天皇の勅願により元心法師が寛元年間（一二四三〜四六）に創建したと伝えられる。朱塗りの山門で有名である。山門をくぐると閻魔堂がある。天正元年（一五九一）に徳川家康によって寺領安堵の御朱印状が下され、三つ葉葵の寺紋も許可されたと言う。英治がこの近くに住んでいたころは、英治の家も豊かであった。

（澤田繁晴）

直木三十五　なおき・さんじゅうご

小説家・出版社経営・雑誌運営・編集者。〔生没〕明治二十四年〜昭和九年（一八九一〜一九三五）。本名植村宗一。大阪市南区内安堂寺町生れ。市岡中学卒業、早稲田大学英文科予科中退、高等師範科に転じ除籍。大正七年トルストイ全集刊行会（のちの春秋社）を興し、雑誌「主潮」（大正八年四月）を創刊。会が分裂して鷲尾雨土と冬夏社を興したが潰れた。「人間」の運営にタッチ、元泉社を興すもうまくいかず、三十一歳の時に直木三十一の筆名で文壇時評を執筆。大震災で帰阪、月刊誌「苦楽」（大正十三年一月）の編集にあたると共に創作の筆を執る。「仇討十種」（同年九月）は初の出版物。白井喬二らの二十一日会に参加。京都で連合映画芸術協会を設立したが失敗。再度上京すると敵討ものに傾倒。「南国太平記」（東京日日新聞、大阪毎日新聞、昭和五年六月十二日〜昭和六年十月十六日）で不動の地位を固め、大衆小説全盛期に文壇の寵児となる。「益満休之助」（昭和七年）、「源九郎義経」（八年）など震災後に生れた荒唐無稽の時代物小説から、リアリティある人間の創造へ脱皮を試みた。日本で初めての本格的な歴史小説と評する知識人は多い。「日本の戦慄」（七年）ほか現代小説や時局小説、近未来小説にも進出。満州事変前後から国策的色調を加えた。直木は在来の通俗小説の下劣さを痛烈に批判して、「吉川英治は、大衆娯楽文芸派である」「新しい道徳的意志」や「燃立つ正義観によつて貫かれてゐるのでもなく」、「大道文学は所詮大道物」（「大衆文芸への批評」、「文藝春秋」昭和五年十月）と酷評。また直木と菊池寛の間に武蔵を巡る論争がある。ＪＯＡＫ（ＮＨＫの前身、昭和七年八月）で直木が「宮本武蔵の弱さ」と題して放送。若い頃の武蔵はヤマ気と自己宣伝の現れ、弱者との試合ばかりと指摘。菊池は「話の屑籠」（「文藝春秋」昭和七年十月）で武蔵の頃は真剣の果し合いをしていた、一度も負けたことはなかったと反論。同誌（十一月）に直木は「武蔵を偉人とする「宮本武蔵顕彰会」の「宮本武蔵伝」」を読んで、「天下第一人を避けて、六十三人の弱い奴に、勝つたとて、何の誇りにもならない」と反駁。「撃剣叢談」で武蔵が試合を避けた上泉信綱こそ天下無敵という（直木「剣法夜話」や「上泉信綱と宮本武蔵」）。門人の少なさや社会的地位を信綱と比較。吉川も直木に向かって考証的に話したらと論争に加わり「作家一代楽屋話」（讀賣新聞、昭七年十月二十七日、二十八日）で菊池、直木とともに座談会に出席。直木は小笠原藩で料理人の両手を斬った武蔵を批判して上泉との人格的な違いを述べた。吉川は武蔵の野人ぶりは二十代までであり、以後の武蔵の精神面に着目して執筆した、そうした武蔵理解を故意に無視した直木の態度は納得できないと指摘。「宮本武蔵」はこの論争に対する答えであり、剣禅一如の剣の求道者として造詣した。昭和十年、大衆文学の質的向上に尽くした功績を称えて「直木賞」が制定された。**〔参考文献〕**武田泰淳「吉川英治論」（「文芸」、昭和三十一年九月）（以上、岩田恵子）

小説家。脚本家。映画監督。**〔生没〕**明治二十四年～昭和九年（一八九一～一九三四）。吉川英治と直木三十五は、大衆文学・大衆文芸の勃興期に出会い、同志とも好敵手ともなった間柄とされる。英治の随筆には直木に関する様々な文章が見られる。『窓辺雑草』所収の「直木三十五」（昭和九年）は、病院で直木の臨終の場に立ち会わせた英治が、そのまま原稿を書いたというものだが、ここで英治は亡友に対し次のように記している。「大衆文芸の勃興を契機に、直木君を知って十年、僕ら同文同耕の輩が、かれを友として享けた恩恵は大きい。彼を失って、更に痛切に想ふ。彼は、大衆文学にとって、大きな防風林だった。（中略）戦友ではあっても、彼の自尊毒舌ぶりや、彼の傍若無人さには、正直、時には不快を感じ、暗黙の競争心を煽られたこともあったが、それも今となれば、今日にまで来る大衆文芸の伸長には、なくてはならない貴重なる叱咤であり、鞭撻であった」。英治が直木の才能を評価していたことがこの文章から分かる。また英治は直木の死後も、直木の事を様々気にかけており、『草思堂随筆』所収の「友情」では、直木の記念碑について次のように述べている。「直木三十五の記念碑が建った。多磨墓地の住んでもみたいようないい場所である。この間、日本平へ登った帰りに見た清水の北村透谷の碑は、いかめしくて立派すぎて、文人らしい感じをうけなかったが、直木のは、あの男らしい着流しの石碑で、今に、あの辺を散歩する者が、足やすめによりかかって直木の頭にひじをかけながら恋を語っても、怒りそうもない設計である」。文学碑に対する感想からは、英治の直木に対する考え方をも垣間見ることが出来る。英治の名作『宮本武蔵』の執筆の契機は、直木三十五らと昭和七年（一九三二）九月二十八日に読売新聞社主催の座談会で、宮本武蔵名人説・非名人説で議論をしたことであるという。〔参考文献〕吉川英治『吉川英治全集』47（講談社、昭和四十五年）、安宅夏夫「吉川英治と直木三十五」（『国文学解釈と鑑賞』平成十三年十月）　（青柳まや）

賑座　にぎわいざ

明治十三年（一八八〇）七月に横浜、伊勢佐木町に開座した芝居小屋。柿《こけら》落としには板東家橘一座が出演したという。同年同町は「観世物興業場」に指定され、賑座の他に山中座、増田座（蔦《つた》座）、粟田座、勇《いさみ》座などの芝居小屋や富竹亭（寄席）が軒を連ね興業街を形成した。賑座は輸出用の絹の手巾の縁縢《ふちかが》りや刺繍《ししゅう》を施す織子《おりこ》（通称ハンケチ女）に人気を博したハンケチ芝居が有名であった。大正三年（一九一四）には改築し、活動写真も兼ねる。翌年一旦休業し、商号を朝日座と改め再出発した。吉川少年は賑座・羽衣座・喜楽座などの芝居小屋に足繁く通う。歌舞伎が好みであった。立ち見席で全てを忘れ舞台に興じ時を過ごす。それは束の間の楽しみであり、慰めでもあった。しかし、同時に伊勢佐木町界隈の芝居小屋が未来の語り巧者《ストーリー・テラー》吉川英治を培い育てていたことにもなろう。そうした当時の在《あ》り様《よう》が四半自叙伝「忘れ残りの記」に活写されている。　（唐戸民雄）

日記　にっき

吉川は、いわゆる日次の「日記」といえるようなものは残していない。「自筆年譜」の「付記」には、「記憶にもとづいて簡単な経歴を竝べてみたが、日記とかメモとか几帳面な習慣のまったくない自分には多少の錯誤はないとは云いきれない。特に数字的な記憶は自分でさえあやぶまれる。唯、従来語るのを好まなかった事もまた自分の愚や辱もあえて記録したつもりではある。それとて洩れたものが多かろうと思うが、だからといって故意に除いたりはしていない」とある。また、『草思堂随筆』中「映画」には、「私は日記を誌《つ》けない習慣なので、この草思堂随筆は、ある期間の、日記だと思って書いている」ともある。このように、吉川には日記を記す習慣がなかったといえるが、日記の類いの代わりとなり得る随筆を数多く執筆している。先の『草思堂随筆』をはじめ、『窓辺雑草』、『草思堂雑稿』、『草莽寸心』、『折々の記』、『折々の記以後』などがそれにあたり、これらには、記されている内容について正確な日付等は付されていないが、年譜などと照応しておおよその時期を推し量ることは可能である。

（児玉喜恵子）

日本青年文化協会　にほんせいねんぶんかきょうかい

昭和十年（一九三五）吉川が設立し自ら会長となった農村青年教育の組織。事務所は赤坂表町の自宅で元政治家江木翼邸。隣家は高橋是清。機関紙「青年太陽」（昭和十年一月～十二年五月）。安岡正篤、高須芳次郎、徳富猪一郎、菊池寛、加藤武雄、倉田百三らが執筆。発行人は弟の晋。編集は博文館記者本位田準一ら十人。滝川駿は東京毎夕新聞の谷孫六の紹介。創刊一万部。会員一八〇〇だが赤字補填に書画骨董を売る。同協会パンフレット第一輯『わが天皇』（昭和十年）。白鳥省吾、倉田らと東北の農村で講演。設立経緯は大衆文学研究誌「衆文」（昭和八年八月～九年十月）発行の時、編集の大牟田明が、右翼的思想家、安岡を紹介し、共鳴して同協会設立。安岡の著書に『日本武道と宮本武蔵』（昭和六年）がある。須賀川支部の佐藤暁星は須賀川牡丹園の牡丹焚火を紹介。『宮本武蔵』にこの体験を用いる。二・二六事件の時「青年太陽」で対談を予定した高橋是清が暗殺されたが、蹶起部隊に差し入れをした。昭和十二年六月心交協会へ改組し「週刊太陽」発行。

（岩見幸恵）

野間清治　のま・せいじ

出版事業家。〔生没〕明治十一年～昭和十三年（一八七八～一九三八）。群馬県山田郡新宿村（現在の桐生市）で生まれる。教員を経て、東京帝国大学法科大学書記となるが、明治四十四年に講談社を興す。大正二年には大学を退き、出版事業に専心する。「面白倶楽部」「現代」「婦人倶楽部」「キング」などの一般大衆向けの月刊誌を次々に世に送り出し、大成功を収めた。大正十四年、吉川は新人であったにもかかわらず、社運をかけた「キング」に「剣難女難」を書き継ぐ。回を追うごとに人気は高まり、雑誌を強く後押しした。発行部数の漸増を望む野間と作家としての地歩を固めたい吉川の思いは重なり、両者は急速に近接する。幾度となく吉川は厚遇を受けたという。また、野間からの激励の手紙や編集者を介して批評・感想を貰うことも屢々あったと振り返る。野間は出版事業の開拓者・大胆な経営者であり、同時に書き手への心配り・気遣いを忘れぬ細やかな神経の持ち主であった。

（唐戸民雄）

橋本関雪　はしもと・かんせつ

日本画家。〔生没〕明治十六年～昭和二十年（一八八三～一九四五）。兵庫県神戸市に生まれる。明石藩の儒者であった父に漢学や詩文を学び、幼少の頃より書画にも親しむ。本格的に絵画の道を歩むことに決め、四条派に入門するも、技量は既に卓絶しており、十四・十七歳のとき、二度にわたり展覧会の席上で揮毫を披露するほどであった。生涯を通して四条派の写実を基軸としつつ、南画や光琳の画風なども積極的に取り入れ、枠に囚われない秀逸な作品を多く残す。昭和十七年十月、海軍の命により吉川は関雪と共にマニラ・ジャカルタ・シンガポール・上海などを視察する。空路で二十一日の行程であった。この時の見聞を吉川は『南方紀行日誌』『南方紀行』に、橋本は『南を翔《か》ける』に纏めている。また、吉川は酒豪関雪の奔放な振る舞いを「トラの関雪さん」と題した小文に記している。美を追究し妥協を許さぬ創作家関雪の筆を持たぬときの気随な様子が温かな筆致で活写されていて興味深い。

（唐戸民雄）

発表雑誌　はっぴょうざっし

大正三年、吉川の処女作「江の島物語」が掲載されたのは「講談倶楽部」であった。この時以降、吉川の生涯に渡って講談社との関係は継続し、同社発行の様々な雑誌に作品を発表した。大正十年に、講談社の雑誌数誌に応募作品が懸賞当選し、翌大正十一年にそれらが掲載された。「少年倶楽部」に「でこぼこ花瓶」（一月号から四月号）、「面白倶楽部」に「馬に狐を乗せ物語」（九月号〜十一月号）である。この後まもなく吉川は、川柳同人仲間で当時東京毎夕新聞の営業局長を務めていた矢野錦浪の推薦で同新聞社に入社するが、翌年の関東大震災によって同新聞は休刊。生計を保つに窮して再び講談社の各誌へ作品を投稿した。そこで採用され連載の運びとなったのが「剣魔侠菩薩」である。当作は、「面白倶楽部」昭和十三年七月号から十二月号に連載となった。「面白倶楽部」は、明治四十四年に大日本雄弁会の野間清治が発行した「講談倶楽部」の姉妹誌として発行された雑誌で、吉川は「剣魔侠菩薩」をはじめ「坂東侠客陣」を発表している。そして吉川が講談社の雑誌で一番多く作品を発表しているのは、処女作「江の島物語」掲載の「講談倶楽部」である。同社が大正十四年十一月創刊の「キング」にも、創刊号に「剣難女難」を発表したのをはじめとして、数多くの作品を発表。その他、講談社の雑誌では若年層向けの「少年倶楽部」や「少女倶楽部」にも「神州天馬侠」をはじめ多くの作品を発表。また、主婦層向けの「婦人倶楽部」には「さけぶ雷鳥」などを発表。同社各誌の部数向上に吉川は大いに貢献したため、講談社は幾度も慰労の席を設けたという。講談社以外の雑誌では、「サンデー毎日」と「週刊朝日」にも多く作品を発表。また、新潮社が昭和七年に創刊した「日の出」には、「燃える富士」、「あるぷす大将」、「修羅時鳥」を発表している。文藝春秋発行の「オール讀物」には、「春秋編笠ぶし」をはじめとして、「花街三和尚」、「筑後川」などを発表。同じく文藝春秋発行の「文藝春秋」には、「田崎早雲とその子」を発表。改造社発行の「改造」に「醤油仏」を、中央公論社発行の「中央公論」には「函館病院」、「無宿人国記」、などを発表。その他、実業之日本社発行の「少女の友」には「胡蝶陣」、「やまどり文庫」などを、主婦の友社発行の「主婦之友」には「母恋鳥」、「日本名婦伝」などを発表。このように、作品の掲載誌から、講談社をはじめとして、中央公論社、新潮社、毎日や朝日などの新聞社系出版社など、主要各社がこぞって吉川の作品の掲載を要望していたことがうかがえる。

（児玉喜恵子）

浜本浩　はまもと・ひろし

小説家・新聞記者。〔生没〕明治二十三年～昭和三十四年（一八九〇～一九五九）。戸籍上は明治二十四年生れ。父の勤務地高知県松山市萱町生れ、原籍は長岡郡長岡村（現・南国市）。高知二中から同志社中学在学中満十九歳で「中学世界」に投稿。選者の西村渚山に認められ、中退して上京。博文館に入社し同誌の訪問記者となる。その後、南信日日新聞、信濃毎日新聞、高知新聞の記者を経た。酒豪だが繊細、豪傑を装った感傷家（朝日新聞、昭和二十八年六月十三日）とある。大正八年来高した山本実彦と意気投合、改造社京都支局長となり、「改造」の原稿依頼で（大正八年～昭和八年）潤一郎、直哉、春夫らの担当になる。退社後は大仏次郎を師として作家生活に入る。「十二階下の不良少年」（「オール讀物」昭和八年四月）が出世作で、沈滞する大衆文壇に清新の気を吹き込んだ。「浅草の灯」（東京日日新聞、昭和十二年二月二十四日～四月十三日夕）は大ヒットし、新潮社文芸賞大衆文芸賞受賞。戦前戦後にわたって多くのルポルタージュ風の浅草ものや「海援隊」など幕末土佐物の歴史小説を執筆。土佐を代表する作家の第一人者と目された。昭和七年に海軍報道班員として馬駆、ラバウル方面に遠征した時の記録がある。十三年には揚子江方面に従軍（『土佐近代文学者列伝』高知新聞社、昭和三十七年）。漢口没落の九江には文芸家協会の吉川英治、菊池寛らと従軍した。山岡荘八「大衆倶楽部と吉川さん」（『近代作家追悼文集成』38、ゆまに書房、平成十一年二月）に、「大衆倶楽部」の創刊号の編集監督は北村小松、浜本らで、大衆文学の復興をめざして同人雑誌を商売にしようとした二十五歳の雑誌編集人の荘八に、「まっ先に賛成して、私を吉川さんのところへ連れて行つて呉れたのが浜本浩氏」、「吉川さんが居なければこの雑誌は生れなかったろう」とある。

（岩田恵子）

広瀬照太郎　ひろせ・しょうたろう

編集者。〔生没〕未詳。大日本雄弁会講談社（現・講談社）の雑誌「現代」の編集者として才能が認められて引き抜かれ、大正十四年（一九二五）一月に創刊された大衆雑誌「キング」の編集者に迎えられる。「キング」のモットーは「面白くためになる」で、創刊号には吉川英治の「剣難女難」の他に、村上浪六「人間味」、渡辺霞亭「獅子王」、中村武羅夫「処女」、下村悦夫「悲願千人斬」といった大物作家や新人作家の作品が掲載され、当時としては異例の五十万部を発行した。吉川英治（本名・吉川英次）は、「吉川英治」のペンネームを用いる以前は、川柳家の名である「吉川雉子郎」をはじめ、「吉川白浪」「不語仙亭」「朝山李四」など、様々なペンネームを用いていた。吉川英次が「吉川英治」のペンネームをはじめて用いたのは、「キング」の創刊号から連載をはじめた「剣難女難」の執筆の時からである。「吉川英治」のペンネームの誕生には広瀬が関わっている。吉川は、「キング」への連載が決定した際、担当であった広瀬照太郎から長編を書く以上は逃げ腰の匿名などではいけない、本名を用いるべきだとすすめられた。その際、本名の「英次」が「英治」と誤植されて広告に出され、以後この字を用いたという話がある。**（参考文献）**吉川英治『吉川英治全集』48（講談社、昭和四十三年）、尾崎秀樹『吉川英治　人と文学』（新有堂、昭和五十五年）

（青柳まや）

文学賞選考委員

ぶんがくしょうせんこういいん

直木賞の昭和十年（第一回）〜昭和十九年（二十回）、昭和二十七年（二十七回）〜昭和三十六年（四十五回）まで、亡くなる前年まで精力的に選考委員を務めている。直木三十五賞は、文藝春秋社社長の菊池寛が友人の直木三十五を記念して芥川賞とともに創設し、以降年二回発表される。無名・新人及び中堅作家による大衆小説作品に与えられる文学賞である。第二回の直木賞選考委員会には日本の歴史的事件とのエピソードがある。昭和十一年二月二十六日、この日は二・二六事件の当日にあたり、委員たちは戒厳令下を緊張した面持ちで集まっている。しかも一回で決定せず、二ないし三回の会合を重ね、三月十三日に決定したという。特に吉川英治は、当時住んでいた自宅・赤坂が高橋是清大蔵大臣の家の近くにあり、その感が深かったようである。最後の選考委員として第四十五回（昭和三十六年、上半期）は体調がすぐれず欠席しているが、「雁の寺」で受賞した水上勉に関して「水上氏の挑んでいる社会小説的な作家眼とそのいやみのない筆のタッチに心をひかれる」と評している。野間文芸賞の昭和二十八年（第六回）～昭和三十五年（十三回）、十四回は病気欠席となっているが、選考委員を務めている。野間文芸賞は、講談社初代社長野間清治の遺志により設立された財団法人野間文化財団が主催する文学賞で純文学の小説家・評論家に授与される。読売文学賞の昭和二十八年～昭和三十一年まで委員を務めている。読売文学賞は読売新聞社が制定した文学賞で昭和二十四（一九四九）年に第二次世界大戦後の文芸復興の一助として発足した。小説、戯曲・シナリオ、随筆・紀行、評論・伝記、詩歌俳句、研究・翻訳の六部門に分類し、過去一年間に発表された作品を対象とする。新潮社の創業四十周年を記念して昭和十二年に創設された、新潮社文芸賞の昭和十三年・第二部大衆文芸賞の選考委員を務めているが、昭和十九年で廃止されている。故千葉亀雄の大衆文学への功績を記念して昭和十一年に創設された千葉亀雄賞では、長編大衆小説を対象とした選考委員を務めている。

〔参考文献〕『最新 文学賞事典』（日外アソシエーツ、平成元年十月）、「国文学解釈と鑑賞 第42巻8号 直木賞事典」（至文堂、昭和五十二年六月）、豊田健次『それぞれの芥川賞 直木賞』（文藝春秋、平成十六年二月）

（早野喜久江）

文学碑　ぶんがくひ

吉川英治の文学碑・句碑・歌碑は北日本から九州まで広く建てられており、平成になってからも新しい文学碑が増えている。所在は次のようなものがある。青森県平川市切明津根川森・温川山荘（句碑）／千葉県佐倉市臼井田印旛沼湖畔（歌碑）／東京都青梅市駒木野万年橋畔（詞碑）／東京都青梅市柚木玉堂美術館（川柳碑）／神奈川県横浜市南区横浜植木旧本館跡（詞碑）／愛知県海部郡蟹江町蟹江新田鹿島佐屋川畔（句碑）／奈良県吉野郡下市町（句碑）／島根県隠岐郡隠岐の島町池田隠岐国分寺（文学碑）／広島県呉市警固屋通十一丁目音戸瀬公園（詞碑）／山口県鳴門市鳴門町土佐泊浦鳴門公園御茶園（詞碑）／宮崎県東臼杵郡椎葉村大字下福良（詞碑）／宮崎県東臼杵郡椎葉村字上椎葉（民謡碑）。この中で、例えば千葉県の印旛沼湖畔にある歌碑には「萱崖は母のむねにも似たるかなたかきをわすれたゞぬくもれり」と刻んである。英治の母いくは印旛郡臼井町江原（現・佐倉市江原台）の生まれで、文学碑は母の生家のあった場所に因んだものである。その他の碑も英治の所縁の地や作品に関連した地に建てられている。〔参考文献〕宮澤康造・本城清編『新訂増補　全国文学碑総覧』（日外アソシエーツ、平成十八年）

（青柳まや）

ペンネーム　ぺんねーむ

吉川英次がそのペンネームである「吉川英治」をはじめて用いたのは、大正十四年（一九二五）、「キング」創刊号（大正十四年一月）から連載をはじめた「剣難女難」の執筆の時からである。それ以前には様々なペンネームを用いていた。川柳で用いていた吉川雉子郎は有名であるが、その他にも例えば以下のようなペンネームがある。（）内は掲載雑誌。「吉川白浪」（「面白倶楽部」）／「望月十三七」（「面白倶楽部」）／「橘八郎」（「面白倶楽部」）、「柳鷺一」（「少年倶楽部」）／「雪屋紺之介」（「面白倶楽部」）／「不語仙亭」（「面白倶楽部」）／「吉川亮平」（「面白倶楽部」）／「杉田玄八」（「面白倶楽部」）／「中条仙太郎」（「面白倶楽部」「雄弁」）／「杉村亭々」（「面白倶楽部」「講談倶楽部」「現代」「雄弁」）／「朝山李四」（「面白倶楽部」「キング」「雄弁」）／「大貫一郎」（「面白倶楽部」）／「木戸鬢風」（「面白倶楽部」）／「吉川英路」（「少年倶楽部」「少女倶楽部」「現代」「講談倶楽部」）／「来栖凡平」（「面白倶楽部」）／「杉村多摩夫」（「現代」）。このうち、たとえば「朝山李四」は中国語の張三李四、つまり熊さん八さんからとったものと言われる。吉川は雑誌の同じ号に複数のペンネームを使って作品を投稿し、作品を幾つも載せるなどしていた。現在知られる「吉川英治」のペンネームが誕生したのは、「キング」への連載が決定した際に、担当であった広瀬照太郎から長編を書く以上は逃げ腰の匿名などではいけない、本名を用いるべきだとすすめられたことによるという。その際、本名の「英次」が「英治」と誤植され、広告に出されてしまい、英治自身も「英治」の方が座りが良いと判断したため、以後この字を用いたという話がある。〔参考文献〕吉川英治『吉川英治

全集』48（講談社、昭和四十三年）、尾崎秀樹『吉川英治人と文学』（新有堂、昭和五十五年）　（青柳まや）

ペン部隊　ぺんぶたい

昭和十三年（一九三八）八月、内閣情報部の要請により組織された文学者の従軍部隊。戦地を視察し、兵士の戦意高揚と銃後の国民の安寧を筆で広く宣伝することを目的とした。また、同時に報道や創作活動に対する統制を、さほど強くはないにしろ、知らしめておく為であったのではないか。いずれにせよ、文学者が組織的に戦争協力させられる出発点になった（神谷忠孝）ことは間違いない。吉川は、同年九月佐藤春夫・小島政二郎・林芙美子等と共にペン部隊の一員として漢口（現在の湖北省武漢市の北部）方面を巡察する。前年七月から八月にかけて天津・北京を回ったのに続いて、漢口行きは二度目の戦地視察となった。この旅の途次、吉川の元に長男誕生の報が届き、初めての実子の名を菊池寛に英明とつけてもらう。二度の中国巡回は、吉川に民族・国家などを改めて意識させ、「三国志」執筆の動因となった。尚、ペン部隊は更に組織化されて、同十七年日本文学報国会へと発展した。　（唐戸民雄）

本多興学　ほんだ・こうがく

僧侶。〔生没〕明治二十五年～昭和五十二年（一八九二～一九七七）。吉川家の菩提寺である横浜蓮光寺の第四世興学。英治とは、山内尋常高等小学校の同級生で、「学校で机を並べていた同級生の美しいお姉さんだった蓮光寺の奥さん」（「ふるさとの話」）と、興学の姉のことも語っている。昭和二十八年（一九五三）三月、東京会館で開催された英治の第一回菊池寛賞受賞の会に、恩師山内茂三郎らと出席。また、蓮光寺報「蓮のひかり」（昭和四十八年五月）のなかで、「吉川英治先生に招かれて、横浜関内の〈文の家〉で、旧友五、六人と晩餐を共にした時、〈残り少ない友と、こうして楽しく飲み、こうして楽しく語り合うということは、人生無上の冥利である〉と先生が云われたのを、今も思い出す」（「勲章雑記」）と、回顧している。英治には、「このみ寺そこはかとなく父もゐて母もゐてあふここちこそすれ」（昭和十三年）と、蓮光寺を訪れて詠った句があり、寺の境内に吉川家の墓石が保存されている。

（盛厚三）

三島由紀夫 みしま・ゆきお

三島由紀夫に、吉川英治に関するまとまった評論は見当らず、対談・座談に際して名前を掲げる程度である。一例は中村光夫との『対談・人間と文学』（講談社、昭和四十三年四月）で、三島の文学的成功について中村が「新聞配達をして出世をする、それは一般人だというふうにきみは考えるだろう。ところが一般人というのは新聞配達をしても出世しないんだよ」と述べる。そこで三島は「そういうお説をきくと、ぼくと吉川英治と何ら変わりがないということになる」と吉川の名前を挙げ、中村が「ある点では変わりないだろう」と答えると、三島は「そんなひどいことをいうなよ」と応じる。芸術性を伴わない通俗的成功者の代表として吉川の名を用いたといえる。また、自衛隊員が吉川英治ばかり読んでいるという話題を、福田恆存との「文武両道と死の哲学」（「論争ジャーナル」昭和四十二年十一月）、村上一郎との「尚武の心と憤怒の抒情」（「日本読書新聞」昭和四十五年一月）で語る。自衛官は吉川英治ばかり読まず「一流の芸術」を読んでおかないと、自衛隊が決起し、言論統制の時代が訪れたとき、一流の芸術が残らないというのである。いずれにせよ、社会的成功と芸術性の両面に対する三島の自負が窺える。なお昭和三十四年四月十八日に産経会館で開催された「週刊文春」発刊記念講演会でともに登壇しているなど、面識はあったと考えられるが、『決定版三島由紀夫全集』に吉川英治宛書簡は掲載されておらず、『定本三島由紀夫書誌』の蔵書目録にも川端康成監修『真実と希望の書』（番町書房、昭和四十二年八月）が記載されるのみである。

（杉山欣也）

山口将吉郎 やまぐち・しょうきちろう

日本画家・挿絵画家。〔生没〕明治二十九年三月三十

日～昭和四十七年九月十二日（一八九六～一九七二）。山形県鶴岡市出身。旧士族の家に生まれ、官途に就くことを嫌い、絵画に親しんだ。親の反対を押し切って上京。大正四（一九一五）年東京美術学校（現・東京芸術大学）に入学。日本画科の結城素明に師事。一年に在学中、武者絵を描いて当時最高の権威ある帝展に入選。将来、日本画壇を担う逸材と嘱目された。卒業後大正博覧会に出品などしている。当初は日本画家志望だったが、生活のため関東大震災（一九二三）前後より時代小説の挿絵の筆をとり始め、折からの大衆文学勃興期に際会して人気を博した。克明な時代風俗交渉にたった精度の高い細密な描写に定評がある。野生と号した。大正後半から「幼年之友」などの挿絵、少年少女小説を数多く手がけている。その中でも英治との関係では、大正十四（一九二五）年から四年間にわたって「少年倶楽部」に連載した「神州天馬侠」は本格伝奇小説で挿絵と相まって人気を博し、読者を魅了した。「ひよどり草紙」、「魔海の音楽師」（「少年世界」）、「左近右近」等、明るい起伏に富んだ伝奇ロマンの作品の数多くの作品に挿絵を飾っている。昭和十九（一九四四）年には、第四回野間挿絵奨励賞を受賞。没後に『山口将吉郎画集』（講談社、昭和五十年）が刊行されている。〔参考文献〕『日本近代文学大事典　第三巻』（講談社、昭和五十二年十一月）、『日本人名大事典　現代』（平凡社、昭和五十四年七月）、『児童文学事典』（東京書籍、昭和六十三年四月）

（早野喜久江）

ユーモア小説　ゆーもあしょうせつ

大衆文学の分類の一つ。昭和の時代に入り、文学の世界ではいわゆる純文学と大衆文学、さらにプロレタリア文学のあり方を巡る議論がさかんになった。それと絡み合うようにして「諷刺文学」や「ユーモア文学」というものが提唱されるようになった。ユーモア小説と言えば、辰野九紫、佐々木邦などの作家が思い起こされるが、吉川英治との関係で見る際には、獅子文六を挙げなければなるまい。吉川は第四回直木賞選考にあたり、獅子文六を推している。その際「従来のユーモア小説から一歩高く出た作風を提示した努力はどうしても、直木賞として一応買つてやらねばならないと思ふ。（中略）殊にユーモア文学に於いて一家を為すの至難は日本の文壇はわけてもユーモア作家虐遇の傾向があつて来たのだから、直木旗をこゝの陣士に一度は授けたい」（「文藝春秋」昭和十二年三月）などと評している。また、「将来は知らず、ユーモア文学者として、川上氏（川柳の川上三太郎のこと）なども、恵まれていない方だ。ユーモア作家が少ない日本に、この素質が、もっと有用に発表されないのは、なぜかと、不合理に思う」（「ゴシップ」『草思堂随筆』）と日本の文学界におけるユーモア作家の置かれた状況を憂えている。純文学優位であった文学界のあり方に対しても「きょうまで、ほんとの意味で、大衆文学批評があったかといえば、私は、なかったと断言する。（中略）甚しいのは、批評家が、余りものを読んでいないことだ。読まない批評家が批評を書く。また、ある感情をもっている純文学と称する人たちが、歪んだ尺度と、狭義な文学至上をもって、いたずらに漫罵する。（中略）大衆文学陣も、いつまで、白井、大仏、佐々木、長谷川、直木、僕らの陳列ではいけない」（「純」『草思堂随筆』）などと述べ、よき批評家、作家の出現を願っていた。なお、吉川の作品に「馬に狐を乗せ物語」と題するユーモア小説がある。

（桐生貴明）

横浜　よこはま

横浜は吉川英治の生誕の地。「横浜が吉川英治を創った」とまでは言わないが、「横浜なくしては吉川英治もなかった」であろうことは確かである。横浜については吉川自身が「横浜と私」（昭和十三年三月二十日の横浜読書協会の創立総会でなされた講演。横浜近代文学研究会発行の『吉川英治と明治の横浜―自伝小説『忘れ残りの記』を解剖する』に再録）に「自分にとつては、作家としての自分を、何が今日あらしめたかといふ事を、処世の上からまた文学の上から考へて見ると、次の三者の思があるのです。第一は此の横浜といふ郷土の有つてゐる文化的環境、第二には母性愛、第三には文学であります」と、横浜が作家としての自分を創りあげてくれたことを述べている。吉川英治自筆年譜（吉川英明『吉川英治の世界』、講談社文庫、昭和五十九年）や『忘れ残りの記』（角川文庫、昭和三十七年、吉川英治歴史時代文庫77、講談社、平成元年）を参照しながら、吉川と横浜の関連を辿ってみる。明治二十五年（一八九二）八月十一日、神奈川県久良岐郡中村根岸（現在の横浜市中区元町）に生まれる。同二十九年、山手町横浜植木商会の園内に移転。同三十一年、横浜市千歳町山内尋常高等小学校入学。同三十二年、山手通り遊行坂上に移転。同三十四年、南太田清水町一番地に移る（筆者注・東福寺の近く）。同三十五年、学友たちと謄写刷りの「詩文」を出す。時事新報社の雑誌「少年」に作文が当選。以来、「中学文林」・「ハガキ文学」・「秀才文壇」、博文館の諸雑誌などに投稿。父、横浜桟橋合資会社の名義人との訴訟で敗訴（控訴院へ上訴）。同三十六年、父、敗訴。十月、学校を退学させられ、関内住吉町の川村印刻店に小僧に出される。同三十八年、西戸部蓮池の小住宅に移る。川村印刻店緘首。南仲通り南仲舎の少年活版工になる。家、追い立てられて引っ越す。南仲舎をやめて横浜税務監督局の給仕となる。同三十九年、父は横浜尾上町教会前に店舗をもち、新聞広告取次店「日進堂」の営業を受け継ぎ、かたわら化粧品「美容水」の製販を営む。英治は「学生文壇」に投稿した小説「浮寝鳥」が当選。商業学校夜間中学に通学し、昼は帳場机で店番をする。「貿易新報」の俳壇に折々入選。同四十年、父再度没落し、閉店。戸部の裏長屋に移る。歳末、日出町の海軍御用雑貨商続木商店の少店員として住み込む。同四十一年正月、横須賀支店に移される。「自筆年譜」に「時々海岸へ出ては横浜の方を眺める。たまらなく帰りたい」とある。十一月、続木商店をやめて戸部の家に戻る。同四十二年三月、年齢を偽り、横浜ドック会社の船具工となる。同四十三年十一月、第一ドックで作業中、足場板もろともドックの底に陥ちて人事不省となり、一カ月余り入院。母は英治に危険なドックの勤めをやめさせたいと思っていたことを話し、「おまえは、もう、おまえだけの方針を取って、苦学するなり、東京で働き口を見つけるなりしておくれ」と述べる（『忘れ残りの記』）。この母の言葉により英治の横浜時代は終わりを告げる。十二月二十五日頃、両親に上京の希望を伝え、「苦学を思いて、東京へ出る」（自筆年譜）。英治は横浜で少年時代を過ごしたわけだが、父が横浜桟橋合資会社名義人高瀬理三郎との訴訟で敗訴したり、英治自身は退学や勤めを転々とするなど波乱に満ちた時期を過ごしたけれど、文学への情熱が芽生えた時期であった。**〔参考文献〕**吉川英治『忘れ

残りの記』（角川文庫、昭和三十七年・吉川英治全集46、講談社、昭和五十九年）、吉川英明編著『吉川英治の世界』（講談社文庫、昭和五十九年）

（澤田繁晴）

吉川曙美　よしかわ・あけみ

→「吉川英治の家族」を見よ。

吉川いく　よしかわ・いく

吉川英治の生母。〔生没〕慶応三年～大正十年（一八六七～一九二一）。千葉県印旛郡臼井町江原生まれ。佐倉藩の旧藩士である山上弁三郎の娘。母の名はふき。実家の山上家は佐倉の堀田藩で一二〇石を禄した上士で、いくの父弁三郎は祖父の庄蔵とともに、堀田正倫に仕え、誠心流槍術の遣い手としても知られた。弁三郎は維新後、荏原町の副戸長をしたほか、臼井町長を三十年近くつとめた土地の有力者であった。いくは佐倉女学校を卒業後、上京して芝新銭座の姉豊子の許に身を寄せる。姉の豊子の他に、いくには「清」「栄」「とめ」「三郎」という兄弟がいた。いくの母が攻玉社の創始者である近藤真琴の義理の姉に当たることから、いくも近藤家の家事見習いとなる。攻玉社の生徒たちは色の白かったいくを「お雪さん」と呼んだといわれる。明治二十二年（一八八九）六月に吉川直広と結婚。吉川英治の『窓辺雑草』には、母いくの思い出が数多く語られている。例えば「よその母わが母」（昭和十三年）で英治はいくについて次のように語っている。「私はこんなばかな事を考えたりする事もある。私の妻になった者や、私を恋をする女性があった場合は、その人たちは結局かあいそうなものになる。なぜならば、私の胸にさまで強く残っている母の大きな愛は、到底、他のどんな女性が心をかたむけ尽くしてくれても、結局私には、不足に思われるだろうと考えられるからである」。英治にとって母いくは最大の女性であったようだ。また、いくは教養あるお嬢さん育ちであり、その品位を暮らしが大変になろうとも終生失わなかったという。英治は同じく「胸に住む母」（昭和十二年）で「母は肌が白かった。わたしたち七人の子を産んでも、しみ一つない白い肌をしておられた。その子たちに芋粥を与えて、自分は塩をなめている貧乏の底にあった日でも、長い袂と紫の袴で育った山の手の―明治の娘のゆかしさは失っておられなかった」と記している。家運が急落し、酒に溺れた夫直弘と幼児六人を抱え苦労しながらも、いくは凛と生きた女性であった。〔参考文献〕尾崎秀樹『伝記吉川英治』（講談社、昭和四十五年）、吉川英治『吉川英治全集』47（講談社、昭和四十五年）、尾崎秀樹・永井路子『吉川英治』新潮日本文学アルバム（新潮社、昭和六十年）

（青柳まや）

吉川英治記念館　よしかわえいじきねんかん

東京都青梅市柚木町一―一〇一―一に所在。吉川英治の記念館。館長は英治の息子である吉川英明がつとめている。公益財団法人吉川英治国民文化振興会が運営。入口にある「吉川英治記念館」の看板の文字は東山魁夷によるもの。館内では吉川英治の蔵書を含む二万点の所蔵資料のうちから、入れ替えを行って資料の常設展示をしている。原稿、書画などの紙媒体に止まらず、英治が愛用した筆や硯などの文房具や、絵皿などを見学することも可能である。昭和十九年（一九四四）に英治が東京の赤坂から移住した屋敷を用いた施設で、英治はここで昭和二十八年八月まで生活していた。この関係から、英治は青梅市の名誉市民ともなっている。現在、記念館がある地は東京都青梅市柚木町の地名となっているものの、英治が移住した当時は「西多摩郡吉野村」の住所であり、例えば英治は『逃鶯日記』の中で、この屋敷について次のように語っている。「梅が好きなので、年々梅を植えた。吉野村の茅屋の前にである。村の衆は、紅梅を好まない。紅梅は実が採れないからである。ぼくの家のぐるりは、紅梅を交じえて、春は、鶯を待つばかりになった」。その後、吉野村に観光客が増え、梅祭りなどをやることになると、観光バスが毎日英治の家の前で客を降ろし、梅見客が英治の家の庭や果ては書斎まで覗き込むこともあったようである。記念館の園内にある庭園では現在でも多くの季節の花を見ることが出来る。母屋は江戸時代末から明治時代初期に建てられた養蚕農家の屋敷を昭和十六（一九四一）年に英治が買い取ったもので、英治の命日である「英治忌」（九月七日）には母屋の一部を一般に開放する。また母屋の離れはかつて英治の書斎となっていたもので、英治は最初離れを書斎にしていたが、後に書斎を母屋に移したようである。『新平家物語』は昭和二十五年（一九五〇）からこの地で執筆された。吉川英治記念館は英治関連の資料を収集するとともに、図録・目録・研究史・作品集・復刻・記念誌など多岐に渡る書籍を発行している。例えば、吉川英治記念館編の『吉川英治余墨』（改訂版・平成四年）には、英治の書と画が収められ、吉川英治の文学以外の活動も見ることが出来る。また同じく記念館編の『続川柳・詩歌集』（平成九年）には英治の俳句・川柳・短歌が収められ、城塚朋和氏の解説「作家以前の吉川英治―川柳家・吉川雉子郎」によって、作家となる以前の英治の文学活動も知ることが出来る。記念館の館報は「草思堂だより」という名で、平成四年（一九九二）三月の発刊以降、現在でも発行を続けている。「草思堂だより」第一巻一号には英治の妻である文子氏も言葉を寄せた。〔参考文献〕岡野裕行編『文学館出版物内容総覧―図録・目録・紀要・復刻・館報』（日外アソシエーツ、平成二十五年）

（青柳まや）

吉川英治の家族

よしかわえいじのかぞく

吉川家の系図は菩提寺である神奈川県小田原市本町の正恩寺の過去帳によって七代前まで遡ることが出来るという。家紋は違鷹羽。過去帳によれば父方の祖先は、小田原藩に仕える下級武士で、元々は藤原南家の工藤氏の一族が駿河国有度郡吉香邑に土着して吉香氏を名乗り、後に吉川氏に改めたものという。関ヶ原の合戦の頃に小田原の大久保藩を頼って身を寄せた。英治の祖父である銀兵衛は徒士並五石二人扶持で根府川番所に勤めることもあり、武士らしく厳格な人柄であったが、英治誕生時には既に故人となっていた。その祖父の気質を受けた英治の父直広も、豪放な一面、妥協を許さない片意地な性格であったとされる。菩提寺は祖父の代まで小田原の正恩寺であったが、父の代に横浜市中区山手の地蔵坂にある蓮光寺に移る。直広は少年時代には「丈之助」という名で、十歳に満たない頃に道了権現に寺小姓として送られ、十四歳の年までそこに置かれた。その後、明治維新の後に県庁の酒税官を勤めたものの、花街の女性と親の反対を押し切って結婚したことが原因となり、長野県庁に実質的には左遷となった。直広はこの女性との間に「政広」「文」の二子を儲けている。政広らの母は花街の女性で、美貌で知られた人物だという。直広が長野市に単身赴任中にこの妻が殺される事件が起こり、直広はそれが原因で官界を退き、放浪の末に小田原に戻って箱根山麓で牧畜業を営んだ。更に横浜の南太田付近で牧場を拓いたが、牛ペストの流行で大打撃を受ける。その他にも県庁の書記などもしていたが、何れも長くは続かなかった。明治二十二年（一八八九）六月に山上いくと結婚。いくは佐倉藩の上士である山上家の生まれで、父の弁三郎は誠心流槍術の遣い手として知られ、維新後は荏原朝の副戸長や臼井町長をつとめた土地の有力者であった。いくは佐倉女学校を卒業後、上京して芝新銭座の姉豊子の許に身を寄せており、いくの母が攻玉社の創始者である近藤真琴の義理の姉に当たることから、いくも近藤家の家事見習いとなって勉学教養を身に付けた。直広との間には「くに」「英治（英次）」「きの」「かゑ」「素助」「はま」「きく」「ちよ」「すえ」「晋」を儲けた。このうち、「くに」「はま」「すえ」は夭折している。英治が生れた当時、直広は牧場経営に失敗し、妻とともに根岸競馬場付近に住み、子供を集めて寺子屋式の幼稚園の様な家塾を開いていた。この家塾に通ってくる子弟たちは、根岸台から下った相沢あたりの貧しい家の子が多かったという。その後、直広は港町の魚市場の書記となり、更に貿易ブローカーに転じ、その縁で横浜海運業界で名を知られた高瀬理三郎に見出され、横浜桟橋合資会社を設立。一家は山手町横浜植木商会の園内に移転。この頃、英治は何不自由のない暮らしを送り、事業家にするという父の期待に応えて、英語の個人教授を受けるとともに、近所の岡鴻東の漢学の私塾「岡塾」に通い、『詩林』『十八史略』など学んだ。母に伴われて祖父のいる山内家に遊びに行くこともあったが、明治二十九年（一八九六）四歳の時には、祖父宅からの帰途、新橋駅で母が切符を購入しているのを待つ間に、土産物や手提げを全て盗られるというトラブルに見舞われている。明治三十四（一九〇一）年に一家は南太田清水町に移転。直広は大酒を飲んで豪遊し、茶屋の女将を家に連れ込むこともあったという。しかし、桟橋会社の経営に成功していた父が高瀬理三郎と感情的に対立し、明治三十六年

（一九〇三）に敗訴して文章偽造や背任横領などの罪で下獄に追い込まれると家運は急激に傾く。直広の大酒はいよいよ募り、血を吐くことも一回ではなかったとされる。この年の十月、直広は小学校から帰宅した英治に突然学校を退学するように言った。『草思堂随筆』所収の「歳寒飢語」で英治は次のように語っている。「僕の貧乏史を、回顧すると、紅顔十二の年からもう始まってる。小学校が近くなので、昼飯は、家に食べに帰った。鮭のお茶漬けを掻っこんで、草履袋をさげて学校へ飛び出そうとすると、その日に限って、裏口から泥酔して帰った父に、『もう学校へ行かんでもいい』と呶鳴られた。それっきり、退学させられたのだ。翌る日、紺絣の着物に、鳥打帽をかぶせられて、親戚へ、奉公にゆけと、宣告され、手放しで泣いた事を、忘れ得ない」。英治は無理矢理に学校を退学させられ、その後、様々な職に就いた。一家の暮らしを支えるために、いくは手内職に打ち込み、次女は工場に通い、三女は伊勢佐木町の汁粉屋へ住み込み、四女は千葉の田舎に奉公に行って痩せ細って帰った後に亡くなってしまう。しかし、英治は仕事の合間も本を読むことを止めず、『芭蕉句集』や古典の翻訳物に熱中した。英治が勉学に励むために東京へ行くことを考えはじめた頃、工場での作業中に不慮の事故で一か月余りの重傷を負うと、父直広は事故の報せを受け、男の子を一人失ったと嘆いたとされる。しかし、それを知った英治は「いない者と思って東京へやって下さい」と頼み、明治四十三年（一九一〇）十二月末に上京。手持ちのお金は一円七十銭ほどであったという。英治が「講談倶楽部」の懸賞に応じ、江の島の弁財天にまつわる短編の霊験記『江の島物語』で第一席に選ばれると、直広は作品を読み、「あいつ、いつの間にこんなものを書いたのかね」と満足げに語ったとされる。大正七年（一九一八）三月十五に直広は死去。この年に弟の晋は興文社に勤め、後に逓信省通信学校に入っている。また英治が創刊した雑誌「青年太陽」「衆人」の編集発行人はこの晋であった。後年、英治が亡くなった際、晋は「兄・吉川英治はもういない」（「週刊読売」昭和三十七年九月）において兄について語った。また、同じく弟の素助について英治は『草思堂随筆』所収の「しらなみ拾遺」において、「僕に、血をわけたる一弟あり。名は素助（中略）小粋にして、親切者なれば兄の僕よりは、よく女に惚れられたし。」

と記している。母いくは大正十年（一九二一）六月二十九日に死去。数年前から喘息に苦しみ、急病の報せに英治が帰国すると、まもなく亡くなったという。〔参考文献〕吉川英治『吉川英治全集』48（講談社、昭和四十三年）、尾崎秀樹『伝記吉川英治』（講談社、昭和四十五年）、吉川英治『吉川英治全集』47（講談社、昭和四十五年）、尾崎秀樹・永井路子『吉川英治』新潮日本文学アルバム（新潮社、昭和六十年）　（青柳まや）

吉川香屋子　よしかわ・かやこ

→「吉川英治の家族」を見よ。

吉川直広　よしかわ・なおひろ

→「吉川英治の家族」を見よ。

吉川英明　よしかわ・ひであき

→「吉川英治の家族」を見よ。

吉川英穂　よしかわ・ひでお

→「吉川英治の家族」を見よ。

吉川文子　よしかわ・ふみこ

吉川英治の二番目の妻。〔生没〕大正九年〜平成十八年（一九二〇〜二〇〇六）。旧姓・池戸。東京都下谷出身。彫刻家の父池戸末吉、母ヨシの二女。父が病気がちであまり仕事が出来ず、小学校五年生の頃から生活が苦しくなってくる。そのため、文子は学校を卒業するとすぐに働きに出た。しかし、応募した銀座の千疋屋の店員の募集は、既に面接が終了していたため、困っていたところ、千疋屋の主人が働き先として店舗の裏にある料理店を紹介してくれたという。文子はその店で半年ほど働いた。その後、芝にある料亭に移る。母は文子が十一歳の時に亡くなっており、姉の栄子は既に他家に嫁いでいたことから、文子が母親代わりとなって暮らしをささえ、その仕送りによって、病の父や幼い妹は家を借りて細々ながら生活が出来た。昭和十年（一九三五）、十六歳になったばかりの頃に料理屋で吉川英治と知り合う。英治は楚々として清純な文子に惹かれ、文子の勤める店に足繁く通ったとされる。二人が知り合った時期は、英治が「宮本武蔵」を執筆していた頃で、最初の妻やすとの不仲や離婚問題などで家庭的に不遇な時期であった。英治は文子の身の上話を聞き、自身も母の思い出や昔の苦労話を語った。二人で一緒に英治の生まれ故郷である横浜に出かけることもあったという。その後、家庭的に恵まれなかった英治は、昭和十二年（一九三七）に家庭争議の末、やすと正式に離婚。同年末、英治は文子と結婚したことで家庭的に落ち着き、文筆の仕事に全力投球することが出来るようになった。昭和十三年（一九三八）十月に長男の英明が誕生。長男誕生の折、英治は菊池寛や佐藤春夫、小島政二郎らと従軍して上海にいたが、菊池寛が選名して「英明」の名を付けてくれたという。他に二人の間には次男の英穂（昭和十五年生まれ）、長女の曙美（昭和十七年生まれ）、次女の香屋子（昭和二十五年生まれ）がいる。太平洋戦争当時の昭和十九（一九四四）年三月、一家は西多摩郡吉野村上柚木（現在の東京都青梅市）に疎開。一家はここで昭和二十八年（一九五三）八月まで生活した。文子は終戦の年の昭和二十年（一九四五）に家事の過労等のために病み、久しく不起であった。その後、病が治った昭和二十四年（一九四九）四月には、英治と共に奈良県の吉野山に桜を見に出かけ、大和地方を巡るなどした。文子と英治は結婚当時に披露宴などは行っていなかったが、昭和二十八年四月には、菊池寛賞の会を期にして、二人の結婚披露宴が行われた。しかし、この披露宴は英治の友人である川口松太郎、徳川夢声、扇谷正造の発議で、当事者の英治と文子は披露宴があることを知らず、友人たちの興じるのにまかせるままであったという。文子は英治の死後は、『吉川英治余墨』（改訂版・講談社、一九九二年）の監修を行ったり、英治関連の書籍に文章を寄せるなど、家庭人としての英治の姿を世に伝えた。

〔参考文献〕尾崎秀樹『伝記吉川英治』(講談社、昭和四十五年)、吉川英治記念館『わたしの吉川英治』(吉川英治記念館昭和五十二年)、尾崎秀樹・永井路子『吉川英治』新潮日本文学アルバム(新潮社、昭和六十年)
(青柳まや)

吉野村　よしのむら

吉川英治は太平洋戦争中の昭和十九年(一九四四)三月、東京赤坂から西多摩郡吉野村(現・東京都青梅市)に一家で移り住んだ。もとは養蚕農家の屋敷であったもので、昭和十六年(一九三一)に英治が買い取ったものである。一家はここで、昭和二十八年(一九五三)八月まで生活した。多くの場所に移り住んだ英治が、生涯一番長く住んだのがこの家であったという。現在一家の屋敷は吉川英治記念館となっている。『折々の記』所収の「吉野村別記」で、英治は吉野村での思い出を振り返って次のように語っている。「吉野村には、足かけ九年住んだ。村の梅とも、人ともお別れかとおもうと、人生の一齣を覚える。何かやはり淋しいものだ。いつのまにか、村へ根が生えていたのである。それほど、吉野村は好きだし、村びとたちも、愛すべき人々だった。奥多摩峡谷にふさわしい勤勉と親切気とをもちあっている。ひと口にいえば、理窟なしに、平和というものを、誰もが身にもっている村なのだ。あの終戦後のひと頃でさえ、ここでは物騒な事件も血ぐさい話題も起らなかった」。戦時中、英治は自ら屋敷の裏庭を耕し、「百姓道」の生活に打ち込んだが、村の人々はそんな一家に優しく接していたことが先の文章から判断される。英治が吉野村の少年を集めて講和会を開いている様子が、当時の写真に残っている。昭和二十年(一九四五)三月の東京大空襲の際には、淑徳女学校在学中で当時農林省山林局の女子挺身隊に徴用されていた養女の園子が巻き込まれて亡くなったが、遺物は一切発見されず、英治は吉野村の屋敷の片隅にただ園子のかたみを弔い、自ら「清鶯帰園童女」の法名を付けたという。また、英治は梅の花を好み、吉野村の屋敷にも植えていた。『逃鶯日記』には次のようにある。「梅が好きなので、年々梅を植えた。吉野村の茅屋の前にである。村の衆は、紅梅を好まない。紅梅は実が採れないからである。ぼくの家のぐるりは、紅梅を交じえて、春は、鶯を待つばかりになった」。しかし、この後、村と英治の間には細やかなトラブルがあったらしい。吉野村に観光客が増え、梅祭りなどをやることになると、観光バスが毎日英治の家の前で客を降ろし、梅見客が英治の家の庭や、果ては書斎まで覗き込むようになったからである。また、英治は吉野村に居る時、よく菊池寛や大映の永田雅一、同じく大映の松山英夫らと花札をし、時々は夜明かしなどもしたという。英治が住んでいた当時の屋敷の母屋は杉皮葺きの屋根で、二階には三十畳の部屋があり、新国劇の辰巳柳太郎はこの家を訪れ、屋根裏まで上がった際に、宮本武蔵が出て来そうなつくりだと英治に話しかけたという。『新・平家物語』はこの地で書かれた。〔参考文献〕わたしの吉川英治刊行委員会編『わたしの吉川英治』（文藝春秋社、昭和三十八年）、吉川英治『吉川英治全集』47（講談社、昭和四十五年）、尾崎秀樹・永井路子『吉川英治』新潮日本文学アルバム（新潮社、昭和六十年）

（青柳まや）

歴史小説　れきししょうせつ

史実に基づいて書かれた小説を一般に歴史小説という。ところが、歴史と小説とは叙述の仕方が異なる。前者は実証的でなければならず、資料に記された事柄を曲げるわけにはいかない。それに対して、後者は史実をありのままに羅列しても、その体を為さぬ。ここに古くて新しい、おそらくは解決をみないであろう厄介な方法論に関する問題が横たわっている。明治期の森鷗外の指摘した「歴史其儘」「歴史離れ」や昭和中葉の井上靖の「蒼き狼」を巡る論争などで問われた難題だ。要するに史実からあまり離れず如何に歴史を按排し、作品を調えるかということになろうか。当然のことだが、作家・評論家または読者により考えは様々である。故にその範疇は定め難く、今も尚、煩雑な状況を呈している。吉川は歴史小説を書く意義を「僕の歴史小説観」の中で「（時代の）遠い近いの問題ではな」く、「すぐに今日に直結し明日への生命に何かを作用してゆくもの。で、なければ意味はないとおもう」と説く。更には、驕《おご》っているかも知れぬがとしながら、「歴史家を超えた歴史家にもなって、歴史小説を書きたいと思っている」と真摯な創作への意欲と意志を示す。吉川が小説家としての使命感に突き動かされ、歴史と対峙し、創作を重ねてきたことがこれらの言葉から理解されよう。また、吉川文学が世代を超え多くの人々を魅了してやまぬ由も同時に看取されよう。作家の創作への意識は昭和十年前後を境に大きく変わる。それまでの荒唐無稽な伝奇的・浪漫的物語が後退し、史実に基づく所謂歴史小説に筆を染める。戦争へと傾斜する暗い時代を生きる老若男女の心をせめて物語の中でだけでも解き放ちたいと願い書き続けてきたが、自ずと限界を感じたのであろう。吉川は眼前に展開する冷たい憂うべき時代から目を逸《そ》らさず確《しか》と見据え、諸人の思いを作品に描き込むことを決意した。しかし、単なる代弁者ではない。揺るぎない泰然たる自己を持ち、作中にそれを投影させた上での民衆の語り部である。小説家の新たな戦いの日々が始まる。この作家の描き出す歴史小説は二つの系統に分類される。「宮本武蔵」に代表される歴史上の人物に焦点を当て描き出した連なりだ。「親鸞」「旗岡巡査」「源頼朝」「黒田如水」「上杉謙信」「高山右近」「平の将門」などである。もうひとつの流れは古典を元に描き出された系統で、「新書太閤記」「新・平家物語」「私本太平記」「三国志」である。大部な作品が並ぶ。それぞれの系統を少し具体的にみていく。まず、人物を扱った作品群であるが、これらの多くは作者が時代小説から歴史小説へと作風を変化させた昭和十年代前半から戦争を挟み同二十年代後半にかけて書かれている。江戸時代の初めに実在した剣の達人を追い描く「宮本武蔵」は歴史小説であることに相違ないが、人間的成長、そして完成を目指す物語故、屡々《しばしば》教養小説・成長小説と目される。恵まれぬ境遇にありながらも鍛錬に励み、道を切り開く武蔵に、作者は貧苦に喘《あえ》いだ自らの過去を思い、筆を運んだという。剣の天才をそのまま作中に投げ入れるのではなく、懊悩するひとりの人間として扱ったところに広く読者の共感を呼んだのではないか。同時期に書かれた「親鸞」もまた然りである。女犯《にょぼん》の戒律を守り得ぬ自堕落な自分と向き合い、乗り越え悟りに達する善知識を真宗の開祖・高徳の師と拝すのではなく、やはり私たちとさほど変わらぬ煩悶する人と捉え、写し出す。吉川は、偉才であれ何であれ、たいした違いはない。つまり、同じ人であるということを作品を介して伝えたかったのではないか。さて、大作の系統である。昭和二十六年から連載が開始された「新・平家物語」は、一口で言うならば、希望の物語である。果敢に時代を切り開き、生きようとする清盛、文覚上人、佐藤義清（西行）たちの若き日から筆を興す。その後に待ち受けている戦乱や数奇な運命を匂わせる暗さは微塵もなく、他の人物も概ね向日性を以て形作られる。また、朝廷と上皇の関係にも深く踏み入り、改めて時代を炙り出す。吉川は戦争で疲弊した当時の人々のささくれだった心に戦乱の向こうにある希望を届けたかったのであろう。作家は取り上げられることの少なかった南北朝時代から室町期も語る。「私本太平記」である。逆賊として遠ざけられていた足利尊氏を物語の前面に押し出し、忠君楠木正成は平和を望む武士として描き、戦前とは全く異なる史観を読者の眼前に提出する。後醍醐天皇の皇子たちの行状や新田義貞についても『太平記』とは異なる記述が多く、吉川独自の解釈がなされた。吉川はこの野心的な作品の終焉間際に体調を崩し、四年の連載が完了した翌年に不帰の客となる。まさに命を削っての執筆であった。吉川は古典を元に雄大な叙事詩を織り上げ、学者では為し得ない生命感に充ち満ちた歴史を書き記した。摩擦も少なからずあったようだが、説得力のある〈歴史〉を私たちに届けてくれた。

（唐戸民雄）

蓮光寺　れんこうじ

吉川英治の父親・直広の代からの菩提寺。真宗大谷派の寺。横浜山手の地蔵坂にある。英治には義兄・政広の子である姪がいた。この子は義兄とその愛人・お八重の子で、横浜の清水町にいたころ一時一緒に住んでいたのであるが、お八重が実家に帰ってしまい、義兄も出奔、この子は月足らずで生まれ、三つになっても「坐れない、歩けない、発音も満足でないという畸形児だった」ので英治の母親いくが面倒をみていた。やがて亡くなるのであるが「この子の葬式に行ったのは、ぼく一人であった」とある。「棺を風呂敷につつんで人力車の蹴込みに乗せ、施主会葬者、ぼく一人きりで菩提寺の蓮光寺へ持って行った……しかし蓮光寺では、昔からの好誼を重んじてくれたものか、父の手紙一つだけで、べつだんお経料とて上げなかったのに、住職や寺僧が数名つらなって、ながながと読経してくれた」。これには後日譚がある。吉川は、「さきに家出したぼくの義兄も……やがて三十年も経ってから、たった一ペン、ぼくを訪ねて来た折も、忘れ果てていたのだろうか、「――あの時の、お八重は？」とは、訊きもせず、話しにも出ず別れてしまった」と述べている。ここに、吉川文学の「ふるさと」を思わせるものを感じる。「仏壇はあとのまつりをする所」の句は、英治が母いくの亡くなったときに作った川柳であるそうだが、私は吉川の出色の作品ではないかと思っている。（澤田繁晴）

六興出版社　ろっこうしゅっぱんしゃ

六興出版社の起りは、工作機械を売り捌く仲介業者の六興商会にあった。軍事景気で社長の小田部諦は「おもしろいように入ってくる金を何か意義あることに使いたい」と東宝のＰＲ誌の編集者大門一男に相談した。そして、昭和十五年夏六興商会出版部が誕生し、オフィスを日本橋本石町に置いた。協力したのは、文藝春秋社の編集者香西昇、石井英之助、吉川晋（吉川英治実弟）で、清水俊二は嘱託であった。フランスの作家ジュール・ロマンの作品を清水が翻訳した『欧羅巴の七つの謎』を昭和十六年二月に刊行。売れ行きは上々。太平洋戦争開戦までに小川真吉『隻手に生きる』、大仏次郎『氷の花』などを発行。宮内省雅楽部の長老多忠龍からの聞き書き『雅樂』も発行。『雅樂』は日本出版文化協会推薦図書になるなど好調であった。六興出版は三十歳前後の社員が多かったが、次々と出征し、昭和二十年には十二、三名になった。社長の小田部も昭和二十年三月に召集され、出版は開店休業となった。一方、六興商会は空襲を避けて、工場と本社を秩父に疎開させていた。戦後、昭和二十年十一月、日本橋蛎殻町の社屋に帰り、小笠原への輸送船中で病死した小田部に代わって矢崎義治が采配を振るい、再建に取り組んだ。参加者は、七名であった。このため機械だけではなく、つくだに、たらこ、ウィスキーと多種の闇物資を商い、資本を蓄え、出版への野望を燃やした。文藝春秋社を退社した石井英之助、吉川晋も入社した。六興出版社として最初に、丹羽文雄『陶画夫人』と大仏次郎『源実朝』を出版。そして、吉川の配慮で新潮社が出版していた『宮本武蔵』を出版した。刷れば刷るだけ売れた。次いで講談社が出版していた『新書太閤記』の出版を目論《もくろ》むも、交渉は難航したが、野間佐衛社長の決裁により講談社が出版を諦め、六興出版社での出版となった。六興出版社は、『新書太閤記』『宮本武蔵』の利益で雑誌の創刊を企画した。昭和二十四年夏、吉川は大映本社で永田雅一社長らと談話し、「こんど弟が雑誌を出す、『小説苑』という誌名だ」と新雑誌について相談した。結果、永田が「小説公園」はどうかとの提案があり、吉川も同意して誌名となった。「小説公園」は、満を持して昭和二十五年一月一日創刊号を発行。川端康成「絵志野」、吉川英治「平の将門」など十二本の小説を掲載し、二十万部発行するも、六万四、五千部しか売れず惨敗。二号以下、次第に部数を減らしながらも、多くの直木賞作品を誕生させたが、昭和三十三年五月廃刊となった。会社の赤字経営は改善されず、吉川英治関連の著作の重版を続けたが、不動産投機にも失敗して倒産した。〔参考文献〕清水俊二『映画字幕五十年』（早川書房、昭和六十年四月）、尾崎秀樹『伝記吉川英治』（講談社、昭和四十五年十月）、山崎安雄『著者と出版社』（学風書院、昭和二十九年六月）、木本至『雑誌で読む戦後史』（新潮社、昭和六十年八月）

（松尾政司）

II　作品篇

愛獄の父母　あいごくのちちはは

小説。〔初出〕「日の出」昭和十二年一月～十三年二月。〔収録〕『吉川英治全集補巻2』（講談社　昭和四十五年）、『吉川英治文庫』62（講談社　昭和五十一年）。◆淀城六万石の城主稲葉丹後守の唯一の世継ぎである嬰児が行方不明になった。その裏には稲葉家乗っ取りを企む国家老大道寺斎宮《いつき》と弟数馬の一派があり、それを阻止しようとする浪人の京僧小一郎がいた。ある日、古物屋六兵衛が払下げてもらった鎧櫃の中に嬰児は入っていた。「和子君無事ご成人遊ばされ、時節御到来の上は、その方子孫を士分に御取立ての上、厚く知行下さるべきものなり　京僧小一郎」との書付も入っていた。喜んだのは息子の甚太であった。書付には、もし密告でもしたら一族ことごとく斬首、とも書いてあったがそれは目に入らなかった。それから嬰児を杢太郎と名づけて大事に育てていた。甚太は近くの美貌の娘お麻に思いを寄せていた。お麻の腹違いの兄に赤衛門がいた。お麻は実の両親を知らないのであった。赤衛門は、甚太に妹をくれてやってもいいが、結納金は二〇〇両だという。仰天して家に逃げ帰った甚太に母のお久良が、立派な身なりをしたお女中が京僧小一郎の手紙を持って奥で待っていると告げた。実はこの女鷹江は大道寺派のまわし者で、杢太郎を連れ帰ってしまう。この直後に京僧小一郎が訪ねてくる。小一郎は鷹江が杢太郎を連れ帰ったと聞いて驚き後を追いかけた。この後、さまざまな人物が登場して杢太郎は人の手から手へ渡される。筋の上から大事なのは大道寺派の小田切指雲とその弟現八、小一郎の味方をする売卜者の綱川帯《たて》刀《わき》である。指雲は淀藩槍術指南役である。小一郎は斬り合いの中で、指雲の左腕を斬り落としてしまう。槍術指南役としてはまことに面目ない次第である。弟の現八は兄の敵と小一郎をつけ狙う。最後は、現八とまみえた小一郎が現八を縛り上げる。そこへ大道寺一派が駆けつけ、小一郎は囲まれて苦境に陥る。現八は一団の中に兄指雲を認め、縄を解いてもらう。自由になった現八は何と指雲にとびかかり指雲を縛りあげてしまう。現八は何も知らずに小一郎を敵と狙っていたが、兄が稲葉家乗っ取りを図る大道寺派に加担していると知り、許せないと思ったのだった。小一郎は九死に一生を得た。そこに杢太郎を抱いたお麻が崖を登ってきた。小一郎の味方の綱川帯《たて》刀《わき》はお麻の実の父であった。遠州灘で船が難破し、母親は死に、その三人の娘のうちの二番目はお珠、三番目がお麻、一番目は実は鷹江ということが分かる。大勢の人物が登場するので、人間関係が複雑で分かりにくいのが難。（崎村裕）

青空士官　あおぞらしかん

小説。〔初出〕「婦人公論」昭和十年一月〜十二月。〔収録〕『吉川英治全集』旧版13巻、新版10巻（何れも講談社）。◆高木富吉は電信技手《オペレーター》である。上司と喧嘩して東北の町から東京に戻った富吉は、大蔵省に三十年以上勤める叔父臼井久馬の世話で中央電信局に勤めることになった。だが、そこもすぐ首になってしまった。というのも吉祥寺局の電信技手と電信上の乱暴なやりとりがあって、先方から抗議を受けたからである。てっきり男と思っていた吉祥寺の喧嘩相手は意外にも細川銀子という女だった。富吉は彼女のあっさりした性格を好きになってしまった。銀子も富吉に好意を抱いた様子である。吉祥寺の町で二羽の伝書鳩を手に入れた富吉は友人の紹介でY新聞電信部に社員見習として入社した。従妹（臼井の娘）の静子が同棲している三島芳樹は育ちの良さを吹聴しているが、実はとんでもない悪人だった。大島へ静養に行った染尾伯爵夫人を失踪したと喧伝し、更に恐喝して身代金まで要求していた。富吉が静子に頼まれてその金を受け取りに行ったことから、共犯者と疑われ警察に追われる身となるが、銀子が伯爵夫人を説得して夫人自ら警察に出頭したことによって、事件の全貌が明らかになった。一時は三原山の火口でうずくまり伝書鳩に遺言を託して飛ばした富吉だったが、銀子の活躍によって疑いが晴れたのである。しかも、この事件に関するY紙の記事が他の全国紙が推測記事に溢れていたのに比べ正確で紳士的だったことから、大きな特ダネとなり富吉は本社員として採用されることになった。さらに銀子とも目出度くゴールインしたのだった。吉川英治には珍しい現代小説であり恋愛小説でもある。（興膳克彦）

悪党祭り　あくとうまつり

小説。〔初出〕「オール讀物」昭和十一年九月。〔収録〕『英治短編抄』(新英社、昭和十一年)、『大谷刑部』(聖紀書房、昭和十八年)、『大谷刑部』(城南書房、昭和二十四年)、『吉川英治全集』43(講談社、昭和四十二年)、『吉川英治文庫』130(講談社、昭和五十一年)。◆題名「悪党祭り」を単行本収録時に「鍋島甲斐守」と改題。文政期(十九世紀前期)の江戸町奉行鍋島甲斐守(架空)と、法律をたてにする不人情な金貸し彦兵衛とのやり取りを軸に描く。対照的な二人だが、鍋島も彦兵衛も念仏に帰依《きえ》する。作品の底辺に、金銭と法律と人情と宗教の問題を織り込んでいる。作品を検討する上で改題の意味は重要である。〔参考文献〕『吉川英治小説作品目録』(吉川英治国民文化振興会、昭和六十二年)

(小澤次郎)

朝顔更紗　あさがおさらさ

小説。〔初出〕「婦人倶楽部」臨時増刊　昭和十一年六月。〔収録〕『吉川英治全集』45(講談社、昭和四十五年)。◆朝顔栽培が流行した江戸で蘭法医大村鳳斎の朝顔の胚子三粒が盗まれた。それは十七、十八年前、鳳斎が長崎留学時代に愛人から貰った「王昭君」という大輪で緋色の纈咲の珍重な朝顔の胚子で愛人の金更紗帯で作った守り袋に入っていた。偶然、その邸に居て、泥棒二人に逃げられた目明し平六は南奉行所の上役人渡辺勘四郎に相談するが、胚子は翌朝、庭で見つかる。平六と勘四郎は張り込み、朝顔狂いの鷹松五郎太とその養女呉羽という十七、十八歳の娘を召捕る。呉羽は養父に脅かされ養父との絶縁を条件に盗みに協力していた。呉羽は鳳斎の息子陽之助と惹かれあうが、呉羽は鳳斎と愛人との間にできた子だった。勘四郎は、鳳斎の弟子島田為彦が、老中に胚子を売り、偽物とすり替えていた事を推理し、事件は一件落着。

(阿賀佐圭子)

朝顔夕顔 あさがおゆうがお

小説。〔初出〕「少女の友」昭和十年七月～昭和十一年十二月。〔収録〕『吉川英治全集』別巻5（講談社、昭和四十三年）、『吉川英治文庫』152（講談社、昭和五十二年）。◆朝顔夕顔とは、今は亡き太閤が万一の用意に一〇〇万両の埋蔵金の在り処を記した一対の扇子で、太閤から託された浮田中納言秀家は、飛鳥大内記に預けた。大坂夏の陣に出陣した大内記に、甲賀に住む娘の小弓が朝顔の扇子を大阪城まで届ける事になるが、父は敵陣で斬死していた。通りかかった藤堂高虎の家来石川隼人に小弓は斬りかかり槍先ではねられ落馬する。その際、「おねえさまっ！」という悲痛な一声に女だと知れ、見逃される。倒れていた小弓は野武士頭領の栖本我伝に、懐から朝顔の扇子を盗まれる。扇は金地に朝顔が描かれており、裏は山地図が描いてあった。その朝顔の扇子を我伝から妖術師の風取月之介が奪う。朝顔を奪われた小弓は石川隼人に助けられるが、その為に隼人は放逐される。その際、餞別に貰った軍功帳で、隼人は自分が小弓の父を斬ったと知ると、小弓に討たれる為に、甲賀へ行くが小弓はいない。そこへ、夕顔の扇子も奪おうと風取月之介が現われ、隼人と斬り合いになり逃げられる。飛鳥家の老臣物集十大夫と隼人は月之介を追うが葛木寺で栖本我伝たちに遭遇し、物集十大夫が殺され、姉千波が洞窟に囚われ、夕顔の扇子を奪われる。隼人は月之介の師匠の葛木一夢斎に倒され、千波と同じ窟に入れられる。そこへ我伝を追って来た妹小弓が窟の中の隼人と千波を助け出す。我伝たちと月之介と一夢斎は京都の阿弥陀堂の裏で二つの扇を揃えようと奪い合っていた。それを小弓が目撃し隼人達に知らせる。一夢斎に押さえつけられた我伝は、一夢斎に降伏し、夕顔を玉虫厨子の中に隠したと教えていた。それを知った隼人は、夕顔の扇子を取り戻す。我伝は手下を黒田藩細川弥太兵衛と偽らせ、隼人の道場に潜り込ませ、隼人に油断させ、千波を誘拐。隼人は、我伝の子分が福島正則邸へ入り一夢斎と月之介が出て来るのを目撃。翌日は月之介と我伝が大船を一艘借りたのを見た隼人は、月之介から朝顔を奪おうとするが失敗。大船往生丸に千波は、監禁されていた。小弓は隼人と千波を探し廻り、町人風の男達に誘拐され、紀州の湊場の茶屋に売られ、清龍丸の天竺九郎兵衛に買われるが、出航した際、剣の舞で九郎兵衛の首を斬る。その部下の五郎の手引きで、紀州湊に往生丸が接岸していると知ると、物売りに変装してもぐり込み、船底の千波を探し助け出すが、協力者五郎は殺され、逃げられず、姉妹は禽島の丸木の牢へ監禁される。往生丸の船頭渦兵衛の知らせで隼人が姉妹を助け出し、船頭から教えられた場所に埋まっていた朝顔の扇子を取り戻した。渦兵衛は姉妹の父飛鳥大内記であった。父は姉妹を守るために自刃するが、一夢斎も小西行長の旧臣八重樫民部だと判明。姉妹に抱かれながら父大内記はこの世を去るが、結局、敵も味方もなく、全ては豊臣の再興を願っての争いであった。

（阿賀佐圭子）

東雄ざくら　あずまおざくら

小説。〔初出〕「現代」昭和十四年一月。〔収録〕『吉川英治全集』旧版45巻（講談社）。◆筑波山麓にある善応寺の和尚良哉《りょうさい》は若いながらも勤皇思想の持ち主で村の青年達を集めては国典を講義していた。そのため八州取締の役人金子直蔵から要注意人物として目をつけられていた。或る日、良哉は大火焔の供養を営むと称して秘密の証拠書類を全て焼却し、自らは発狂を装って脱出、還俗して左久良《さくら》東雄《あずまお》と名乗った。十五年後の万延元年、左久良は大坂の久宝寺町で「皇典教授」をしながら暮らしていた。そこへ井伊直弼襲撃に加担した高橋多一郎、藤二郎父子が訪れ、近くに住む生魂《いくたま》神社の神官島男也《しまおなり》の家にかくまった。しかし金子直蔵と大坂東町奉行所の手の者に見つかり、累は左久良にまで及んで自害に追い込まれてしまった。

（興膳克彦）

あづち・わらんべ　あづち・わらんべ

舞踊脚本。〔初出〕「週刊朝日別冊」昭和三十二年八月。〔収録〕『吉川英治全集』48（講談社、昭和四十三年）、『戯曲　新・平家物語』（朝日新聞社、昭和三十八年）、『吉川英治全集』48（講談社、昭和四十三年）、『戯曲　新・平家物語』（角川文庫、昭和四十七年）、『吉川英治文庫』133（講談

社、昭和五十二年)。◆昭和三十二年の京踊りのために書き下した作品。織田信長は安土セミナリョに麾下の家々から二十数名の童を切支丹学生として通学させた。安土童(あづちわらんべ)である。彼等は初めは悪童で、細川忠興と婚約している珠子に恋慕していた。五人の「悪童」は光秀が信長を弑したあと、深山に隠れ住む珠子のもとに衣や食糧を運んでいた。作品は五人の安土童が忠興に連れられて大坂へ行く珠子を見送るところで終わる。童たちの優しさと珠子の美しさが印象的。作品冒頭に作者自身の「解題」がある。

(志村有弘)

歩く春風　あるくはるかぜ

小説。〔初出〕「オール讀物」昭和十四年一月。〔収録〕『吉川英治文庫』131(講談社、昭和五十一年)。◆瑞泉寺の大愚は薮山寺を立て直し、大坂落城の落人に粥を施行していた。ある日、落人の女を匿うと女は男児を出産。女はお悦と言い、淀君に仕えた侍女で、大野修理の隠し財宝の目録を大野家家来米村権右衛門に警護され持ち出したが、はぐれていた。「女を二条城へ突き出さなければ師の愚道和尚に大難がふりかかる」と本山から使者が来るとお悦は大愚の恩に報いる為に「二条城へ引き渡して下さい」と申し出る。大愚が母子を馬に乗せ二条城へ向かうと、子の父である権右衛門が現われ、母子を奪い逃走。お悦に心得違いを諭された権右衛門は二人で所司代へ自首し、二条城での大御所の尋問後に、命を助けられる。本山への譴責も取り消され、捕われていた大愚は赦免となった。そして大愚は、また別の薮山寺を立て直す為に、風に吹かれ去って行った。

(阿賀佐圭子)

あるぷす大将　あるぷすたいしょう

小説。〔初出〕「日の出」昭和八年八月号〜九年六月号。「高野の巻」のみ「文藝春秋」昭和九年四月号。※筆名・浜帆一。〔収録〕『あるぷす大将』(改造社、昭和九年)、『あるぷす大将』改造文庫、第二部第488篇(改造社、昭和十六年)、『あるぷす大将』長篇名作文庫3(矢貴書店、昭和二十二年)、『あるぷす大将』(桃源社、昭和二十七年)、『あるぷす大将』ユーモア名作文庫（桃源社、昭和三十二年）、『あるぷす大将』（角川文庫、昭和三十三年）、『吉川英治全集』13（講談社、昭和四十三年）、『吉川英治選集』4（講談社、昭和四十六年）、『大衆文学大系』15（講談社、昭和四十七年）、『吉川英治文庫』33（講談社、昭和五十年）、『吉川英治全集』10（講談社、昭和五十八年）。◆当作品が新潮社「日の出」に掲載されることになった時、吉川はすでに同誌に「燃える富士」を昭和七年八月創刊号から連載中であり、そのため別名の〈浜帆一〉名義で掲載された。また、作品中の「高野の巻」のみが「文藝春秋」に掲載されているが、当該号は「直木三十五追悼号」（直木三十五は昭和九年二月二十四日に死去）で、作中に登場する「文芸家 並木四十三」は直木三十五をモデルとした人物である。「高野の巻」末尾の「追記謝辞」には「風貌の描出、似せんとして似ざるの非、罪大なりといえど、故人又、常に地下の人を拉《らっ》し、戯作弄弁するの癖あり、転嫁今日君にいたる。苦笑せられよ」とある。日本アルプスの山麓に住む少年串本於兎を主人公とするユーモア小説。於菟は仲間に自分を大将と呼ばせている腕白小僧で、分教場では落第ばかりしている。級長の桜内芳郎には馬鹿にされ、気になる木村槙子とは上手く話せない。母親は四歳のときに自分を捨てて東京へ出ていったため、顔も覚えていなかった。山で遭難したという都会からきたバクダン夫人こと園銀子を助けるべく暴風雨の中で山に入るが、反対に夫人に助けられ、二人は交流を深めていく。於菟はまたも落第したため、叔父に分教場をやめさせられ馬車屋で働き始める。新校舎設立のため分教場を免職となった担任の陽洋先生が求職のために上京すると知った於菟は、仕事を放り出して着いていく。二人は仕事を求め、また於菟の母親を探すため大坂へ向かうが、金は盗まれ仕事も見つからない。その後バクダン夫人と再会し、彼女の屋敷に住むようになるが、陽洋先生は贅沢な生活の退屈さに耐えかね於菟を置いて出て行く。於菟はそのまま下働きとして住み込むが、夫人の愛犬を逃がしてしまったり隣家への届け物だった熱帯魚を食べたりと失敗の連続である。迷惑をかけるだけだと考えた於菟は、夫人の邸宅を出ていく。だが、仕事はなく知己のアパートで暮らすようになる。それを偶然見つけたバクダン夫人は、必死に於菟を探していたと言い、邸宅に連れ戻そうとするが、於菟は再びどこかへ去っていく。

（児玉喜恵子）

井伊大老　いいたいろう

小説。〔初出〕『維新歴史小説全集』2（改造社、昭和九年）書き下ろし。原題は『桜田事変』。〔収録〕昭和二十三年、単行本刊行時に『井伊大老』（愛山社）と改題、本書以降「井伊大老」を継続する。『井伊大老』（六興出版、昭和五十年）、『吉川英治文庫　一五八　井伊大老』（講談社、昭和五十二年）、『吉川英治全集　補巻1』（講談社、昭和五十九年）、『吉川英治幕末維新小説名作選集6』（学陽書房、平成十二年）。なお、初出時から一貫して『桜田拾遺』が併載されている。こちらは大老井伊直弼《なおすけ》を襲った水戸浪士にまつわる史実の断片をつむいだもので、本作と併せて吉川版「桜田門外の変」となる。◆本作は直弼の一代記ではなく、幼少期は描かれない後半生記である。先代藩主の十四男である直弼は、「埋《うも》れ木《ぎ》之《の》舎《や》」と名づけた彦根城三の郭《まる》の濠端にある居宅で鬱々とした日々を送り、二十九歳となっていた。そこで直弼と同年齢の漂泊の儒者、長野主馬《しゅめ》（後の主膳《しゅぜん》）と出会い、両者は意気投合し、主馬は直弼の側近となる。嘉永三年（一八五〇）直弼の兄であり養父でもある藩主直亮《なおあき》が病没し、三十六歳にして藩主となるや間をおかず主馬を国学寮学頭に任じ、主馬は主膳義言《よしこと》と改名する。藩政の重きを担うようになった主膳は旧来の家臣たちとの間に軋轢を生じるが、直弼の思想形成に影響してゆく。一方直弼は幕閣にあって重きをなし、幕府大老となって開国を迫るアメリカのハリスとの交渉役となる。そして後の「桜田門外の変」を決定的にする日米修好条約を独断で調印する。朝廷奏上の返事を待たなかった直弼は、尊王家や攘夷主義者から一勢に糾弾を受けるのである。そして迎えた安政七年（一八六〇・三月十八日「万延」に改元）三月三日の朝は、この季節には珍しい大雪だった。講談社版『全集』の「解説」（清原康正）は、「（執筆時の）超過密スケジュールの影響」か、としながら、「前半部で直弼と対等、あるいはそれ以上の主役を張っていた長野主膳が、後半部では輝きを失って、たいした出番もないままに姿を消してしまう。（略）中途半端な形で史実にもたれかかるところが増えている」としている。井伊直弼の横死に関しては、吉村昭の小説『桜田門外の変（上・下）』（新潮文庫）の評判が良く、映画化（平成二十五年）もされた。井伊直弼を主人公とする小説に、NHK大河ドラマの記念すべき第一作の原作となった舟橋聖一『花の生涯』（昭和二十八年、現、祥伝社文庫）がある。また、平成に至って、直弼の愛妾にして女スパイとされる村山たか（多田加寿江）を主人公にした、諸田玲子『奸婦にあらず』（平成十八年、現、文春文庫）が史資料を巧みに読み解き、新知見を示した歴史小説として新田次郎賞を得ている。（白井雅彦）

石を耕す男《いしをたがやすおとこ》

小説。〔初出〕「週刊朝日」昭和九年初夏特別号。〔収録〕『吉川英治全集』45（講談社、昭和四十五年）。◆大郷士秋間三郎兵衛の娘夏萩は愛しい野武士割田下総から都会武士出浦大介との間を邪推され、出浦大介と結婚する。九年後の戦で真田勢は勝利したが、敗れた北条兵に夏萩や八歳の新太郎は襲われ、父三郎兵衛は斬り殺された。新太郎は生きていたが、夏萩は人質に取られる。夫の大介は諦めて助けようとしない。下総は北条家野陣で夏萩を助け出し、大介の幕陣の裾へ寝かせて去った。二十余年後、生涯妻も持たず、石ころばかりの畑の掘建て小屋に住んでいる下総は、泥棒老爺と呼ばれ、郡奉行大介が息子新太郎と共に成敗に行く事になる。夏萩は新太郎に下総が実の父だと打ち明け引き止める。下総の首が抱えられると夏萩は自刃し、新太郎は家を出た。気が狂った様に後を追う大介を見て、「下総の祟りじゃないか」と宿場の者は驚きの眼を瞠っていた。（阿賀佐圭子）

一領具足組《いちりょうぐそくぐみ》

小説。〔初出〕「講談倶楽部」昭和四年四月〜八月。〔収録〕『吉川英治全集』8（講談社、昭和四十四年）、『吉川英治文庫』19（講談社、昭和六十一年）。◆関ヶ原合戦後に所領没収となった長宗我部盛親の半生と、その家臣団の活躍を描いたもの。居城であった浦戸城の引渡しの場面から物語は始まる。城内の評議は二分した。潔く城を明け渡してお家存続に賭けようとする重臣たち温柔派と、徹底抗戦しようとする少壮派とである。温柔派を代表するのが桑名与次兵衛であり、少壮派はこれに対抗して「一領具足組」を結成する。本来、長宗我部氏が用いた半農半兵の軍事組織だったが、ここでは組結成の血判書に「長曾我部恩顧のともがら、一片の土胆と一領の具足あらば、死をのぞんで、城下に会せよ」とある。彼らは城の引取りに来た志摩守に夜襲をかけようと画策する。事前に漏れたこともあって失敗するが、藩主盛親の身を檳榔島《ひんろうじま》に匿うことになる。しかし、盛親は島の船元の娘である「玉虫」と恋仲になり、酒と遊びに興じる生活を送った。そしてついに捕縛され、京都所司代の監視下に置かれる。盛親は剃髪して名を祐夢と改め、後を追ってきた与次兵衛の娘「科江」の世話になって、扇絵を描きながら町家で暮す。一方の桑名与次兵衛は、その人品を認められ藤堂家に雇われる。当然奸臣として「一領具足組」の残党に狙われる。監視役の京都所司代も、盛親の二人の女性に挟まれた生活ぶりに呆れ返ってしまう。だが、ついに大坂冬の陣の戦火が切られると、盛親は痴呆者の姿を一変させ、「一領具足組」を率いて大坂城へ入っていくのである。痴呆ぶりはすべてこの日のための偽装であったのだ。一方、藤堂家の家臣となった与次兵衛は、盛親の軍と対峙して討ち取られる。それも覚悟の上であり、「科江」と共に長宗我部家の再興を願って画策したことでもあった。敵や周囲を欺くという意味では、盛親も与次兵衛父娘も、『忠臣蔵』の大石内蔵助の役割に似る。大坂城は落城。盛親は捕えられ斬首となるが、堂々たる死に様であった。苦悩する与次兵衛の息子は自分の不覚を恥じて自害するが、「科江」と「玉虫」は、盛親ら一党の姿に感服した井伊直孝の手によって引き取られ尼僧院で暮したとされる。史実では、盛親は大坂城に結集した牢人衆の中で最大の手勢を持ち、五人衆と言われる主力部隊になったという。大坂落城の際には「運さえよければ天下は大坂」と言い放って再起を図るために城を抜ける。その「再起を図るため」という思いを小説の中心に置いたのだろう。盛親に配した二人の女性に娯楽作品としての配慮がある。余談だが、再起を諦めない精神は「一領具足」そのものに表現されていて、その後も山内一豊の藩政に抵抗し、度々反乱を起こしている。

【参考文献】岩原信守校注『土佐物語』（明石書店、平成九年）

（岩谷征捷）

色は匂へど　いろはにおえど

小説。〔初出〕「東京」昭和二十二年五月〜二十三年三月。〔収録〕『吉川英治文庫』22（講談社、昭和五十年）。

◆戦後二作目の戦後初長編だが未完。必死に生き抜くお島母子に、少年時代の吉川英治の深い想いが込められた現代小説。日本人は良心と悪心はどっちが強いのか。戦前の日本は全て悪だといった進歩的文化人が横行していた時代に、英治は日本古美術の世界的無比な高貴な名品は平和を愛する国民である証しだと提示し、軽薄な風潮に反発するが、昭和九年に春峯庵事件があり、名匠名工の精魂も悪に利用されていた。明治末期から今日まで高貴な日本古美術が人々の運命を動かしてゆく魅力と日本古美術とはどんなものかを英治はこの作品で書こうとした。春峯庵事件とは骨董商人達が結託し、浮世絵の天才的偽造家だった矢田父子三名に岩佐又兵衛、写楽、清長、歌麿、北斎等の肉筆浮世絵十七点を描かせ、これを某名家秘蔵の「春峯庵華宝集」と称して笹川臨風、野口米次郎、大曲駒村、牛山充らを上野の料亭に招待し鑑定させ、立派な物だと折紙をつけて貰い、各新聞に宣伝し、東京美術倶楽部で売り出し、一儲けしようとした事件で、結局、偽造だと発覚する。この事件の首謀者の元國學院大学庶務課長の初老の男が、この小説では、大蔵省から免職された水野椋太郎である。十歳の久松次郎は貧乏暮らしの中、母お島の為に佃煮や捕った蛍や赤蛙を売って妹と母の三人の東京の暮らしを支えていた。立ち退きで家を追われた母子は吉原の大火事で焼け出された、父の姪のお吉に助けられるが、お吉は吉原に連れ戻され病気で寝込む。お吉に惚れた客が、浮世絵に造詣が深い水野椋太郎だった。故郷の淡路島へ戻る旅費もすられ、親類からも見放された母子に、出会ったばかりの盲目の揉み治療の音さんが仕事の世話をしてくれた。次郎は十八歳で魚屋を開業し、成功し、好きな浮世絵蒐集を始める。二十歳の次郎はお吉の見舞に行き、水野椋太郎と出会い浮世絵を熱く語り合う。

（阿賀佐圭子）

上杉謙信　うえすぎけんしん

小説。〔初出〕「週刊朝日」昭和十七年一月号〜五月号。〔収録〕吉川英治『上杉謙信』（コスミック出版、平成二十五年八月）。◆武田信玄は、不可侵の約定を一方的に破り、信越国境の割《わり》ヶ《が》嶽城《たけじょう》に攻め込んだ。越後を守護する上杉謙信は、激高し出陣した。上杉軍、一万三〇〇〇は、川中島南方の妻女山に布陣した。武田軍は、二万の兵を率いて、決戦場へと進軍した。時は、永禄四年八月、世にも名高い第四次川中島の戦いの幕開けである。武田方の作戦は、二手に軍を分けて、別動隊が妻女山を目指す啄木の戦法である。しかし、謙信は、武田軍の作戦を見破り、篝火が焚かれる妻女山上は、裳抜けの殻となっていた。夜明けとともに眼前にはためく「毘《ひ》」の軍旗に、信玄は呆然と立ち尽くすのみであった。凱旋を果たした謙信は、微服して林泉寺の宗謙禅師に参見して、多くの事を学んだ。謙信の「謙」の字は、宗謙禅師から一字を頂戴したものともいわれている。謙信は、禅のみでなく、神、儒、仏のいずれをも深く信仰し、その神髄を自己の心に蓄えていた。信玄は、物理的な重厚さと老練な常識を以て臨んだ。謙信は、敵の常識の上に出て、学理や常識では想到し得ない高度な精神を奮い起こして善戦を全うした。たとえ世評は何と言おうとも、彼の国防も進撃も、帰するところは一つの信念――死中生アリ、生中生ナシ――の一語に尽きるものであった。謙信は、「身一つに文武二つを合わせ持つことは、至極やさしい。しかし難しい」と、述べている。謙信の戦が、単なる自己の遺恨とか利己の侵略でなかった事が窺える。物の哀れを知る兵家だった。彼は、敵兵すら日本の一民と観ていた。この日本国内において流し合う血は、すべてこの国の大生命一つに帰するものである事を達観していた。彼は、兵家であるが故に、絶対に勝たねばならないことを誓っている。四十九歳でこの世の終焉を迎える日まで、彼の一令一言すべてが、戦いに勝つためのものであったという事ができよう。私利私欲の自己とは違う、いわゆる公儀の人、公人の範を持していた。川中島以後も、永禄五年（一五六二）には、信玄が上野《こうづけ》に乱入したので、謙信も上州沼田へ出馬した。六年には、佐野城を救うために関東へ出征し、また翌年には、再び川中島へ出陣した。永禄十一年から元亀元年（一五七〇）にわたる間、甲州には塩のない生活、すなわち塩攻めが続いていた。謙信は、城下の商人に令を出して、甲信側の塩商人へ塩を売ってやれと奨めた。価格はすべて越後値段に限ることを厳令した。信玄は、その事実を知っても何も言葉に表わすことはなかった。信玄は、病死した。その五年後、謙信も忽然と世を去った。吉川英治は、「折々の記」のなかで、歴史小説について、「歴史家を超えた歴史家にもなって、歴史小説を書きたいと思っている」と述べている。この信念を、『上杉謙信』において実現したものと観ることができる。作中人物の巧みな真理描写と生き生きとした会話と写実的な情景描写によって、鬼気迫る決戦の場面を、あたかも目の当たりにしているかのような錯覚を覚える。正に天才的な文才を駆使して書き上げた歴史小説の最高傑作ということができよう。

（中山幸子）

飢えたる彰義隊《うえたるしょうぎたい》

小説。〔初出〕「平凡」昭和四年一月～二月。〔収録〕『吉川英治全集』旧版44巻、新版47巻（何れも講談社）。

◆吉沢市之輔と藤田寛二は彰義隊結成の際、家庭的な事情から加盟が遅れ槍術師範の大谷内《おおやうち》竜五郎と先輩の斎藤金左衛門から激しく罵倒された。しかし、戊辰五月十五日、官軍の砲声を聞いた途端、幕臣としての意識に目覚め大谷内率いる赤組九番隊に配属され戦ったが惨敗、大谷内は重傷を負い吉沢は捕虜となった。明治二年、一年半の刑期を終えて出所した吉沢は東京と名前が変わった江戸の風景に戸惑い静岡に向かった。徳川家が七十万石を与えられて駿府に移ったと聞いたからである。ところが「賊臣となった彰義隊は朝廷に対して憚らねばならぬ存在」として城下に入ることを拒まれ、沼津の金岡まで行くよう勧められた。金岡では四十四名の旧彰義隊士が半農半武士の生活で極貧の状態にあった。大谷内は地位回復の嘆願書を出し、全員で神妙に謹慎を続けていたが何の沙汰もない。不思議に思った大谷内が山岡鉄太郎に会って真相を探ると、何と盟友と思っていた斎藤が旧彰義隊士の些細な言動まで藩庁へ報告し内通していたという。大谷内は吉沢と藤田に頼んで密かに斎藤を斬り、犯人は自分だと主張した。しかも娘のお歌を東京の芸妓へ身売りさせ、その金で庄屋の債務を返したり、飢えている同志の窮乏を救っていた。更に斎藤の息子源六郎に仇討ちさせると称して自ら切腹して命を絶ったのである。大谷内は「自分はどうせ梢から振り落とされる一葉だが、若い吉沢と藤田は自分の死を誕生期として明治の世へ進んで欲しい」と言い残したが、二人とも事業に失敗しやがて消息は途絶えてしまった。（興膳克彦）

美しい日本の歴史　うつくしいにほんのれきし

随筆。〔初出〕「週刊文春」昭和三十四年三月から数回にわたって連載。〔収録〕『吉川英治全集』47（講談社、昭和四十五年）、『吉川英治文庫』137（講談社、昭和五十二年）に収録。◆日々の生活の中で浮かんだこと、思い出したことを綴ったもの。例えば昼食に食パンに蜂蜜を塗りながら作者は『十訓抄』の話を思い出す。京極の太政大臣宗輔は沢山の蜂を飼い、それぞれに何丸とか何助とか名をつけて「何丸、誰それを刺してこい」と命令する。外出するときは蜂が牛車の周りを金色となって飛び、「帰れ」といえば帰り、「止まれ」といえば、牛車の屋根や庇に止まった。作者は、もし自分がそんな芸当が出来れば「何丸、岸を刺してこい」などとやるだろうと想像する。〔参考文献〕吉川英明『吉川英治の世界』（講談社昭和五十九年）（崎村裕）

馬に狐を乗せ物語　うまにきつねをのせものがたり

小説。〔初出〕「面白倶楽部」大正十一年九月、十一月（同誌懸賞小説一等入選作として）。〔収録〕『吉川英治全集』46（講談社、昭和五十九年）。◆作者に近い伊波凡舟と漫画家の松井漫太郎が中心だが、凡舟の級友だった幇間などが入り混じっての喜劇。鳥屋での酒席に始まって、吉原の廓に上がる（俥屋につかまって「廓の内へは空俥じゃ這入られねぇ規則なんで」という理屈で）。隣室に友人たちも来合わせ、最後は、百花園での句会（並びに「へそ交観会」なるもの）に集結してゆく。全体的に滑稽洒脱な会話と戯文体の地の文章で成っている。大正の時代と江戸文化（趣味）の比較や、その意味づけがなされるが、あくまでも酔いの中での話題に留まっている。高等遊民的な人物たちが、飲み屋を溜まり場に遊んでいるのだが、それは次のような作家の体験が背景にあるのだろう。「大正二年、やっと自立、下谷西町の髪結さんの二階三畳間を間借してランプの下に仕事す。隣室になお同居人の夫婦ありて、かなりの落語家なり。当時の円喬なりしや、志ん生なりしか不明。折々、句友、悪友、交々ここの三畳に集まり、十二階下歩き吉原散歩など覚え、漸く遅き青春と遊蕩の気生ず」（「自筆年譜」）題名は「狐を馬に乗せたような（きょろきょろあたりを見回すとか、言うことが信用できないの意）という比喩から採られているが、その軽快な地口の底には自嘲的な気分が秘められているようだ。青春の遊蕩的な放浪の日々を語っていて興味が尽きない。しかし、この作品には後年の「大衆」への共感の萌芽があるのも確かだ。回顧して語っている。「日本堤には、大厦高楼が軒を並べ、サクラ鍋の殿堂に、紺タビの女中さん達が、夜どおし、庶民大衆の盛夜の宴の為に声をからしていた。そこでは知識無知識なく、職別老若の差もなかった。大衆の活力を煮立て、人間の赤裸を謳歌し、どの顔も、生き生き燃えていた」（「忘れ残りの記」）と。〔参考文献〕『吉川英治全集』46（講談社）

（岩谷征捷）

映画清談　えいがせいだん

談話。〔初出〕「キネマ旬報」昭和三十年七月号。〔収録〕全集その他未収。◆撮影中の映画「新・平家物語」（大映、溝口健二監督、市川雷蔵主演）について、原作者の吉川が語った談話。当時、カラー映画はまだ珍しく、そのうちのひとつ「楊貴妃」を見た吉川が「箱庭式であっけない感じ」と言い、「新・平家物語」では「外に出て、自然をとり入れて、撮ってもらいたい」という希望を述べている。また、映画には「生きていることは楽しいことだと、感ずるようなものが欲しい」とし、さらに「作品の中に自分の恋人みたいな人がいたというような、楽しい感銘の気持で見られるように、そういうものに作ってほしい」とも述べている。自身の『新・平家物語』について、清盛は六代目菊五郎をモデルとして書いたこと、「暮しの内面にあるその情愛の美しさ」が裏づけになっていることを語っている。

（児玉喜恵子）

英訳新平家物語

えいやくしんへいけものがたり

翻訳小説。〔初出〕FUKI WOOYENAKA URAMATSU訳（クノップ社刊、昭和三十一年）その後Reprint版としてチャールズ・イ・タトル出版から何度も再販される。二〇一一年版には、Davinder Bhowmik氏の序文が付けられ、同タトル出版から再販される。◆二〇一一年版のDavinder Bhowmik氏の序文には「翻案」であることの説明や古典書の『平家物語』と比較し、吉川英治の「清盛」像が好意的であることなどが記されている。また、原文の詩的な文章ではなく、散文的に訳され、誰もが共感できる翻訳になっているとされている。しかし、「キツネを助ける」話から清盛の「哀れみ深さ」を説明し、入手しやすい講談社版『吉川英治歴史時代文庫新平家物語』で言うなら、翻訳本全体の半分が文庫本第一巻の翻訳であり、後の半分は、第二～四巻の終わりあたりの義経が母、常盤との対面の場面までで終わっていることなど、吉川英治の『新・平家物語』の読者には片手落ちな感じを与えるかもしれない。それは、この翻訳が一九五六年出版で、原本の『新・平家物語』の完成を待たずになされた翻訳本であることが、その一つの要因であるとも思われる。何故、そのようなことになったのか、詳細は不明だがURAMATSU氏のあとがきによると吉川英治自身に許可を受けたとあり、所謂、日本文化の紹介として、多くの日本文学が翻訳された当時の時代背景を受けての翻訳だったのかもしれない。清盛の大望やその臨終の場面も源平合戦も壇ノ浦の場面もないが、平家だけではなく、藤原家、源氏の系図も付けられ、初版本からURAMATSU氏による、時代的背景や京都の位置づけ、周辺地理、源氏物語との関係、吉川英治についての説明が付けられており、それらから外国人にとって、日本文学についての何が興味を引くのかが理解されて興味深い。だが、『新・平家物語』の面白さが理解できる新たな翻訳を期待したい気持ちにさせられる読者がいるのも事実だろう。尚、翻訳者は「フキ・ウエナカ・ウラマツ」氏と明記されているが、昭和四十四年版、講談社の「吉川英治全集」の年譜には「昭和三十一年十月、浦松佐美太郎氏の英訳着手」とある。この二人の関係は判然としないが、翻訳本には初刊から「FUKI WOOYENAKA URAMATSU訳」とある。（槌賀七代）

江戸三国志　えどさんごくし

小説。〔初出〕「報知新聞」昭和二年十月〜昭和四年二月。〔収録〕『江戸三国志』（全三巻、平凡社、昭和三年、四年）、『吉川英治全集』5（講談社、昭和五十七年）、『吉川英治歴史時代文庫』5、6、7（講談社、平成二年）。◆尾張徳川家の七男坊・万太郎の邸から、将軍家拝領の鬼女面を盗み出したのは、大盗賊の日本左衛門だった。面箱の底には「御成敗ばてれん口書」も隠されていた。その口書によると、日本で客死した羅馬《ローマ》の貴族ピオの遺品「夜光珠の短剣」には、莫大な富と名誉が秘められているという。その行方をめぐり万太郎と近侍の相良金吾、「ころび伴天連」（こうした設定が物語をふくらませている）の娘お蝶、丹頂のお粂などが入り乱れる伝奇ロマンである。舞台は武州、甲州、相州の三国にまたがって展開する。わけても武蔵野の北限、人外境の高麗村がこのロマンの発祥の地である。鬼女面が渡っていった狛家にはかつてピオが逗留したことがあり、夜光珠の短剣のゆかりの地でもあった。さらに魑魅魍魎のとぐろを巻く甲府城下。そして、少年次郎のみならず、読者の冒険心をそそる藪や沼の武州女影の地の迷路。そうした土地土地を詩情あふれる文章で描いて、読者の空想を刺激する。将軍家拝領の鬼女面は、高麗村の怪童次郎によって、江戸表の尾州家へ届けられた。残る夜光珠の短剣の行方をめぐって、徳川万太郎、日本左衛門、奥秩父切支丹谷の住人たちの死闘が続き、狛家の千蛾老人はついに日本左衛門の邪刀に仆れる。ピオの血を引くお蝶の数奇な運命、金吾と日本左衛門の江戸城での最後の対決と、奇想天外な展開をつづけた三部作伝奇ロマンもここに大団円。というより、一応の解決は見るが、生きている者は生きているかぎり、あらたな冒険へと向かう予感がする。物語中でも主役級の人物は殺されることなく、それぞれの危機を脱して、そのことによって物語が読者の中で止め処なく膨らんでゆくのである。作者自身が徳川万太郎のことを「持ち前の猟奇癖」と言っているように、『江戸三国志』は司馬遼太郎の作物などとは違って、講談調、伝奇風の仕立てで気楽に読むことが出来る。この作や『鳴門秘帖』など初期作品に十分発揮されているのは、史眼の確かさでも構成の緻密さでもなくて、わずかな歴史的事実や口碑伝説を果てしもなくふくらませてゆく特異な空想力であろう。自由奔放な場面転換と読者を誘う想像世界のたのしさ。ここでも秩父異教国（切支丹村）伝説や、武蔵野に散在する古代朝鮮移民の遺跡、それらにまつわる伝承を聞き知ったことから想を起こしたと考えられる。そういう意味でも、この『江戸三国志』に新たな転機の兆しが見られるのも事実だ。その一つとして「日本左衛門」という人物の導入がある。『鳴門秘帖』は架空の人物を主人公とする伝奇性に富んだ小説だが、この『江戸三国志』を経て、有名無名を問わず実在の人物または歴史上の出来事に素材を求めるようになる。そして、『松のや露八』に理想像を模索し、つづいて『宮本武蔵』でその一つの典型を創り上げるに至る。それではこの物語の悪の雄・日本左衛門とはいったい誰なのか？　本名は浜島庄兵衛。延享年間（一七四四〜四八）に広く名をはせた盗賊。尾州七里役所の足軽の出ながら性きわめて怜悧、豪胆にして武芸に長じ、加えて大した美男子だったという。武芸奉公に早々と見切りをつけて盗賊団の頭目となり、三〇〇人の手下を従えて浜松から金谷にかけての東海道筋を荒らしまわった。世の不義非道をいましめるという理屈をとなえて富豪大百姓の資材を狙い、ために日本にはじめて「義賊」の称を流布せしめたと言われるが、実態はかなり違っていたようで、押し入った家の婦女子をことごとく凌辱暴行するなどの非道を働き、結局それがたたって老中の直命で全国に人相書を回されたという。当時は主殺し・親殺しの罪人以外は人相書で尋ねられることはなかっただけに、幕府もこの男にはよほど手を焼いていたとみえる。それでは日本左衛門が『江戸三国志』の主人公か、というとそうではないだろう。人物たちの群れを動かす重要な一人には違いないが、徳川万太郎、相良金吾、丹頂のお粂、切支丹屋敷のお蝶、怪童次郎、目明しの釘勘、など創造上の人物たちと、時には同列となる。そして、物語に独特のリアリティを与えているのは、ちらりとしか顔を出さないにしても、徳川吉宗、新井白石などの実在の人物であろう。あるいは、こうした人間たちよりもほんとうに物語を動かしているのは、ものとしての夜光珠の短剣、鬼女面なのかもしれない。

〔参考文献〕三田村鳶魚「日本左衛門」（『全集』14、中央公論社、昭和五十年）

（岩谷征捷）

江戸城心中　えどじょうしんじゅう

小説。〔初出〕「河北新報」昭和五年九月〜六年五月。〔収録〕『江戸城心中』（先進社、昭和六年）、『平凡社版吉川英治全集』4（平凡社、昭和七年）、『日本小説文庫　江戸城心中』（春陽堂、昭和七年）、『江戸城心中』（大仏舎、昭和二十三年）、『吉川英治全集』7（講談社、昭和四十四年）、『吉川英治文庫』21（講談社、昭和五十年）、『決定版吉川英治全集』7（講談社、昭和五十八年）。◆八〇〇枚の長編時代小説である。物語の前半は伊勢山田奉行、大岡忠相と密貿易《ぬけがい》の元締、先生《シャンスイ》金右衛門の相剋、八代将軍吉宗の若き日の恋情、そして思い人を奪われた男の執念を描いている。大岡には忠実な同心の稲田と赤城がおり、金右衛門には妾のお由良や腹心の赤星、思い人に異国の宝物を贈りたく密貿易に入った鯨太郎《ぎょうたろう》などがいた。紀州家若殿の徳川新之助が遠乗りの途次、鯨太郎の故郷に立寄り、庄屋の娘で鯨太郎の思い人お八重十七歳に給仕を命じた。鯨太郎は新之助に見咎められ、短剣で右眼を突かれ、海に逃げた。新之助も密貿易者に囲まれるが、大岡と赤城に救われる。吉宗、大岡の初対顔であった。片眼となり浪人ごろとなった青月鯨太郎はお八重を忘れられず故郷に帰った。目にした行列の主は江戸へ向かう新之助とお八重であった。鯨太郎は後を追った。密貿易絶滅のために遍歴していた大岡が伊勢山田に帰った。新之助から、世に立つ日あれば好意に報いる、との書状が届いていた。以来七年、享保元年、田舎奉行大岡に一万石加増のうえ江戸南町奉行所奉行に任ずるとの命が下った。将軍に謁した大岡越前守忠相は八代将軍吉宗が新之助であることを知り、密貿易根絶を誓う。大岡は金右衛門に生涯二十人扶持を与え手の内とし、次々に密貿易者を捕らえていく。物語の後半は吉宗、お八重の方、その兄の源内、叔父の角兵衛の四人に対する鯨太郎の苦節復讐悲話である。

牢獄にいた鯨太郎は同じ密貿易者の牢名主から、お八重は吉宗の側室に、源内は七〇〇〇石の側用人、角兵衛は二〇〇〇石の寄合衆に出世したと聞かされる。四人の誅殺を誓う鯨太郎に牢名主は、魂を売った金右衛門を殺すなら、と逃がしてくれた。牢を出た鯨太郎は角兵衛、源内を殺すが、吉宗は短銃を撃ちそんじて取り逃す。鯨太郎は給の家紋の四ツ目菱の二つを塗りつぶし、吉宗、お八重の誅殺を誓った。片眼の鯨太郎は大奥のお庭掃除番の職を得た。女中達と間違いを起こさぬように掃除番はみな醜男だったからである。五月雨の頃、吉宗が三の丸のお八重の方を訪れた。床下で鯨太郎は嫉妬の闇に狂顛した。吉宗が去り、鯨太郎はお八重を引き倒し、二の腕、左の股、右の股を斬った。部屋が血の池のように染まった。私の初恋は鯨太郎さんです、とお八重。本心を知った鯨太郎はお八重が倒した行燈の焔《ほのお》の上で相抱き合掌した。三の丸が焼けている、まずよかった、上様の御内秘もこれで事なく相済んだ、と大岡は胸を撫で下ろした。亡き母峰が大岡の乳人であったこと、大岡とは乳兄弟であったことを知る由もなく鯨太郎は命を終えた。将軍吉宗、名奉行大岡を取り込み、構想を練りに練った大型時代小説である。人の出会いが唐突で偶然すぎる場面がなくはないが、それはそれで吉川文学の良さとしたい。この作品は吉川作品としては陰惨で哀切きわまりない内容となっている。〔参考文献〕『決定版吉川英治全集』7（講談社、昭和五十八年）　（西村啓）

江戸長恨歌　えどちょうこんか

小説。〔初出〕「婦人倶楽部」（昭和十三年六月号〜昭和十四年八月号）。〔収録〕『江戸長恨歌』（桃源社、昭和二十八年）、『吉川英治全集補巻2』（講談社、昭和五十九年四月）、『吉川英治文庫65』（講談社、昭和五十二年三月）。◆片山家は一噌流の笛師の家。兄の吟松は家を継ぎ弟の賛四郎は能役者の修業中。久世家は家柄も役高も高く、禄は四〇〇〇石。その久世家の一人娘珠貫が賛四郎に恋をした。身分違いの恋に周りは反対したが結局叶う。その条件は久世家に婿養子に入る前に、二年間諸国を遍歴して武士一通りの修行をし江戸に戻ってくる事。出発の前、賛四郎は兄から片山家に伝わる「比翼」と「連理」という笛を、珠貫と一本ずつ貰う。これは一幹の竹を二つに切って、二つの笛を作った名笛。それを手に賛四郎は婿修行に旅立つ。一年と半年が過ぎ、賛四郎は紀州和歌山で昔馴染みの仙吉と出会う。仙吉の家に逗留する間に山に狩猟に出かけ、「比翼」の笛を落としてしまう賛四郎。その笛を拾ったのが、山奥に隠棲している老儒教学者の一人娘八重。恋に落ちる二人。賛四郎は八重を江戸に誘い駆け落ちに成功する。大阪・京都、その間賛四郎が平気で人を殺すのを見て、八重は不安を感じる。江戸に戻った賛四郎は八重の所、許嫁珠貫の所を行き来するうち大事な『比翼』の笛を再び無くす。結局二人にばれ窮地に立つ賛四郎。だが弟の為自害した兄により珠貫は賛四郎を許し祝言をあげる。四年後のある日、賛四郎は使節の一員として上洛する。一方八重は父親の弟子今川大蔵に救われ結婚。大蔵は京都の名家、裏辻三位卿であった。今回の上洛に賛四郎を同行させて京都に呼び寄せたのは八重の復讐だ。捕えられた賛四郎、だが心配して後をつけて来た珠貫に助け出される。その様子を陰から見ていた八重は、二人の前に出て人間には夜叉の心と菩提の心があると言う。その言葉に己の非を深く詫び、心から反省する賛四郎と珠貫。「比翼」と「連理」の二つの笛が真の意味で一つになったのだ。賛四郎と珠貫、八重、そして八重を慕っていた今川大蔵。己の欲の為には平気で嘘をつき人を殺める事も厭わない賛四郎。そんな登場人物を繋ぐ「比翼」と「連理」という笛。吉川英治の小道具使いの巧さが生きている。また散々辛い仕打ちを受けた八重が、貴方に与えた復讐も八重の真実。今宵珠貫様を宥り、良い良人になって戴こうと願う私もまた真実。いかなる人間にも夜叉と菩提の両面はあるものであると説く。八重もまた夫の愛があったからこそ説けるのである。ここに吉川英治は人間の本質を鋭く描いた。この根底にあるのが、唐の白楽天の玄宗と楊貴妃の七言古詩の長篇詩「長恨歌」だろうと、当時の読者は想像したらしい。この場合の長恨歌の恨とは怨恨ではなく悲しみの意という。吉川英治も好んで愛誦していたというから、この愛の物語は生まれたのかもしれない。

（八重瀬けい）

江の島物語　えのしまものがたり

小説。〔初出〕「講談倶楽部」大正三年秋季増刊号。〔収録〕『吉川英治全集』48（講談社、昭和四十三年）、『吉川英治文庫』124（講談社、昭和五十二年）、『吉川英治全集』46（講談社、昭和五十九年）、『ふるさと文学館18神奈川』（ぎょうせい、平成七年）。◆「講談倶楽部」大正三年秋季増刊「裸百貫」で、読切新講談の懸賞に吉川雉子郎の筆名で応募し、懸賞小説一等に入選した、吉川英治の処女作。

鎌倉建長寺の稚児白菊丸は禁裡御所の衛士三裾野右京晴英の子だが、四国高松の浪人五十嵐武三郎に父を殺され、共に相州片瀬村へ逃れてきていた母花路には病死されていた。五十嵐武三郎に仇討ちをしたいと江の島弁財天に百日の願をかけた白菊丸の姿を目にした袈裟屋四郎兵衛の一人娘お蝶が白菊丸に慕情をよせるが、お蝶に横恋慕する建長寺の納所坊主海典は雲助たちをそそのかして白菊丸を襲わせる。それを助けてくれた法華堂の慈久と兄弟のちぎりを結んだ白菊丸だったが、慈久から守り刀にともらった短刀は、かつて父が奪われたものだった。恩ある慈久を父の仇の弟と思いこんだ白菊丸は、苦悩の末に弁天堂の岩鼻から身を投げて死ぬ。その夜お繰が実の妹であることを知った慈久は、折も折白菊丸の死を知らされ自害してしまう。短刀は慈久が旅侍から譲られた物だったのだが、その真の敵、五十嵐武三郎も最後には弁財天の化身である白蛇に首をしめられ、断崖から落ちて死んでしまった。以上のように本作は江の島の弁財天にまつわる一種の霊験譚だが、初出巻末に載せられた選評で、二代目編集長淵田忠良（筆名城月）が「波瀾重畳、首尾よく整って品よき書きぶりなり」と褒めていたように、「吉川文学の初期を彩るロマン小説」（松本昭）であり、その後の吉川英治の文学、とりわけ初期に特長的な、「波瀾にとんだロマネスクな構成は、すでにこの作品のなかにみられる」（尾崎秀樹）のである。なおこの時の賞金は十円であった。〔参考文献〕尾崎秀樹『伝記吉川英治』（講談社、昭和四十五年）、井代恵子「〈作品解題50選〉江の島物語」（尾崎秀樹『吉川英治　人と文学』新有堂、昭和五十六年）、松本昭『人間吉川英治』（六興出版、昭和六十二年）

（原善）

大岡越前　おおおかえちぜん

小説。〔初出〕「日光」昭和二十三年九月創刊号〜二十四年十二月。〔収録〕『吉川英治全集』32（講談社　昭和四十三年）、『吉川英治歴史時代文庫』45（講談社　平成元年）。

◆ときは元禄、生類憐みの令がだされてから十年がたっていた。人々は「犬が羨ましい、ああ、なぜ人間になぞ生まれたのだろう」と嘆いていた。このころ川端の水茶屋に大岡市十郎という若侍がよく通ってきた。そこには茶汲み女のお袖がいた。お袖の父は秋田淡路守の五十石取りの家来だった。お袖が五つのとき大病して医者にも見放された。その病には燕がよく効くと教えるものがあり、父は吹き矢で燕を射落し、黒焼きにして娘に与えた。娘は快癒したが、その日が将軍家の命日にあたっていたこともあり、夫婦ともに斬罪、一家は離散、お袖は水茶屋に売られたのだった。一方、大岡市十郎は、二つくらい年上の従兄の大岡亀次郎の後について、盛り場に出入りしていたのだが、お袖と深い仲になり、お燕という娘ができていた。お袖を知った翌年、亀次郎の父大岡五郎左衛門忠英が番頭の高力伊予守を政治上の口論から討ち果たした。忠英も伊予守の家来に斬殺されたが、不埒とされ家名断絶、残る大岡十家も閉門謹慎となった。市十郎は大岡一門三〇〇〇石の忠右衛門忠真の養子となり、娘のお縫いと結婚する約束になっていた。この後、市十郎は兄の主殿《とのも》とお袖のことで大喧嘩になり、養家の忠真宅をとび出してしまう。そして、世の底辺の悪の途に深入りし、江戸城の御金蔵の絵図面を盗み出したりする。ところがふとした縁で、同苦坊という坊さんのお施粥を手伝うようになる。そして回心して、お縫いと結婚、真面目に江戸城に出仕するようになり、順調に栄進し、伊勢山田奉行から将軍吉宗の推挙で遂に江戸南町奉行に抜擢された。大岡越前守忠相である。南町奉行のとき、堀留河岸の呉服問屋山善に五人組の押し込み強盗が入った。主の善兵衛とその妻は重傷、何人かの使用人は殺害された。五人組の中の二人は女で、お袖と娘のお燕ということが次第に分かってくる。それと同時に江戸中に越前守の若い日の悪行が噂になっていく。お袖は捕らわれたが、お白洲で忠相、市十郎の旧悪と捨てられた恨み辛みを大声で訴える。忠相は何やら覚悟の面持ちで、突然帰宅、家族と一夜団欒の後白装束に着替えて出仕した。最後には意外な結末が待っている。幕府の間違った政治への批判は鋭いが、体制そのものには肯定的。〔参考文献〕松本昭『吉川英治　人と作品』（講談社　昭和五十九年）

（崎村裕）

大谷刑部　おおたにぎょうぶ

小説。〔初出〕「現代」昭和十一年三月。〔収録〕『吉川英治全集』旧版45巻、新版48巻（何れも講談社）。◆会津の上杉討伐のため北上しかけていた大谷刑部は、途中垂井宿から引き返し石田三成の居城左和山を訪ねる。三成は上杉景勝の重臣直江兼続と示し合わせて既に挙兵を決めており、刑部を味方に付くよう説得した。刑部は三成の無謀を諌めたが三成は「家康打倒」を固く決意していた。ここで刑部も全てを悟り三成に命を預ける腹を決めたのである。業病の癩を病む刑部にとって三成は刎頸の友であった。秀吉在世の頃の茶会で刑部は茶碗に一滴の水洟をこぼした。隣に居た三成は嫌な顔もせずそれを飲み干し自分で止めたのである。それ以来の付き合いであった。刑部は心眼と心耳で戦況を見届け関ヶ原に散った。

（興膳克彦）

押入れの中　おしいれのなか

随筆。〔初出〕「暮しの手帖」（第一世紀四十一号、昭和三十二年九月）。◆英治の八編の随筆である。押入れは不思議な魔力を持ち、日本流の古い暮らし方の象徴であるという「たゝみの家の森」。英治の末子の通うK幼稚舎の一、二年生の温室育ちのひ弱さと糖分過剰を懸念し、黒砂糖を食べさせるという「黒い甘味」。子どもに必要な栄養は、ジャコやレバやモツや鮭骨であるという「魚骨と鶏腸」。都会の子はひ弱で、農村の子は健康だが、都会の高校・大学生は親より背が高く、農村では低いのは何故だろうかという「小さくなった親たち」。吉川が煙草をやめる為に、きせるに変えたという「たばこの一案」。紙巻煙草と縁が切れたという「世に出た〝きせる〟」。きせるで笑われた「外出ノイローゼ」。徳川時代もきせる狩りや禁煙令は失敗し、きせる党になれば節煙できるが、恋人を探している紳士には魔除けとなるのでお奨めできないという「愛煙家の古今」。（阿賀佐圭子）

御鷹　おたか

小説。〔初出〕「オール讀物」昭和十一年二月。〔収録〕『吉川英治全集』旧版43巻、新版48巻（何れも講談社）。◆将軍家の御鷹を預かる御鳥見組頭安部白翁の娘お悦は小柴角三郎を婿に迎える予定で既に身籠っていた。ところがお悦に横恋慕した黄瀬川弁馬が「お悦は自分の子を身籠っている」と角三郎に手紙をよこし、果し合いを申し込んできた。知識や仕事にかけては角三郎の方が遥かに勝っているが、剣に関しては弁馬の方が上だ。心配したお悦が決闘現場に駆けつけると角三郎が血刀を提げて立っており弁馬が朱に染まって倒れていた。しかし、これは角三郎が助太刀を頼んで相手を騙《だま》し討ちしたものだった。しかも今まで優しかった角三郎の態度が急変、絶望したお悦は自害して果てる。角三郎が可愛がっていた鷹「吹雪」は弁馬とお悦の血潮の上を旋回していた。（興膳克彦）

お千代傘　おちよがさ

小説。〔初出〕「婦人公論」昭和七年九月号〜八年十二月。〔収録〕『吉川英治全集』10（講談社、昭和四十五年）、『吉川英治文庫』32（講談社、昭和五十一年）。◆井伊大老の安政の大獄の頃、朝廷側の近衛関白家の寵臣島田左近の命令で幕府の女密偵となった元女軽業師のお千代は、勤王志士で詩人の梁川星巌邸へ小間使いとして潜入して情報収集をしていた。お千代の姉お此が左近に祇園から落籍された縁だった。水戸出身の小普請で豆腐屋の鵜飼吉兵衛の倅の幸吉は、朝廷から水戸邸へ当てた勤王の密書を届ける使命を受けていた。お千代が密書を奪い取ろうとすると吉兵衛から「自分はおまえの叔父だ。幸吉の重大な使命の為に見逃してくれ」と頼まれるが拒否すると、吉兵衛は自刃して幸吉を逃がす。幸吉は逃げる際、二階から落ちて気を失うが、勤王侍の頼三樹三郎に助けられる。お千代は京都から江戸へ向かった従兄幸吉を追ったが、勤王志士達に捕まる。美魔（悪女）の命乞いの演技で命拾いしたお千代は、幸吉に追いつき、旅籠で密書を奪うが、勤王志士達に捕まる。幸吉の相棒の無頼浪人の菊井半九郎がお千代の隠した密書を見つけると、お千代は縛られ船で沈められる。危機一髪で井伊家の宇津木六之丞に助けられたお千代は、密勅を取り戻そうと幸吉を追うが、また捕まり、志士の隠れ家である足軽の高橋亥之吉夫婦の長屋の床下に六之丞と別々に監禁される。亥之吉夫婦の会話から、亥之吉夫妻がお千代の生みの親で四歳の時に地震と火災ではぐれ、親から軽業小屋へ売られたのではないと知ると、人への憎しみや恨みが消え去った。勤王志士達の十五両の借金の為に、十二歳の娘お清を女衒に売った亥之吉夫婦の貧しさと人の良さを知り、お千代はこれ以上幕府の隠密を続ける意味を見失う。亥之吉夫婦は半九郎に斬り殺され、お千代は遺された乳飲み子の妹を保護したが、亥之吉に義理を感じた勤王志士達に妹は連れ去られる。人間らしい感情が芽生えたお千代は、六之丞に頼んで妹のお清を吉原から連れ戻して貰うと、両親の仇の半九郎を殺す。幸吉と共に勅書を水戸邸へ届ける決意をしたお千代は、幸吉に「ずっと好きだった」と告白する。お千代は六之丞を殺し、幸吉を六之丞に変装させて密勅を中納言斉昭に届けると、「旧臣、鵜飼吉左衛門（吉兵衛）の禄を幸吉に与え新規二〇〇俵で藩臣の列に加えおく」という沙汰だった。幸吉と京都への帰途につくと乳飲み子の妹は乳不足と百日咳で死んでいた。鈴鹿峠の麓の先でお千代は幸吉に「妹お清の面倒を末永く見てやって下さい」と頼むと日傘を開き、その陰で涙を拭いた。日傘が風に飛んでゆくのを幸吉が追おうとした時、「お姉ちゃんがいない」というお清の声に振り向くとお千代は消えていた。お千代は振り向きもせず、発狂したように白い足で地を走っていた。故郷を捨てて、反対の逢坂山の裏坂をまるで先も見ぬ傷負いの女鹿のように真っ碧な水へ向かって。琵琶の湖には寒々と鳰が啼いていた。

（阿賀佐圭子）

処女爪占師《おとめつめうらないし》

小説。〔初出〕「講談倶楽部」昭和四年十月～五年十一

月。〔収録〕『処女爪占師』（三島書房、昭和二十三年）、『吉川英治全集』11（平凡社、昭和七年）、『吉川英治全集』5（講談社、昭和四十四年）、『吉川英治文庫』16（講談社、昭和五十二年）。◆公家出身の中御門墨子は秀忠に望まれ一年前の春、将軍家光の弟、忠長に嫁いだが、政争に巻き込まれ、忠長に一度も会えず。彼女の前に助っ人と刺客が同時に出現。豆猿暹羅《しゃむ》を連れた生家の老家臣渦兵衛と忠長の若い近習青貝外記と伊奈三四郎、対する幕府側老中土井大炊頭利勝の家来鉄砲の名手種田一火。浅間神社参籠に乗じた墨子暗殺は失敗するが、忠長は甲斐に幽閉、父の右代弁も死去。流浪の身に転じた墨子の後ろ盾に上野寛永寺の天海が登場し、川越の喜多院に至る。江戸で猿回しから針売り姿に転じた渦兵衛が種田を襲うが失敗。追われて由井正雪を伴い喜多院に至る。由井は墨子を忠長盟主の反乱に誘い、墨子は拒絶するが連判状は幕府に渡る。捕縛の役人に墨子は喜多院を逃げ出し渦兵衛と甲斐に向い、由井の待ち伏せに一人大菩薩峠の谷に転落。京の実家の祖母斎菊は洛外久我村で占師となり幕府調伏の呪詛を行う。種田は青貝らの探索に京に至る。斎菊を渦兵衛が訪れ、役人早川が邪魔し調伏は失敗。斎菊は狂人を装い駿府へ向う。虚無僧となった青貝らは所司代に追われ渦兵衛が助け、上京中の春日局に直訴。逆に富士の呼子岳の牢に囚れる。実家出入りの薬草取り荷吉に救われた墨子を天海が訪問。そこへ斎菊を連れた由井が登場し、天海は一蹴。斎菊は墨子に爪占の書を伝授。墨子らは忠長を幽閉する高崎城へ向う。富士の山牢から渦兵衛の助けで青貝らが脱獄。墨子は忠長の家来が離散する場へ行き会い、ついに種田に捕まる。江戸から安部重次が忠長自刃を命じに高崎城に向う。十二月の雪の日、忠長自死の時、墨子は安部の計らいで初めて対面。安部も自殺し、墨子は種田に首を絞められる。朝廷に墨子の死を隠し密かに葬るが、蘇生し渦兵衛らが助ける。二年後の春、天草で一揆が起こり、駿府城が焼け、幕府は青貝らを手配。渦兵衛は春日局を狙うが失敗。同日局に呼ばれた女爪占師はそのまま帰宅。女を墨子と疑う種田が追い、爪占師梅花堂墨女は七夕の晩に種田と占いを約束。渦兵衛らが潜伏する屋敷へ天海が墨子の身代わりの遺体露見と伝え、役人に追われた墨子を渦兵衛が逃す。七夕の晩、墨子らは種田を殺し、春日局を襲撃。土井の屋敷に火を放ち、斎菊と再会。墨子は捕まり、磔の時、助けようとした渦兵衛が絶命。由井らに助けられた墨子は天草四郎となる。タイトルの処女は聖母マリアを思わせるが、大人しい処女が大人びた乙女、織女となり七夕に復讐する。処女塚伝説や能や歌舞伎の「隅田川」を引き、幽玄の人に昇華。夫が殺され貴女が鬼女に転じて神の子を抱くマドンナは天草で猿を抱くカリスマと化す。忠長と一緒に死んだ吉田家出身の側室をヒントに墨子を創作。梅花堂は日泰寺の由緒と繫がり、公家の御留（記録）的小説。（岩見幸恵）

鬼　おに

小説。〔初出〕「オール讀物」昭和十二年一月。〔収録〕『松風みやげ』（大元社、昭和十五年）、『吉川英治自選集』（輝文堂、昭和十七年）、『吉川英治短編集』3（六興出版、昭和二十八年）、『吉川英治全集』45（講談社、昭和四十五年）、『吉川英治文庫』130（講談社、昭和五十一年）、『決定版吉川英治全集』48（講談社、昭和五十八年）、『吉川英治時代小説文庫』76（講談社、平成二年）。◆津軽藩の足軽だった棟方《むなかた》が、領民の貧困を救うために、岩木川の治水、五所川原の開墾に従事し、多くの困難や人々の無理解を受けながらも、鬼となってやり遂げる話である。そこに、ひとり娘の恋や、敵討ちの要素などを織りまぜた作品となっている。〔参考文献〕『吉川英治小説作品目録』（吉川英治国民文化振興会、昭和六十二年）（小澤次郎）

小野忠明　おのただあき

小説。〔初出〕「講談倶楽部」昭和十七年七月〜九月。〔収録〕『吉川英治全集』43（講談社、昭和四十二年）。◆徳川将軍家剣術指南役といえば、柳生但馬守宗矩を始祖とする柳生家が知られているが、小野次郎右衛門忠明の小野家もあった。忠明は若年の頃は神子上《みこがみ》典膳と名乗っていた。伊勢松坂の出である。ある日、地摺の青眼のあだ名のある、池野内蔵八が伊藤一刀斉に勝負を挑んで、一刀のもとに斬り殺されるのを目撃した。一刀斉には漁師あがりの善鬼という弟子がいた。典膳も弟子に加えてもらった。数年後、師と善鬼が口論しているのを耳にする。

善鬼は一刀流極意の印可をもうそろそろ貰いたいというが、師は断固拒否し、典膳に譲るという。善鬼は、では典膳と勝負するという。そこで、勝負になるが、技量では劣る典膳が勝ち、善鬼は絶命する。典膳はその後、幕臣の北条安房守の斡旋で、幕府に仕え、剣術指南役にとりたてられる。

（崎村裕）

小野寺十内の妻《おのでらじゅうないのつま》

小説。〔初出〕「主婦之友」昭和十七年一月。〔収録〕『日本名婦伝』（全国書房、昭和十七年）、『剣の四君子・日本名婦伝』（吉川英治文庫、講談社、昭和五十二年）、『吉川英治全集』29（講談社、昭和五十七年）。◆小野寺十内は赤穂義士の一人で六十一歳、京都留守居役だった。小説は「手紙」を中心にして進行する。無言で赤穂へ立った夫を思う妻・丹女に、赤穂から十内の手紙が届く。「交々に筆の便りを交わすことの仲のよさ」、丹女は夫と共に和歌を嗜み、師から「式部が再来やと存ずるばかり」と誉められる才女であった。十内の便りには必ず老母のことも書いてあり、夫もまた孝行の範、夫婦の範、武士の範であった。「武士のぎりに命をすつる道」という大変事の中でも、十内から妻への便りは絶えなかった。「開城退散」のため思いがけなく十内を迎えることができたが、「手狭な浪宅」に移る。夫の命運を予測しながらも、いかにそれまで夫を安らかに過ごさせるかに心を配る。ことは成就し、お預けになった細川家で十内は切腹。丹は四十九日の法要を終えると、食を絶って夫のあとを追った。

（岩谷征捷）

折々の記《おりおりのき》

随筆。〔初出〕「讀賣新聞」紙上に、昭和二十八年四月から六月にわたって掲載。〔収録〕『草思堂随筆　折々の記　吉川英治全集』52（講談社、昭和五十八年）。◆『折々の記』は、「折々の記」四十三篇、「僕の歴史小説観」四篇、「骨肉相食む悲しみ」四篇、「小説のタネ」七篇、「俗つれづれ草」二十六篇、「焚き反古の記」七篇、「歳寒漫筆」三十篇からなるものである。「折々の記」は、いずれも四〇〇字詰め原稿用紙三枚半である。これは、吉川英治が、「新聞小説ですと、僅か原稿用紙三枚半のなかに絵という重大な援けがある」（三〇六頁）と書いているように、「折々の記」も新聞小説の長さに習って書いたものと見られる。最初から三番目に、「中学生」と題するものがある。「いま考えても、あんな悲しい思い出はない。小学校時代の級友がみな中学服で通ってゆく、ふと道で会ったりすると、少年労働者の身なりのぼくは、顔を赤くしてつい俯向いた。…ほのかに好きだった女生徒などに会うと、ついと横丁へ隠れてしまったものだった。単なる卑屈感だけではない。説明しがたい少年の哀傷や成長のもだえがある」と書いている。これは、家庭の事情で中学校に行くことが出来なかった作者自身の事が書かれている。向学心に燃えながらも断たれてしまった少年の切ない心情に目頭の熱くなるのを覚える。「僕の歴史小説観」以下の作品は、長いものもあれば、短いものもある。長編には、談話筆記のものも含まれている。この冒頭の作品には、「ぼくはかつての史学者たちの何世紀にもわたる血業の結晶である歴史というものに大きな尊敬をはらう。しかし、自分の仕事上の参考までにある。不遑な言かもしれないが、ぼくは、歴史家を超えた歴史家にもなって、歴史小説を書きたいと思っている」（三〇三頁）と述べている。この心意気をもって、独創的な歴史小説の名作を輩出する事が出来たものと見られる。「歳寒漫筆」の中の「父の一日」と題するものは、作者が父に連れられて、杉田の梅の頃に金沢の方まで歩いた時のことを書いている。「山の茶店で、うで卵をたべた。とても美味かった。も一つほしいとねだったら、私たちに出しただけで品切れだった。父が、「何でも、も少しほしいという所がいいんだ。足らないから、なおウデ卵がうまかったろう」と云った。「妙に、こんな平凡なことばが、一生忘れられない」と、父の思い出を語っている。なお、「蓮如・洗馬・菊池寛」と題する最後の部分では、今は亡き菊池寛を偲んで、「人生、友をもつことも、無常に会う約束事みたいなものである」と心情を込めて結んでいる。『折々の記』は、作者と関わりのあった、当時の著名人とのエピソードを通して、心の交流が書かれているので興味深く読むことができる。また、何よりも、吉川英治の物事に対する真摯な姿勢に心を撃《う》たれる。読み応えのある感動的な随筆集ということができる。

（中山幸子）

恩讐三羽鴈　おんしゅうさんばかり

小説。〔初出〕「家の光」昭和七年八月〜十二月。〔収録〕『山浦清麿』（花書房、昭和十六年）、『吉川英治文庫　退屈兵学者』127（短編集3）（講談社、昭和五十一年）。◆三日月千之助（本名曽根千之助）は亡き父源八郎の仇を討つため渡世人に身をやつして七年。額に三日月の匕首傷のある島破りの兇状持として恐れられていた。千之助は仇が石川島の禁獄にいると聞き、意図的に罪を犯して獄に入ったが見付けられず脱獄し、五月雨の中、囚人服のまま空き舟に身を隠していた。その舟で鳥追の母娘、おたみと十八、九のお柳に会う。二日も食べていない二人のために千之助は小判三両を渡し、食べ物と着替えを頼む。しかし、この大金が目明かしの吉に怪しまれ、追われることになる。千之助の父は槍術の道場主であったが、千之助十七歳の時に殺害され、母は自害し、妹は行方知れずとなった。千之助は、仇を討ったら自首する、と吉に告げるが聞かないので川に投げ込む。おたみはお柳に、あなたは関根主膳様の娘御で自分は乳母、天明の大洪水の時に離れ離れになった、と語り息を引き取った。仇が笛吹川にいると聞いた千之助は途中で御影伝蔵に襲われる。非人の口から、関根主膳は今は御影伝蔵と名を変えている、自分は奴のせいで落ちぶれた、と聞かされる。全てを知った千之助は関根と斬り合うが、突如、お柳が関根を庇《かば》う。関根は全てを語り、手を合わせてお柳の行く末を懇願する。千之助は、お柳さんの一生はわたしがもらいましょう、と約束する。父の仇を討った者、討たれた者、そしてその娘、恩讐を越えた三羽鴈が全てを許し合った瞬間であった。作者の目くばりの優しさときめ細やかな筋運びが読後感を爽やかにする。〔参考文献〕『吉川英治文庫　退屈兵学者』127短編集3（講談社、昭和五十一年）

（西村啓）

隠密七生記　おんみつしちしょうき

小説。〔初出〕「朝日」昭和七年二月〜十二月。〔収録〕

『新選大衆小説全集5　吉川英治篇』（非凡閣、昭和八年）、『隠密七生記』（鷺ノ宮書房、昭和二十三年）、『隠密七生記』（光風社、昭和三十二年）、『吉川英治全集』8（講談社、昭和四十四年）、『吉川英治文庫』28（講談社、昭和五十一年）、『決定版吉川英治全集』4（講談社、昭和五十八年）。◆八代将軍の座をめぐって従兄弟の尾張家宗春と紀州家吉宗は熾烈な争いをしていた。六代将軍家宣の意思は宗春にあったが、家宣の直筆「文昭院御遺言」は人目に触れることなく八代将軍は吉宗に決まった。遺言書を手にした宗春は、享保の改革をすすめる吉宗に対抗して商業重視主義を説き、独自の名古屋文化を作りあげたが、吉宗の評判は良く、宗春の神経を苛立たせた。吉宗も宗春が所持する遺言書を奪うため手だれの隠密を十六年間送り続けた。この作品は最後の隠密甲賀才助（尾張家では相楽三平）と尾張家椿源太郎との遺言書をめぐる相剋を描いたものである。その遺言書は意外にも名古屋城天守の二つの黄金の鯱のいずれかの眼球に隠されていた。椿と甲賀は申の刻（夕刻四時）から子《ね》の刻（夜半十二時）まで、その鯱を警護する御鯱番であった。何故に昼夜交代で警護するのか。野火許しの期間中、火をくわえた野鳥が鯱の中の巣に入って火災を起こす恐れがあったからである。椿には妹信乃《しの》がいて、甲賀に恋していた。ある夜半、椿が小用で持ち場を離れたすきに甲賀は鯱の眼球を外し、小笘を持って逃走した。四年目にしてやっと探しあてた遺言書であった。椿は共犯を疑われ、信乃は絶望して自害した。椿は三日の猶予を乞い、甲賀に追い付く。妹の生首を見せ、婚儀をさせ、遺髪を持たせ、二人は刃を交じえる。両名とも傷を負うが、椿は道中師のお駒（実は旗本一色伊勢守の落胤で駒江）に救われる。江戸に入った甲賀は将軍吉宗が病で手渡せず、寝所でまどろむうちにお駒が現れ、戯れているうちに遺言書を奪われる。お駒から遺言書を受けた椿は宗春から一〇〇石を加増され、隠し目付に昇任した。遺言書は新しく建立した御霊神社の地底深くに埋められたが、またも甲賀に盗み取られる。その甲賀も敵娼に裏切られ、遺言書は再度お駒の手に渡った。椿はお駒から遺言書を渡されるが、己はもう素町人になるからこれはいらぬ、と言い、さらに、自分は手違いから旗本一色伊勢守を斬ったのでその一子に仇を討たせたい、と言う。お駒から、その一子こそ自分、と聞かされた椿は首を差し伸べるがお駒は、恋しいあなたに刃は向けられない、と咽び泣く。突如、椿は荒れ狂う大海に遺言書を投げ棄て、叫んだ。甲賀よ、遺言書が尾張家にある限り、貴公ら隠密は七生血みどろに関わらねばならぬ。しかし、こうなったからには江戸への申し開きも立とう。そして、江戸への帰途、妹信乃が一人寂しく眠るしやくなげの墓に一滴の涙を手向けてほしい。甲賀は大きく頷いた。椿は、おさらば、と遺言書を追うかのように大海に身を投じ、お駒も後を追った。二人を死なすな、敵味方こぞって二人のために走った。著者はこの作品について次のように語っている。「名古屋城を中心とする物語を書きたかった。鯱の中の鳥の巣を払う役目にヒントを得て御鯱番を創作した。二人の御鯱番が対峙する書き出しは気に入っているものの一つである」。この小説は四四〇枚の長編であるが、小見出しが五十六もあり、非常に読みやすく書かれている。また、当時としては珍しい上品な諧謔を取り込んでいる。登場人物に極悪人はなく、それぞれが心優しく自分の努めを忠実に果たしている。最後に主人公が仇討ちされる身と知らされるが、『春秋編笠ぶし』にもそのくだりがあり、著者の仇討ちへの強い思いが伝わる。〔参考文献〕『決定版吉川英治全集』4（講談社、昭和五十八年）　（西村啓）

貝殻一平　かいがらいっぺい

小説。〔初出〕「大阪朝日新聞」昭和四年七月〜五年三月。〔収録〕『吉川英治全集』5（講談社、昭和四十五年）、『吉川英治文庫』14、15（講談社　昭和五十二年）。◆ときは幕末、季節は初夏五月、赤坂山王台の境内には大釜が据えつけられ恒例の「湯花祈祷《ゆばないのり》」の行事が始まろうとしていた。巫女が、呪文を唱えながら熱湯を熊笹であたりにふりまく神事である。幕府の代参はいつも大奥の婦人と決まっていたが、この日も西の丸の扇子《せんこ》という妙齢の女性だった。行事が始まってから間もなく、「祈祷中止」という大声があがった。「今日の代参の御使者扇子のかたに御不審があるによって、即刻連れ戻せとのご命令である」とのこと。一同山王台の建物を隈なく捜したがどこにもいない。書斎のような一部屋を開けると一人の若い浪人が昼寝をしていた。右手の甲には豆粒ほどの黒子があった。男は沢井転《うたた》と名乗った。この小説の中心人物の一人である。大目付の配下たちは、逃げたと判断して、東海道と中山道に分かれて後を追った。扇子の方は中仙道を西に向かった。途中、碓氷の関所は迂回して間道を通った。配下の一人青木鉄生は扇子の方らしい駕籠を見つけて、警護役らしい浪人者に「女を出せ」というが、拒まれ斬り合いになり、斬られて重傷を負う。山の宿で傷を癒しているとき親切に看病してくれる女性がいた。その女性こそ扇子の方だったが、重傷の鉄生はどうすることもできなかった。扇子の駕籠は京都に向かった。ここで、沢井転が再び登場、扇子の危機を何度か救う。沢井転は、実は飛騨一万石矢部駿河守の遺児で矢部家の後継者、本名矢部菊太郎といった。この菊太郎を捜して全国を歩き回っている久米川帯刀老人もたびたび登場するが、沢井は自分は矢部菊太郎ではない、と言い張る。表題の「貝殻一平」は三分の一あたりで登場する。大阪、幕府の小普請組の安井嘉右衛門の家によく遊びにくるのは甥の新撰組の山崎蒸だったが、その家で、一平は仲間《ちゅうげん》をしていた。また山崎の従妹にあたるお加代もいた。間もなく一平はお加代と手に手をとって駆け落ちする。嘉右衛門は怒り、山崎に見つけ次第連れ戻せ、という。二人は逃げるが、しばしば見に行っていた田舎巡業の「貝殻座」の天幕に逃げ込む。ここで二人は別れ別れになるが、一平は瓢六斎という曲芸師と入れ替わり、天幕の天井に隠れる。しかし観客に見つかり、曲芸をするはめになる。が慣れない芸のため、墜落する。しかし、打ちどころがよく、一命をとりとめ、女座長のお千代の看病を受け、お千代と暮らすことになる。一方扇子は捕縛から何度も逃れるが、そこにはいつも沢井転がいた。沢井転は勤王派か佐幕派か。実はいずれでもなく、ただ、扇子にひたすら思いを寄せる存在だが、結果的には勤王派を利する。扇子は元侍従の公卿中山忠光の妹であった。忠光は天誅組を組織して、新撰組などの幕府軍に戦いを挑むが、敗れて、船で長州に下る。沢井転こと矢部菊太郎には双生児の弟がいた。一平である。母は矢部駿河守の傍女お雪であった。お雪は故郷の房州白浜へ帰され、双子を生んだ。白浜では双子を生むのは恥と考えられていたので、一人は舟に乗せて流した。一平である。一平の右手の甲には沢井と同じ黒子があった。お雪は紀州黒江で縫い物などを教えて一人暮らしていた。沢井と一平は母に会うために長州行きの船から海にとびこむ。船を岸に着けるのは危険だからであった。二人は岸にたどり着くが、低体温症で意識を失っていたが、住民に助けられる。次は正宗白鳥の評。「この作品には芸術の味わいを感じた。……特に傍系の主人公貝殻一平は、人物に面白味があるだけでなく、かなりよく書けている。境遇に翻弄されながら、その境遇に安んじているところに棄てがたい味がある。転と一平の双生児が異なった境遇で育ち、下層に沈澱した方がかえって明るい気持ちで生活し、恋をも得たのに対し、上層の地位を得た筈の男がかえって寂しい気持ちを抱いて流転し、恋愛の満足も得なかったという着想は、西洋の大衆小説から取ってきたのではあるまいかと、私は疑った。そうでなかったら、作者の創意の妙を私は認めるのである」（松本昭『吉川英治　人と作品』より）。作者はこの評に反発したという。一平が恋をも得たというのは、お加代とお千代のことを指しているのであろう。〔参考文献〕松本昭『吉川英治　人と作品』（講談社　昭和五十九年）

（崎村裕）

篝火の女　かがりびのおんな

小説。〔初出〕「キング」昭和十年八月臨時増刊号。〔収録〕『吉川英治全集』48（講談社、昭和四十三年）、『吉川英治文庫』129（講談社　昭和五十二年）。◆関東の支配者小田原の北条氏政、その家臣東郷五郎左衛門は一人娘の八雲を連れて任地の京都にいたとき、越後の上杉謙信の家来安中越前守長房と偶然知り合いになる。長房も息子の三郎進《すすむ》を連れていた。若い二人は相通ずるものを感じていたが、父親同志も意気投合して、二人は婚約した。しかし、北条氏政は許さなかった。関東に進出する上杉勢と北条は激しく戦っていたからであった。そこへ三郎進の手紙を持った飴売りが小田原城下にやってくる。もし、北条軍の中を通り抜けて、安中まで来るならば、全力を挙げてお迎え申すという内容だった。父は戦死し、母も世をさった八雲は城下を脱出する決心をする。ここで相木熊楠という邪魔が入ったりして辛酸をなめるが、最後には思わぬどんでん返しがあり、丸く収まる。どんでん返しがよく効いている。

（崎村裕）

赫紅児《かくこうじ》

随筆。〔初出〕「文藝春秋」昭和三十六年一月号。〔収録〕全集その他未収。◆昭和三十五年十一月、毎日新聞社気付で吉川宛の葉書が届いた。学芸部の松本昭が吉川の元へ持参したこの葉書は数学者の岡潔からのもので、その文中には「御教示の赫紅、炎帝、経平先生、爨のほとりを私の全意識が云々」とあり、その部分をめぐって部内で判じ物となったという。昭和三十五年、吉川は文化勲章授賞式に出席のため宮中へ行った。そこで岡と会った時に「赫」の字は「かく」と「しゃく」、いずれに訓むのかを問われた。岡夫妻は新宿御苑で見た「赫紅」という菊の銘の訓みについて意見が分かれているという。菊からの連想で吉川は済々爨の井芹経平について語った。後日、吉川は字典を調べ「赫」は「かく」と訓むべきであると岡へ郵便で知らせた。これに対する岡の返信が件の葉書なのだった。（児玉喜恵子）

画情仏心《がじょうぶっしん》

〔初出〕「週刊朝日」昭和三十六年新年特別号。〔収録〕なし。◆副題に「健吉さんの絵に題す」とあり、掲載誌のカラー頁に見開きで紹介されている杉本健吉の「春日野 思惟半跏」の絵に寄せた文章である。絵は、半跏思惟姿の仏が春日野に座している傍らに、三頭の鹿と鈴の下がった紅葉、紅梅の樹などが配された図柄である。頁の下半分に健吉の絵が置かれ、吉川の文章は上半分にある。健吉と伊勢路から紀伊半島や奈良を旅をした時の回想を中心として綴られた文章中には、旅中、天候が雪模様となったのを見て「俄にねぐらを想い出した小鳥みたいな慕情をみせて」一人で室生寺へ写生に出掛けた健吉について「うらやむべき恋を持っている人」と記しており、また、奈良の薬師寺を訪れた時の健吉について「奈良と一つに溶けきって」「他郷人には観えないものがこの画家の目に拾われる」などと記している。（児玉喜恵子）

合戦小屋爐話　かっせんごやろばなし

小説。〔初出〕「オール讀物」昭和十三年一月。〔収録〕『松風みやげ』（大元社、昭和十五年）、『吉川英治短編集』4（六興出版、昭和二十八年）、『吉川英治全集』45　短編集2（講談社、昭和四十五年）、『吉川英治短編名作シリーズ求道編』（六興出版、昭和四十八年）、『吉川英治文庫』130　短編集6（講談社、昭和五十一年）、『決定版吉川英治全集』48　短編集2（講談社、昭和五十八年）。◆十七歳の娘お蘭と二人暮らしの僧抱華は坑《あな》ほり法師と呼ばれ、土ばかり掘っていた。ここは北へ越後路、東は上州、南は信濃の渋へ通じる高原である。旅人が、何を掘っているのか、と尋ねるが、抱華は何も答えない。坑のそばの棒杭に「在彼微妙安楽国、無量仏子衆囲繞」の文字と、仮名で「きみようせんはこのなかへごほうしゃ」と書いてあった。秋になり、甲州兵や越後兵がやって来て月見などをした。蕎麦の花が咲く頃、お蘭が懐妊し姿を消した。坑の中で抱華は哭いた。四年が経った。老いた抱華はそれでも坑掘りをやめなかった。村人が喜捨の額を増やしてくれた。抱華は手助けを雇った。蕎麦の花が咲く頃、男に捨てられたお蘭が幼女の手を引いて帰ってきた。抱華は孫を抱き上げ、お蘭を優しくいたわった。鉄砲の音を近くで聞きながら、花摘みに行った幼な児を夢中で探し、帰ってくると小屋が白い煙につつまれていた。湯煙であった。戦は続き、ある日、抱華は流れ矢で脚を突き刺された。矢も抜かず抱華はお蘭に、だいじょうぶ、見るがよい、と坑口を指差した。噴き出す熱湯で釜のようであった。矢傷を負った抱華はその後どうなったか、お蘭は、その娘は。思いをめぐらすより仕方ないが、無名の一僧侶が切り拓いた高原の温泉が、ここを通る旅人の心と体をいかに安んじたことか。草むらの中を掻き探れば抱華の残したあの棒杭の文字が見付かるかもしれない。世のため、人のために尽くす男の執念と行動力、そして思いを遂げ静かに命を終える男の美学に感銘を受けた。

〔参考文献〕『決定版吉川英治全集』48（講談社、昭和五十八年）

（西村啓）

蝎を飼う女たち

かつをかうおんなたち

小説。〔初出〕「サンデー毎日」（昭和八年五月臨時増刊号）。〔収録〕『吉川英治短編集』4（六興出版社、昭和二十八年）、『吉川英治全集』44（講談社、昭和四十五年）、『吉川英治文庫』128（講談社、昭和五十一年）、『吉川英治全集』47（講談社、昭和五十八年）。◆松浦壱岐守の屋敷門前に、徳松と名乗る身なりの汚い男が現れ、壱岐守の側女お珊とかつて夫婦の誓いを交わしたと言い門前で大騒ぎをする。壱岐守は、正妻お楽と側女お珊を屋敷に置いているが、それぞれ、お楽は側用人辻官兵衛と、お珊は勝手方源蔵と通じている。江戸詰への出府を前にしたある日、琉球渡りの瓜を源蔵が割ると、中から蠍が出てきたと大騒ぎになる。蠍はどこかへ逃げ、翌日、番頭九郎兵衛が変死したことから蠍の仕業だと屋敷中の者達は恐れおののく。その後も下婢お玉、侍女見習お次が相次いで変死する中、お珊は身ごもったことを壱岐守に告げ、暇を申し出る。お楽が蠍を飼いお珊を殺そうと企んでいるというのである。お楽は官兵衛と組み壱岐守の失脚とお家乗っ取りを企んでおり、徳松の騒ぎも実は彼らの仕組んだものであった。江戸屋敷でお楽とお珊は口論から激しい喧嘩となるが、その間に壱岐守の様子が急変する。蠍の毒にあたったと思った壱岐守は、二人の女に暇を出し、官兵衛も退役を命じられる。それから四年後、深川でお珊と暮らし始めていた徳松が風呂へ出掛けたところへ、源蔵が現れ、お珊に唆され嘘の蠍騒動を起こし、医者を抱き込み毒薬を飲み物や食べ物に入れて殺人を起こしたことが明かされる。深川をあとにしたお珊と源蔵は駿府への道すがら、戸塚宿で浪人となった官兵衛とお楽と赤ん坊と出会う。官兵衛らは、蠍の見世物で商売をし露命をつないでいた。見世物の蠍は実はヤモリで、四人は逃がしてやった二匹のヤモリが川を泳いでゆくのを眺める。

（児玉喜恵子）

かんかん虫は唄う

かんかんむしはうたう

小説。〔初出〕「週刊朝日」昭和五年十月から同六年二月。〔収録〕『吉川英治全集』13（講談社、昭和四十三年三月）、『吉川英治歴史時代文庫』8（講談社、平成三年）。
◆かんかん虫のトム公は、某日もと官員で風貌の立派な四十前後の男亀田に、横浜の船渠会社の作業員の職を世話する。ところがこの亀田が、宝石泥棒の嫌疑をかけられ留置されてしまう。義理堅いトム公は、亀田の身の潔白を証明しようと行動に出る。このトムに、お老はじめトムの仲間たちが協力することになる。結果は、宝石を盗んだのはスリの仕立屋銀次の子分高橋八寿雄と判明。亀田は釈放される。この間さまざまな人物の往来があり、このトムも一時拘束されるが、同房者の協力を得て破牢する。それも二週間以内に土産を持って牢に戻ると同房者に約束してのこと。そうこうしているときに、このトム公の母親桐代が、千坂という男爵の娘であり、大隈重信が人づてに探していた人物であることがわかる。トム公の妹は、華族の孫として迎えられ、トム公は一旦懲治監に戻り、同房者との約束を果たしたのち、八丈島の最不良児感化院へと送られていく。本作品は、かんかん虫のトム公こと十四歳の千坂富磨と、その周辺人物たちを描いた物語である。かんかん虫とは、造船所で働らく最下層の作業員のことであり、チンチンと鳴く鉦叩き虫のことではない。時代は日清戦争四、五年後のできごととされているが、その根底には作者の実体験が色濃く記述されている。ただ「トム公などは幻想であり、多少のモデルは有ったがぼくではない」と作者は「忘れ残りの記」で述懐している。明治四十二年三月、十七歳の吉川英次（英治）少年は、年令を詐称し二十歳として横浜ドックの船具部に就職、日給四十二銭。翌年十一月ペンキ塗り中に足場から落ち、入院生活をよぎなくされた。全快を機にここをやめるが、この間の経験が本作品の基礎を成している。起筆の昭和五年といえば作者は「不摂生つづく、家事また顧みず」と自筆年譜に記しているが、これには本作品のことには一切触れてはいない。それほど内事複雑で他のことには配意できなかったということであろうか。この作品には、適度のユーモアと、社会諷刺も散見される。〔参考文献〕吉川英治『吉川英治全集』48（講談社・昭和四十三年八月）、吉川英明『吉川英治の世界』（講談社・昭和五十九年二月）

（柳澤五郎）

邯鄲片手双紙

かんたんかたてぞうし

小説。〔初出〕「週刊朝日」昭和二年春季特別号。〔収録〕『吉川英治文庫』（講談社、昭和五十一年）。『吉川英治全集』48（講談社、昭和四十三年）、◆今川大治郎は、風雲遠からずと夢をみて江戸の張孔堂《ちょうこうどう》由井正雪の門人となる。ある日正雪に呼ばれて裏秩父高麗谷《こまだに》の狛家《こまけ》鷺眠《ろみん》老人へ使いをいいつかるが、託された手紙は軍資金九万両の借用であり、大治郎はその人質として狛家に滞在する。老人の娘千里葉《ちりは》は、しだいに大治郎へ心を寄せる。家宝秘菩薩の折れた片手が笛吹式太郎に盗まれたことで、老人が家来の金子雷堂と大治郎に取り返しを依頼し、成就の際は千里葉を娶《めと》らせる約束をする。二人の帰りを待ちわびる鷺眠老人のもとへ、由井正雪が自刃したとの報が伝わり、さらに菩薩の片手の飛脚包みが返えってくる。邯鄲とは鈴虫に似た昆虫である。中国に栄枯盛衰のはかないことを述べた「邯鄲の夢」という故事があり、日本では能になっている。

（おおくぼ系）

戯曲　新・平家物語

ぎきょく　しん・へいけものがたり

戯曲。〔初出〕書き下ろし（昭和三十八年。前進座上演台本）。〔収録〕『戯曲　新・平家物語』（朝日新聞社、昭和三十八年）、『吉川英治全集』48（講談社、昭和四十三年）、『戯曲新・平家物語』（角川文庫、昭和四十七年）、『吉川英治文庫』123（講談社、昭和五十二年）。◆勧学院の学生時代の清盛・佐藤義清・遠藤盛遠の姿から幕が開く。貧乏にあえいでいる清盛、学問に励む義清、袈裟に恋をしている盛遠の姿。当時は比叡山の法師が乱暴狼藉の限りを尽くしている時代。自分の父が白河法皇だと聞いて苦悶する清盛、清盛と母泰子（祇園女御）との確執、袈裟に恋する盛遠の懊悩、義清の出家と舞台が展開する。泰子は忠盛と夫婦仲が悪く、清盛とも口論して家を出て行く。清盛は信西のとりなしで豊かな生活をするようになるが、信西から後白河に対する崇徳謀反を知らせる密書が届き、一方、清盛の叔父の忠正は清盛に崇徳側につくようにと誘う。西行（義清）は出家したものの妻子を忘れることができない。盛遠は今は文覚と名乗る法師となっている。

祇園女御は藤原頼長の娘の舞の師匠となった。忠盛は臨終の場で、清盛が白河法皇の子であることを語るが、清盛は「自分はあくまで平の忠盛の子だ」と言う。頼長が戦いに敗れ、清盛は祇園女御のこれからを守り続けると言うが、女御はそれを断り、遊女の里である江口へ行くと語る。清盛は弟の経盛と共に江口の里を訪れることを約束する。以上が作品の梗概。清盛を白河法皇の子とし、『源平盛衰記』に見る袈裟と盛遠説話など、『平家物語』・『源平盛衰記』を素材として使用し、そこに吉川が相応の虚構を加えて作品を構成している。清盛は忠正を処刑せよと命じ、厳島に殿楼を築き、「海の彼方に夢をもとう」と語るなど、清盛の非道さと政治の理想・夢も綴る。清盛・忠盛・祇園女御・西行・文覚の孤独・苦悶を描くところに作者の視点があるようだ。（志村有弘）

菊一文字　きくいちもんじ

小説。〔初出〕「現代」大正十五年一月〜七月。〔収録〕『吉川英治全集』11（講談社、昭和四十四年）、『吉川英治文庫』24（講談社、昭和五十一年）。◆幕末動乱の文久三年（一八六三）初春、武州多摩郡生まれの幼な友達、勤王方の水木辰馬（二十六歳）と佐幕派新撰組の近藤勇（三十歳）の男の友情物語。小田応変流の使い手で天才児と言われた辰馬を近藤は新徴組（新撰組）に入れようとするが失敗。新徴組の庄司林右衛門の娘で辰馬の恋人瑞江は、近藤の密命を受けて辰馬に新徴組への入隊を説得するが断念する。そこへ新徴組に深傷を負った、中山侍従忠光卿の諸大夫植田刑部が現われ、「長州の志士岡本常次と共に密書を水戸藩へもたらしたが、藤田小四郎からの返書を京都の中山侍従忠光卿へ届けて欲しい」と辰馬は頼まれ引き受け、植田家祖先以来の銘刀菊一文字を渡され、自刃した刑部を辰馬はそれで介錯した。その瞬間、その密書を持ち去った覆面男を辰馬は菊一文字で斬るが、その男は瑞江の父林右衛門であった。辰馬は忠光邸へ向かい、新徴組の命を受けた瑞江も後を追う。辰馬は、「密書を届けた後に瑞江に討たれる」と約束するが、瑞江は辰馬への愛と父への孝の狭間で苦悶し、岐阜の尼僧院へ向かう。辰馬は忠光邸に忍び込むが不在で、植田の妹嵯峨野がおり、忠光卿の隠れ家へ案内されるが、途中、新徴組や近藤勇に阻まれ嵯峨野が捕まる。嵯峨野と辰馬は近藤に助けられ、密書を無事に忠光に渡すと、朝廷の政策は一変、忠光は勅勘を蒙り、以下天誅組は暴徒賊臣の汚名を受ける。辰馬は敗戦の身で瑞江の住む尼僧院まで逃れ行くが、瑞江に仇討を拒まれると役人に捕まり自刃する。そこへ現れた近藤勇に菊一文字で辰馬は介錯される。近藤も江戸城瓦解で官軍に捕まり、夏の炎日、斬刀を受ける。嵯峨野と瑞江は、勇を供養し、嵯峨野には兄の遺物で、瑞江には悲恋の血痕を遺す菊一文字も姉妹のように居を共にした二人の家で永く守られた。

（阿賀佐圭子）

きつね雨《きつねあめ》

小説。〔初出〕「モダン日本」昭和九年一月～十二月。
〔収録〕『吉川英治全集』12（講談社、昭和四十四年十月）。
◆就任一〇〇日足らずの間に、江戸市中の悪党の殆どを検挙し、なお執拗に盗賊狩りをつづける江戸南町奉行石川土佐守の去就をめぐっての物語である。頑固一徹に正義を貫く土佐守に、庶民は当初は喝采したものの、一切の目こぼしをしないそのやり方に、彼らの心は段々と離れ、やがては批判へと変わっていく。某日あんこう屋で愚知をいいながら飲んでいた凶状持ちの忠信、猫竹ら五人は酔った勢いから土佐守に意趣返しをし、あわ良くば解任させようと目論む。すりの仁吉の計画によれば、俳諧をやる土佐守は、毎月廿日には必らず石町の俳士夜雪庵金羅宅に赴く。この時には、奉行所から直接徒歩で石町まで行くので、その道中を狙って彼の懐中物をスリ盗り、赤恥をかかせようという魂胆である。その廿日の夜、呉服橋門の茶店で土佐守の通るのを待つすりの仁吉と土蔵破の重佐、忠信はやや遅れて来るようであった。ほどなく通りかかった土佐守には、伜の礼記と娘のお香夜が同道していた。小石につまずいたふりをして土佐守に体当りした仁吉は、帛紗づつみをスリ盗ったものの礼記の一刀で腕を切りおとされ重左ともども落命する。二人の犠牲により帛紗を入手した忠信は、行方をくらます。忠信を追跡する礼記と南町奉行所随一の敏腕同心葛西山助は、忠信の消息をつてに捜査に没頭する。娘のお香夜は王子の飛鳥屋で静養していたが、いつの間にか身ごもる。

相手の男は誰かと問い詰める土佐守に二日後の十三夜に会わせると答えるお香夜。果たして現われた男は、小間物屋伊三郎こと忠信その人であった。父土佐守の切腹を予感した礼記と山助は、部屋で静かに歎異鈔を口誦する土佐守の姿を見た。真面目一筋の土佐守とそれをとり巻く家族たち、さらには土佐守追い落としを企む凶状持ちらの葛藤を描いた時代小説であるが、人間社会の因縁の不思議さを知らされる筋書きである。奉行の正義感と庶民の心移り、男女の仲などなかなかに考えさせられる一作である。（柳澤五郎）

きのうきょう

随筆。〔初出〕「朝日新聞東京版朝刊」昭和三十二年七月二日から十二月二十四日までの毎週火曜日。〔収録〕『朝日新聞東京本社　聞蔵II』（朝日新聞、昭和三十二年）。◆「きのうきょう」は六か月間に二十四回連載された六〇〇字ほどの時事随筆のシリーズタイトルである。政権批判、人類滅亡の懸念、国家悪の蔓延、地方の貧困、若者の驚かない病、日本を知らない日本人、都市植樹論、加速度オートメへの不安、教育者への賛辞と批判、新聞配達員の労苦、などなど、その時々のニュース、出来事を吉川英治独自の切り口で記した時事評論ともいうべきもので、その筆致は六十年を経た今日でも鋭く的確である。字数に限りがあるのでここでは日付と題名のみを記す。七月二日、はかま腰の画家。七月九日、旅券と学生。七月十六日、驚かない病。七月二十三日、だが、子供らよ。七月三十日、指紋の破紋。八月六日、ノミの言葉。八月十三日、もう社会人です。八月二十日、今年の太陽族。八月二十七日、湖の命名。九月三日、稲の花。九月十日、一つでない月。九月十七日、郵書の争鳴。九月二十四日、掲載なし。十月一日、〝読書週間〟として。十月八日、三本の毛。十月十五日、エアポケット。十月二十二日、美人コンテスト。十月二十九日、陰の人たち。十一月五日、ハチの菊。十一月十二日、チビよ、しっかり。十一月十九日、国立劇場の夢。十一月二十六日、掲載なし。十二月三日、いなごの旅行。十二月十日、「こよみ」の疑い。十二月十七日、都市植樹祭。十二月二十四日、街に想う。〔参考文献〕『朝日新聞東京本社　聞蔵

II』（朝日新聞、昭和三十二年）　（西村啓）

玉堂琴士　ぎょくどうきんし

小説。〔初出〕「オール讀物」昭和九年一月。〔収録〕『吉川英治全集』45（講談社、昭和四十五年）。◆画を描き琴を愛した、雅号を玉堂琴士という鴨方藩士浦上兵右衛門は、娘お之が不義の末に生んだ子を育てていた。家名断絶を怖れた伯父水野七郎右衛門から、「浦上家の長男として姉お之を探して斬れ」と言われた紀一郎は苦悶していたが、父兵右衛門は屋敷を返上する決意をしていた。父は嚢づつみの琴を背負い、紀一郎の弟紀二郎と爺やと旅支度をしていた。爺やは牛の背の片鞍に赤子を入れた竹籠ともう片方には一個の葛籠を結わいつけた。脱藩した家士に五人の追手が来たが、その中には伯父水野と父の友人唐橋佐内もいた。唐橋から「成敗した死骸一つあの松の根方へ捨て置きました」と言われ、父の玉堂琴士が琴を弾くと松の根に縛られていた若侍は慄然と顔を上げ、心の底から詫びるように涙を流していた。そして牛の背の葛籠の中から姉お之が生まれた。（阿賀佐圭子）

魚紋　ぎょもん

小説。〔収録〕『吉川英治全集』43（講談社、昭和十一年）。◆お可久様と近所で呼ばれていた女の営なむ碁会所に出入りする男たちと、七〇〇両の金をめぐる物語である。男たちとは浮世絵師の春作、山岡質店の番頭才助、自称御家人のかまきりこと村安伝九郎、外科医の玄庵そして遊び人薊《あざみ》の芳五郎の五人であり、いずれもいわくつきの者たちである。某夜碁会所の才助宛てに伝馬町の牢番が訪ねて来て、才助の知人で伝馬町入牢中の鉄雲和尚からの伝言を伝える。鉄雲はくすねた七〇〇両を才助に託してから処刑されたいとのこと。その金は、永代橋西河岸の川中に餅網に入れて投げ込んだという。才助は早速七〇〇両の回収にとりかかるが、川の流れ、深さ、人目などにより不首尾つづきになる。ところがこの話を密かに伝え聞いた碁会所の面々が、それぞれの思わくで行動しはじめる。お互いに殺し合い、疑い合いをはじめ最後には、芳五郎とお可久が七〇〇両を目前にするも、芳五郎は溺死、お可久は捕えられてしまう。結局無事だったのは絵師の春作だけであるが、彼もまた金を手にすることができず。命あっての物だねに終わる。勧善懲悪に徹した作者の思想が見え隠れする小作品である。最後に残った絵師春作は、本来の画稿描きに没頭するが、人は分相応治まるべくして治まるということか。　（柳澤五郎）

銀河まつり　ぎんがまつり

小説。〔初出〕「サンデー毎日」昭和五年秋季増刊号。〔収録〕『吉川英治全集』44（講談社、昭和四十五年）、『吉川英治文庫』（講談社、平成二年）。◆北信濃の戸狩《とがり》村は俗に花火村と呼ばれ三十戸の煙火師がいた。若くて名人といわれる七之助は、お芳に見張りを頼み死んだ後家の墓あばきをしていた。それを盗み見していた松代藩のお狼火《のろし》方の藩士、蜂屋慎吾《はちやしんご》が身をあらわし七之助を揶揄《やゆ》する。慎吾は出張してきた藩の次席家老のせがれで、お芳に恋をしていた。九のつく日は村の一同が郷士の教来石《きょうらいし》兵助《ひょうすけ》の家に集まり仕事の打ち合わせをし、それが済むと酒が出て娘のお芳も酌をしてまわる。お芳は父の兵助に部屋に呼ばれ、慎吾との縁談が進んでいるので七之助に近づくなと告げられる。宴席に遅れて来た七之助は慎吾と花火をめぐって口論となり、慎吾が砲術も蒸気船も進んでいく時代に花火が古くてはおかしい、死人の墓から何をとるのかと詰問する。七之助は自分の花火は日本流で行き、洋法では出せない赤を出すのだと言い張る。古来花火にはうすい樺《かば》色に似た光はあったが赤はなかった。だがお芳が七之助のために持ち出した父兵助の秘本には赤い混ぜ薬は墓場からとると記してあった。お芳に慎吾が同行して七之助の仕事小屋に秘本を取り戻しに行くが、七之助はお芳の心変わりに腹を立て、助けに入った慎吾とお芳をめぐって果たし合いで決着をつけるとなる。ただし同じ火いじり商売なので花火での勝負だと言う。七之助は花火勝負の硝石を取りに陣屋跡の古屋の縁下にもぐりこむが、床上で睦み合う慎吾とお芳の嬌声を聞く。花火勝負が千曲川を上った河原地ではじまる。七之助が先揚げとなり火縄を持ち呼吸を計って火を筒に落とすと、八寸玉は上がっていったが、いつまでたっても発光せず黒玉であった。勝ち誇った慎吾が火を落とすときに七之助がしまったとの声を飛ばし、慎吾はとっさの反応で筒口を覗いた。「火と、血と、筒の裂けるような音！　とたんに、慎吾の首は、形を失って、宙天へ飛んでしまった」。そして七之助はもうそこにはいなかった。冒頭にはしがきがあり、信州人は争気に富み、これは山国人の共有性として川中島の合戦にも自国の麦を踏んででも戦ったと述べている。こういう国の物語ゆえに、すべてを花火にしてしまう七之助には凄味がある。「死人なんてものは、きれいなものさ。生きてる奴のほうが、よっぽど、穢《きたね》え」とうそぶき、赤い火を出す混ぜ薬を求めて墓をあばき死人の醜物から造った八寸玉が、暗闇にあざやかな真っ赤な光をほんの瞬間だけ輝かすのである。七之助にとって花火は生き物で妖怪であった。また毛唐流は嫌いで日本流を貫き、次席家老のせがれを花火で吹き飛ばし、男縁の多いお芳を断ち切る粋と狂気、七之助の気概を作者は貫いているのである。

（おおくぼ系）

勤王田舎噺

きんのういなかばなし

小説。〔初出〕「講談倶楽部」昭和六年一月。〔収録〕『吉川英治全集』44（講談社、昭和四十五年）、『吉川英治文庫』（講談社、昭和五十一年）。◆越後糸魚川藩《いといがわはん》の郷士関雷輔《せきらいすけ》、小平太兄弟は佐幕か公武一和かとの御時勢に、父の時を待てとの諫言に従わず京を目指して出奔する。弟の小平太が街道で刀傷を追った旅商人を助け、手紙を届けてほしいと懇願されたことにより兄弟は長州藩の知遇を得る。要人暗殺の密談が柏葉亭《はくようてい》で行われた際、酔った小平太は名妓岸松と懇ろになる。岸松との逢瀬でたまった勘定を来島猛《くるしまたけし》に肩代わりしてもらった小平太は、来島が幕吏と知らず情報を漏らし、新選組が池田屋を襲い勤王の志士たちが葬られた。兄の雷輔が、弟の小平太は裏切り者だと知らされ岸松に狂った弟を詰問する。弟小平太との恋にいきる岸松と、故郷を出奔する兄雷輔に想いを寄せたお君とのはかなさを、田舎をからめて物語とした作品である。

（おおくぼ系）

蜘蛛売紅太郎　くもうりこうたろう

小説。〔初出〕「週刊朝日」（昭和二年一月新年特別号）。〔収録〕『現代大衆文学全集』第37巻（平凡社、昭和五年）、『吉川英治全集』17（平凡社、昭和八年）、『吉川英治全集』48（講談社、昭和四十三年）、『吉川英治文庫』125（講談社、昭和五十一年）、『吉川英治全集』46（講談社、昭和五十九年）。◆十一年前に神隠しにあった南坊玄之進の一子、紅太郎がある日突然南町奉行所の庭に現れた。その頃、江戸では山頭巾の大盗の群が出没し、襲われた家々にはきまって軒や窓に蜘蛛が巣を張っていた。与力の田丸は、様々な種類の蜘蛛を飼い慣らす紅太郎を怪しむが、尻尾を掴めずにいた。やがて、小日向台坂の漆問行達の屋敷が襲われ、家来、家人が殺され行達と情女のお浅は蜘蛛の毒で絶命していた。その部屋の白襖には紅太郎の署名にて父の復讐を行った旨が記されていた。山頭巾の大盗一味は、紅太郎率いる山間漂泊民であった。　（児玉喜恵子）

雲霧閻魔帳　くもきりえんまちょう

小説。〔初出〕「週刊朝日」新春特別号（昭和八年、朝日新聞社）。〔収録〕『吉川英治全集』44（講談社、昭和四十五年四月）。◆盗っ人の雲霧仁左衛門こと絵師円山応挙の内弟子仁太郎が、与力親子から追われ乍ら諸方を逃亡、長年月の間に改心し、地蔵行者心蓮となって伊吹山麓に行きつく。某夜、宿なく困り果てていたところを娘に救われその家に立寄る。世間話の最中、その娘は雲霧が十九歳のとき、盗みに入った家の娘を手ごめにし、その娘が身ごもり生んだ子であることが判り驚ろく。さらにその娘の養父が自分を追っていた与力と知り愕然とする。雲霧は、与力高梨小藤次の前に両腕を差し出すが、与力は縄をかけず、雲霧が建立せんとしていた地蔵堂建設に協力する。本作品は、昭和六年の「牢獄の花嫁」同様の捕物筋の物語である。因果応報ともいえるこの結末には、たぶんに仏教思想的なものを感じる。　（柳澤五郎）

黒田如水　くろだじょすい

小説。〔初出〕「週刊朝日」昭和十八年一月三日・十日合併号〜同年八月十五日（三十二回）。〔収録〕『吉川英治全集』旧版30巻、新版29巻（何れも講談社）。◆黒田官兵衛は播州御着城主小寺政職《まさもと》に仕える三十才の若き家老で、支城姫路城を預かっている。天正期、播磨の豪族達は中国の毛利氏に付くか、それとも東から攻め上ってくる織田信長に付くかの選択を迫られていた。官兵衛は「織田の勢に乗るべし」と政職を説得し、古参家臣団の反対を押し切って単身羽柴秀吉に会いに行く。ここで竹中半兵衛とも知り合い、三人は協力を誓い合った。織田に付いた証として人質を求められ、官兵衛は実子松千代（後の長政）を差し出した。政職の子氏職が病弱だったからである。織田の中国攻めは順調に進んでいるかに見えたが、或る日大事件が発生した。伊丹城の荒木村重が突然毛利方へ寝返りしかも小寺氏もそれに同調したのだ。至急御着に戻った官兵衛は政職に会って翻意を迫った。官兵衛に裏切りを詫びた政職は「村重に直接会ってこの手紙を渡して欲しい」と伊丹行きを命じた。ところが、この手紙には「伊丹城内で官兵衛を殺して欲しい」と書かれていた。官兵衛の能力を熟知している村重は、いつか味方に付けるべく城内の獄舎に幽閉した。官兵衛が伊丹城で姿を消したことは様々な波紋を呼んだ。父宗円は「官兵衛は捨てるのみじゃ」と悲壮な決断を下し、栗山善助、母里太兵衛等十三名の家臣団は何とかして主君を救い出すべく姿を変えて伊丹城下に潜入した。一方、信長は「官兵衛も裏切った」と思い込み人質の松千代を斬るよう命じた。美濃菩提山城で松千代を預かっていた竹中半兵衛は水死した子供の首を差し出して急場をしのいだ。官兵衛は湿気の多い極悪な環境下でひたすら耐えた。全身を湿疹が覆い左膝は曲がらなくなったが、藤の花の成長に励まされ一年後に救出された。信長が官兵衛に詫びていたところへ半兵衛が松千代を伴って現れ、父と子は抱き合って互いの無事を喜んだ。有馬温泉で治療した官兵衛はまだ体調が万全でない中、すぐに秀吉の陣へ向かい、三木城攻略に貢献、信長から一万石の領地を与えられた。しかし、一方ではこの三木城の陣中で松千代の命の恩人である竹中半兵衛との永遠の別れが待っていたのだった。なお官兵衛の妻の名前が最後まで出てこないのは不思議である。

（興膳克彦）

慶応の朝　けいおうのあさ

小説。〔初出〕「オール讀物」昭和九年九月。〔収録〕『吉川英治全集』45（講談社、昭和四十五年五月）、『吉川英治短編名作シリーズ、幕末編』（六興出版、昭和四十八年九月）、『吉川英治幕末維新新小説名作選集　7』（学陽書房、平成十二年七月）。◆動乱の時代に巻き込まれた農民・町民の話で四十二歳の時の作品。水呑百姓の小助は、貧乏故に馬鹿にされる暮らしに嫌気がさし、江戸へ出て商家に勤める。十年勤め上げた慶応の元年、三〇〇両の金を手に故郷へ帰る途中、村を出た時に一緒になった越後高田藩の郡役人の息子・勘十の家に泊めてもらう。しかし風呂からあがると金をいれた胴巻きがない。小助はその家の妻（お桑）が盗ったと思い、取り返そうとして殺してしまうが、勘違いで金は出てくる。勘十が戻り、小助は事情を打ち明けて詫びるが寛永寺の戦いが始まり砲撃の音も近く、二人ともそれどころではない。生き残るため、官軍へと出向いて下働きでもしようと、戦乱の中二人で駆け出す。金のためと女のために脱藩した二人の男がそれぞれの人生の末に再会したのは上野戦争の直前であった。

（早野喜久江）

下頭橋由来　げとうばしゆらい

小説。〔初出〕「オール讀物」昭和八年五月。〔収録〕『吉川英治全集』44（講談社、昭和四十五年）、『吉川英治文庫』（講談社、昭和五十一年）。◆練馬の樽屋の娘お次《つぎ》は、千蔭流の稽古に通うとき仮橋の下でお菰《こも》の岩公《いわこう》が必死で頭を下げ、ときには一〇〇遍も下げてくれるのが嬉しかった。ある日お次がお辞儀をして通りすぎようとしたとき銀の釵《かんざし》が川へ落ちた。岩公が釵をさがして川に入ったが見つからず、仮橋の位置が変わった時分になって、ありましたぜとお次に返ってきた。その後仮橋を通った旅の武士が、岩公に仇と呼びかけ襲いかかる。岩公は樽屋の漬物蔵に逃げ込み、四日後に漬物樽に潜んで逃げだそうとしたが討たれてしまう。岩公は「下《げ》頭《とう》億《おく》万《まん》遍《べん》一罪消業」の書と七十余両を残していてそれをもとに橋が普請された。やんごとない事情があったにせよお菰の岩公は人々に愛されていて下頭橋の由来とされたのである。叙を川へ戻すお次、静かな余韻の残る小説である。

（おおくぼ系）

剣侠百花鳥　けんきょうひゃっかちょう

小説。〔初出〕「講談倶楽部」大正十四年春季増刊号。〔収録〕『吉川英治全集』48（講談社、昭和四十三年）、『吉川英治文庫』（講談社、昭和五十一年）。◆島原一揆の残党鬼藤丹波《きどうたんば》は、遺恨のある二階堂岳円《にかいどうがくえん》を待ち伏せて討ちとり、腕を見込まれて明国の密使陳元贇《ちんげんぴん》の暗殺を依頼される。岳円の娘染江や戸平爺《とへいおやじ》は丹波を探し仇打ちに挑むが果たせず、侠客朧夜《おぼろよ》の重兵衛に助けられる。丹波は元贇を襲うが彼の体術に歯が立たず池に投げこまれる。再度火薬を用いて殺す機会を窺っていたところを由井正雪の一味に捕らえられ食客となるが、事情を知った正雪の計略によって各流派大試合の後に元贇のもとで修行した染江と対決する。島原の乱、明朝と清朝との戦乱、由井正雪などの時代背景のうえに仇打ちを軸とし、副題に―柔道流祖の伝―とあるように元贇の柔術の妙技を描き現し本朝柔術の流祖とした。朧夜の重兵衛に江戸の侠客魂が生きている。

（おおくぼ系）

剣難女難　けんなんじょなん

小説。〔初出〕「キング」大正十四年一月～大正十五年九月。〔収録〕『剣難女難』（講談社、大正十五年）、『吉川英治全集』1（平凡社、昭和八年）、『剣難女難』（青々堂出版部、昭和二十三年）、『吉川英治全集』1（講談社、昭和四十二年）、『吉川英治選集』1（講談社、昭和四十六年）、『大衆文学大系　吉川英治集』15（講談社、昭和四十七年）、『吉川英治文庫』1（講談社、昭和五十年）、『吉川英治全集』1（講談社、昭和五十八年）、『吉川英治歴史時代文庫』1（講談社、平成二年）。◆当作品発表時より「吉川英治」の筆名を使用。それまで複数の筆名を使っていたが、講談

社の編集者広瀬太郎から本名で書くことを勧められ決意したものの、誤植により本名の「英次」が「英治」とされ、以降そのまま使用することとなった。当作品が雑誌「キング」連載された経緯と作品の評判については、『吉川英治全集』1（講談社、昭和四十二年）付録の「月報14」中に元編集長の橋本求が詳しく記しており、そこには当作品が「大当り」したことで講談社は吉川を「柳橋の料亭に吉川さんを招いて、厚く御礼をした」とある。福知山藩の納戸頭正木作左衛門の娘千浪は、彼女に思いを寄せる宮津藩の指南番大月玄蕃に襲われ、その窮地を浪人春日重蔵が救う。その頃、丹波の国では、福知山藩と宮津藩の両藩が互いに反目し合っていた。そんな中、恒例の生田の競べ馬が催され、そこでの諍いから剣術の試合が行われることになる。その試合で春日重蔵は剣の達人鐘巻自斎に破れる。重蔵の弟である新九郎は、眉目秀麗の若者であるが、兄とは反対に剣術はまったく不得手であった。新九郎は、かつて兄重蔵が救った千浪と恋仲となるが、二人は大月玄蕃に追い詰められ心中を図る。しかし、その心中は失敗し、命をとりとめた新九郎は剣の修練を重ね腕を上げていく。兄重蔵の無念をはらすべく新九郎はさまざまの悪人たちと戦うが、その中で美男ゆえの女難が次々とふりかかる。剣難と女難による厳しい試練の連続に、新九郎は暗然とし挫けかける。一方、大月玄蕃は千浪の父親を騙し討ちにして殺害し、その仇討ちのために千浪と重蔵は江戸へと向かう。千浪と重蔵の仇討ちは失敗に終わるが、その後新九郎があらわれ見事仇を討つ。しかし、その責を受けた新九郎の代わりに重蔵は切腹。新九郎は兄の切腹により再び奮い立ち剣の修行を続け、「梢斬り」と「清明心極の太刀」という剣術の奥義を会得する。そしてついに、鐘巻自斎との対決が叶い、新九郎は自斎を倒し兄の無念を晴らすこととなる。自斎はかねてより影ながら新九郎の剣の上達を願っていたと語り、新九郎はその思いに感じ入る。昭和二十六年（一九五一年）に、新東宝の加藤泰監督により『剣難女難 女心流転の巻』『剣難女難 剣光流星の巻』のタイトルで映画化された。新九郎役を黒川弥太郎が演じ、鐘巻自斎を阿部九洲男が演じた。

（児玉喜恵子）

剣の四君子　けんのよんくんし

小説。〔初出〕「日本剣人伝」シリーズとして「講談倶楽部」（大日本雄弁会講談社）に不定期で連載。「林崎甚助」（昭和十五年一月）、「高橋泥舟」（昭和十五年二月）、「柳生石舟斎」（昭和十五年九月～昭和十六年四月）、「小野忠明」（昭和十七年七月～九月）。〔収録〕『剣の四君子』（全国書房、昭和十八年）、『剣の四君子』（桃源社、昭和三十一年）、『柳生石舟斎 剣の四君子』（全国書房、昭和三十七年）、『吉川英治文庫』88（講談社、昭和五十二年）、『吉川英治全集』28（講談社、昭和五十七年）。◆タイトルの「四君子」とは、東洋の絵画における画題のうち、蘭、竹、菊、梅の四つの草木のことを指す。作品の「序」に吉川は「少し気取り過ぎたきらいがないでもないが、剣の相《すがた》、花の姿、対照はわるくないと、わたくしには感じられる。（中略）花のような香気を研磨の人柄にたたえるなど、剣の道はやはり東洋人の心には何か捨て難い魅力をなす詩であるにはちがいない。（中略）古い筐底から、四花の古人を選んで、一瓶の書幀に挿してみた」と記している。これら四君子はそれぞれ、林崎甚助は居合の始祖、高橋泥舟は槍術の達人、柳生石舟斎（宗厳）は剣術の新陰流継承者、小野忠明は徳川将軍家剣術指南役の剣豪、である。「林崎甚助」、「高橋泥舟」、「柳生石舟斎」の三作品が「講談倶楽部」に発表された昭和十五年は、日中戦争のさなかで「ぜいたく禁止令」が発令された年である。創作動機の内には、剣の達人たちの姿を描くことで、戦時下の読者の心を励まさんとする気持ちがあったかもしれない。「序」には、「真の剣人とは、おのれに勝つことを得た者でなければならない」とある一方でまた「剣は個性の道である。為に彼等のすがたは余りに孤高独歩の人に見える」ともあり、道を極めることの厳しさの中で、常人ならざる姿を見せる四君子たちを描く作品となっている。

（児玉喜恵子）

剣魔侠菩薩　けんまきょうぼさつ

小説。〔初出〕筆名朝山季四。「面白倶楽部」大正十三年七月号～十二月号。〔収録〕『吉川英治全集』補巻1

(講談社、昭和四十五年)、『吉川英治文庫』159続・初期作品集(講談社、昭和五十二年)、『吉川英治全集』46(講談社、昭和五十九年)。◆関東大震災後、北信濃・角間温泉の越後屋に逗留中の吉川が朝山李四の筆名で執筆した長篇。奥州忍《おし》の城下から三里の黒渓山《くろだに》に隠れ棲む剣聖・上崎白雲斎《こうざきはくうんさい》に入門し東軍流の秘法を受けた男二人。一人は天童晶之助《てんどうあきのすけ》。もう一人は岩門大角《いわとだいかく》である。白雲斎の東軍流は、泰平の世にはあまりに殺伐で妖殺自在なために秘されてきたが、この術を正しく継ぐ者が晶之助であり、片や徒《いたず》らに殺剣を好み誤った承継者が大角であった。白雲斎の死の際に大角は東軍流の玉典・三才の巻を盗み出奔する。師よりこれを取り戻す命を受け、晶之助は大角を追う。一方、大角も晶之助を倒さんと画策していた。道すがら、血を好み無用の殺生を続ける大角は江戸へと至る。晶之助は浅草聖天町の知己・茂八の長屋に逗留し大角を探すうち、義侠・梵天銀次、剣の道場主・川澄六郎、柔術の達人笠原又兵衛と見知ることとなる。六郎は、黒渓山に山籠もりする以前の白雲斎から東軍流の教えを受けた過去があり、晶之助を助け恩師の仇を討つと思い定める。大角は、五代将軍の寵妾お伝の方の父親であることから勢力を持ち、狼藉の限りを尽くす堀田将監の元に身を寄せていた。そんな折から、茂八の娘お米が堀田屋敷に捕われる。晶之助は仲間と協働してお米を救い出し、大角を倒したところへ現れたのは、かつて大角に斬られた多田良勘解由の妻と一子。晶之助は仇討ちを果たすための止めの一太刀を二人に許すのだった。

(児玉喜恵子)

恋易者　こいえきしゃ

小説。〔初出〕「講談倶楽部・臨時増刊」昭和十一年五月。〔収録〕『新作大衆小説全集』2(非凡閣、昭和十四年)。◆夏を前にしたある日の肥後、細川家の支藩で御舟手方という下級職に就く山吹権七《やまぶきごんしち》は、京流御裱具《ひょうぐ》師『経徳《きょうとく》』の店頭で、藩主の菩提寺である無動林寺の蔵屑《くらくず》払いの際に出されて骨董店に引き取られた、調伏図が描かれた枕屏風を目にする。その下張りにされていた藩の老執権宇《う》士岳翁《どがくおう》の手紙をはがして持ち帰る。そこには「若殿、沈めのこと、首尾よく成就の報せに候/後、一儀/例の調伏のみ万祷たのみ申し候」とあった。若殿は舟遊びの際の溺死不明が伝えられ、先君は後に謀殺されていた。若殿の事故当時御舟手方であった権七の父は、事故の責を負って自害していた。執権職にある岳翁はその後先君妾腹の幼君を立てて藩政を牛耳っていたのである。翌朝、脱藩を決意した権七を岳翁の配下は斬殺するが、主君調伏の証拠となる文は見あたらない。その二ヶ月後、権七の異母弟で長崎に遊学していた舷太郎《げんたろう》が帰郷し、兄の墓標を探しあて、兄を埋葬した村娘から遺物《かたみ》の編笠を受け取る。舷太郎は翌年の三月、江戸麻布普門院前で易占者に身をやつして藩の江戸下屋敷にいる岳翁妾女の藤乃に近づいてゆき……。

（白井雅彦）

恋ぐるま　こいぐるま

小説。未完。〔初出〕「冨士」昭和四年十月号～昭和七年一月号。〔収録〕『恋ぐるま・日本呉越軍記』（大日本雄弁会講談社、昭和六年）、『吉川英治全集』7（平凡社、昭和七年）、『吉川英治全集』8（平凡社、昭和八年）、『時代小説名作全集』第1・第2・第3（同光社磯部書房、昭和二十八年）、『吉川英治全集』6（講談社、昭和四十五年）、『吉川英治文庫』17・18（講談社、昭和五十二年）。◆大坂夏の陣で敗れた豊臣家の生き残りと徳川家との攻防を描いた未完の伝奇小説である。連載時には「日本呉越軍記」という副題が付されていた。豊臣秀頼と家臣たちは、豊臣家再興のために一時沖縄へ逃れた。九年後、徳川家の家臣となった豊臣家旗本嫡男仙石紀は、徳川家旗本嫡男二階堂多門と共に秀頼召捕の命を受ける。一方、淀君の姪であり紀の恋人のお愛は、軍夫として夏の陣にきていた鯨捕りの雁八と愛犬のコマと共に熊野へ逃げ延びていた。だが、豊臣勢の本土上陸に協力したことで徳川勢に捕らえられる。お愛に恋慕する雁八は、お愛を取り返すために秀頼を討って手柄を立てようと決意し、一方徳川秀忠の直命を受けて薩摩に潜入していた隠密の狐六こと甲賀六郎も、豊臣家を滅ぼすべく紀らに続き紀州へ向かった。その狐六が長年慕い続けている多門の妹の千鳥は、芝居小屋の火事から自分を救い出した豊臣家六部の一人である車震太郎と思い合うようになり苦悩する。謎の男、蜘蛛の陣羽織はどちらの味方もせず敵ともならず、ふいに現れては事態を混乱させる。そして、遂に秀忠を討つ準備を整えた豊臣勢は、秀忠の久能山参拝の行列に大砲を撃ち込む。しかし、その行列は偽物だった。徳川勢の策に嵌まった豊臣勢が再び散り散りになっていく中、震太郎は秀忠の身代わりとして駕籠に乗っていた千鳥を助け出した。山中で暮らし始めた二人のもとへ彼らを追ってきた役人たちが到着する場面で作品は中断している。当作品が未完となった経緯については、さまざまな背景が伝えられているが、講談社社員で吉川と親しかった中島民千に関しての揉め事が原因となった可能性が高く、吉川から講談社へ絶縁を申し渡したことは事実であるらしい。『草思堂随筆』中「史話片々」のうち「筆間茶話」の冒頭に「「恋ぐるま」執筆の折、古書古典の考証に際して面白いと思ったものを随筆風に書き留めておく」とあり、また当作品の執筆に際して意欲的に臨んでいたことがわかる。

（児玉喜恵子）

恋祭　こいまつり

小説。〔初出〕「日の出」昭和十三年八月。〔収録〕『吉川英治文庫』131（講談社、昭和五十一年）。◆賭博で庄屋の金を使い込んだ筑前浪人帆足半九郎は、船上で町人大黒屋七左衛門を殺し、海に沈め大金を奪った。半九郎は七左衛門の長男長太郎に疑われたが、斬りつけ大怪我を負わせる。七年後、大黒屋は倒産し、七左衛門の次男信二郎は煎り豆屋になっていた。信二郎の許嫁である分家のお真砂は十九歳になり愛し合っていたが、長者になった半九郎の息子亀之助がお真砂を嫁にと執心する。半九郎と共犯者になった郡奉行与力の鶴間は計略し、お真砂の養父の無尽金を強奪して、冤罪で追い詰めて、亀之助との結婚をお真砂に承諾させた。信二郎は身を引き、大怪我で病気になった兄と家を出た。婚礼の七夕、お真砂は、竹林の中で白無垢に乳母の織った布を胸に自害し、操を守る。十余年後、黒田侯の侍読、同形質の摘発で一類の醜罪は、悉く世に晒された。

（阿賀佐圭子）

恋山彦　こいやまびこ

小説。〔初出〕「キング」昭和九年一月号。〔収録〕『恋山彦』（矢貴書店　昭和二十三年）、『長編時代小説　恋山彦』（桃源社、昭和二十七年）、『吉川英治全集（旧版）』12（講談社、昭和四十四年）、『吉川英治文庫』36（講談社、昭和五十一年）、『吉川英治全集（新版）』11（講談社、昭和五十七年）。◆三絃の名器「山彦」を軸に、登場人物それぞれの運命が語られていく。三絃の名人二代目十寸見《ますみ》源四郎とその娘のお品、山彦を奪おうとする市橋采女《うねめ》と藍田喬助（実際は柳沢吉保の妾、おさめの方が山彦を手に入れたがっていて、采女と喬助はおさめの方のご機嫌取りのために動く）、お品を自らのものにしようと画策する半蔵と勘太郎、伊那の虚空蔵山《こくうぞうざん》の伊那小源太、これらを主要な人物として物語は進む。源四郎亡き後、山彦を守ろうと必死に逃げ回るお品、その手助け役となる役者坂田藤十郎、俳諧師其角、そして彼女にまとわりつくように追い回す市橋采女、藍田喬助、勘太郎らの姿が描写され、お品の葛藤や失意、男たちの執念が入り乱れる。そんな中でお品が行き着くのは、人が足を踏み入れない伊那の虚空蔵山、名人になるまで里に下りないと誓いを立てそこに籠り三絃の修業を遂げようとしたが、采女、喬助、勘太郎らに見つかってしまう。さらに飯田藩堀美作守《みまさかのかみ》の若殿、鶴之丞《つるのじょう》の登場もあり、お品は采女、喬助らにとらえられてしまう。そんな折、山麓の釜師村に人身御供を立てなければならない事態が起こる。本来は釜師鶚斎《じゅんさい》の孫娘若菜を立てる掟だったが、采女、喬助らは身代りにお品を立てることを鶚斎に持ちかけ、お品を人身御供として立てる。そこに登場するのが平家一門についていた伊那禅師則経《のりつね》の子孫の伊那小源太である。お品は小源太の妻となるための人身御供であった。お品には逃げることも、死ぬことも選択できたが、次第に小源太に心惹かれるようになる。ある時、江戸に呼び出された小源太は、家宝として守り続けた勅文を幕府方に騙し取られてしまい大暴れし、城外に逃げた。離れ離れになってしまった小源太とお品だったが、藤十郎や其角らとの偶然の巡り合わせにより助けられ、ついに再会することが叶う。お品は山彦を藤十郎と其角に託し、小源太と共に虚空蔵山（平家村）で暮らすことを誓うが、直後にお品は命を落とす。そのお品を抱えた小源太が「人間の世界をうしろに疾走して行く」姿で物語は閉じられる。結びの少し前にも小源太の心境は「彼の胆には、より以上、文化の武器や文明の智恵や、元禄社会の人情の譎詐と偽瞞が、身に沁みて怖しく思えた」と表現されるが、これは昭和初期の都会のあり方に対する、作家の想いの投影と見ることが出来よう。なお、この小説は昭和十二年（一九三七）、阪東妻三郎主演、マキノ正弘監督で映画化、昭和三十四年（一九五九）には、大川橋蔵主演（マキノ雅弘監督）によるリメイクも行われている。

（桐生貴明）

紅騎兵　こうきへい

小説。〔初出〕「讀賣新聞」昭和七年六月十一日～昭和八年一月十八日。〔収録〕『吉川英治全集』18（平凡社、昭和八年）、『紅騎兵』上・下（向日書館、昭和二十三年）、『紅騎兵』上・下（桃源社、昭和三十二年）、『吉川英治全集』補巻2（講談社、昭和四十五年）、『吉川英治文庫』29・30（講談社、昭和五十二年）、『吉川英治全集』補巻1（講談社、昭和五十九年）。◆勤王派の南部藩の支藩である八戸藩では、佐幕派の藩主・溝口造酒雄が謹慎させられ、兵学部教頭種田雷助をはじめ一心塾門下藩士二十余名が閉門の憂き目に遭っていた。そこへ現れたのは、幕府の陸軍奉行・小栗上野介の参謀・林鶴梁が差し向けた密使・研七《とぎしち》とお咲の兄妹である。二人の活躍により、藩主と佐幕派の面々は城から脱出する。慶応三年、佐幕派は旗色が悪く、小栗上野介は将軍を京都から江戸へと移して、勤王派と戦を始めようとしていた。一心塾門下藩士らは元藩主の造酒雄を隊長に小南部隊として佐幕の活動を行っていた。造酒雄はもともと江戸の旗本の息子で、養子として八戸藩に入っていた。江戸では幼少からの許嫁の操を探すが見つけることができないでいた。操の実家由利家は、佐幕派の父親が勤王派となった息子楠太郎のために自害し一家は離散状態となって、操は土佐の親戚のところへと預けられていた。その操は、侍姿に男装して造酒雄を追って土佐を発ったものの、彼女に横恋慕する勤王派の久保田数馬に襲われる。窮地をやはり勤王派の香川譲に救われるが、彼も操に恋心を寄せていた。途上の大阪で、操は弟楠太郎と偶然出会い、その時に楠太郎と共にいた勤王派の薩摩藩伊牟田哲弥を殺めてしまう。その頃造酒雄は、幕府軍と共に会津へと落ちて行き、それを背後で援護するのは、造酒雄に恋するお咲であった。身分違いの狂恋を兄の研七に諫められても、お咲の思いは燃え上がる一方であった。造酒雄とお咲はようやく八戸城へと辿り着くが、城は官軍に包囲されてしまう。官軍の包囲をくぐり抜け操は造酒雄の元へと急ぎ、それを助けようとした研七は久保田数馬の刃に命を落とす。八戸城の造酒雄の元へ白無垢姿の操がやっとのことで辿り着くが、造酒雄は命を惜しんで城から逃げ出す。残された操は香川譲の自分に対する深い愛情を受け入れる。しかし、かつての恨みから久保田数馬は香川譲を朝敵として討とうとする。香川譲は、勤王派としての立場を捨てて、佐幕派の造酒雄の許嫁である操への愛を貫くことを選ぶ。香川譲を操の弟楠太郎の銃口が、操を兄哲弥の仇を討たんとする磐次郎の銃口がそれぞれ狙う。死に直面している香川譲と操の二人は、微笑んでいた。官軍は城に火を放ち、火焔に包まれた望楼には、固く手を握り合った香川譲と操が冷たくなっていた。（児玉喜恵子）

心の一つ灯　こころのひとつひ

小説。〔初出〕「國民新聞（夕刊）」昭和七年七月十九日～八年五月十四日。〔収録〕夕刊の復刊に際し連載が開始され翌年完結したが単行本にならなかった。国立国会図書館の「國民新聞」のマイクロフィルムで読むことができる。連載時の挿絵は岩田専太郎である。◆足立《あだち》恭二は会社を辞め越後の宿屋で一時を過ごし宿の娘杏子《きょうこ》と親しくなる。東京銀座の安カフェで怪我をさせた憲介から恭二へ無心の郵便が届き、下へおりると壁に美人の写真が掛っていた。それは杏子の姉であり、見染められて外交官と結婚したものの巴里で姦通により夫に銃で撃たれ亡くなったという。翌日、足立はブルジョアの息子滋野保と出会う。杏子は東京へ帰った恭二を追って保に就職を頼み、越後を後にする。恭二と杏子の紆余曲折、行き違いの果てに保が「僕といふ有閑息子の恋愛遊戯と嫉妬とが、潜んでゐた」と恭二に詫び、杏子への疑惑が晴れて一つの灯がともる、当時の世相をふまえた恋愛小説である。（おおくぼ系）

胡蝶陣　こちょうじん

長編小説。〔初出〕「少女の友」昭和九年一月～十年六月。〔収録〕『胡蝶陣』（ポプラ社、昭和三十八年八月）、『吉川英治全集』別巻4（講談社、昭和四十三年一一月）。◆桶狭間で強敵今川義元を討ちとった織田信長は、続いて美濃の斎藤竜興を攻めた。燃えさかる城下のある町家の土蔵まで来た馬上の信長は、混乱の雑踏の中に幼児の泣き声をきく。信長はすかさず兵学家で旗本の土岐大内蔵《おおくら》に様子見を下命、大内蔵は、馬小屋の枯れ草の中に二～三歳の女児を発見し、報告する。信長は、意外にも大内蔵に「育ててやれ」と命ずる。大内蔵が女児を自分の娘として育てて十七年後、信長の面前での兵法大問答は、土岐大内蔵の楠流と、佐々羅弾正の鬼一流との対決と決まった。前評判では、大内蔵優位であった。果たして問答は、一進一退勝負がつかず、翌日再開となった。その帰途、馬上の大内蔵は何者かにより鉄砲による狙撃を受けた。落馬した大内蔵に近づいた黒装束の大男は、大内蔵の懐中から兵書一冊を奪いかけたが、大内蔵は賊の小指を喰い千切った。一方、父の帰りを待つ大内蔵の娘伊奈葉と、下女お阿佐のもとへ内弟子の呉鳥羽太郎が、「大内蔵優勢」を知らせてくる。加えて叔父の五車川雷堂もかけつけ、祝宴準備をはじめた。そこへ「大内蔵急変」の知らせ。仲間《ちゅうげん》の案内で駆けつけた鳥羽太郎は、虫の息の大内蔵から「娘伊奈葉は、美濃攻めの際、戦場で拾った子であり、実の親に会わせてやってほしい」旨の遺言をきき、噛み切った下手人の小指を預かる。伊奈葉は、屋敷を引き払い、洛外千本松原に転居を決める。その引越し途中、雷堂が待ち受け、信長の旗本佐々羅弾正を引合せる。転居後の伊奈葉はたびたび夜陰ひそかに外出する鳥羽太郎の挙動に不審を抱き、某日お阿左に尾行させる。ところがお阿左は、捕えられ監禁されてしまう。一方伊奈葉を娶りたい弾正は、雷堂と結託して、今秋、裏庭の菊が一輪でも咲いたらそのときは、輿入れせよと伊奈葉に迫り伊奈葉は渋々同意する。その後鳥羽太郎が今川義元の末子笹丸と判明するものの、消息は不明となる。その笹丸は、潜伏中の某夜、病に苦しむ母を看病する娘お小夜と遭遇し、持ち合せた二十両を薬料として手渡す。このお小夜母子は、乙鳥島《つばくろじま》を拠点とする海芸人であった。のち笹丸が残党狩りにあい投獄されたとき、お小夜の活躍により救出される。やがて秋となり、千本松原裏庭の菊が咲き、伊奈葉の婚礼が具体化する。伊奈葉は、お小夜と伴に信長に仇討ち懇願の直訴をし許される。信長の面前で証拠の小指を見せられた雷堂は、大内蔵殺しを白状し、伊奈葉はみごと本懐を遂げる。このとき雷堂は断末魔の苦しみで力まかせにお小夜の脾腹を蹴とばし絶命した。混乱した現場から各々逃走し、伊奈葉は笹丸と共にお小夜の住む磯島へと向かう。そしてお小夜の母から彼女の死を聞く。仏前の戒名からお小夜が実は美濃の斎藤竜興の娘であり、さらに伊奈葉とは姉妹であることを知り、その偶然に驚ろき涙するのである。本作品は、信長によって亡ぼされた今川家の息子と、斎藤竜興の娘による仇討ち物語である。伊奈葉とお小夜が姉妹であったとはまさに天の配剤ともいうべきものであり、勧善懲悪的色彩の強い一篇である。文体も、「……です」体を使い、読みやすい表現をしている。

（柳澤五郎）

虚無僧系図　こむそうけいず

小説。〔初出〕「冨士」昭和九年九月〜十一年六月。〔収録〕『吉川英治全集』12（講談社、昭和五十八年）、『吉川英治文庫』（講談社、昭和五十一年）。◆旗屋《はたや》小五郎にはお寿々《すず》という幼馴染の恋仲がいたが、お寿々は八代将軍吉宗の近習《きんじゅう》三輪又之丞と婚儀をなすことになった。小五郎は武士の意地から婚礼の夜にお寿々の首をはね、家に帰り母鴫野《しぎの》にことを告げ腹を切ろうとする。そこへ一泊を頼んでいた虚無僧関根《せきね》蕭々《しょうしょう》が拙者に命を預けなさいと小五郎親子を虚無僧に仕立てて逃がした。翌々日の朝、権現様お墨付きの普化宗《ふけしゅう》御掟目《ごじょうもく》の一札が紛失していることが判明して新井白石が将軍家から探索を命ぜられ、お寿々の棺のなかから手鞠《てまり》を取りだす。白石は将軍家への復命のおり虚無僧の集団に襲われて、とっさに手鞠を隣家に投げ入れる。手鞠は小五郎の家の隣、弓氏の朱保宅に転がり込み、娘のお藤が手鞠を持って甲州路へ逃げた小五郎にもう一度会いたいと後を追っていく。旗本から嫌疑をかけられたお寿々付の女中音羽《おとわ》とその父親で八百屋の太郎兵衛も忽然と消えた。又之丞をはじめ旗本七名衆は、小五郎親子、お藤、八百屋太郎兵衛と音羽を追い手鞠を取り戻しに、さらに虚無僧蕭々一味の本拠を衝かんと旅に出ていく。二月後にお藤を見つけて取り囲むが、手鞠は川へ投げ込まれて、流れる手鞠を皆が追っていく。手鞠をめぐって又之丞と小五郎親子の死闘がはじまり鳴野は囚われてしまう。男装した音羽はお藤と出くわして嫉妬の火花を散らせ鳴野を助けだそうとして、かえって殺めてしまう。又之丞は小五郎へ母鳴野の首を首桶に入れて果たし状とともに送り、小五郎は指定された場所へおもむき絶体絶命の窮地に陥るもかろうじて切り逃げた。蕭々の虚無僧集団が幕府の改革をめざし動き出し、八王子千人組同心と対峙する。小五郎は虚無僧集団の大義に殉ずる覚悟のもとで再挙するための連絡役を申し出る。虚無僧集団は江戸が大地震に襲われたために時至らずと決起は見合わせとする。白石の下屋敷において、小五郎たちの前で手鞠に仕込まれた御掟目の謎が解けていく。本作は吉川英治が伝奇小説から歴史小説へ移行して行く時期の作品だと言われる。読者は、小五郎が恋人の首を取る冒頭の過激な展開から物語にひきこまれ、剣激が絶え間なく続くと、死地をさまよう物語の旅に登場人物とともに出立していく感がある。母鳴野の首が塩漬けにされて果たし状とともに送られてくる場面ではいいようもない緊張を呼び覚まされるが、母やお寿々の死について最後に謎が解かれていき、巧みなミステリーが内包されている。権現様の御掟目一札と徳川家への不満、武士の意地と一途な恋が嫉妬をはらみ、小五郎をはじめとして、それぞれが志や目的にひた走るのであるが、志に生きる男を追い求める純粋な恋心の讃歌を作品の奥底にこめて、男女のありようをも映し出している。

（おおくぼ系）

金忠輔　こんちゅうすけ

小説。〔初出〕「冨士」昭和五年四月号〜十二月号。〔収録〕『金忠輔』（桃源社、昭和三十二年）、『吉川英治全集』6（昭和四十五年二月、講談社）。◆伊達藩の下士四十石取りの快男児金忠輔の物語である。平素は、口数も少なく無骨者と思われてい忠輔が、実は機略・武術に人も驚ろく能力を持っていた。ただひとつ色恋沙汰には無頓着なのがこの男の欠点である。この無骨者が要所要所で抜群の働きをしたことが若殿伊達亀之助の目にとまり。加増一〇〇石、馬廻り役の栄に浴することになる。本作品は、昭和五年の作であり、作者はこの年には、「かんかん虫は唄う」、「江戸城心中」他数篇を起稿、徹夜仕事が続いた。これに加え、飲酒、異性関係などにゴタゴタが重なり、家出したものの寄留先で刑事から事情聴取をうけている。多事多難の最中に書かれた本作品は、作者吉川英治の私的環境を頭に置いて読んでみるのも一興か。

（柳澤五郎）

彩情記　さいじょうき

小説。〔初出〕「婦人倶楽部」昭和十五年一月号～昭和十六年一月号。※別題「隠密色絵奇談」。〔収録〕『新作大衆小説全集』26（非凡閣、昭和十六年）、『彩情記』（非凡閣、昭和二十二年）、『隠密色絵奇談』（昭和二十四年、向日書館※この単行本のみ別題）、『吉川英治全集』16（講談社、昭和四十三年）、『吉川英治文庫』38（講談社、昭和五十二年）、『吉川英治全集』補巻5（講談社、昭和五十九年）。◆鍋島藩の陶工鶴太夫《かくだゆう》は、献上の香炉を届けるため娘の曾女と共に仁和寺を訪れた。帰郷に際して、弟子入りを嘆願する寺侍縁者の槙宗次郎を随伴する。帰路の途上、長崎で鶴太夫は密貿易の品を捌くよう、仲仕の十右衛門に依頼し金を受け取る。鶴太夫の窯の財政は破綻しかかっていた。鶴太夫は金を狙った男達に襲われ、助けようとした宗次郎は通りがかりの虚無僧に殺される。虚無僧は、死んだ宗次郎の身元人別の書付を盗み、鶴太夫に自分を宗次郎として国元に連れ帰るよう要求する。それから三年が経ち、偽宗次郎は、誠実な働きぶりによって曾女や周囲の者たちから信頼を得ていた。そこへ、十右衛門がかつての密貿易を種として鶴太夫を強請りに来た。過去を悔いた鶴太夫は、奉行所へ自首すると曾女と偽宗次郎に告げる。偽宗次郎は、鶴太夫の自首をとどめ、ひそかに十右衛門を斬って屋敷へ戻り十右衛門から恐喝をやめる旨の証文を取ってきたと二人に見せ安心させる。曾女と偽宗次郎は、互いに思い合っていたが、代官息子の大田黒哲馬が曾女に横恋慕しており、恋敵の偽宗次郎を冤罪で捕縛する。仁和寺から身元を保証された偽宗次郎は放免となるが、実は生きていた本物の宗次郎が現れ、哲馬と結託して偽宗次郎を陥れようと企むが、逆に各々の罪で破滅へと追い込まれる。その後、鶴太夫は罪を悔いて自害し、偽宗次郎こと伍堂大三郎と曾女は国外へ逐放となった。

（児玉喜恵子）

桜田事変《さくらだじへん》

小説。〔初出〕『桜田事変 維新歴史小説全集』2（改造社、昭和九年十二月）。※書き下ろし。〔収録〕『井伊大老』（愛山社、昭和二十三年）、『井伊大老』（六興出版、昭和五十年）、『吉川英治文庫』158（講談社、昭和五十二年）、『吉川英治人物選集 井伊大老』（六興出版、昭和五十三年）、『吉川英治全集』補巻1（講談社、昭和五十九年）、『吉川英治幕末維新小説名作選集』6（学陽書房、平成十二年）。◆安政の大獄の中心人物である井伊直弼の生涯を描いた小説。初出の書き下ろしでは「桜田事変」というタイトルだったが、昭和二十三年の愛山社版より「井伊大老」となり、「桜田拾遺」が付加された。

（児玉喜恵子）

さけぶ雷鳥《さけぶらいちょう》

小説。〔初出〕「婦人倶楽部」昭和五年七月号～昭和六年十二月号。〔収録〕『吉川英治文庫』20（講談社、昭和四十年）。『吉川英治全集補巻』4（講談社、昭和三十九年）。『さけぶ雷鳥』（桃源社、昭和三十二年）。◆柳沢吉保の養女で将軍綱吉寵女「おちゃら様」は町娘時代の恋人冬吉に命を狙われる。また名鍔師青地光親に馬鹿にされた事を恨みに思っている。冬吉と知り合った細川圭之介は柳沢吉保お庭番でこれもおちゃら様と男女の仲にある。圭之介は実は高野山曼珠院寺侍であったが、二十年前に密経陀羅尼経を持って逃亡した慈嶽の詮議の使者であった。慈嶽は館林綱吉の祐筆をしたこともあった。圭之介はおちゃら様の光親への仕返しのため光親の鍔を手に入れようとするが、光親の弟子痣友に斬りつけられ柳沢家に辿りつき、新らしい間男ができたおちゃら様に斬られてしまう。圭之介の代わりに光親の鍔を手に入れようと妹の仮名江を送り込み雷鳥の鍔を手に入れるも、妹は光親の手込めにされ妊娠してしまう。冬吉は盗人としてつかまり、おちゃら様が光親を乏しめるため依頼した首斬浅右衛門に渡った雷鳥の鍔の刀で刑場の露となる。十数年後に冬吉の弟の滝太郎を養嗣子にした剣客本間静剣子が香具師になっていた痣友の香具仲間との諍いから痣友に毒殺される。おちゃら様の妹仮名江は男姿となって滝太郎の息子の静馬と諸国を巡る。江戸に向かう仮名江と静馬をつけて来た男が痣友で仮名江と気づく。二人が立ち合って怪我を負った静馬を助けた薬草採夫蔵太にはお秀という情婦がいた。冬吉の罪が発覚した時に、おちゃら様も悪行が知れ追放された。その後おちゃら様は追剥に身を落し、旗本駒木根蔵太の情婦になっていた。仮名江はそれに気付いて逃げたが蔵太とお秀と静馬の四人は痣友に捕えられた。蔵太と痣友の話しから密教の在り処を雷鳥の鍔に彫り込んだということが判明し、一行は江戸に向かった。雷鳥の鍔は人手に渡り蔵前の札差し三五屋の物になっていた。蔵太は三五屋に忍び込み、主人佐兵衛を殺して鍔を手にしたが蔵太は滝太郎に斬られる。お秀と痣友も滝太郎に斬られる。柳沢家に隠れ住んでおちゃら様をつけていた冬吉に助けられ、仮名江は圭之介、滝太郎と落ち合い、お秀を助け雷鳥の鍔を手に入れた。そこには富士子の胎内と彫ってあった。画師の英一蝶が生前冬吉から預った豆厨子には滝太郎の父、青地林左衛門こと慈嶽がつれて逃げた富士子が綱吉の祐筆の時に綱吉に迫まられ富士子が貞操を守って自害した事が書かれていた。多くの人間が入り乱れて事件が複雑に絡み合う。筋の運びはその後の大作を成す素地となっている。婦人倶楽部に掲載された故か、おちゃら様の奔放奇怪な生き方と、妹仮名江の貞操清純さの対比が見事である。仮名江を軸にして対比的に描かれている。一九五七年に内出好吉監督、尾上鯉之助主演で映画化された。吉川英治の代表作三部作のひとつである。ただし三部には同じ内容ではなく設定を借りた別の物語りもある。『窓辺の雑草』に密教について書かれてある。おそらくこれを元にして構想したものと思われる。柳沢吉保が将軍綱吉に自分が寵愛していた側女の染殿を献上したことに材を取り、吉川英治、山岡荘八、司馬遼太郎が歴史長編小説作家として活躍していたが、それぞれが歴史、史実の扱かいによって特色を出し合っている。吉川英治は宗教性のある作品に一特色がある。

（中田雅敏）

左近右近　さこんうこん

小説。〔初出〕「少女倶楽部」昭和九年九月～十一年三月。〔収録〕『吉川英治全集』12（講談社、昭和五十八年）、『吉川英治文庫』（講談社、昭和五十一年）。◆信州戸隠《とがくし》山の乙妻家《おとずまけ》の兄弟左近と右近は腕白で兄弟喧嘩ばかりしていた。左近が十三歳、右近が十一歳になった時に父と思っていた乙妻真古登《まこと》は、実の父裏辻三位《うらつじさんみ》の家来であって幕府の忌憚《きたん》にふれ自害した父に代わって二人を育てたのだと明かし、この先は山を下り京において学問や時勢を学び父の遺志を継がねばならぬと聞かされる。下女と思っていた十二歳の笹枝《ささえ》は、真古登の実の娘であった。真古登を勤王党ではないかと探っていた密偵、烏同心《からすどうしん》本間景八と岡っ引きの伝吉は兄弟が旅立つことを知りからめ取ろうとする。兄弟の遊び友達でともに京へ上りたい百松は伝吉の手下となった。兄弟は関所を越えようとして役人に追われるが、思わぬ助けに会って無事京へ着き一年ごとにこの場で会おうと約束をかわし、左近は古本屋の丁稚に右近は豆腐屋の小僧となった。兄弟は暇を見つけては本を読み剣術を習うなど励んでいたが、京まで追跡してきた伝吉と百松に見つかり囚われてしまい、二人を見守っていた磯崎寛《いそざきかん》や笹枝の助勢で逃れた。伝吉や百松が兄弟をしつこく追いかけ続けたために、二人は笹枝らとはぐれてしまい再び己の道を歩き出す。二年目となり兄弟が再開する日に、見回り組が二人を取り囲むが、長州藩士の応援を得て虎口を脱した。勤王派と佐幕方とがしのぎを削り、外国からの圧力などで幕府の対応力がなくなりつつあるなか、大和で天忠組が旗をあげ戦が始まった。左近と右近は時機到来と桂小五郎の止めるのも聞かずに藩邸を抜け出し戦場へと向かう。戦場では笹枝が敗れた天忠組の戦傷者の介護にあたっていたが、幕府軍に追われて逃げまどい左近、右近、笹枝はまたもや散り散りとなる。鳥羽堤で長州薩摩勢と会津勢幕軍との闘いがはじまり、敵味方になっていた左近と笹枝は再会を果たすが、右近の行方は知れなかった。勤王か佐幕かという動乱の時期に同じ郷土で育った左近、右近、笹枝それに百松らが、志にそった人生模様を織りなし生き抜いていく物語であるが、少女雑誌に連載されたこともあり、二人を助ける少女笹枝のけなげな思いと縦横無尽の活躍も女性特有の愛を感じさせ主題のひとつとなっている。京へ出た兄弟の誓いは、左近は経世救民の学問を究めて学者になることであり、右近は幕府を撃って世の中を良くすることであったが、左近は文部省権大輔《もんぶしょうごんのたゆう》の官吏になり、右近は横須賀造船所次長との技術者になる。二人を助けた笹枝は、太政官を固辞し郷里の戸隠山で村塾を開いた磯崎寛の嫁となる。郷里の戸隠山から始まった波瀾万丈の物語が年月をへて、郷里で穏やかに暮らす磯崎寛と笹枝の情景で閉じていくことも少年少女への想いを届けたものだと考える。

（おおくぼ系）

さむらい行儀　さむらいぎょうぎ

小説。〔初出〕「冨士」昭和十三年夏の増刊号。〔収録〕『吉川英治文庫』131（講談社、昭和五十一年）。◆杵築藩の一柳敬助は、師範役の子息奥村敦を破り、馬術師範選抜の京都行きを勝ち取る。敬助は、藩典医玄斎の娘お由香に師範印可を受けてから求婚するつもりだったが、奥村家も敦の嫁に欲しいと来ていた。敬助の母は、甥で敬助の従兄で武士を捨て商人となった十太に、京都行きの旅費五両の工面を頼むが断られる。敬助は玄斎から頼母子講の集まりで餞別の酒宴をと誘われ、行くと十太も敦もいる。頼母子講の一両が足りないと溝口老人が言い出すと、敬助は敦から疑われ、敦を斬った。敦の武士としての立場を考え、敦の刀で自分の肩先を斬ったが、敬助の切腹は免れない。すぐに、一両は出てきて敬助は助かるが、もう一両、老人の小判が見つかる。十太が、敬助の為に一両を置いていたのだった。十太は、二〇〇両を敬助の妹に、「嫁入りの糸代だ」と言って渡すと商売へと出て行った。

（阿賀佐圭子）

皿山小唄　さらやまこうた

小説。〔初出〕「講談倶楽部」（昭和十三年六月号）。〔収録〕『松風みやげ』短編集7、『吉川英治文庫』131（講談社、昭和四十三年）。◆鍋島藩納戸組御陶器方、柴作左衛

門は皿山出張を命じられる。毎年の献上品である名工粂勇七の伊万里を見た将軍家から昨年に色絵皿一〇〇客分を献上するよう下命があったが、傲慢な陶工勇七は未だ手をつけておらず、更に江戸からは初秋の公卿の饗応に用いる為に八月一日までに着荷するよう命が下っていたのであった。作左衛門は皿山へ籠るつもりで息子彦七を添役として同行した。勇七の娘お和歌も催促するがそれでも献上品に手をつけようとしない勇七を見て作左衛門は斬りかかってしまう。作左衛門は絶食の上切腹するが遺書が残されていた。遺書に書かれてあった子を想う気持ちに勇七はうたれ、互いに心を寄せ合っていたお和歌と彦七を山から降ろさせた後勇七は献上品の皿造りに取り掛かろうとするが、狡っ辛い弟子の三次郎は既に奉行と痍物倉の刎ね物を引き渡す取極をしてしまっていた。勇七は三次郎を斬りつけて逃亡をはかった。お和歌と彦七は許されたものの「勇七こと討取る上は即日帰参かなう可き事」という赦恩命付きの上一家は所払いの処分となる。それから十年後、伊予の陶器村に身を隠していた勇七の元に、三次郎を手先とした密偵が踏み込んで来た。六部姿に身を隠した彦七が止めに入って三次郎を斬り捨て、麻畑で勇七に追いつくが、勇七は自害するため喉を突いており、彦七に自分の首を打って佐賀へ帰るよう言い残して命が果てたのであった。常々吉川英治は「この国の読者に対して見逃せないのは、外国文学が外国の民衆に対する関係と違って、日本の読者には特殊な国民性というものから考えて歴史と、別けても郷土愛に対する郷土史というものが大衆文学の仕事としては見逃せないと思う」と述べているように地方文化や地方史などに目を向ける大切さを訴えている。職人の技の高さや職人気質など、嵩い魂をもった人物を主人公とする大衆文学が庶民に支持される点を郷土愛にあるとする。本作はそういう意味からも伊万里焼を描いて見事である。（中田雅敏）

三国志　さんごくし

小説。〔初出〕「中外商業新報」ほか、昭和十四年八月～十八年九月。〔収録〕『吉川英治全集』26～28（講談社、昭和四十一年）、『三国志（一）～（八）』（講談社、昭和五十五～五十六年）。◆一八〇〇年ほど前の後漢、健寧《けんねい》元年、黄

河を下る洛陽船を待って母のために茶を求めんとしていた青年 劉備玄徳《りゅうびげんとく》がいた。当時の支那には黄巾賊といわれる盗賊集団がはびこっていて、茶を求めた劉備も黄巾賊につかまり張飛《ちょうひ》によって助けられる。劉備が家に帰ると母からおまえは景帝《けいてい》の玄孫《げんそん》だと明かされ、漢を再興する志を持たねばならないと諭される。劉備の家に張飛と関羽《かんう》が訪れ、「桃園の誓い」をなし三名で義兄弟を契る。劉備は義勇兵を募り二〇〇名の私兵を起こして官軍に参加し転戦の後、洛陽へ凱旋するが劉備の義軍は王城にも入れず恩賞にもあずからなかった。ようやく県尉の任に就くも、勅使の横柄さと賄賂の要求に従わなかったために濡れ衣を着せられて故郷へと逃げ落ちる。洛陽の都では霊帝がなくなると騒乱となり、董卓《とうたく》が陳留王《ちんりゅうおう》を立てて実権を把握する。曹操《そうそう》は董卓に名刀を献じ誅しようとするも怪しまれて逃げ出し河南へ落ちのび、朝廷からの密命を得たとして反董卓の軍を募る。劉備もこれに参加して集まった数十万の義軍は袁紹《えんしょう》が首将となり、虎牢関の戦いで董卓を破る。董卓は天子を移すと触れて長安へ遷都を行った。長安へ逃げのびる董卓を袁紹の反対にかかわらず追撃した曹操は惨敗を期し、河内郡に落ちのびた。遷都した董卓は再び権勢をほしいままにしたが、美女貂蝉《ちょうせん》の謀により側臣の呂布《りょふ》に誅される。董卓亡き後の大権は李傕《りかく》、郭汜《かくし》などに握られてしまい、呂布は落ちのびて漂白したのち徐州の劉備に容れられてとどまることとなった。旧都洛陽へ帰還した帝から曹操へ都を守るべしとの密勅が出され、曹操は都へ攻め上り帝を奉じて許昌《きょしょう》へ遷都を行い、「大将軍武平侯《だいしょうぐんぶへいこう》」と言う重職へ就いた。劉備と呂布が結びつくのを恐れた曹操は、劉備へ呂布を殺せとの密命を下すが失敗に終わり、さらに南陽への出陣が命じられる。結果、徐州は呂布が治め劉備は田舎城へ引き籠った。劉備は、曹操へ使いを出してともに呂布を撃つことを図り、呂布は袁術《えんじゅつ》と提携して迎え撃ったが、ことならず捕縛され殺されてしまう。曹操は徐州の平定をみると劉備をともない許昌へ帰還し帝へ拝謁させる。劉備が景帝の玄孫であると明かすと「朕《ちん》に、玄徳のごとき皇淑があろうとは」と涙ながらに喜ばれ、劉備は「左将軍宜城亭侯《さしょうぐんぎじょうていこう》」へ封じられた。天子の御狩が挙行され、曹操の我が物顔で傍若無人な振る舞いに帝は董《とう》丞《じょう》へ曹操討伐の秘勅を発し、劉備もその義状へ血判を連ねる。不穏な動きを察した曹操は梅園に劉備を招き歓待するも、劉備はかえって警戒心を持ち徐州を守らんと暇を請う。呉では小覇王と呼ばれた孫策が狂死して弟の孫権があとを継ぎ、曹操、袁紹、劉備らの三つ巴の闘いが続いて行くが、曹操の猛攻に袁紹《えんしょう》が倒れ世継ぎの袁尚も葬られる。劉備も追い落とされて荊州の劉表のもとで後日を期すが、諸葛亮《しょかつりょう》、字は孔明を知り「三顧の礼」をもって軍師に迎え天下三分の計を受く。孔明は呉に赴き孫権を説いてともに魏を撃つことを企て、赤壁の戦いで曹操の魏軍を打ち破る。劉備は孔明の言に従い蜀に打って出て、劉璋《りゅうしょう》を荊州に封じ蜀を継ぎ、蜀、魏、呉の三国が並び立つ。その後呉との戦いで関羽が討死し、さらに曹操が六十六歳で病死し張飛も寝首をかかれ、劉備も六十三歳で去った。孔明は劉備の子劉禅《りゅうぜん》を立てて呉と結び、出師《すいし》の表をあらわし魏との闘いを続けていく。吉川英治は幼年のころ、久保天随の『演義三国志』を夜のふけるのを忘れ読みふけったという。大作の萌芽がすでにこの頃にあったといえよう。支那の覇権をめぐる古代の物語は、帝をとりまき曹操、孫権、劉備らが生存をかけ権謀術策が果てしなく続いていくのだが、想像を絶する戦の根底には、義や款（契約）があり臣下の忠があり親への孝がある。さらに将軍、軍師、説客が命を賭して戦略を説き、歴史や漢《おとこ》について公然と弁ずることの妙味に圧倒される。作者英治は、「長夜の宴」や「酒国長春」という言葉は、みな支邦のものであり、この民族の歴史ほど宴楽に始まって宴楽に終わる歴史を編んできた民族は少なく平時はもちろん戦争の中でも実によく宴会を行い、別離歓迎、式典葬祭、権謀術策、生活兵法、ことごとく宴会の間《ま》と卓《たく》とによって行われると述べている。また軍師に「戦略の妙諦、用兵のおもしろさ、勝ち難きを勝ち、成らざるを成す……人間生涯の貧苦、逆境、不時の難に当たっても、道理は同じものでしょう。かならず克服し、かならず勝つと、まず信念なさい。暴策を用いて自滅を急ぐのとは、その信念はちがうものです」と言わしめる。支邦の雄大さを知り人生の含蓄を味わえることが、吉川『三国志』が愛され読まれるゆえんであろう。

【参考文献】尾崎秀樹『吉川英治　人と文学』（新有堂、昭和五十五年）

（おおくぼ系）

讃母祭　さんぼさい

小説。〔初出〕「信濃毎日新聞」ほか二紙、昭和九年四月〜九月。〔収録〕『吉川英治文庫』156、157（講談社、昭和五十二年）。◆讃母祭は母不二子と娘藍子の不滅の骨肉愛を描いた現代小説で母への讃歌である。大川不二子は実業家の夫俊平と十歳の次男史郎と七歳の長女藍子と東京で幸せに暮らしていた。不二子は故郷長野の幼友達である悪人の浅見鉄也に偶然帝展で出会った事から、高校時代に一度だけ口づけした事を理由に脅迫される。二人が逢っている所を見た俊平の友人中西は俊平に密告し、俊平は不二子の潔白を疑い責める。大正十二年九月一日十一時五十八分、関東大地震が起き、倒壊した洋館の下敷きになった不二子は浅見に助け出され、監禁される。史郎と藍子は俊平に保護されるが、直後に余震で藍子がはぐれてしまう。俊平は不二子と藍子は震災で死んだのだと思い、諦め、次男史郎を連れて長男隆の住む大連で暮らす。不二子は浅見邸で有髪の尼のように暮らし、藍子は震災の日に出会った盲目のお婆さんと暮らし面倒を見ていた。十一年後、十八歳に成長した藍子に浅見の魔の手が伸びる。浅見は震災の日、老人から大金を奪い殺害し、それを元手に密輸団を結成し大金持ちになっていた。女給の藍子はお金が必要な恋人の八木啓吉や盲目のお婆さんの為に、拾った財布を持ち帰り警察に捕まり二ヵ月間、刑務所に入る。その財布を落としたのは、あの中西であった。浅見は啓吉の農園を地主の手をかりて追い立て、藍子の悪評を立て、二人を追い詰める。藍子の悪評で啓吉に藍子を捨てさせ、藍子が浅見の元へ来るように仕向けたのだ。藍子は浅見邸で強引に関係を迫る浅見から逃れようと小刀で浅見を刺してしまう。不二子は藍子の身代わりとなり助けようとするが、お互いに母娘だとは、まだ気付かない。この少女が我娘の藍子だと知った不二子は、母性愛から必死に藍子を守ろうとして、自分が刺したと言い張る。母娘だと気付いた警察署長の計らいで、母娘は十二年越しの対面を果たし抱き合い泣いた。藍子は正当防衛で無罪となり、母娘は一緒に暮らし始め、藍子は女工となり、啓吉も新聞社で発送の仕事に就く。藍子が刑務所に入った時、悲観して駒沢の林の中で首を括って死んだ盲目のお婆さんが、実は浅見の母親だと遺品から判明する。啓吉がその事を浅見に告げると浅見は藍子に両手をついて、藍子の母へ与えた執念深い罪業を許してくれと詫び、改心して服役した。中西の尽力で、父俊平と長男隆と次男史郎が新京の郊外に広大な地所を持って菜園や果樹や家畜などを経営しているとわかると、一家五人は感動の対面を果たす。俊平は「全ては自分が不二子を妻として信じなかった罪だ」と反省していた。震災記念日、隆や史郎は、「今日は讃母祭です。お母さんに喜んで貰う日です。もうどんな事があってもお母様のそばを離れません」と言って母の長年の苦労を思いやった。骨肉の愛の輪の中に啓吉もいた。（阿賀佐圭子）

私本太平記　しほんたいへいき

小説。〔初出〕「毎日新聞」昭和三十三年一月〜昭和三十六年十月。〔収録〕『私本太平記』全十三巻（毎日新聞社、昭和三十四〜三十七年）、『吉川英治全集（旧版）』39〜41（講談社、昭和四十四年）、『私本太平記』全六巻（六興出版、昭和四十七年）、『吉川英治文庫』112〜119（講談社、昭和五十年）、『吉川英治全集（新版）』40〜43（講談社、昭和五十六年）、『吉川英治歴史時代文庫』63〜70（講談社、平成二年）。◆世上の見聞を広めるために、鎌倉幕府に無断で上洛した薄あばたの少年は、足利又太郎高氏である。この遍歴の旅で彼が目の当たりにしたのは、執権北条高時の悪政に対する世の不平と憤懣であった。また、淀川舟の中では、後醍醐天皇の近習日野俊基の才気に触れ、帰国の途上、近江の婆娑羅《ばさら》大名佐々木道誉《どうよ》の館に立ち寄った。その夜、田楽一座の娘藤夜叉《ふじやしゃ》と契りを結び、彼女との間に不知哉丸《いさやまる》という一子を儲ける。帰国した高氏は、忍び上洛の罪を問われ、隣国の新田の監視下で二年の蟄居を強いられた。そんな中、足利家の菩提寺鑁阿寺《ばんなじ》にある秘密の置文――祖父家時が切腹の日に書いた遺言状を見る。それは、家時から三代目の高氏に「かならず天下をとり、時の悪政を正し、また大いに家名をかゞやかさん」という悲願を託したものであった。間もなく、罪を解かれた高氏は、鎌倉御所大番役に任命され、北条高時の近親赤橋守時の妹登子と結婚する。一方、堂上衆においては、日野資朝、俊基らによる幕府打倒の企てが露呈し、世にいう正中の変が起こる。俊基をはじめとする宮方は、河内国金剛山の麓、水分山《みくまりやま》の土豪楠木正成に決起を迫るけれども、土地の民と家族の平和を祈る彼はなかなかそれに応じようとしない。もはや公武の亀裂は修復し難く、後醍醐天皇もついに都を離脱し、奈良を経て、笠置山へ到着する。そして、帝の勅使を受けた正成がこれに呼応して兵を挙げ、一族もろとも赤坂城に立て籠もった。しかし、幕府の大軍を前に、笠置も赤坂城も陥落し、捕えられた帝の隠岐遠流《おんる》が決定する。その際、北条高時の機嫌を取りつつ、帝にも奉仕を尽くして近づこうと図る人物こそ、道中の警衛に当たる佐々木道誉であった。配流の途上、中国地方の土豪児島高徳《こじまたかのり》らの帝奪還の計画をかわす抜け目のなさと、主上に己を忠義の士と見せる処世の巧みさは、この婆娑羅者の真骨頂といえよう。その後、楠木正成が四天王寺で再び挙兵し、やがて千早城を拠点とすると、五万の幕府軍を相手に苛烈な抵抗を続けていた。同じ頃、後醍醐天皇もまた海賊岩松党や名和長年の活躍により、配流先の隠岐から何とか脱出することに成功した。一方、幕府の召集令を受けた足利高氏は、妻子を人質に残して出陣する。上京の途中、矢作の陣において、高氏はついに鑁阿寺の置文に記されていた大望を一同に打ち明け、鎌倉に叛旗を翻し、幕府の要所である六波羅探題を攻め落とした。この一報が金剛山に伝わると、千早城を攻略中の幕府方二万の大軍は総崩れの敗走となった。鎌倉においても、新田義貞が挙兵して稲村ヶ崎を突破すると、高時は北条氏の菩提寺東勝寺に退き、春渓尼《しゅんけいに》の見守る中で一族とともに自害した。ここに鎌倉幕府一五〇年の歴史は幕を閉じる。後醍醐天皇による建武の新政が始まり、鎌倉を滅ぼした新田義貞が上京し、足利高氏は天皇の名から一字を賜り、尊氏と改名した。論功行賞における武士の不満が高まる中、大塔の宮護良親王は尊氏との対立を深めた結果、鎌倉に幽閉される。翌年、信濃に挙兵した北条氏の残党に敗れた尊氏の弟直義は、鎌倉脱出に紛れてその大塔の宮を暗殺した。鎌倉に下向してこの反乱を鎮めた尊氏は、ついに帝に叛旗を翻す決意を固め、京都に進軍するも、官軍側の北畠顕家《きたばたけあきいえ》らに敗れ、筑紫に落ちた。しかし、九州の地で勢力を養い東上すると、これまで敵対することを避けてきた楠木正成、正季の兄弟を湊川で破った。そして、尊氏に擁立された光明天皇が即位したことで、一国に同時に二人の天皇が存在する異常事態となった。その後、南朝の支柱である顕家、義貞が戦死し、さらに吉野では後醍醐天皇が崩御した。それでも争乱は止まず、南朝方では、楠木正成の長子正行《まさつら》が四條畷《しじょうなわて》で最期を遂げ、北朝方では、足利家の尊氏と直義兄弟の間に不和が生じ、対立の果てに尊氏は実弟を毒殺する。さらに、九州では尊氏と藤夜叉の子で、直義の養子になっていた直冬が決起するなど、跡継ぎ義詮《よしあきら》の前途を危惧しつつ、尊氏は五十四歳で息を引き取った。足利尊氏を逆臣、楠木正成を忠臣とする、戦前の皇国史観からの脱却を図りつつ、人間を惹きつけて止まない「権力の魔力」の正体に迫ろうとした著者晩年の大作である。尊氏の子を身ごもる藤夜叉や平家琵琶の名手となる覚一法師、正成の縁者である卯木《うつぎ》と雨路次《うろじ》、その子観世丸、吉田兼好など多彩な人物を作中の随所に登場させることで、南北朝時代の謀略と裏切り、殺戮に満ちた情景を相対化してみせる。〔参考文献〕石川巧「権力の機構――「私本太平記」論」（「国文学　解釈と鑑賞」平成十三年十月）

（岡山高博）

宗祖物語親鸞上人

しゅうそものがたりしんらんしょうにん

小説。〔初出〕「日の出」昭和十年六月～七月。〔収録〕『松風みやげ』（大元社、昭和十五年）、「面白倶楽部」（「若き親鸞」と改題）昭和二十三年十一月、『若き親鸞』（文章社、昭和二十四年）、『吉川英治短編集』2（六興出版、昭和二十八年）、『歴史小説名作館』2（講談社、平成四年）。◆題名「宗祖物語親鸞上人」を、戦後「若き親鸞」と改題。理由としては、親鸞の一代記を連想させる宗祖物語という題名が、この小説の内容とあわないことが考えられる。小説の内容は、親鸞の比叡山から六角堂への毎夜のお参り、法然上人との出会い、玉日姫との結婚など、親鸞独自の宗教観の確立へと歩みだした時期に相当する。親鸞が真の宗教人になるため通過せねばならなかった、象徴的な成人儀礼とみなしてよく、だからこそ「若き親鸞」と改題したといえるだろう。加えて、この小説の内容は、『親鸞記』「金襴《きんらん》を脱ぐ」の章の内容とほぼ一致する。このことから、吉川英治が親鸞のこの時期をどのようにみていたかを理解する手がかりとなる。また、「若き親鸞」

の内容と、『親鸞記』『親鸞』との内容に、人物の配置や出来事の順序などの異同のあることが注目される。〔参考文献〕『吉川英治小説作品目録』（吉川英治国民文化振興会、昭和六十二年）

（小澤次郎）

修羅時鳥　しゅらほととぎす

小説。〔初出〕「日の出」昭和九年一月号〜十二月号。〔収録〕『新作大衆小説全集』34（非凡閣、昭和十七年）、『修羅時鳥』（三島書房、昭和二十三年）、『新・時代小説長篇選書　修羅時鳥』（東京文芸社、昭和三十一年）、『吉川英治全集』11（講談社、昭和四十四年）、『吉川英治文庫』37（講談社、昭和五十一年）、『吉川英治全集』9（講談社、昭和五十八年）。◆舞台は因幡の国と江戸である。金銀五十万両の財を持つ因州支戸坂の銀《しろがね》家《け》当主荘左衛門には、それを継ぐべき一人息子の荘太郎があるが行方が知れない。荘太郎は荘左衛門が女中に生ませた子で、本妻の悋気により母女中が殺害されたのに危険を感じ、証拠の品を持たせて赤子の荘太郎を乳母とともに逃がしたのだったが、それきり行方が知れないのだった。そして、この証拠の品こそが屋敷に隠された笄と対になっている月と一羽の時鳥の装飾が施された桃山櫛である。荘左衛門は荘太郎を探すが、その途上で浪人追い剥ぎに斬りつけられ落命する。追い剥ぎと同様に荘左衛門の路銀を狙いあとをつけていた浪人の門兵衛と小姓くずれの阿波次郎は荘左衛門の死の際に立ち会い子細を知り、阿波次郎を荘太郎に仕立てあげて銀家の財産を奪おうと企む。門兵衛と阿波次郎は、銀荘太郎を名乗る浪人に出会うが、その男は荘左衛門を斬り殺した追い剥ぎ戸狩弾十郎であった。二人はこの悪党と組んで悪事を成就しようと画策する。一方、荘太郎は、芝の小松権之輔の養子となっていたが、権之輔は弾十郎の手にかかり横死していた。弾十郎は実父と養父の仇なのであった。身の証の桃山櫛は許嫁である権之輔の娘衣江に預けていたが、因州田丸藩本多家の江戸屋敷に勤めに上がっていた衣江は当主本多亀之助に迫られ井戸へ身投げした際にこの櫛を落としてしまう。衣江を助け出した荘太郎は、それを知り衣江を置いて立ち去る。櫛を探し続ける衣江は、次第に正気を失い狂っていく。肝心の櫛は井戸人足に拾われ質へ入れられていた。

櫛はその後、複数人の手に転々と渡り、最後には牛堀逸平の手に渡る。櫛を質入れしようとした逸平と門兵衛が偶然出会い、逸平は弾十郎一味と銀家へと向かう。片や荘太郎も支戸坂へと急いでいた。荘太郎よりも一足早く銀家の老用人の猿部甚内の前に偽物の荘太郎に扮した阿波次郎と弾十郎、門兵衛が姿を現した。甚内がすっかり騙されかけそうになったところへ、本物の荘太郎が登場し悪党三人を討ち取る。荘太郎は養父小松権之輔への恩義を立てて小松荘太郎を名乗り、狂女となった衣江と添い遂げることを決意し、銀家の金銀五十万両の財を渋川十蔵に託し立ち去る。櫛を巡って悪党と正義が入り乱れる長篇伝奇作品である。昭和三十二年には同名タイトルで萩原遼監督、大川橋蔵主演で映画化されている。

（児玉喜恵子）

春秋編笠ぶし　しゅんじゅうあみがさぶし

小説。〔初出〕「オール讀物」昭和六年四月〜十二月。〔収録〕『平凡社版吉川英治全集』4（平凡社、昭和七年）、『春陽堂文庫　春秋編笠ぶし』（春陽堂、昭和八年）、『春秋編笠ぶし』（青々堂出版部、昭和二十二年）、『吉川英治全集』9（講談社、昭和五十八年）。◆松山新助は、小西行長の家臣で鑓《やり》組の末輩であった。冒頭五行の「松山新助はなんの因果か余りにも美貌に生まれついた。公卿の私生児を金つきで貰ったのだろう、彼に似ない不縹緻な母はよく人に蔭口を言われたものである。またもう一つ声が美いというきずがあった」はなんとも衝撃的な記述であり、読者は頁を閉じることができなくなったであろう。新助はあまりにも美貌の故に、合戦のたびに万年お留守居組という忍苦をなめ通してきた。しかし、日頃から鍛えた鑓の腕前は国境の争いで熊本十人衆の荻生安太郎を討ち取った。腕前を認められた新助は朝鮮出兵の一番手の侍組に抜擢され、二十七歳で初出陣となった。五島甚内の娘お夏をめぐっての恋敵柘植半之丞も共に出陣した。朝鮮では新助は一番鑓、一番駆け、一番乗りの功を立てたが、半之丞に目立った功はなかった。その半之丞に新助は王壊戦で楼上から突き落とされ行方不明となる。新助戦死の通知に母は自刃し、お夏も自害しようとするが、新助を仇と狙う荻生安太郎の弟荻生式之助と従兄弟の久米源八らに救われる。お夏はその後、新助の使いと称する男と堺へ行き、そこで半之丞に手込めにされる。灯暗い色街に流れる美声、扇を唇に当て、ほっそりとした影、どう見ても労咳、変わり果てた新助であった。式之助と源八に追い付かれた新助は、仇を討つまで待ってくれ、と頼むが、それでも斬りかかる源八を斬り捨てた。式之助に怯みと理智が走った。半之丞が堺にいること、お夏が一緒であることを知らせる。喀血しながら半之丞を斬り捨てた新助。お夏は式之助が斬った。私を斬れ、という新助に式之助は、何処か静かな土地であなたの音曲の御弟子にしてください、と言う。唄に小鼓に三味線に、酒々として送り暮らした謡歌の先行者松山新助。それから出た江戸唄の根元、隆達《りゅうたつ》ぶしの創始者荻生隆達は荻生式之助であった。討つ身と討たれる身を一身に秘めた松山新助。己を仇と狙う荻生式之助と共に江戸の唄の創始者となった新助。新助の母、お夏、お通の三人の女性、仇敵柘植半之丞など、人物の心理描写も卓越して心に残る作品となっている。編笠ぶしのぶしは、武士と節をかけたものか。〔参考文献〕『吉川英治全集』9（講談社、昭和五十八年）（西村啓）

春燈辰巳読本　しゅんとうたつみどくほん
＝春の雁　はるのかり

小説。〔初出〕「オール讀物・臨時増刊」昭和十二年四月。〔収録〕以降は、「春の雁」と改題される。『吉川英治全集』48（短編集2）（講談社、昭和五十八年）、『吉川英治歴史時代文庫』76（名作短編集2）（講談社、平成二年）、『百年文庫34・恋』（ポプラ社、平成二十二年）。◆主人公の清吉は長崎の実家に家族を残し、長崎骨董の商いを生業にしている。「三年のうち二年を旅暮し」する、江戸での得意先は、「辰巳ごのみ」と言われる「俠《きゃん》」な気風《きっぷ》を身に持つ、深川の芸妓たちであった。そんな芸妓のなかの「ずば抜けた緻容《きりょう》と俠な辰巳肌のうちに、どことなく打ち潤《しめ》っている窶《やつ》れの美しさ」を持つ秀八にひかれた清吉は、落籍を前提に何も聞かぬ約束で売上げ金から一五〇両の金を与える。さて、秀八の求めた金の使い途とは。さらには、秀八の匿された秘密は。と、テンポよくミステリータッチに明かされてゆき、掉尾の一文は清吉の動向。「砂を蹴ってただ一人、逃げるように浜を素《す》っ飛んで行ったその夜の男は、もう翌年から、この土地へ商いにも来なかった」。

（白井雅彦）

醤油仏　しょうゆぼとけ

小説。〔初出〕「改造」昭和三年二月。〔収録〕『吉川英治文庫』125（講談社、昭和五十一年）、『吉川英治短編集〈第4〉』（六興出版社、昭和二十八年）、『吉川英治歴史文庫（二）』（講談社、平成二年）。◆鳥取藩の左次郎は、江戸で日雇い人足をしている。六年前養母のお咲が上方に出かける際ついでに某家から壺を受け取って来てほしいと、藩の重役から大金を委託されたのだ。しかし、お咲は供の仲間《ちゅうげん》と共に行方知れずになった。その間父親は病死。左次郎は、半ばしかたなく江戸に探しに出て来ているのだ。ある日現場で左次郎は、自分に親切にしてくれる人足と出逢うが、その男は日雇い人足の間で、話題になっている醤油賭けの伝公であった。醤油を一升飲んでも平気だと言うのだ。皆伝公と賭けをしては負けている。そこで今度は二升八合賭けをするが、やはり負けてしまう。伝公は得意げに賭け金を頂戴して帰るが、その日に限って風呂がすべて閉まっている。風呂に入れない伝公は悶え苦しんで死んでしまう。賭けの後は、風呂に入り体中の醤油をぬいていたのだった。実は伝公とその妻こそ、お咲と供であったが、左次郎はそれを知ることなく何処へか去っていた。このころ吉川英治は妻やすとの間の溝を埋められる事なく、仕事に追われていた。また、円熟期に入っていた伝奇ロマン以外に、さらに作家として新局面を拓こうと激しく模索していた。その一作目が「醤油仏」である。物語の意外性の面白さが意図されているこの作品は、昭和四十九年九月、東京宝塚劇場における「東宝九月特別公演」において原題のまま上演された。しかし、醤油賭けに夜鷹、己の体を張って必死で失った金を貯めていた二人、身近にいたとも知らず去った主人公。切なさが残る作品である。〔参考文献〕松本昭『人間吉川英治』（六興出版社、昭和六十二年九月）

（八重瀬けい）

自雷也小僧　じらいやこぞう

小説。〔初出〕「講談倶楽部」昭和十年十月〜十二年十

一月。〔収録〕『吉川英治全集』旧版14巻、新版補巻4（何れも講談社）旧版は昭和41年8月から45年9月に刊行された（全56巻）。新版は昭和54年10月から59年7月に刊行された（全58巻）。◆「自雷也小僧」は復讐譚がらみの伝奇時代小説である。天明期（一七八〇年前後）の江戸を舞台に暴れまわる義賊の「自雷也小僧坊太郎」が主人公だが、実はこの男、一万二〇〇〇石の大名一色伊勢守の遺児である。一色伊勢守は時の老中田沼意次の奸策によって領地を没収され自刃、その後には田沼一族の成り上がり者桑名弥左衛門が入った。従って自雷也小僧坊太郎にとって田沼意次は憎い仇である。幼くして世間に放り出された坊太郎には二人の妹があり、それぞれが奇妙な刺青を彫られていた。坊太郎は右脚に「がま」、上の妹には背中に「蛇」、下の妹には同じ場所に「なめくじ」である。自雷也の周辺には次々に不思議な人物が現れる。まずは下の妹おりん、お城坊主あがりの佐竹三斎とその養女お総、敵か味方か分からぬ辻講釈師の浪人露の五郎兵衛、無格流の剣の達人で旗本の硬骨漢荒井無格、無格の弟子で元田沼家に仕えていた白河喜久馬、柳橋の芸妓小燕……等々実に多彩である。物語の展開と共に小燕が上の妹であること、荒井無格が元一色家に仕えていたこと、そして露の五郎兵衛は無格の弟弥五郎であることが判明する。自雷也はじめ旧一色家家臣団は或る日、白河門から登城する田沼意次一行を襲い田沼の駕籠を朱に染めるが何とそれは替え玉だった……との落ちがつく。そのため自雷也一党は再び江戸の闇に姿を隠すことになるが、気になる恋の行方には曙光が差してくる。作品の中で大事な脇役が二人登場する。一人は病気の母を助けてもらったことから自雷也を「親分」と慕う鈴忠こと飴売りの忠作。いま一人は無格の盟友で将軍家治に田沼の罪状書を渡す旗本手塚播磨である。次々に登場する脇役と自雷也小僧を巧みに絡ませながら、読者をハラハラドキドキさせる構成と展開の上手さは吉川英治ならではのものである。近年は池波正太郎の「剣客商売」に代表されるように、田沼意次を必ずしも悪玉には描いていないが、この時代は悪徳政治家の典型と見られていた。このような世間的な認識の変化を探るのも時代の流れを感じさせて、興味深いものがある。

（興膳克彦）

治郎吉格子　じろうきちごうし

小説。〔初出〕「週刊朝日 秋季特別号」昭和六年十月一日。〔収録〕『醤油佛』（六興出版社、昭和二十八年）、『吉川英治全集』15（平凡社、昭和十四年）、『吉川英治傑作集』下巻（朝日新聞社、昭和二十八年）、『吉川英治短篇集』第四（六興出版社、昭和二十八年）、『吉川英治全集』44（講談社、昭和四十五年）、『吉川英治文庫』126（講談社、昭和五十一年）、『吉川英治全集』47（講談社、昭和五十八年）、『吉川英治歴史時代文庫』75（講談社、平成二年）。◆兇状持ちの鼠小僧治郎吉は、江戸を離れ有馬温泉の湯治宿にいた。一緒にいるお仙は兄に売られるところを治郎吉に救われ、すっかり惚れ込んで道連れとなった女である。有馬を後にし大坂へ流れ着いた治郎吉は、お仙の兄が営む髪結床を訪れる。そこで見知ったお喜乃は、長患いの床についている父の返済金千両のために、新町の芸妓となるか、武家人左次兵衛の愛妾となるかという窮状に追い込まれていた。お喜乃の父の借財は、用人をつとめていた旗本脇坂佐内の屋敷から治郎吉が盗んだ公金の責を負わされているためだった。瞞されて左次兵衛の舟に乗せられたお喜乃を救い出し、また、兇状持ちの鼠小僧に惚れているとして兄に監禁されていたお仙を助け出した治郎吉は、自分に惚れた女ふたりを振り切り、御用提灯に埋め尽くされた太左衛門橋から姿を消したのだった。鼠小僧治郎吉には、捕縛された北町奉行所による自白調書などを元に様々に言い伝えられているが、義賊としての伝承に対しては矢田挿雲をはじめ江戸学の研究者から疑義を持たれている。当作において治郎吉は「女と、ばくちの費い残りを、貧民街に少しばかり」撒いたところ勝手に義賊扱いされたと独白している。〔参考文献〕『三田村鳶魚全集』14（中央公論社、昭和五十年）、松浦静山『甲子夜話』3（東洋文庫、平凡社、昭和五十二年）

（児玉喜恵子）

城乗一番　しろのりいちばん

小説。〔初出〕「週刊朝日」昭和十三年新年特別号。〔収録〕『吉川英治全集』旧版45巻、新版48巻（何れも講談社）。◆伊賀の梨山郷を領していた蒲生快軒は七年前、日野山城の種村大六に攻め亡ぼされ、快軒の妻おあんは遺児直丸と十五人の家臣団と共に伊賀の山奥深くに潜んでいた。永禄二年秋、鯰江《なまずえ》美濃守が日野山城を攻めると聞き、おあんは直丸を美濃守に預けて初陣を飾らせる。しかし兵力に劣る美濃守勢は戦に負け直丸も捕われてしまった。ところがこの直丸、ぼやっとした顔つきながら立派な忍者に成長しており縄抜けして脱出、一旦母親の元へ帰るが再び美濃守の前に母の手紙を持って現れた。それは母が書いた城攻めの秘策であった。日野山城へ薪を運び込む人夫の中におあんと十五人の家臣が紛れ込み、内部から混乱させて城を落としたのである。（興膳克彦）

神州天馬峡　しんしゅうてんまきょう

小説。〔初出〕「少年倶楽部」大正十四年五月～昭和三年十二月号。〔収録〕『吉川英治文庫・141・142・143』（講談社、昭和五十年三月）、『吉川英治歴史時代文庫・78・79・80』（講談社、平成二年一月）。◆主人公武田伊那丸は武田勝頼の末息子で、恵林寺に匿われていたので難を逃れた。織田・徳川の連合軍に滅ぼされた武田家。武田家の宝物・御旗楯無（旗と鎧）を持って伊那丸と忠義の家臣七人は、お家再興のため旅にでる。伊那丸には莫大な恩賞金がつき、一行は徳川家からだけではなく、山大名や野武士、海賊などからも狙われる事になる。一方伊那丸の味方には他に、仙人のようにすぐれた技をもつ果心居士、その弟子の少年竹童。彼は大鷲のクロの背中に乗り、大空を自在に飛ぶ事ができる。また、伊那丸の命をつけ狙う敵の中にも、泣き虫蛾次郎という少年がおり、何かにつけ竹童と対峙する。その蛾次郎もクロに乗れるようになりクロを心の友とする。二人とも親を知らないのだ。様々な困難、命ギリギリの攻防を経て、伊那丸は京都の血縁のある菊亭右大臣からの書を受け取る。それには、お家再興よりもっと視野を広くもち、戦乱の世で疲弊している民を救う時ではないかとあった。狭い暗黒から暁天へ導かれ、自分の真に進む道を教えられたような心地がした伊那丸十六歳、あの日から一年の歳月が過ぎていた。この「神州天馬峡」は大正十四年五月号～昭和三年十二月号にかけ「少年倶楽部」に計四十四回連載されていた。当時の子ども達は開始と同時に大いに「神州天馬峡」の世界に惹かれ、「少年倶楽部」の発行日を待ちかねていたという。編集者であった須藤憲三が「天馬峡」うら話としてこの当時のエピソードを書いている。全級四十六人が毎月一銭ずつ出し、たりない四銭は先生が出して下さって、町の本屋から少年倶楽部を買っている。雑誌はくじびきで廻読するのだが、みんなが「神州天馬峡」のつづきを早く知りたいので、これだけは特別に、先生が教室で読んで下さっている。そして「先生の都合が悪い時は、級長のぼくが読みあげる事になるので、日ごろから朗読の練習をしています」。ある農村の小学六年生からのはがきを、吉川英治に届けると目をうるませながら、何度も繰り返し読んだという。その他にも毎月多くの子ども達からファンレターが届いた。「神州天馬峡」はお家再興の大義名分で志を強く持つ少年伊那丸と、竹童、蛾次郎の三人の立場は違えども、それぞれの成長物語である。そこに子ども達は共感し、圧倒的な吉川ワールドに引き込まれた。クロの背中で大空を飛ぶシーンは特に映像を見ているようである。吉川英治は何作もの児童文学を書いたが、どの作品にも限りない子ども達へのエールで溢れている。〔参考文献〕『復刻版吉川英治全集月報吉川英治とわたし』（講談社、平成四年）

（八重瀬けい）

新書太閤記　しんしょたいこうき

小説。〔初出〕「讀賣新聞」昭和十四年一月〜二十年八月、単行本出版の際「花・ふた色」から「小牧山」まで十章を加筆。「秋田魁新報」など七地方紙　二十四年三月〜十月、「小牧の蝶々」から「禁園の賊」までの続編三十四章を連載。〔収録〕『吉川英治全集』19〜23（講談社、昭和五十五年〜五十六年）、『新書太閤記（一）〜（八）』（講談社、昭和四十八年）。◆天文五年正月、尾張の貧しい村の一軒家で赤ん坊が生まれた。幼名日吉、後の豊臣秀吉である。明国で十二か年陶器を究めた五郎大夫《ごろだゆう》は、三つの男子を連れて日本へ帰る。日吉は五郎太夫の息子於《お》福《ふく》と日々遊びまわるも、寺に預けられ青磁炉に描かれた山水画にどこの国だろうと夢をふくらます。暴れん坊の日吉は寺を出され、桶屋、茶わん屋などへ奉公するも長続きせず流浪児となり針の行商をしながら諸国をめぐる。

蜂須賀小六に出会い、明智光秀、松下嘉兵衛などの預かり人となるも放逐されるが、大志をあきらめない日吉は、庄内川の教練から引き上げる信長に決死の覚悟をもって仕えたい旨を直訴し出仕がかなえられる。名を木下藤吉郎とあらため、草履取、台所方、厩方《うまやかた》を勤めさらに城壁の普請を三日で成し遂げて足軽三十名を持つ槍組頭となる。信長の下で戦が日常となり田楽狭間の急襲、京都上洛へのお供、寧子《ねね》との婚礼、洲股での築城を成し遂げ秀吉の名を賜った。さらに斎藤竜興《さいとうたつおき》の稲葉山城を奇襲した手柄により馬印を許され、飲み水を運んだ瓢箪を竿頭に掲げる。信長は光秀に案内されてきた亡命将軍義昭《よしあき》を迎え入れて、天下を平定することに邁進する。伊勢への進出が終わっての信長の軍功帳には、第一に藤吉郎、第二に光秀と記され藤吉郎とともに光秀もしだいに重用されていった。信長は北に朝倉、東に武田と四面楚歌のなか、翻意した将軍義昭を放逐し浅井、朝倉を破り石山本願寺を下し、長篠で武田勝頼軍を壊滅させたのち安土城を築き天下に知らしめる。浅井旧領十八万石を拝領した藤吉郎は羽柴筑前守《はしばちくぜんのかみ》秀吉と名のり中国攻略を命ぜられる。鳥取城を落とした秀吉は安土へ報告にあがり信長から茶の饗応を受け、宗易《そうえき》の弟子となった於副と再会する。信長と共に世界をえがく秀吉は、中国の陣に返り高松城を水攻めにする。武田勝頼を討ち果たした信長は安土に家康をまねき歓待するが、接待の不満から光秀を中国攻め総大将である秀吉の配下に下す。光秀に疑心の苦悩が起こり、連歌会で「ときはいま天《あめ》が下知《したし》る五月《さつき》かな」の発句を吟じ決断した光秀は、本能寺に近習四、五十名で泊まっている信長を急襲し討ち果たす。反逆を聞いた家康は、光秀は天下人とはなれず自分以外にだれがなろうかと確信し、一方、秀吉は高松城主を切腹させて和議を結び京へ取って返し光秀を撃つ。居城の長浜に帰り着いた秀吉は、山奥へ身を隠した母者と寧子を自ら迎えに行き姫路城へ移した。信長の跡継ぎを決める清州会議が開かれ、信長直系の三法師を世継ぎに立て秀吉が補佐することを決めたために秀吉は越前の柴田勝家と対立する。旧友の前田利家が動かずに柴田勝家を賤ケ獄の戦いで滅ぼした秀吉は、織田信雄の頼みを受けた家康の連合軍と対峙する。この小牧長久手の戦いでは、両軍相譲らずともに大軍を引き上げる。大阪へ帰った秀吉は、織田信雄と和睦を結び、さらに家康とも和解する。東に憂いのなくなった秀吉は、越中の佐々成政《さっさなりまさ》を屈服させ、中立を守ってくれた上杉景勝と越水にて一夕をすごし、その後朝廷へ働きかけて将軍職の上の位関白に就く。明治四十四年「講談倶楽部」の創刊号に「書き講談」が掲載され、同時期に「都新聞」のスタッフが新聞連載をはじめて大衆小説が発生したとされる。作家吉川英治もその流れの中で誕生した。雄大な天下取りの物語、太閤記は人々に親しまれてきた日本の誇るべきスペクタクル巨編である。作者は『新書太閤記』の書き出しに明国で陶器の修行をする五郎大夫を描き秀吉後年の中国出兵を示唆している。昭和十四年当時の大陸志向を反映した伏線であったのだろうが秀吉が太閤となったところで筆をおいた。序において「晩年の秀吉は悲劇の人だ……私はむしろ、彼の苦難時代が好きである」とその心情を述べている。庶民出の秀吉に吉川英治自身を投影しており、「秀吉は、卑賤《ひせん》に生まれ、逆境に育ち、特に学問する時とか教養に暮らす年時などは持たなかった為に……我れ以外みな我が師也。と、しているのだった」などの想いを記している。幼友達の於福、母者、妻の寧子、犬千代、於通など登場人物が織りなす情愛には独特の味わいがあり、まさに最良の講談となる。戦後に書かれた各章には司馬遼太郎へ通じる作風の変化も感じられ、後に司馬が直木賞を受賞することへの幾ばくかのこだわりとなるとも考える。

〔参考文献〕尾崎秀樹『吉川英治　人と文学』（新有堂、昭和五十五年）

（おおくぼ系）

新・水滸伝　しん・すいこでん

小説。〔初出〕「日本」講談社、昭和三十三年一月〜同三十六年十二月。〔収録〕『吉川英治文庫』（講談社、昭和五十年三月）。『吉川英治歴史時代文庫』（講談社、平成元年七月）。◆宋国の徽宗皇帝時代、梁山泊に集う宋江ら一〇八人の豪傑が、ときの貪官汚吏に対抗して、山東・河北などの地域を荒らしまわる痛快歴史ロマンであり、別称「一〇八人の豪傑」ともいわれる。十二世紀のはじめに宋江らの盗賊が官に抗し、諸方で政府軍を打破ったという歴史的真実をベースとして話を作っていったものらしい。作者は施耐庵とするものと、羅貫中とするものとの二説がある。他に、『三国志演義』・『西遊記』・『金瓶梅』を加えて「中国四大奇書」といわれている。もっともこのうち『金瓶梅』は、この水滸伝にある「潘金蓮」殺しの部分をピックアップし、新たな一作として創りあげたもので外伝とでもいうべきものである。潘金蓮事件は、その前段として虎退治事件がある。宋江と義兄弟の契りを結んだ快力の大男武松は、兄の武大に会うため旅にでる。その途中の景陽岡で人喰い虎を撲殺、その武名が近隣に轟きわたる。武松は故郷の隣県で幹部兵として傭われるが、そこで兄武大と偶然再会、兄の邸に赴く。そこで兄嫁の潘金蓮と出会うが潘はもともと淫乱な女で、武大の留守に武松を誘惑せんとする。しかしそれを武松から拒絶されるや、腹いせに薬商の西門慶と密通したあげく、邪魔になった夫武大を毒殺してしまう。これを知った武松は、官に訴え出たが相手にされず、やむなくこの両名を殺害して仇を討ち自首する。このストーリーに、蘭陵の笑笑生もしくは明の王世貞がフィクションを加え、単なる淫蕩・紊乱事件にとどまらず、これを通じて明代の政治腐敗や金満階級の頽廃を描き『金瓶梅』を成立させた。この潘金蓮の容姿の描写方法を見ると、『水滸伝』と「新・水滸伝」では細かい視点にちがいがある。しかしそれは、作者のそれぞれの好みといえるものであり、むしろ違いは起稿時の時代背景やセンスによるものであろう。水滸伝の面白さは、一〇八人の豪傑が暴れるそのものがすべて反権力・反権威にあり、人としての誠を尽すところや、話が全体としては勿論ながら、おのおのがオムニバス形式で成り立っているところである。従ってそれぞれの章をピックアップしてひとつの話として読むことができる。これが大衆をひきつけた原因のひとつと考えてよいであろう。彼の国では「最大・最長のベストセラー」といわれたのがこの『水滸伝』である。また隣国である我が国の文学界にも多大な影響を与えた。特に、江戸時代には数回にわたる「水滸伝ブーム」があったといわれているが、それは、江戸期という長期にわたる太平・治安の良さ・庶民の知識識字率の向上などが起因していると考えられる。この影響を受けた者のひとりが、滝沢馬琴である。彼は勧善懲悪をテーマに、安房の名家里見氏が猛犬八房と伏姫から誕生した八犬士の力で再興するという伝奇小説「南総里見八犬伝」を、文化十一年（一八一四）から二十八年かけて完成発表している。吉川は、昭和三十三年「日本」に「新・水滸伝」を起稿、一方毎日新聞に「私本太平記」をこれと併行して連載していた。彼六十六歳のときであるが、平素からその家族には、「いつかは自分なりの水滸伝を書いてみたい」と洩らしていたことが一応は実現しつつあった。しかしながら三年後の昭和三十六年夏から体調が悪化、これがその秋にはますます下降線をたどっていった。十月には入院を目前にしつつ「新・水滸伝」二十三枚を一気に書き上げたが、これが絶筆となった。作者の自筆年譜（吉川英治全集48・忘れ残りの記）にある当該箇所を摘記すると次のとおりである。「昭和三十六年、六十九歳、九月「……私本太平記の完結、あといくばくもなし。……厠に立ちては中二階の階段をはうて机に戻るの有様に至る。……疲労はなはだし。……二十九日、汽車にて帰京。十月一日　午前中、赤坂の自宅にて臥床のままレントゲンを撮る。……肺腫瘍との診断にて、入院は一日一刻も早いがよしとのことなれど、せつに、中一日の猶予を乞うて、未脱稿の新・水滸伝の執筆に着手。二日もなす。午前中は水滸伝を書いて、午後一時ころ、ただちに入院する……」。まさに闘病中の鬼気迫る執筆状況が目にうかぶようである。日本を代表する大衆小説家、文化勲章受賞者吉川英治のその作品にかける責任感・情熱の深さに感嘆せずにはいられない。彼はその後、およそ一年弱闘病生活を続けたが、昭和三十七年九月七日午前九時九分、浄土へと旅立った。ゆえに「新・水滸伝」は未完のままとなった。〔参考文献〕『吉川英治全集48・忘れ残りの記』年譜引用（講談社・昭和四十三年八月）、『吉川英治全集』45（講談社・昭和五十六年二月）（柳澤五郎）

死んだ千鳥　しんだちどり

小説。〔初出〕「婦人倶楽部　臨時増刊」昭和十二年三月。〔収録〕『吉川英治全集』43（講談社、昭和四十二年）。◆墨江の夫、弓の名手の平田賛五郎は熊本細川の五〇〇石扶持の家臣であったが、大牟田公平と婚約中であった墨江と恋愛の末、江戸で浪人暮らし。五年目にチャンス到来。京の三十三間堂の通し矢の制度が変わり、上京し参加しようと浪人仲間から誘われる。上京に必要な五十両がなく、出発二日前、鴨肉を手土産にやってきた伏原ら浪人仲間と大牟田らしき編笠の男の影。ふて腐れる夫と金策に動く妻。墨江は口入れ屋で給料前借の職を探すが、妾になるしかないと言われ、伏原に相談。伏原は頼母子講で競り落とす金を当てにし、金を得たら貸すと約束。金を得た伏原は墨江を蒟蒻島（霊岸島）の出会茶屋に誘い、肉体関係を迫る。結局、伏原は金を貸さないと去り、墨江は自害。そこに大牟田が現れる。翌朝、賛五郎は椿の一輪挿しの側に置かれた金を妻の金策成功と誤解し出立、浪人仲間と合流。大牟田が現れ伏原を切り、事の顛末を語り和解。京へ向う。熊本の弓は日置流伴一安（道雪）で通し矢の起源。鈴木春信の「雪中相合傘」は頭巾を被る道行。墨江は隅田川の故事と墨絵。道行後の江戸、京に夫の春を信じる墨江。豊後大友氏の重臣立花道雪は名刀千鳥（雷切）で雷を切った。椿は刀の鍔、一輪挿しの側の金に続くトリック。『ユリシーズ』と浄瑠璃の女仇討ちを見立て、一見、男の友情と女の悲劇だが、夫を奮起させる妻の一芝居で千鳥が雛を守るための偽傷動作に同じ。狂言「千鳥」は金なしに酒をせしめる。箏曲「千鳥」の「友千鳥もろ声に鳴く暁は独り寝覚めの床も頼もし」で翌朝の賛五郎と頼母子講。落語「一目あがり」は画賛で、賛五郎は四がない（情けない）男。落ちの芭蕉から二人は千住の雛の家に住み、江戸の三十三間堂も千手観音を祀る。蕎麦屋二階は『忠臣蔵』にも登場する個室密会の場。二階崩れの変は大友氏の政変。蕎麦屋の鴨鍋に昔はネギの代わりにセリ（競り）を入れた。蒟蒻島周辺は酒蔵、酒問屋が集中。大牟田は吉川を安岡正篤に紹介した人物。設計ミスによる千鳥級水雷艦友鶴の転覆事件も引く。

（岩見幸恵）

新版天下茶屋　しんぱんてんかちゃや

小説。〔初出〕「冨士」（昭和十四年一月～十五年八月）、『吉川英治全集・補巻』3、（講談社、昭和五十九年）『吉川英治全集』29（講談社、昭和五十二年）。◆慶長四年九月に宇喜多中納言秀家家中の作事場人足目付瓶井剛右衛門は本多佐渡守食客の塚本才治、鹿湯百之介から秀家を東軍につけるため剛右衛門と懇意の家老格の作事奉行中村治郎兵衛と計って譜代の家老の一人林玄蕃を暗殺する話を持ちかけられる。茶人野上松栢に茶席で毒を盛られるが奸計を聞いていた茶屋浮舟の娘夏菊から話を聞いた待女の千鶴が玄蕃の身代わりとなって死ぬ。玄蕃も菊見の宴の帰り道に殺害されてしまう。暗殺帰り剛右衛門が寄った浮舟で夏菊はそれを察するが女房になる約束をさせられてしまう。玄蕃の子の重次郎、源三郎、郎党が中村治郎兵衛方に押し寄せるが、治郎兵衛を寵愛している秀家は治郎兵衛に命を与えて鎮めさせる。仇討を誓いながら大阪に落ちのびる林兄弟の後を夏菊が源三郎を慕って追ってくるが大坂で居合わせた剛右衛門に夏菊はつれ去られ源三郎に斬られる。夏菊は伏見で会った塚原才治と鹿湯百之介に助けられる。当麻は塚原の案内で本多佐渡守に会うが不忠者とあしらわれる。三右衛門は百之介を殺し夏菊を奪おうとするが、才治に追われる。夏菊は当麻を見限った仲間腕平にだまされ連れ去られる。夏菊をもて余した腕平はかつての仲間で大野修理仲間になっていた常五郎に渡そうとするが、行き合った林兄弟の若党佐藤元右衛門に見つかり夏菊は林兄弟の元に身を寄せる。当麻三郎右衛門は大野屋敷で高飛車に立ち回り、家老米村権右衛門に見込まれ、家康殺害の刺客として大野修理支配の大坂城浪人組屋敷に籍を与えられる。摂州池田に移っていた岡山宇喜多中納言の家老岡豊前邸を頼った夏菊の兄伊織は剛骨な老武士の豊前から仇を討つまでは邸へ寄りつくなと言われてしまう。それればかりではなく夏菊と伊織の兄弟を見限った元右衛門は金子だけを奪って逃亡する。そこで夏菊は掃部と大坂城に入り石工親方鐘五郎の妻であるお佐和と再会し、葭簀茶屋で偶然門鑑を借りて夏菊は大坂城に入ることができた。しかしお佐和の裏切りで間者と疑われ捕えられそうになる所を片桐且元に拾われ手助けを約束させられてしまう。関ヶ原の翌年に喧嘩で怪我をした腕平が運び込まれた町医者は辻道斎と名乗っていたが元右衛門であった。伊織は眼病を患らっていたために仲間の弥市が物乞いなどをして世話をしていた。しかし弥市は腕平と元右衛門に、伊織は三郎右衛門に殺されてしまう。夏菊は且元の孫亀松の供になっていた。元右衛門とお佐和は進退に困り、大坂の当麻三郎右衛門から金をもらおうと大野邸をおとずれる。大野修理は当麻三郎右衛門を知行所の大和郡山に移す。大野を探っていた密偵から片桐家に伝えられた。掃部と夏菊は住吉街道の紹鷗が営む天下茶屋で元右衛門とお佐和を討つことができた。草庵に隠棲していた花房助兵衛、塚原才治、片桐家臣大伴左京、才賀半助等の助けを借りて当麻三郎右衛門を討ち取ったのであった。江戸時代の代表的な仇討のひとつとして有名で歌舞伎の演目ともなった『敵討天下茶屋聚』に材を取っている作品である。しかし単に歌舞伎の演目になったということに限らず、史実を踏まえ関ヶ原の合戦後の西国大名家の内情をも伝えた壮大な物語として評価されている。

（中田雅敏）

新・平家今昔紀行　しん・へいけこんじゃくきこう

随筆。〔初出〕「週刊朝日」別冊に、「新・平家紀行」を昭和三十年に掲載。〔収録〕「吉川英治歴史時代文庫」補4「随筆　新平家」（講談社、平成二年十月）。◆「随筆新平家」は、新平家落穂集、新平家雑感、新・平家今昔紀行の三項目から成る。「新・平家今昔紀行」は、「随筆新平家」に収録されているものの一つである。出版局長の嘉治隆一から、「いちど時間を作って、平家史跡を一巡してみませんか」と勧められた。「これはありがたい。平家史跡は、各地に無数だが、それらの現地に立てば、建築、美術、口碑、文書、一くれの土、ものいわぬ山河までが、昔を今に語りかけ、今を昔に考えさせてくれる」（二一八頁）というようなわけで、「新・平家今昔紀行」となったものである。第一回目は、昭和二十六年二月十一日から同年七月二十九日にかけて、吉川英治五十九歳の時の紀行である。便宜上番号をつけて紀行の跡を辿って見ることにする。一、伊勢から熊野路の巻（二十六・二・十二）。今回の紀行はスケジュール万端、嘉治まかせ、他に同行は編集のK、O、東京駅を立ち、その日の午後に、名古屋の朝日新聞名古屋支社に立ち寄る。挿画の杉本健吉画伯が参加した。近畿電鉄に乗り、松坂へ行き、そこで一泊した。特に、行って見るほどの史跡は、伊勢に求められないが、清盛の父忠盛は、伊勢の国産品《うぶしな》村の出生といわれている。祖父正盛もその先の維衡《これひら》も、代々、伊勢守。いわゆる〝伊勢平氏〟なる発祥がそれである。（二二〇頁）Oから今後のスケジュールの説明があった。それによれば、南伊勢をざっと一巡、紀州へ出て、史跡行脚のやまは熊野三山から那智にあるらしい。そして京阪間を駆け巡り、屋島、壇ノ浦、別府、下関、厳島と歩き、終りは、音戸の瀬戸の清盛塚という長旅である。二、湯ノ峰から那智の巻（二十六・二・十八）。三、淀川から神戸界隈の巻、(二十六・二・二十五)。四、四国白峰の巻、(二十六・七・八)。五、瀬戸内と別府の巻、(二十六・七・十五)。六、門司・小倉あるきの巻、(二十六・七・二十二)。七、宮島の巻(二十六・七・二十九)となっている。「戦国時代初期の—厳島合戦のさいにも、ひとつの僥倖があった。両軍のあいだに、厳島神社の周辺を、平和地区と規定する条約が交換されたのである。社殿、多宝塔、付近の民家には、一切火を放たないこと、軍勢を入れないことなどの申し合わせであった」(三十九—三二十頁)とある。両軍とは、陶晴賢《すえはるかた》と、毛利元就《もとなり》の二軍の間であった。それによって厳島神社の建造物や平家納経等の貴重な文化財が現存している。第二回目は、六十一歳の時の紀行である。一、鬼怒川から山王越えの記、(二十八・三・二十)。二、会津磐梯山の巻、(二十八・三・二十)である。第三回目は、昭和二十九年七月四日から同年七月十一日にかけて、六十二歳の時の紀行である。一、新潟〝白浪抄〟、(二十九・七・四)。二、京の雷と有馬の河鹿、(二十九・七・十一)。三、会下山展望、(三十九・七・十二)。四、鵯越えに立ちて、(二十九・七・十二)。五、須磨寺寝詣《すまでらねもう》での記、(二十九・七・十一)の合計十四地域にわたる、平家に縁のある名所旧跡の紀行である。歴史的背景を辿りながら楽しく読める随筆集の傑作である。作者の教養の深さや信望の厚さが感じられ、吉川文学を理解する上にも参考になる名著である。(中山幸子)

新・平家物語　しん・へいけものがたり

小説。〔初出〕「週刊朝日」昭和二十五年四月〜三十二年三月。〔収録〕『新・平家物語』全24巻(朝日新聞社、昭和二十六年〜昭和三十二年)、『吉川英治全集』32〜38(講談社、昭和四十二年〜三年)、『吉川英治歴史時代文庫』47〜62(講談社、平成元年四月〜十月)。◆「吉川英治自筆年譜」昭和二十五年の項に「「新・平家物語」を、この年四月より着手」、二十八年の項に「「新・平家物語」以外の執筆をほとんど謝して一作に意を傾く」、二十九年の項に「「新・平家物語」続稿四年に入る」・「稿労のいとまあるごとに九州、北陸その他に、平家史料を漁り歩く。特に各地にわたる平家村の山中踏査に興を覚え、また週刊朝日を通じて読者に依る史料蒐集の結果、全国より寄せられし平家史料百八十余通にのぼる」、昭和三十年の項に「この年も数次にわたりて、新・平家のための史跡旅行に出る」と記されており、吉川の『新・平家物語』執筆に対する強い意気込みを感じる。そして同「年譜」昭和三十二年の項に「二月、「新・平家物語」脱稿、執筆七年の擱筆を無事に見、関係者相寄りて小祝をなす。三月、九州その他に完結記念の読者大会開かれその講演旅行に遊ぶ」・「「英訳新平家物語」をクノップ社より出版」、同三十四年の項に「「新・平家物語」二十四巻を新装版八巻に改幀。随所に訂筆を入れる」と記す。『新・平家物語』が完成したとき、「新平家脱稿、町に遊ぶ」と題して「七年の反古より脱けて蝶と化す」という句を詠んでいる（『川柳・詩歌集』）。この作品で菊池寛賞を受賞。吉川は敗戦後、執筆する意欲を失った。それまで書き続けていた「新書太閤記」の筆も断った。吉川が執筆活動への意欲を取りもどすのは、昭和二十二年頃からである。昭和二十四年四月、吉川は、妻と共に奈良、吉野に旅をし、「新・平家物語」の構想を立て、「週刊朝日」に七年間にわたって連載する。挿画は杉本健吉。執筆依頼を受けてから書き出すまでおよそ二年間の歳月。この作品について、吉川は「テーマをもちません」と断ったうえで、「藤原貴族文明の没落から、源平二氏が骨肉相喰む紅白の二世界、壇ノ浦――やがて法然上人の新宗教の提唱などにいたるまでの、地上の諸業を天上からドラマを見るように観ようというのが、この小説の所願」と述べている（『随筆新平家』、吉川英治文庫、講談社、昭和五十一年）。『新・平家物語』は、講談社刊『吉川英治全集』で六冊、文庫判の講談社版・吉川英治歴史時代文庫で十六冊という大長編小説。作品中では平清盛、源義朝、平重盛、平宗盛、常磐、西行、妓王、後白河法皇、遮那王（義経）、源頼朝、源範頼、遠藤盛遠（文覚）、弁慶、俊寛、源頼政、平時忠、平忠度、木曾義仲、北条政子、北条時政、金売り吉次、平資盛、平重衡、平教経、平知盛、平時忠、梶原景時、静などが活躍する。源平時代の主要人物が全て登場するわけだが、それは、それだけこの作品の内容が広範囲であることを示す。『古典平家』の主人公は、平清盛・木曾義仲・源義経。『新・平家』も清盛・義仲の死を経て義経の最期で終わる。義経の死後、静が生き永らえているという噂が記されているけれど、清盛・義仲・義経と並べてみると、『新・平家』も『古典平家』

に類似する展開をしているといえる。だが、尾崎秀樹が「作者一流の巧みな大衆性に富んだ劇作方法によって複雑化し、多彩な色どりをそえて、重層的に発展する」(『伝記　吉川英治』、講談社、昭和四十五年)と述べているように、『新・平家』には、『古典平家』が伝えているところに吉川の豊かな想像が加えられている。吉川は『保元物語』・『平治物語』・『平家物語』・『源平盛衰記』・『義経記』・『吾妻鏡』・『玉葉』・『吉記』などの資料を解体し、それを再構成してストーリーを展開させている。他に『方丈記』・『建礼門院右京大夫集』・『謡曲』なども素材としている。もっとも、これらの物語や記録文学に記載されていることをそのままに再現しているのではない。一つ一つの事件、一人一人の人物の行動に作者一流の解釈・創作を加え、大幅に内容を拡大させている。これが『新・平家』作者の創作態度である。また、平家ゆかりの場所を取材する。資料を読み、現場を確認する。こうした作業を踏まえ、そのうえで吉川は自分の創意を加えてゆく。袈裟を殺害した盛遠の条にしても、清盛自らが盛遠を捕らえようとし、盛遠が袈裟の首をかかえて逃亡するさまを描いているが、これは原話の『源平盛衰記』には記されてはいないもので、作者の創作である。吉川は「時の大河」(荒正人・武蔵野次郎編)『大衆文学の招待』(南北社、昭和三十四年)の中で、『保元・平治物語』・『源平盛衰記』・『義経記』などの古典を縦糸とし、『玉葉』や『吾妻鏡』などの日記物や記録から拾った史料を横糸として、「自分流に分解した古典平家を骨子に、まったく現代のゴブラン織りに交織した作品」で「この小説には主人公というのも、きめてはいない」と記している。吉川の創作ということでは、鬼界島に流された俊寛の流人生活を楽しむ姿を描き、この島を「極楽」と褒めたたえさせている。吉川は、力強く、荒々しい俊寛を描いたわけだが、それは、『古典平家』に記されている「天性不信第一の人」・「信施無慙」という表現にヒントを得て、想像を加えたものであろう。むろん、『新・平家』には吉川が体験した戦中・戦後の荒廃した日本の姿が投影している。なお、『新・平家』は、『方丈記』や『玉葉』のような随筆・日記類も資料として用いている。『方丈記』が記す仁和寺の隆暁法印の話を踏まえて、吉川は、隆暁を阿部麻鳥の「友達」とし、治承の大飢饉のときに、洛中の餓死者を見て、毎日毎夜、「一つ一つの死骸を弔うてその額に阿字を書いて歩いた」と語らせる。『新・平家』には、わんわん市場の条に盗賊袴垂保輔の名前が見え、塩小路には昔、保輔の妾が住んでいたのだとしている。吉川は、昭和二十六年に保輔を主人公に短編小説「袴だれ保輔」を書いているが、この作品は『新・平家』執筆途中の副産物。後に、吉川は戯曲『新・平家物語』を書くにいたるが、これも『新・平家』の副産物である。昭和四十七年、NHKの大河ドラマで「新平家物語」が放映された。清盛役は仲代達矢、時子は中村玉緒が演じ、雑誌「剣豪小説」昭和四十七年三月号が巻頭グラビアでその特集を組んでおり、そこには「吉川英治が七年の歳月をかけた雄大な叙事詩」という一文がみえる。まさに『新・平家』には「雄大な叙事詩」という評言がよくあてはまる。前掲の阿部麻鳥という医師は、吉川が考え出した架空の人物であろうが、この「無力な」麻鳥夫婦を作品の最末尾に登場させ、絶対の座と見えた院の高位高官や木曾義仲、そして平家・源氏の名だたる人々が消えていった、「恐ろしい過去の半世紀」を生き抜いた自分たちを「倖せ者」だと思わせている。時の流れに流されながらも生き抜くことができた倖せ、そのあたりにも作者の人生哲学が示されている。〔参考文献〕松本昭『吉川英治　人と作品』（講談社、昭和五十九年）、『吉川英治展』（神奈川近代文学館、平成元年）

（志村有弘）

神変麝香猫　しんぺんじゃこうねこ

小説。〔初出〕「講談倶楽部」大正十五年一月～昭和二年十二月。〔収録〕『現代大衆文学全集』37（平凡社、昭和五年）、『吉川英治全集』5（平凡社、昭和六年）、『神変麝香猫』上下（改造社、昭和八年）、『神変麝香猫』上下（松竹出版、昭和二十三年）、『長篇小説名作全集』8（講談社、昭和二十五年）、『神変麝香猫』（桃源社、昭和二十九年）、『吉川英治全集』旧版1（講談社、昭和四十二年）、『吉川英治全集』新版2（講談社、昭和五十八年）、『吉川英治文庫』3～4（講談社、昭和五十年）。◆島原の乱の翌年、天草四郎を討ち取った陣佐左衛門と、柳生但馬守の甥で浅草の侠客双兵衛の指南役夢想小天治（道之助）は、神田の湯屋で湯女お林に魅せられる。陣は帰路、お林と愛人契約し、小天治は尾行。鶉売りの小僧（むささび）出現にお林を見失う。そして陣は黒覆面三人組に襲われ、島原の乱の軍目付牧野伝蔵が救う。小天治は二人を斬るが、小太刀の名手はマリアの銀釵を置き土産に逃亡。翌日、小天治らは釵とお林を調査。丸橋忠弥と画猫道人の大道芸見物で釵を失いかけ、小僧の為に舟が転覆しかけるが鶏島でお林と接触。彼女は高山右近の末娘鞠姫で、麝香の匂い袋と釵は父母の形見。呂宋退去の時、長崎で下船し軍師会津宗因（画猫道人）に託され、武芸と猫操りを学び、むささびを供に江戸に至る。長崎で役人に背中に十字架の焼印を捺され、宗因の弟子天草四郎に救われた。切支丹弾圧阻止が目的。釵を返した小天治らは牧野に相談。牧野の報告に松平伊豆守は小天治らにお林らの探索を命じる。何も知らない陣はお林の為に能楽師猿屋の旧邸を購入。屋根裏で猿屋の家宝の面を入手したお林は、猿屋を脅し七夕能の羽衣を会得。陣には百日通いを提案。槍の同門、丸橋の忠告を無視した陣は七夕の日、斬首される。伊豆守と小天治らが待ち伏せる江戸城に、能役者に化けたお林らは秘密の抜け道から潜入し、家光を脅迫し逃走。抜け道の露見は、江戸城の設計図の巻物、黒縄巻紛失の疑を生み、確かめると再び現れたお林が奪うが、同心加山吟八郎と目明し丁次が追い詰めると、居合わせた由井正雪がお林を救い、反乱に誘う。由井を退けお林は巻物を小僧に託す。小僧は巻物を落とし、富士講に向う双兵衛が拾う。由井らは双兵衛を殺し巻物を奪う。由井が潜む駿府の紺屋を張込む小天治らは、火薬で吹き飛ばし奪い返す。由井は恋仲の紺屋の娘お歌と江戸に戻る。小天治らは江戸直前、出迎えに化けたお林の罠にはまり、巻物を持った丁次だけ逃走。巻物は伊豆守宅直前、丁次を恨むスリの稲吉とお滝が奪う。しかし江戸見物のお歌から財布を擦った為、由井の配下に目を付けられ、巻物は由井へ。そして由井屋敷の直前、再びお林方へと渡る。精神を病んだ家光は辻斬りの最中、お林らに誘拐され、伊豆守は自ら家光探索に抜け道を辿る。小天治の従兄弟の飛騨守も牧野に相談。荻窪の不思議な屋敷を知り、伊豆守と小天治と飛騨守らは落ち合うが、結局家光と黒縄巻の返還を条件に切支丹弾圧の方針を変更。お林らは呂宋へ去る。幕府の切支丹弾圧が処刑殉教から、鎖国を経て棄教へと方針転換した裏面史的物語。島原の乱の前日譚に『処女爪占師』があり、共に正雪は重要な役どころ。湯屋は江戸を古代ローマの浴場に見立て、ピカレスク

『サテュリコン』的。女盗賊はノワール。猫は竹久夢二の「黒船屋」もモチーフの一つで、アラン・ポーの『黒猫』的に家光を追い詰める。荻窪の迷宮や監禁部屋はのぞきからくりの押絵的幻影で、江戸川乱歩の『パノラマ島奇談』に似る。（岩見幸恵）

新編忠臣蔵　しんぺんちゅうしんぐら

小説。〔初出〕「日の出」昭和十年一月〜同十二年一月。〔収録〕『吉川英治全集』16（講談社、昭和四十三年十二月）。◆徳川第五代将軍綱吉が幕政を布いていた元禄十四年（一七〇一）三月十四日巳の刻（午前十一時）、そよ風が生暖かく吹く春爛漫の日に、江戸城内で大名による刃傷事件が勃発した。勅使接待役の赤穂藩主浅野内匠頭が、高家筆頭指南役の吉良上野介義央に切りつけ傷害を負わせた。内匠頭は、即日田村右京太夫邸預けとなり切腹、藩は取りつぶし処分となった。家老大石内蔵助良雄以下藩士三百余名は、一夜にして制度上浪人となった。藩内では、大石他城代大野九郎兵衛、用人田中清兵衛、目付間瀬久太夫らを中心として連日会議を催し、今後の身の処し方を議論し合った。結果、城をあとに立去る者は去り、およそ五十名が大石と挙を共にすることになった。中には、未だ前髪姿の十五歳の矢頭右衛門七や台所方小者三村次郎左衛門の姿もあった。この三村は、わずか七石二人扶持の軽輩者であったが、武士道の研《みが》きは上士以上であった。これから後、彼ら勇士の苦難の道がはじまる。江戸に出て、仇敵上野介の動静を探る者、京へ居を変えた内蔵助と、彼ら江戸方の連絡調整にあたる者などさまざまな活動に従事する。幾多の困難を克服し、最後に残った四十七名は、元禄十五年十二月十五日七刻《ななつどき》（午前四時）、大石を先頭に本所松坂町の吉良邸へ殺到する。表門は内蔵助直率。裏門は内蔵助の長子主税良金、補佐は副将吉田忠左衛門。表裏呼吸を合わせ、一斉に邸内に躍り込む。この最中、吉田忠左衛門に仕えていた足軽寺坂吉右衛門は、かねて示し合わせたとおり、吉良邸を立ち去る。こよいの有り様を、彼ら浪士の遺族へ告げるためであった。激闘の末、みごと上野介を討ちとった四十六名は、浅野家菩提寺である高輪の泉岳禅寺へ移動する。彼らはその後、細川・松平・毛利・水野の四家へ分散お預けとなり、幕府からの沙汰を待つことになる。四家では、浪士が「死罪の時」・「遠島の時」・「赦免の時」を想定してまごつかないようひそかに夫々の準備をしていた。翌十六年二月四日午後、幕府は「死罪」を言い渡し即処刑と決定し、各家へ目附・検視者を差遣、刑は執行された。大石以下四十六名は、従容として浄土へと旅立っていった。その夜は、静かな微風に梅花の仄におう闇であったと言う。本小説は、いわゆる「赤穂事件」を作者独自の見地から著したものであり、底辺には、人が人としてその場その場でいかに行動すべきかをつとめて客観的に表現している。将軍綱吉は、延宝八年（一六八〇）五代の座につくや当初は、大老堀田正俊という良き幕僚の補佐を得ていわゆる文治政治を推進した。湯島聖堂の建立はその一例である。しかし乍ら、正俊死後は側用人柳澤吉保を重用、「生類憐みの令」を発し、民衆を苦しめた。この赤穂事件は、綱吉治世二十九年中の元禄十四年の出来事である。いわゆる「元禄」という場合、綱吉執政中の元号延宝・天和・貞享・元禄・宝永すべてを含む。生類憐みの令は、貞享四年（一六八七）一月発布されたが、これ以後庶民ことごとくが犬以下の扱いをうけることとなる。犬医者・犬奉行職ができ、大名行列といえども犬を憚かる程であった。犬以下の扱いをうけた人々は、わずかな隙間に遊興を求め、武士は士道を忘れ、風俗は紊れに紊れた。その中にあって大石以下の面々の行動は、頑に士道を全うした。それ故に、武士の鑑として長く称えられたのである。その反面吉良は、悪者として扱われた。しかしこの赤穂事件の原因には諸説あり、未だ確としたものはない。吉良は果たして本当に悪者であったのか。上野介の領地である三州吉良では、領民ことごとくが上野介の善政を支持していたという。その人の善し悪しは、見る者の角度によって様々である。では彼ら浪士が義挙に出たのはなぜか。その最大の理由は、彼らの藩学である「陽明学」の影響によるとするのが筆者の見解である。作者は、本作品中では山鹿素行についてきわめて簡潔な表現しかしていないが、素行の「知行合一」の精神抜きではこの義挙は考えられないであろう。もし彼らが、朱子学に没頭していたならばこの討入りは絶対になかったはずである。歴史上知行合一を実践した者を年代順にざっと俯瞰すると、大塩平八郎・河井継之助・吉田松陰・乃木希典・山本五十六・広田弘毅そして三島由紀夫へとつながる。太平をめざした江戸幕府が陽明学を疎んじた理由もわかるというものである。この作品が書かれた昭和十年から十二年は、我が国が帝国主義一本槍に突き進んでいた時代である。国全体が暗い雰囲気であった。作者はこの時代ムードの中で、勧善懲悪を示唆してこの作品を発表したのではないだろうか。懲悪とは言うまでもなく軍部のことである。（柳澤五郎）

親鸞　しんらん

小説。〔初出〕「名古屋新聞」（題名「親鸞聖人」）昭和九年九月二十八日～十年八月九日、「神戸新聞」（題名「愚禿親鸞」）昭和十一年一月五日～八月六日、「京城日報」（題名「愚禿頭布」）掲載年月未詳、「台湾日々新報」（題名「紙衣祖師」）掲載年月未詳、掲載紙未詳（題名「受難菩薩」）掲載年月未詳。〔収録〕『親鸞』全二巻（講談社、昭和十三年）、『親鸞』全三巻（講談社、昭和二十三年）、『親鸞』全四巻（世界社、昭和二十五～六年）、『親鸞』全三巻（向日書館、昭和二十五年）、『昭和文学全集』26（角川書店、昭和二十八年）、『角川文庫　親鸞』全四巻（角川書店、昭和二十九年）、『親鸞』全三巻（同光社、昭和三十一年）、『親鸞』全四巻（光風社書店、昭和四十年）、『吉川英治全集』20（講談社、昭和四十一年）、『親鸞』全三巻（六興出版、昭和四十五～六年）、『吉川英治選集』9（講談社、昭和四十六年）、『角川文庫　親鸞』（改訂版）全二巻（角川書店、昭和四十七年）、『吉川英治文庫』44～46（講談社、昭和五十年）、『決定版吉川英治全集』14（講談社、昭和五十五年）、『日本歴史文学館』5（講談社、昭和六十三年）、『吉川英治歴史時代文庫』11～13（講談社、平成二年）。◆親鸞の産まれた時から、常陸の笠間にある稲田の草庵で生活した六十歳近くに至るまでの生涯を描く長編である。しかし、その後における親鸞の帰京以降入滅に至る場面は描かれないままで終わっている。序文（昭和二十三年）にあるように、もともと「東京毎夕新聞」に連載した小説をまとめた『親鸞記』が東京毎夕新聞社から出版される手はずになっていたが、関東大震災のために焼失した。加えて、その出来ばえについても、作者自身、納得するには至らなかったようで、中年になって地方紙五社の連合掲載として書下ろしたものを、昭和十三年に講談社から『親鸞』として出版したものである。しかし、作者自身はまだ力不足であったとして、五十歳代にもういちど書きあらためてみたいと真情を吐露しているが、残念ながら実現するに至らなかった。このもういちど書き改めてみたいというのは、小説において帰京以降の親鸞の姿が描かれていないことと関連するだろう。親鸞執筆の動機としては、東京毎夕新聞社の依頼によるものだろうが、さらに「親鸞の水脈」で述べたように英治の家が浄土真宗であったことと、序文に記すように大正十年前後における親鸞の流行とが影響を及ぼしたとみてよいだろう。この大正期の親鸞の流行は、倉田百三の戯曲『出家とその弟子』（岩波書店、大正六年）をはじめとして、大正十年以降、舞台協会の上演しつづける『出家とその弟子』の評判、大正十二年の「恵信尼文書」の発見による親鸞実在の確定などがかかわっているようである。ともかく、紆余曲折を経て『親鸞記』から十数年後に『親鸞』が書き直されることになった。後に序文で英治は親鸞の現代的な意味を「最も官能ひろく澄みきった近代人の声として常に新しい反省と若い思索《しさく》をよび起される」ところだという。紅野敏郎は「解説」で、『親鸞』が「『宮本武蔵』とほぼ時期的に」接しており、「『宮本武蔵』に強くはらまれていた国民的感情を、この『親鸞』の場合にも、ほぼ同じ姿勢、方針で貫き」、『宮本武蔵』と「肩を並べ、競いあう関係にある同質の作品」と評価する。たしかに、武蔵とお通は親鸞と玉日姫を想起させ、武蔵と又八は親鸞と寿童丸に通底するものがあることは疑いない。しかし、すでに『親鸞記』においても同様の人物関係が十分にうかがえる記述があるので、親鸞や宮本武蔵の人物像を生み出した吉川文学の胸底にある人間観のあり方として再度検討する必要があるだろう。これは英治が「親鸞の水脈」で、小説を通して作家も大衆読者も互いに自己を掘り下げてみるのだという、吉川文学の本質と深く関連する問題である。

〔参考文献〕『吉川英治小説作品目録』（吉川英治国民文化振興会、昭和六十二年）、紅野敏郎「解説　大正宗教文学の正嫡」（『吉川英治歴史時代文庫』13、講談社、平成二年）、千葉幸一郎「空前の親鸞ブーム素描」（『大正宗教小説の流行』論創社、平成二十三年）

（小澤次郎）

親鸞記　しんらんき

小説。〔初出〕「東京毎夕新聞」大正十一年四月（日付未詳）～十一月二十二日。〔収録〕『親鸞記』（東京毎夕新聞社、大正十二年）、『吉川英治全集』補巻1（講談社、昭和四十五年）。◆親鸞の産まれた時から、常陸の笠間にある稲田の草庵で生活した六十歳近くに至るまでの生涯を描く長編である。ただし、その後の親鸞の帰京以降入滅に至る場面は描かれていない。これは後年、書き直された『親鸞』においても同様だった。『親鸞』序文（昭和二十三年）にあるように、『親鸞記』は東京毎夕新聞に連載した小説をまとめて、東京毎夕新聞社から出版される手はずになっていたが、関東大震災で焼失した。加えて、その出来ばえについても、作者自身、納得するには至らなかったため、『親鸞』として書き直されていくことになったという。親鸞執筆の動機としては、東京毎夕新聞社の依頼によるものだろうが、さらに「親鸞の水脈」で述べるように英治の家が浄土真宗であったことと、『親鸞』序文に記すように大正十年前後における親鸞の流行とが影響を及ぼしたとみてよいだろう。この大正期の親鸞の流行は、大正十二年が浄土真宗開宗七〇〇年のため宣伝普及活動が盛んになったことと、倉田百三の戯曲『出家とその弟子』（岩波書店、大正六年）をはじめ多くの戯曲・小説の佳作が発表されたことによる。こうした社会や文化の側面から『親鸞記』を読み解く必要がある。また、『親鸞記』は「若き親鸞」（改題「宗祖物語親鸞上人」）や『親鸞』に書き改められるが、基本的な作品世界や人物造形などは『親鸞記』を踏襲しているので、基本的な宗教観がかわったとは考えにくい。詳細な検討が待たれる。〔参考文献〕『吉川英治小説作品目録』（吉川英治国民文化振興会、昭和六十二年）。千葉幸一郎「空前の親鸞ブーム素描」（『大正宗教小説の流行』論創社、平成二十三年）

（小澤次郎）

親鸞の水脈　しんらんのすいみゃく

随筆。〔初出〕「大法輪」二十五周年特別記念号、昭和三十四年十月。〔収録〕『吉川英治全集』47（講談社、昭和

四十五年）。◆雑誌「大法輪」の二十五周年を記念したインタビューへの回答を口述筆記してまとめたものである。吉川英治が無一物で上京してやっと家を持つことのできた二十五歳頃のことからはじめて、三十歳頃の東京毎夕新聞社学芸部への入社、小説親鸞の執筆と失敗、四十歳を過ぎて書き直したが、五〜六十歳頃に人生観宗教観が固まってから改めて書き直したいことが語られる。ほかに、小説を通して作家も大衆読者も互いに自己を掘り下げるのだという独特の小説観や、幼児期の思い出で吉川家が浄土真宗で、子供の生まれる時に父母が宗教に基づく生活を営んでいたことなどが述べられる。（小澤次郎）

随筆私本太平記《ずいひつしほんたいへいき》

随筆。〔初出〕「新春太平綺語」（「毎日新聞」昭和三十三年一月一日）、「筆間茶話」（「毎日新聞」昭和三十三年三月三日〜昭和三十六年五月二十九日）、「巻外雑筆」（『私本太平記』巻五「世の辻の帖」付録、昭和三十五年三月）、「太平記寸感」（「岩波版・日本古典文学大系月報」昭和三十五年一月）、「南北朝文化展を観て」（「毎日新聞」昭和三十四年二月二十二日）。〔収録〕『随筆私本太平記』（毎日新聞社、昭和三十八年）、『吉川英治全集（旧版）』46（講談社、昭和四十四年）、『随筆私本太平記』（六興出版、昭和四十九年）、『吉川英治文庫』137（講談社、昭和五十二年）、『吉川英治時代歴史文庫』補巻五（講談社、平成二年）。◆晩年の大作『私本太平記』に関する著者の随想を収録したもので、「新春太平綺語」「筆間茶話」「巻外雑筆」「太平記寸感」「南北朝文化展を観て」から成る。冒頭の「新春太平綺語」では、「逆賊尊氏も、忠臣楠公も、私には、えこもひいきも全くない。その時代の下に生きた一個の家庭の父、一個の人間、社会人として、どう描きうるかがまずさしあたっての苦吟である」と述べた上で、「建武年間、正平以後にかけてまで、半世紀余の血みどろを地上に現じ出してしまった……何か「誰」と指摘できない摩訶不思議な素因」つまり「この世の影なき魔もの」（権力の魔力）の正体を把捉することがその執筆意図であるとする。「筆間茶話」は、創作の苦労、史跡紀行、身辺雑記などを自由に綴ったもの。足利地方への史跡歩きにはじまり、河内紀行の際に尊氏の末裔と邂逅したこと、楠木氏を描くにあたり、上島家文書中の観世系図を取り込んだことなどが記される。とりわけ、著者が執筆に苦心したのは、湊川合戦における正成の死をいかに書くかの問題で、「義貞すら逃げたのだから、正成が死ぬまいと思えばいくらでも落ちる道はあったはずだ。それに見るも、正成が大義に殉じたことだけは明らかだ」と述べる。「巻外雑筆」では、史実と虚構の交錯の問題や、実在・架空の人物の造型に関して著者の見解が示される。「太平記寸感」は、古典『太平記』の特色について綴ったもの。かつて軍国主義支配の下、『太平記』の文学としての位置や本質は閑却されてきたが、その記述から「ドライな人心が演じる乾いた戦いはこうも劫火なものになるという必然」と「そんな世に会した人間群像のありとあらゆる振舞い」を感得しうるという。「南北朝文化展を観て」では、光明天皇を擁立し、絶頂期にあったはずの尊氏が、意外にも、遁世への願望を記した「清水寺願文」の書風に「見得、辺幅をかざらない高氏の人間味」を看取している。（岡山高博）

随筆　新平家　ずいひつしんへいけ

随筆。〔初出〕「週刊朝日」昭和二十五年五月〜昭和三十二年一月。〔収録〕『随筆　新平家』（朝日新聞社、昭和三十三年）、『吉川英治文庫』136（講談社、昭和五十一年）、吉川英治歴史時代文庫補4『随筆　新平家』（講談社、平成二年）。◆「はしがき」に「『新・平家物語』を書きつつあった七年間の副産物」と記す。吉川英治文庫の『随筆　新平家』は「新平家落穂集―筆間茶話―」・「新平家雑感」・「新・平家今昔紀行」・長谷川如是閑との対談「新・平家物語を中心に」、付録に吉川と嘉治隆一・杉本健吉・春海鎮男らとの対談、春海の「「新平家吟行」余話―解説にかえて」を収録。冒頭に吉川の『新・平家物語』連載時の前回の概略と、『古典平家』に依拠せずに「新しい平家」が「書かれてもよいと思った」という『新・平家物語』執筆の動機を記す。源平時代の后宮、政治形態、人物の概略、乱の原因などが吉川一流の解釈のもとに記される。『新・平家』は資料を解体して事件の年代順に展開させているのに対し、小説ではない『随筆新平家』は源平時代の歴史をたどる形になっている。随所に平家探訪記もある。倶利伽羅谷の大量戦没に触れて「地上はつねにありのままな地上」なのだから「これを地獄とするも浄土とするのも人間の業」と述べる。これは吉川の哲学でもある。それぞれの登場人物に対する吉川の思いも示される。読者からの質問にも答えている。

「新平家雑感」では『古典平家』は「大衆文学的」で「人間群物語」といい、源平時代の「出家」の意味や源平時代の人物論と共に吉川の身辺雑記も示される。

「新・平家今昔紀行」は『新・平家』取材の旅で、「落穂」や「雑感」に比べて旅行記の色彩が強いが、源平時代を散策する上で参考になる。なお、長谷川如是閑との対談で、吉川が『新・平家』について「時の流れ」を「主人公として見る小説」と述べているのも看過できない。

（志村有弘）

随筆　宮本武蔵　ずいひつ　みやもとむさし

随筆。〔初出〕『随筆宮本武蔵』（朝日新聞社、昭和十四年七月）。〔収録〕『吉川英治全集』46（講談社、昭和四十四年）、『吉川英治全集』18（講談社、昭和五十五年）、『随筆　宮本武蔵』（講談社、平成十四年）、『吉川英治歴史時代文庫』「随筆宮本武蔵／随筆私本太平記」（講談社、平成二年）。

◆吉川英治自身が改版の「はしがき」で書いている通り、この作品は、朝日新聞に連載された『宮本武蔵』に対して「すべて小説化しない武蔵の伝記、史料、遺蹟、口碑、遺墨など、そのままの物を、素材のまま」ならべたものである。内容を見てみると、「彼（武蔵）の略史伝」「彼の歩いた『道』とその『時流』」「画人としての宮本二天」「武蔵の画と書を通して」「武蔵と吉岡家」「佐々木小次郎について」等、吉川英治が小説『宮本武蔵』を書くにあたって集めた資料とその考察から成っている。それらの随筆の中で眼を惹くのは「離郷附本位田又八」という一章である。「本位田又八」とは小説『宮本武蔵』との中で、武蔵と共に関ヶ原に参戦し、その後の武蔵の流浪の原因を作った人物である。時には「佐々木小次郎」を名乗り痛い目にあったり、盗賊に利用されたりと、道をきわめようとするストイックな武蔵とは対照的な人物として描かれている。小説『宮本武蔵』が空前の人気を博したがゆえに起きた「本位田又八」に関する事件のことが書かれているのがこの一章である。「朝日新聞」の学芸欄に、「本位田某」氏が、抗議の一文を寄せたらしい。「本位田又八」と同郷同姓である彼は、「又八、又八」と綽名され、甚だ迷惑を被っていたようである。「吉川氏の書く所は史実及び私の家の云い伝えと甚だしく異なっている」とした上で、「本位田又八という男は、系図を見たが出ていない……新免家の侍帳にも見あたらない……」と、吉川英治に対して反駁を試みたことが書かれている。吉川英治はこの反駁に対して「小説の宮本武蔵を読んでくれている人にはわかっているだろうが」と前置きし、「本位田又八」なる人物が創作であることを明らかにする。そして「本位田又八」誕生の秘密に言及する。「本位田」という姓が、宮本村あたりに多い特有な姓氏であること、「武蔵の引立役だの道化には少しも書いていないつもり」で、「ありふれた現代の青年の一つの型をとって慶長の戦国に呼吸させてみたまでのこと」としている。ここに、小説『宮本武蔵』が大人気となった理由があった。慶長という時代を舞台に、実在の剣豪宮本武蔵の名で描いたのは、「ありふれた現代の青年」像であったのだ。再び、吉川英治自身による改版「はしがき」の言葉を紹介しておく。「この書が求められたりする理由は、一箇の古人の生涯のあとに、何かしら、ひとつの宇宙観のながれが見られ、それが現代人の心に、ふと、むし暑い夜に仰ぐ天の川に似たような、心の窓をもたせるのではあるまいか」。（冨澤慎人）

戦国後家　せんごくごけ

小説。〔初出〕「婦人公論」昭和七年四月。〔収録〕『吉川英治文庫』126（講談社、昭和五十一年）。◆太閤秀吉が朝鮮出兵を仕掛けていた頃、秀吉の養子、殺生関白秀次は秀吉の見舞いに伏見を訪れる。そこで目にしたのが「後家見舞」――朝鮮出兵によって増えた未亡人を「夜ごとに忍んで襲いかける」こと――であった。秀次には初恋の女性、お柳《やな》がいた。お柳はある武将に嫁いでいたのだが、その武将が討ち死にしたと聞いた秀次は「後家見舞」を行うことを決心する。しかし、忍び込んだ秀次は「盗人」の声と共に薙刀で切り掛けられ負傷する。秀次は復讐のために、家臣三人を代わる代わる、お柳のところに「後家見舞」に出向かせ、三人は見事に「後家見舞」を成功させるが、それはお柳の、ある謀略によるものであった。戦争によって主を失った女性を食い物にしようとする男たち。銃後の女性の気概と、まんまと罠にはまっていく間抜けな男たちを対比的に描いた作品である。

（冨澤慎人）

善魔鬘　ぜんまかつら

小説。〔初出〕「冨士」昭和十一年七月〜十三年十一月。〔収録〕「吉川英治全集」12（講談社、昭和四十四年十月）。

◆江戸深川の油問屋佐賀屋甚兵衛とその妻お梶には、今年二十歳になるあやめという一人娘がいた。例年あやめの誕生日の五月十日には、雷《いかずち》神社にお参りに行くことになっている。中番頭の伊豆八は、友人の若番頭の徳二郎に代わってもらって、今年はあやめの付添を引き受けた。あやめは、麻布白金台の松平七郎麿の蟄居《ちっきょ》屋敷の山続きにある雷神社にお参りした。あやめは、喜連格子の中の雷様と呼ばれる人と言葉を交わした。二十歳までには、素姓を話す積もりでいたが、もう少し待って欲しいということであった。その帰り道、伊豆八は、あやめに対して、日頃の野望を遂げようとして、果たせなかったことが気まずくなり、自ら店を出てしまった。ある日のこと、伊豆八は、町役人の仙波鹿十郎に、あやめは、松平七郎麿の実子であることを告げた。おそらく、これを知る者は、自分以外にはこの世にいないだろうということであった。あやめは、その後、水馬に乗っていたところ、馬が暴れ出して大川に投げ出されてしまい危ういところを、ある人に助けられた。その人は、田宮右京といった。その事が、縁であやめの婿となった。右京は、ただの浪人ではない。諸街道を荒しぬいて、天地に身の容れる所のない強賊「耳」であった。右京とあやめは、箱根の塔の沢《とうのさわ》へ入湯に行った。右京は、あやめを殺そうとして襲い掛かった。が、あやめは、瀕死の重症を負いながらも、二人の後を付けて来た仙波鹿十郎と伊豆八によって助けられた。右京は、佐賀甚夫婦を土蔵に幽閉し、自分は驕りを極めた日々を送った。召使いのうちでも忠義者の徳二郎とお蝶の二人は、深夜、主人夫婦を救い出しにかかったが、徳二郎は、右京の毒刃を浴びて殺された。佐賀屋の主人は、舌を噛んで憤死した。あやめは、自宅へ帰って、名を佐賀菖蒲之助《あやめのすけ》と名乗り名実ともに男性として、右京と対決する日々を迎えた。右京は、あやめが死んだとばかり思っていたので驚愕した。菖蒲之助は、波瀾万丈の人生を送った。庄屋の茂右衛門の土蔵の中にあった反古の中から、菖蒲之助は、松平七郎麿の実子であることが証明された。幼い将軍家を空井戸へ突き落としたのは、井戸掘りの勘太郎、即ち耳の田宮右京であった。この事が、明らかになるまでの二十年間というものは、紀州家の野心から七郎麿が突き落としたのではないかということで、松平七郎麿は終身蟄居という処罰を受けていた。松平七郎麿は、無実の罪である事が明らかになり、実の父子であることを名乗り、その後に高野山へ向かった。菖蒲之助は、晴れて紀州七郎麿の嫡子となったことを、雷神社の祠に向かって報告した。その傍には、菖蒲之助のよき妻である紅吉がいた。奇想天外な発想のもとに、豊かな文才を駆使して書かれた小説である。構成は、起承転結を踏まえ、幾つもの小見出しを付けて書いているので理解し易い。巧みな会話と見事な情景描写によって読者を魅了する傑作である。が、あやめの誕生日の初出は、「今日は五月の十日、お嬢様のお誕生日」としているが、その後は、「毎年、五月五日のお誕生日には」とし、最終巻でも、「五月五日、誕生日」としている。この小説において、菖蒲之助の誕生日は大切な日である。心して書くべきではなかったか。

（中山幸子）

草思堂随筆　そうしどうずいひつ

随筆。〔初出〕「穂波村随筆」（「サンデー毎日」昭和四年六月二日号、九日号）、「古今英傑ばなし　上・中・下」（『読売新聞』昭和八年七月十八日、十九日、二十三日）、「瀬戸内海と町人志士」（「東京日日新聞」昭和九年二月五日）、「大衆文学に反映した近代種々相」（「朝日新聞」昭和九年十二月二十五日、二十六日）、「春日書斎開放」（「吉川英治全集月報」第八号）等。〔収載〕『草思堂随筆』（新英社、昭和十年）、『吉川英治全集47　草思堂随筆』（講談社、昭和四十五年六月）、『吉川英治文庫160　草思堂随筆　窓辺雑草』（講談社、昭和

五十二年七月)『吉川英治全集52　草思堂随筆　折々の記』(講談社、昭和五十八年十一月)。◆『草思堂随筆』は、吉川英治最初の随筆集である。新聞、週刊誌、「衆文」、「吉川英治全集月報」(平凡社)などに寄稿した六十五編の随筆をテーマ別に編集し、昭和十年九月新英社より刊行した。昭和五十八年『吉川英治全集』(講談社)は、新英社版に収録の「机辺脱出」四編と「身辺句描」が収録されていない。その『吉川英治全集』には、「主婦失業者」と「春場所寸言」が収録されて六十二編と新英社版とは若干の相異がある。『草思堂随筆』は、「序　日曜夕語　市井雑音　僕の三畳　机辺脱出　史話片々　草思堂随筆」で構成。吉川英治の随筆で最初に活字化された「穂波村随筆」は、『草思堂随筆』に「穂波村から」と題して収録されている。吉川英治は書斎の号に「草紙堂」を用いていたが、昭和六年十月から刊行された平凡社『吉川英治全集』月報に「草紙堂漫筆」を連載している。また、昭和九年二月の「衆文」には、「草思堂漫筆」を寄稿している。昭和十年六月吉川英治は、赤坂表町三丁目二十四に移転した。ここは、大隈重信内閣の書記官長などを歴任した江木翼の旧宅で、茶華道家の高橋箒庵設計の数奇を凝らした六百坪の邸園も、空屋であったため、荒れていた。しかし、吉川は都会の喧騒を忘れさす抒情があると、それを愛で「草思堂」と名付けた。『草思堂随筆』の「序」で、「古人の随筆には、どれにも閑余の手すさびといふ趣が見え、書く者も楽み」「愛日愛書の閑境をおのづから創ってゐる」のに吉川は「雑学的なせまい抽斗から、百味の滋をとり出して、物読みに倦んだ人をたんのうさせるなどは思ひも及ばない」と謙遜している。「大衆文学といふもの以外に随時に書いた雑筆には、ふだん向きあってゐる「衆」とは後ろむきな自分が在る。独りぎりの自分といふものは、この著書以外まだ持たないから、一冊ぐらゐはあってもよかろう」と刊行の弁を述べている。収録の諸随筆は、折々の世相や風俗に言及したり、故事や史実についての感想、創作についての閑話と多彩な内容である。冒頭の「鮭」では「鮭が街を歩きだすと、街は木枯らしになる」と戦前の風俗を的確に表し、食膳の鮭から、孝明天皇の困窮ぶりの逸話に触れて、「僕らの食膳にある鮭の一片にも、もう少しかみしめてみる」大切さがあること。さらに都会の「消費階級が誇るには、あまり済まない気のする同胞が都会以外に多すぎる」と折からの東北大飢饉に苦しむ人々に強い共感を寄せている。「議会を観る」では「半分以上が空席である」「出てゐる人々も半眠、半睡」で、「もう少し人前だけでも熱意を出してはどうか」、「現代の政治には熱も真実もない」と酷評。だが、議場から出ると「社会は激流してゐる。真実な反響がソク〳〵と胸を打つ」と議場内との差異に警鐘している。吉川は執筆に関わる余話、秘話も多く吐露している。暗君がため終身蟄居となった蜂須賀重喜について、司馬江漢の旅行日記『春波楼筆記』を一読し、重喜の事跡について疑問を持ち調べ、蟄居の裏には、大きな政治的事情が伏在していることが分かり、『鳴門秘帖』に至ったと吐露している。そして「正史といふものは、時の権力階級に都合の悪いことは書かれないのが普通であり、又事実が歪曲され勝ちである。その点、どんなに権威のある本でも信用にならぬ」と慎重に取組むべきことを提言している。吉川は多くの人との交流を持った。歴史上、そして、歴史上の人物でも、平清盛・楠正成・豊臣秀吉・宮本武蔵・日柳燕石など枚挙に暇がない。現実生活でも交流した人も多く、直木三十五（「友情碑」）や伊上凡骨との交流（「故人凡骨」）は、情愛に富む筆致である。吉川自身の執筆姿勢は厳しい。「うごいている自分。未完成の自分。それを感じる時、私は、一書生の気持ちになれる。勉強という書生時代のことばが、いつも胸に住んでいる」また、「書斎人が、実社会の人に、ものを与えるなどという気もちで、ものを書いたら間違いだと思う。むしろ、反対に、常に学ぶべきである」と断言しているところに、吉川の真骨頂がある。吉川は貧乏生活を回想し、馬鈴薯や芋泥棒に夜な夜な行かざるえない状態であったと。そんな半生の過途にも人生の転機があった。「転機は人生をつくる最大な一瞬だ」と。そして、「転機はその岐路の迷いをいかに勇気と賢明をもって選び、その階梯を、どうよく踏み登って来たかに」よると語るなど、人生の指針にも触れているなど、吉川の真摯な取り組みが全体を覆っていると言っても過言ではない随筆である。**〔参考文献〕** 城塚朋和「『草紙堂』から『草思堂』への間」（『吉川英治文庫160』講談社、昭和五十二年七月）、尾崎秀樹「解説　年輪を読む」（『吉川英治全集52』講談社、昭和五十八年十一月）

（松尾政司）

窓辺雑草　そうへんざっそう

随筆。〔初出〕「折々の記」（六興出版）昭和十年〜昭和十三年。『吉川英治全集』47（講談社、「草思堂随筆」昭和四十五年六月）『吉川英治文庫』160（昭和五十二年）。◆序文には「随筆は雑草である。果園のように桃の木ばかり並ばない。畑のように麦の穂ばかり揃わない。そこが面白いのだと云ってくれる人もあるにはある。—略—折を計っては、雑草抜きの掃除をして、一書にまとめてくれる書肆があるからかたじけない。わけてもこの統制経済下にこんな閑文字を勿体ないと思う」としている。六十篇の随想が収められている。歴史小説に対する考察や信条から、作家仲間について、茶の話、近辺に有していた屏風、母や女性観など多岐に渡っている。特に「大衆文学随想」では自分が書いてきた作品はどの時代というように特定の時代に偏していないと主張している。また文学観については純文学のみを評価ばかりしておるが「大衆小説の中の時代物は文化に対する一つの反省の文学だと思っている」と述べ大衆文学こそが「衰弱し末梢になり易い生命力に対して絶えず逞ましい、この国体に適ったところの国民性、独自性を嘆いて甦えらせていくところに大きな役割がある」と時局に対するおもねる気とも言える言葉もある。「よその母わが母」では母の存在に無上の幸福観を見せている。「私の妻になった者や、私に恋をする女性があった場合は、その人たちは結局可あいそうなものになる。なぜならば、私の胸にさまで強く残っている母の大きな愛は、到底他のどんな女性が心をかたむけ尽してくれても、結局私には、不足に思われるだろう」とまで述べている。「英雄と女性・恋愛」では信長、武将、謙信、松陰、森田節斎、清盛、家康、幕末の志士などが愛した女性について述べている。たとえば「秀吉にくらべて女性に対する家康のやり方は常に政策が加味されている」というように、歴史小説家としての考察や信条が良く出ている。作家仲間の観察などを通して、作家としての矜持が手に取るように描かれ小説も広く深い知識に裏打ちされていることがわかる。十九歳で上京しあらゆる職業を経験した高所からの女性崇拝観がある。

（中田雅敏）

退屈兵学者　たいくつへいがくしゃ

小説。〔初出〕「週刊朝日別冊」昭和八年五月。〔収録〕『吉川英治文庫』127（講談社、昭和五十一年）、『吉川英治幕末維新小説名作選集7』（学陽書房・平成十二年）。◆甲府の山の中に蟄居している老兵学者とその娘。先祖が幕府の埋蔵金の地図を残していると、旅人に言ってしまい殺され地図を盗まれる。その後娘は弟子と同居するが、結局売られてしまう。明治になり旅人、弟子、娘が再び出逢い絹景気で沸く有る村の人々を騙し大金を手に入れる。それを元手に埋蔵金発掘をしようとするが、実はあの地図は先祖が退屈にまかせて書いた偽物であった。金鉱の跡でもありそうな甲州辺を選んで書いたと言うこの作品、発表後甲府に砂金が出ると噂が流れ人々が行ったという。驚いた作者があれは空想だと説明しても、信じてもらえなかったとのエピソードが残っている。作者の空想が巧みで読後の爽快感が嬉しい。（八重瀬けい）

太閤夫人　たいこうふじん

小説。〔初出〕「主婦之友」昭和十五年三月。〔収録〕『日本名婦伝』（全国書房、昭和十七年一月）、『太閤夫人』（向日書館、昭和二十五年三月）、『吉川英治全集・補巻2』（講談社、昭和四十五年七月）、『吉川英治文庫』88（講談社、昭和五十二年四月）。◆後の名夫人と後世にも称えられる北政所の幼少時代だった寧子が、その結婚相手として、四人の候補者から自ら御小人組小頭・風采のない猿に似ている小柄な木下藤吉郎を選んだ経過から話が始まる。母親に対する孝心を持つ優しい藤吉郎を知ったからである。良人の立身出世とともに、繁忙の間にも自らを磨き家を守らなければならない責務、長い戦さ続きによる良人の不在、秀吉の淀君の寵愛などに戸惑いながらも秀吉の愛情に包まれて心の安寧を得、周囲からも敬愛される存在となり、秀吉の死後は、その墓のある山中の山寺でその菩提を弔いながら余生を送る。敵の家康まで彼女を攻めることなく、何かと生活を支えたほどだった。寛永元年九月、安らかに世を去った。死ぬまで太閤の愛に抱かれていた。

（早野喜久江）

大楠公夫人　だいなんこうふじん

小説。〔初出〕「主婦之友」昭和十五年一月。「日本名婦伝」中の一作品。「日本名婦伝」は昭和五年一月号〜昭和十七年一月号まで断続的に連載。〔収録〕『吉川英治文庫』88「剣の四君子・日本名婦伝」（講談社、昭和五十二年）。「日本名婦伝」は『吉川英治全集』補巻2（講談社、昭和四十五年）。『吉川英治全集』29（講談社、昭和五十七年）。◆楠木正成の死後のこと、足利方の大将山名時氏の家来漆間蔵六の子、小四郎綱高は十七にして「いつも敵の強豪を打」つ蔵六の自慢の息子であったが、ある戦で楠木勢の捕虜となってしまった。蔵六は、綱高が侍の最大の不名誉「嗤われ者」にならぬよう、綱高の首を切って一門の潔白を示そうと、変装して楠木方の本城地に紛れ込む。蔵六は敵方に寝返った息子の姿を見つけるが、蔵六自身も楠木正成婦人の凛とした姿を見て息子と同じ道を歩もうと決心する――。「忠臣の鑑」楠木正成の一族を賛美した作品である。

（冨澤慎人）

平の将門　たいらのまさかど

小説。〔初出〕「小説公園」昭和二十五年新春号〜昭和二十七年二月号。〔収録〕『平の将門』（六興出版、昭和二十七年）、『現代長篇名作全集』一（大雄弁会講談社、昭和二十八年）、『吉川英治全集（旧版）』32（講談社、昭和四十三年）、『吉川英治文庫』95（講談社、昭和五十年）、『吉川英治全集（新版）』31（講談社、昭和五十七年）、『吉川英治歴史時代文庫』46（講談社、平成元年）。◆桓武天皇から六代、帝系の血を引く相馬の小次郎は、父良持の死後、大叔父国香《くにか》に命じられて京へ遊学に行く。十六歳の春のことである。都では右大臣藤原忠平に仕えたけれども、従兄弟の平貞盛、繁盛からの冷遇もあり、十分な出世は果たせなかった。その一方で、貴族政治の腐敗を憎む藤原不死人《ふじと》や藤原純友らと出会い、純友とは酔中のおぼろげに、関東と西海からともに蜂起し、天下を転覆させる密約を結んでしまう。十三年後、下総に帰郷して将門を名乗った彼は、そこで国香をはじめ三人の叔父らが亡父の所領と財産の大半を横領していたのを知り憤怒する。親族間の怨恨に加えて、恋愛のこじれから常陸源氏の一族とも確執が生じ、豪族間の争いは激化していった。そんな中、戦乱に巻き込まれた愛妻の桔梗《ききょう》と幼子が自害し、将門の怒りは頂点に達する。国香の息貞盛を生涯の仇として憎悪に燃える将門は、いつしか臣下のように仕える不死人にも煽動され、叛逆の徒として天慶の乱へ突入していく。そして、破竹の勢いで板東八国を掌官すると、腹黒い周囲の画策からついに新皇へと祭り上げられてしまうのであった。しかしながら、その後は貞盛と藤原秀郷の連合軍に敗退を重ねて、阿修羅の如き奮戦もむなしく、顔面を襲う一本の矢に倒れた。天慶三年（九四〇）二月十四日、その齢いまだ三十八歳であった。『草思堂随筆』「自然人を語る」の章所収の「将門」において、著者は「将門を書いてみたい。将門が好きだ」と述べており、それは「暴れンぼの子供みたいな将門」に「虚飾のない原始人の血」を見たからであるという。平安末期の腐敗した社会の中で、将門の「騙されやすい、怒りッぽい、未開人の欠陥」はそのまま「実に、人間らしい。裸の人間」の姿でもあった。天慶の乱において、狡猾な策を弄する秀郷と貞盛の大軍に朝敵として追い詰められながらも、「将門自身、馬を躍らせて、敵の怒濤のなかへ没して行つた。あんな、涙もろい、鈍愚な、しかも事に当つては、うろたへたりする彼が、どうして、あんなに強いのか。強いといふ事と、日頃の侠気や魯鈍とは、べつなものであるのだらうか。将門の兄弟も、麾下も、驚いた。いや、励まされた」という将門の最期には、板東の土に根ざして生きた一人の自然人の強さ、裸の人間の尊さが描き出されている。（岡山高博）

高橋泥舟　たかはしでいしゅう

小説。**〔初出〕**「講談倶楽部」（昭和十五年二月）。◆天下の槍の名人高橋泥舟の一代記を講談調で語ったもの。豊かでない旗本山岡市右衛門と文子の次男謙三郎が後の泥舟。仲のよい兄紀一郎は二十四、五歳になると天下の第一人者と呼ばれた槍の名人清山のことで、三年後（安政二年）に夭折。謙三郎は十七で高橋家の養子となる。高橋家は士魂を尊び、剣、槍、薙刀の三法一如を唱えて幕府の子弟たちに教授していた。妹英子は清山を慕う山岡鉄舟に嫁す。謙三郎は幕府講武所の槍術教授に任命、故清山を慕い続けた。二十三歳の年の夜に夢幻か清山が謙三郎を呼び起こし武術の上達を試すという。その長槍の構えは確かに兄であった。三日目の晩も兄は訪れ、十本勝負をしようという。弟が天授の槍法を感得したと思った兄は、安心して永の別れをする。嘆いた弟は兄の墓所で切腹するのを追ってきた妹や鉄舟、下僕、門人らが止めた。数日間の眠りから覚めると、道場で槍を合わせた鉄舟が唖然とするほど謙三郎の槍術は格段な進境を現したことが「泥舟遺言」に記されている。剣では男谷下総守、槍では高橋泥舟と並び称され他の追随を許さなかったのも、夢中の獲得で一苦悩期を脱殻したから神に通るまでの力となったと説いている。ここに神武一致の考えがある。実生活では昭和十二年に著者は文子と結婚し十三年に英明、十五年に英穂が生れ、「宮本武蔵」執筆中という絶頂期にある。〔参考文献〕飛田東山「吉川さんと私」（『近代作家追悼文集成』38、ゆまに書房、平成十一年二月）

（岩田恵子）

高山右近　たかやまうこん

小説。〔初出〕「讀賣新聞」昭和二十三年九月～昭和二十四年六月まで連載、未完。〔収録〕『吉川英治文庫』93（講談社、昭和五十二年）『吉川英治全集』31（講談社、昭和四十四年）。◆一五六七年秋、高山右近十六歳は瀬戸内海の船中にあった。前年に摂州高槻の郷里を出て、従者と修行の旅の途中である。父親は高槻城主、キリシタン大名の高山飛騨守。この船中で右近は、堺の商人茜屋宗順の娘お由利と出会う。お由利は叔父と共に平戸から堺に帰る所であったが、同船の叔父の知り合い伊丹八太夫はお由利に執拗に迫り、八太夫から逃れたお由利は、夜ごと右近の船室に匿われる。それが、八太夫に知れ右近は彼と対決する事になる。しかし、修道士ロレンソと船長の機転で回避される。その後船は堺の港に入港。その頃堺は、丸腰の都市、自由都市、自治の都市と呼ばれ大いに賑わっていた。下船した右近を待っていたのは、魚問屋「ととや」の店主で、茶の宗易であった。彼は右近の父、高山飛騨守から息子を修行させてくれと頼まれていたのだ。早速一弟子としての修行が始まるが、堺にはあの八太夫も戻ってきていた。再びお由利を狙う八太夫。ついに右近も巻き込まれる。右近にとってお由利は初恋の人。そして戦乱の世は、自治都市堺にも混乱を招く。右近は誘拐されたお由利の奪回を試みるが失敗。さらにお由利を探し出すため年上の女性おもんと共に旅を続ける。その間右近はおもんの色香に落ち大人の男になる。清らかなお由利に恋焦れながら、おもんとの肉欲に溺れる。そんな自分が嫌でたまらない右近。旅の途中右近は病に倒れ、そのためおもんはある男の情婦になり右近は助かるが、おもんの裏切りへのショックと嫉妬で自暴自棄になる。そんな中右近は藤吉郎と出逢い、さまざまな戦の体験を積む。そしてお由利と再び再会する事ができ、心配していた両親の元に戻る。敗戦のショックで一時筆を置いていた吉川英治の戦後第一作がこの「高山右近」である。その理由を彼はこう述べている。「ぼくが右近を書こうとしたのは、終戦後一時乱脈になった男女問題で、その誰でも通る自然な性欲の処理をどうとるか、その方法をテーマにもって、右近の未成年時代から晩年の教徒右近までを書こうとしたんです」。しかし、この連載は完成することなく終了した。読者にとって晩年から没するまでを読めないのは、まことに残念である。偶像化された右近を人間高山右近として捉えた作者。青年期で終った理由として、上智大学のラウレス教授の猛烈な抗議があった。キリシタンであるデウス右近は断じて恋愛や淫行はなかった。そう強く幾日も訴える教授に、作者は右近を断念したと言われるが、真相は定かではない。

〔参考文献〕松本昭『人間吉川英治』（六興出版社、昭和六十二年）、吉川英明『父吉川英治』（講談社、平成二十四年）

（八重瀬けい）

田崎草雲とその子　たざきそううんとそのこ

人物記。〔初出〕「文藝春秋」昭和七年夏季増刊号、「日本名婦伝」（主婦之友社、昭和十五年一月〜昭和十七年一月）（断続）。〔収録〕『吉川英治全集』44（講談社、昭和四十三年）『日本名婦傳』（全國書房、昭和十七年一月）。◆この作品が収められている『日本名婦傳』には、大楠公夫人、太閤夫人、細川ガラシャ、静御前、谷干城夫人、義士の妻、とともに収められている。随筆「窓辺雑草」にも記載のある幕末の志士、画家であり晩年には帝室技芸員となった田崎草雲についての記載である。「醤油仏」にも収録されている。六つの章題があり「梅渓餓鬼草紙の中に住む・一九先生に会うの機縁」「五人兄弟辻斬を辻斬る・釣竿魚を釣らず金を釣る」「胎内すでに運命の人・老蝉幼蝉みんみん共鳴す」「石隣に星巌右隣に美婦・無月の家に七草や悲し」「白昼の白張提灯行列・父は勤皇子は佐幕」「離の小宴笹の雪に・悲しむ勿れ万歳一升の酒」となっている。侍乳山裏店にまだ梅渓と名乗っていた田崎草雲は貧窮していた所、子供に握飯を貰った縁で十返舎一九と知り合う。梅渓は一九の居住まいが堂々として談論風発したのに対し、一九は梅渓は正直だがやはり臭い酢豆腐の部類の人間という印象を持った。妻のお菊の兄弟の松井四兄弟と辻斬を辻斬りしたり、四兄弟は今戸焼の草分け的家系でありながら伝法な金遣いで、勤番者に喧嘩を売って白鞘の拝領の立て葵の紋服をかさに金を取る。御内聞取りなどをしながら暮らしている血が妻のお菊から息子の格太郎にも流れているのであった。梅渓は野州足利藩の軽輩で貧乏な家柄であった。身籠った母ますに父は鼠屋の黄玉散を飲むように伝えるが、母は妊娠する前に白い碁石を飲む夢を見た。鼠屋の前で夢に見た碁石を捨てたとの話をして彼を救った。子供の頃は腕白で足利の藩邸にお茶坊主にやられ大殿様付侍となり可愛がられる。しかし二十歳の時に絵に魅せられ江戸に脱藩上京してしまった。浅草伝法院で画家仲間等に研かれていくようになり、遂に絵の依頼者が来て絹地に秋の七草を描いてくれと言う。日夜精進し後は落款を入れるばかりとなり、日課の観世音参りから帰ると暗がりの中にお菊が絵を真黒に塗っていた。極貧のあまり彼女は狂人となってしまっており、それから程なくして亡くなった。草雲は足利の藩邸へ帰った。藩の意見を勤王方にすべく奔走するが息子の格太郎を貧苦の中で十九歳までやっと育てあげたのだったが、格太郎は佐幕派で親の草雲の思想と反対になってしまって、家へは帰らず思想運動に狂奔していた。息子の格太郎は妻帯しその妻お房には子もいた。しかし格太郎は江戸城明け渡しの際に上野戦争に参加し破れて落ちのびた。戊申戦争から半年が経ち、格太郎は戦友と会合を開くが客に託されたのは遺書であった。藩邸の長屋で絵を描いていた草雲は冷えを感じた。その時草雲は絵の中に格太郎とお房が見えた気がしたが、そこにもたらされたのは格太郎とお房と子供達の自害の報であった。「窓辺雑草」の中の「永遠に生きる女性」を昭和十一年に書いているが、こちらは原稿用紙で三枚程度である。「僕は草雲の妻のような女こそ本当に永遠に男の胸に生きる女だろうと思う」とその忍従性を誉めている。芸術至上に生きる田崎草雲という人物を通して幕末の世相を描きながら婦道にも通じる価値感を賞讃している。

（中田雅敏）

黄昏の少将辻話　たそがれのしょうしょうつじばなし

小説。〔初出〕「話」昭和九年三月～五月。〔収録〕『吉川英治全集』44（講談社、昭和四十三年）、『吉川英治全集』47（講談社、昭和五十八年）。『黄昏の少将辻話（大衆小説十二人選）』（同光社、昭和三十一年）。◆「黄昏の少将辻話」は、「空俵の女」「討たれ悔悟兵衛」「萩の夜がたり」の三話から成る。「黄昏の少将」とは松平定信のこと。松平定信が市井の人々を招いて月に一度茶会を開き、その中で語られた巷の奇聞をまとめた「新今昔物語」という冊子の抜き書きという設定で、先の三話はそれぞれ「自身番の番太郎」「夜蕎麦売りの久助」「岸本由豆流《ゆずる》」が自身の見聞を語った形になっている。松平定信と岸本由豆流は実在の人物であるが、本文中に「宇治中納言の聞書」という言葉が使われており、明らかに「今昔物語」や、宇治大納言源隆国が人々から聞いた話を書き留めたという「宇治大納言物語」等の説話集の形式をヒントに創作されたものと思われる。

（冨澤慎人）

谷干城夫人　たにたてきふじん

小説。〔初出〕「主婦之友」昭和十六年一月～二月。〔収録〕『日本名婦伝』（全国書房、昭和十七年）、『剣の四君子・日本名婦伝・吉川英治文庫』29（講談社、昭和五十七年）。◆開戦直前の二の丸出火と援軍の遅れで困難を極めた西南戦争熊本籠城戦の司令官、谷干城の夫人玖満子を描く。彼女は夫に準じ籠城する婦人達のリーダー。古参の弁蔵が彼女が原因のスパイ嫌疑で負傷。与倉中佐夫人の出産と夫の戦死、嬰児と父の刹那の別れに遭遇。終盤、婦人連を率い敵前の摘草や焼け残った食料庫の屋根裏と床下から食料発見。燃えた大銀杏が弁蔵の水やりで芽吹く奇跡へ続く。熊本城焼失の歴史ミステリー。義和団事件を描く米映画「北京の五十五日」に匹敵。婦女子籠城を美談とするが食料逼迫を加速。昭和二十年の玉砕を想起させ予言的。挿入の乃木軍の軍旗が奪われる事件は、同時期の宿利重一の乃木静子関連書籍に対応。近年の研究で鎮台自焼説が浮上。文化遺産喪失の谷干城に対する不審を題名に秘す。谷は戊辰戦争の時、会津戦に参加。婦女子の籠城と城炎上後から一ヶ月後の降伏と似た経緯。天守閣より背の高い、清正の銀杏伝説は『マクベス』のシャーウッドの森を引き、結実しない雄の木は戦時食料として皮肉な現実を示唆。

（岩見幸恵）

筑後川《ちくごがわ》

小説。〔初出〕「オール讀物」昭和八年一月。〔収録〕『吉川英治全集』44（講談社、昭和四十五年）。◆京都町奉行中座者甚太は、西郷の助けで大坂の安治川から小倉船に隠れて九州へ落ちのびた、勅諚降下運動の首謀格である洛東清水寺の勤王僧月照を追って、太宰府から筑紫を越えて久留米街道の駕屋の虎五郎の家に、黒田藩の手を借りて踏み込んだが、女房と嬰児がいるだけで月照と彼を助ける筑前の平野二郎はいない。平野が町駕の虎五郎と勢吉の二人を雇い、虎五郎の家で一休みするという情報を甚太は太宰府松屋の下男から得ていたのだ。虎五郎の女房は甚太が四年前に付き合っていた、筑後川の水楼の茶屋女のお浜だった。お浜は、「虎五郎から力ずくで子を孕ませられたが、嬰児に乳を吸われながらも好きな甚太を忘れられずに夢に見る、子を捨てたので京都へ連れて行って」と訴える。更に、「虎五郎が月照を味噌船に乗せて筑後川を下った」と甚太に知らせた。二人は久留米の端の小松原の文殊堂で落ち合う約束をした。虎五郎の相棒の勢吉は使いで家に行き、泣いている嬰児を見つけ連れ帰る。月照の乗る川船は筑後川の船検めで、久留米藩の役人に怪しいと疑われるが、気付かないふりをして通した方が煩わしくないと判断され、通される。月照らは徒歩で城下を行き、柳河藩に入ると、藩医岡倉右京に西郷の手紙が届いており、船を手配される。甚太は途中で偶然会った船頭の九網の伝助に、文殊堂で待つお浜を連れて来るよう頼む。船に伝助がもぐり込み、虎五郎と平野をお浜が船から誘い出す隙に、甚太が月照に縄をかける計画だった。虎五郎の背で嬰児が腹を空かせて泣いた。お浜は乳が張り、母性と甚太への愛情との狭間で葛藤し、「泣いている子に乳をやらせて」と言いながら、「平野様に会いたいと仰る方が……」とおびき寄せようとしたが、虎五郎の機転で失敗する。月照は、暴風雨の中を筑後川の小保の浦から不知火の有明海へ、そして薩摩へと逃亡した。

（阿賀佐圭子）

茶漬三略《ちゃづけさんりゃく》

小説。〔初出〕「週刊朝日　創刊一千号記念特別号」昭和十四年。〔収録〕『吉川英治傑作集』下巻（朝日新聞社、昭和十四年）、『国民文学代表選集』（時代社、昭和十五年）、『吉川英治短編集』3（六興出版社、昭和二十八年）、『黄昏の少将辻話』（同光社、昭和三十一年）、『吉川英治全集』（旧版）45（講談社、昭和四十五年）、『吉川英治短編選集戦国編』（六興出版、昭和四十八年）、『吉川英治全集』（新版）48（講談社、昭和五十八年）、『吉川英治歴史時代文庫』76（講談社、平成二年）。◆昭和十四年一月から昭和二十年八月まで「讀賣新聞」に連載された「新書太閤記」と執筆年時が重なり、同じく秀吉を扱った作品である。蜂須賀家政のお抱え鎧師であった柾木孫平治の目を通して、山崎の合戦前夜までの若き日の秀吉と明智光秀の姿が対照的に描かれる。

（上宇都ゆりほ）

月笛日笛《つきぶえひぶえ》

小説。〔初出〕「少女倶楽部」昭和五年一月号～昭和六年十二月号。〔収録〕『吉川英治全集』16（平凡社、昭和七年）、『月笛日笛』正続（東光出版社、昭和二十二～二十三年）、『月笛日笛』（ポプラ社、昭和二十六年）、『少年少女吉川英治名作集』5（昭和三十五年、東西五月社）、『吉川英治全集（旧版）』別巻二（講談社、昭和四十二年）、『吉川英治文庫』147～148（講談社、昭和五十二年）。◆御室の藪に生える呉竹

から作られた日笛と月笛は、たとえ離ればなれでも、互いを呼び合わずにはおれない不思議の兄妹笛である。安土桃山時代、秀吉が天下を取らんとする頃、兄笛の日笛を六条中納言家の兄六条左馬頭義雄《よしたけ》が、妹笛の月笛を弟六条菊太郎がそれぞれ受け継いでいた。賀茂の競馬の勝利を誓う二人は、かたみ替えとして日笛と月笛を交換し、賀茂の神前に一曲を奉納した。競馬の三日目、禁門方の代表として臨んだ左馬頭はその馬術の巧みさにもかかわらず、武家方の鬼怒川《きぬがわ》簫白《しょうはく》の奸策に嵌まり、二年続けて敗北してしまう。その恥辱をそそぐために名馬さがしの旅に出ると、浅間の牧の娘春実が所有する竜蹄《りゅうてい》の白駒吹雪にめぐり会い、月笛と交換してその名馬を借り受けることができた。そして、簫白の正体が実は、北国の豪族、最上の天童義明を裏切った鎌田十兵衛であったことが明らかになり、菊太郎や義明の遺児春実、侍女お雪らが次第に彼を追い詰める中、不幸にも左馬頭は鉄砲に撃たれて暗殺され、菊太郎もまた片脚を失ってしまう。簫白の悪計と罠のために幾度も困難に直面しつつも、堺の鉄砲鍛冶又助とその弟子三吉、馬薬師半斎の娘お千賀の助力も得て、菊太郎の日笛と春実の月笛は二人の運命を三度目の賀茂の競馬の決戦へと導いていく。だが、勝負の直前になって、馬上の菊太郎ががたがたと痙攣を起こし、たてがみの中へ俯してしまった。それは菊太郎に恋心を寄せるお千賀が、片脚の自分に勝ち目なきことを悟り、簫白と刺し違えようと覚悟する彼を止めるために毒を飲ませたのであった。菊太郎の危機を救ったのは、介《かい》添《ぞ》えの春実であった。春実は菊太郎を乗せたまま吹雪の手綱を取って、簫白の乗る駿馬項羽に挑んだのである。二頭の駒は一進一退を繰り返しながら、その形勢は簫白の有利に傾いていった。しかし、三周目の決勝線の直前のところで、春実はやむを得ず鞍の上から菊太郎の体を地上に振り落とし、本来の力を取り戻した吹雪は項羽を逆転したのである。勝敗の決した後、菊太郎と春実とお雪の三人は簫白を斬って、それぞれ兄と父の仇討ちを果たした。また、お雪と三吉とが幼い頃に別れたきりの姉と弟であったことがわかり、菊太郎や春実もともに心から喜んだのであった。月笛と日笛という霊笛の導きにより、兄左馬頭の賀茂の競馬の雪辱を期す菊太郎と、父義明の仇討ちを狙う春実とが出会い、その悲願を成し遂げる勧善懲悪の物語である。少女雑誌の連載らしく、瀕死の菊太郎を献身的に看護するお千賀の恋心や、最後の競馬で菊太郎の代わりに吹雪を駆る春実の活躍が印象深く描き出されている。（岡山高博）

でこぼこ花瓶　でこぼこかびん

童話。〔初出〕「少年倶楽部」昭和十一年一月〜四月。〔収録〕『吉川英治全集・忘れ残りの記』46（講談社、昭和四十五年）、『吉川英治文庫・江の島物語・初期作品集』124（講談社、昭和五十一年）。◆大正九年秋、満州に渡り、大連の安ホテルに籠って応募原稿を書いていたが、翌十年母急病の報をうけて、急遽帰国した。「馬に狐を乗せ物語」等とともに雑誌に応募し、この作品は「少年倶楽部」に一等入選、これらの七〇〇円の賞金は母の葬祭に充てられた。内容は、むかし、陶器が沢山できる国があり、そこにセイジという親孝行の少年がいた。病気の父の代わりに一生懸命作った陶器を売って得た一枚の金貨を川を渡るときに落としてしまう。その金貨をたまたま釣った鯉の腹の中から見つけた見習い陶工のルリーという少年はセイジに金貨を返そうとするがお互いが譲り合っているうちに泥棒に盗られてしまう。その国の王様が新しい宮殿に飾る大きな花瓶をルリーの師であるブロンヅ先生に依頼し、その花瓶を届ける時にルリーは誤って割ってしまう。先生から三日間で新しい花瓶を作るよう命じられた彼はセイジと共によい土を探して流離ううちに神様が現れ、その土を集めて持ち帰り、二人で必死にでこぼこの花瓶を作り上げた。そしてそれを王様の所へ持っていくとその花瓶に金貨が表面についていた。泥棒が神様に驚いて金貨を落とした土が使われたのだった。正直者の二人はその後立派な陶工となり、でこぼこ花瓶はその国の宝物になったという。（小林和子）

天津だより　てんしんだより

〔初出〕〔収録〕なし。◆昭和十二年（一九三七）七月、北支事変が起こった。吉川は、東京日日新聞（現・毎日新聞）の依頼を受けて、事変以後の中国情勢を視察するために八月二日、飛行機で天津へと渡った。当時、大衆文学作家として文壇に確固たる位置にあった吉川の特派員としての訪中は、東京日日新聞にとっても戦時下報道の華であった。吉川が日本を発った翌日の八月三日の紙面には「本社事変報道陣に異彩。大衆文壇の巨匠吉川英治氏特派。昨夕飛行機で天津到着」と報じられ、その後、八月五日には、「天津だより」が掲載された。吉川は、北京へ立ち寄った後、同月二十四日に帰国。この時の天津、北京での見聞は、かねてより「三国志」執筆の企画を温めていた吉川にとって、重要な体験となった。また、翌昭和十三年には、「ペンの部隊」の一員として、再び中国へ渡っている。

（児玉喜恵子）

天兵童子　てんぺいどうじ

少年小説。〈初出〉「少年倶楽部」昭和十二年九月号～十五年四月号。〈収録〉『天兵童子』前・後篇（講談社、昭和十五年）、『少年少女時代小説　天兵童子』前・続篇（東光出版社、昭和二十四年）、『天兵童子』前・後篇（ポプラ社、昭和二十七年）、『少年少女吉川英治名作集』4（東西五月社、昭和三十五年）、『吉川英治全集』別巻5（講談社、昭和四十三年）、『吉川英治文庫』154・155（講談社、昭和五十二年）、『吉川英治全集』51（講談社、昭和五十八年）。◆青海島の西の岬の浜辺に打上げられた天ヶ島の子天兵は、漁師銅八老人（実は高松城主清水宗治の兄）とその娘千尋に救われる。役人に見つかり足軽相手に暴れているところを助けてくれた不思議な武士南木菩提次に弟子入りを頼み、麻の実を撒いてその日から四ヵ月、毎日苗の上を跳ぶ修業などをして心身を鍛え、武道を練磨してついに武道の達人になって豊臣秀吉の小姓組に仕え出世していく。戦国時代、高松城の戦いから山崎の戦いまで、変転する時代の中、天皇を守る一兵士としての自覚を抱いた少年が成長していく物語だが、多くの評者が口を揃えて「名作「宮本武蔵」のジュニア版」（田辺貞夫）、「「宮本武蔵」の少年版」（城塚朋和）、「『宮本武蔵』の児童版」（松本昭）という具合に、『宮本武蔵』との重なりを指摘する。具体的には「天兵童子の恋のすれ違いと求道心は、まさに『宮本武蔵』の恋と求道心とを彷彿させる」（斎藤明美）ということであり、「青空と荒海から出現した天兵童子が、強固な意志を以て身体をきたえ、武芸の達人となり豊臣秀吉に仕えて出世するというストーリーは、求道の武蔵と同じパターンである。また天兵と美少女千尋のすれちがいは、武蔵とお通のそれに似ているし、前髪立ちの佐々木小次郎は美少年の盗賊石川車之助の面影と似てゐる」（松本）ということである。そしてその石川車之助の悪党ぶりが魅力的である点をもって、松本は「少年少女時代小説の傑作と評価される理由がある」として、「吉川英治の少年少女時代小説は、この『天兵童子』で文学的に結実した」という最大級の評価を下している。しかし本作以降作者は少年小説を書くことがなかった。それに関して松本が「当時、英治は初めて文子夫人と幸福な家庭を築き、膝の上に、わが愛し子をあやしていたことと無関係とは思えない」として、自身の長男の誕生に原因を見ているのは興味深い。『宮本武蔵』の場合もそうだろうが、本作にも「八紘一宇を標榜して世界の孤児となった昭和十年代の日本イデオロギーが投影している」（松本）というのも正しいだろう。文体については「実に読み易い簡潔な文体であると同時に、無駄のない文体であると言えるだろう」（斎藤）という指摘がある。連載が終了した翌十六年、日活太秦で組田彰造監督、原健策、宗春太郎主演によって映画化（三部作）された。戦後は昭和三十年に東映で、内出好吉監督、伏見扇太郎主演の三部作が発表された。テレビ放送では、関西テレビと宝塚映画制作による宮士尚治（桜木健一）、土田早苗、火野正平、伏見扇太郎、松山容子出演「天兵童子」が昭和三十九年九月～昭和四十年五月まで放映された。なお漫画化されたものにカゴ直利の『集英社の漫画ブック』12（集英社、昭和三十年）の他に、三町半左と矢野ひろしのものがある。

〔参考文献〕 田辺貞夫「〈作品解題50選〉天兵童子」（尾崎秀樹『吉川英治　人と文学』新有堂、昭和五十六年）、松本昭『人間吉川英治』（六興出版、昭和六十二年）、城塚朋和「史実を彩るあまたの歴史小説たち　子供たちの胸の高鳴り　少年少女歴史物語」（『吉川英治歴史小説の世界　壮大なるロマンの魅力』吉川英治記念館、平成四年）、斎藤明美「吉川英治の文体」（『解釈と鑑賞』平成十三年十月号）

（原善）

特急『亜細亜』　とっきゅうあじあ

小説。〔初出〕「新青年」昭和十三年二月号〜十一月号〔収録〕なし。◆昭和十二年六月十二日の払暁、ウラヂオストックを発車したハバロフスク行きの急行列車がウグロワヤ駅を通過した後、急行列車から投げ出されたらしき二個のトランクが線路に転がっていた。中の男女の遺体はソヴィエト赤軍の中堅将校ガリコロフ中佐夫妻のものと思われたが、実は中佐はクレウリンの粛軍大検挙の先手を打って、ウラヂオの要塞地図と極東赤軍の機密を握って上海へと国外脱出していた。ウドーベンと名を変えた彼は日本人ダンサーの山崎ユキ子と懇ろになっていた。ユキ子は彼の持つ機密を奪い、昔の男である並木少佐に渡そうと上海を逃げ出し営口から特急亜細亜号で新京に向かう。連載開始の前号に、夏の北支旅行の土産話でもある「支那の青春」を書いており、まさしく吉川英治の真作であるかに見えるのだが、素材と言い、（第四回でいきなり作者が出てきて解説（「中編・はしがき」）を始めたりするような）構成の仕方といい、彼の作品らしからぬところも多く、梅原北明の作品なのではないかという風説の信憑性も充分ありうる。いずれにせよ全集はもちろん単行本未収録であることの理由は確認されるべきことであろう。〔参考文献〕磯貝勝太郎「吉川英治と「特急『亜細亜』」―梅原北明の代作か」（「大衆文学研究」平成三年四月号）　（原善）

夏虫行燈　なつむしあんどん

小説。〔初出〕「婦人倶楽部　別冊付録」（昭和十三年八月）。〔収録〕『吉川英治全集』43（講談社、昭和四十二年）。◆「宮本武蔵」（昭和十年〜十四年）連載中の執筆。お城番兵学教頭萩井十太夫の娘お小夜に恋心を抱く三人の男が惑わされた話。主人公高安平四郎は「音なしの構」を編み出した幕府の剣客高柳又四郎のことか。家筋よく長崎遊学で蘭学、西洋兵学、砲術と新知識を蓄え、美貌で挙止の正しく武術に自信のない海野甚三郎とお小夜の挙式は近い。図書係の甚三郎は甲府城の代表的な宝物土佐光吉の歌仙図を紛失して幽閉、四日後の虫干のお蔵収めまでになければ切腹。奥役は甚三郎の介錯を平四郎に依頼した。お小夜を娶ろうと思ってきた平四郎は甚三郎の死装束を城へ届けに来たお小夜に、小娘の頃笛吹川で溺れかかったのを救った礼と十太夫から貰った自慢の剣で甚三郎を介錯するという。かつてお小夜は好意ある言葉をかけてきたではないかと詰り復讐を誇ると、お小夜は城に往き歌仙図を奪った犯人は平四郎と告げたため甚三郎は切腹を免れる。甚三郎は平四郎を追うと歌仙図は寺の奥にあり、床下には平四郎が縛った下手人がいて、すでに口書は江戸の評定所とお城番に宛てたことを平四郎から知る。甚三郎はお小夜を慕う城番加役宮崎若狭守の息子市之丞が真の下手人と気づき、召し取った。市之丞の自白でお小夜と祝言する甚三郎を自滅させるために、二人の浪人を雇い歌仙本を盗ませたことが判明。罪深いのはお小夜と語り手は締めくくる。〔参考文献〕谷崎潤一郎「お国と五平」(「新小説」大正十一年六月)　(岩田恵子)

鍋島甲斐守　なべしまかいのかみ

小説。〔初出〕「オール讀物」昭和十一年九月に「悪党祭り」で発表。〔収録〕『吉川英治全集』45(講談社、昭和四十五年)。◆「鍋島甲斐守」と改題。半田屋後家は彦兵衛から借金抵当に家を取られそうになり江戸町奉行鍋島甲斐守に訴えた。半田屋は彦兵衛の旧主で、和解を勧めるが聞かない。又、彦兵衛は、浪人民谷銀座衛門に、借金の抵当の後藤彫の目貫を売り払うと言った。民谷は「恩人の物なので売らないで」と懇願したが聞かない。「民谷が恩人の邸で自害した」と、民谷の息子新之助は、彦兵衛の家に敵討ちに来たが、彦兵衛の養女お高のお腹に自分の子がいると知り、お高と出奔した。彦兵衛は甲斐守にお高を取り戻してと訴えに来た。「自害した民谷の恩人とは、雲州侯の重臣で、家中から訴えが出ており、門の外で待ち受けているかもしれぬ」と甲斐守が言うと、彦兵衛は「牢に一晩置いて」と頼む。「三年入れ」と言うと渋る彦兵衛に甲斐守は「出て行け」と数珠を叩きつけた。　(阿賀佐圭子)

鳴門秘帖《なるとひちょう》

小説。〔初出〕「大阪毎日新聞（夕刊）」大正十五年八月十一日〜昭和二年十月十四日（全三五四回）。〔収録〕『現代大衆文学全集第九巻吉川英治集』（平凡社、昭和三年）、『吉川英治全集』9・10（平凡社、昭和十年）、『大衆文学名作選　第一』（平凡社、昭和七年）、『大衆文学代表作全集1吉川英治集』（河出書房、昭和三十年）、『吉川英治全集』2（講談社、昭和四十一年）、『昭和国民文学全集1吉川英治集』（筑摩書房、昭和三十七年）、『吉川英治文庫』5〜7（講談社、昭和五十年）、『吉川英治全集』3（講談社、昭和五十五年）、『吉川英治歴史時代文庫』2〜4（講談社、平成元年）。単行本は、昭和十四年に新潮社（上巻のみ）、昭和二十七年に向日書院（上・中・下）、昭和三十一年に同光社（1〜3）、昭和三十四年に光風社（上・下）、昭和三十七年に中央公論社（上・下）、昭和五十年に六興出版（上・下）が、それぞれ刊行している。『鳴門秘帖／NHK金曜ドラマ』（日本放送出版協会、昭和五十二年）は、昭和五十二年五月から翌年三月まで全四十四回放送された時代劇（出演・田村正和、三林京子、原田美枝子、江原真二郎ほか）のノベライズ本。◆主人公の法月弦之丞《のりづきげんのじょう》は夕雲《せきうん》流剣術の使い手で、元は七〇〇〇石旗本の嫡子だったが、甲賀隠密二十七家の宗家、甲賀世阿弥《よあみ》の娘、お千絵に禁断の恋をしたばかりに、家も恋も捨てて夜ごとに一節切《ひとよぎり》（尺八の一種）を吹く流浪の虚無僧となっている。世阿弥は、阿波の蜂須賀藩に不穏な兆しありということで潜入して以後、消息が途絶えて十年の歳月が経とうとしている。幕府には隠密が十年に渡り不通となる時は絶家という掟があり、一人娘お千絵の残された甲賀家の廃絶は目前に迫っていた。世阿弥の阿波潜入の発端は、「明和二年（一七六五）の今から数えて八年前、京都で起こったあの騒動」だが、これは「宝暦変《ほうれきへん》」と作中に記される（「ほうれき」と読みがながあるが、歴史学では「ほうりゃく」が正しい）事変である。これは京都の公家が幕府転覆を謀り糾弾された一件で、その背後では阿波徳島藩主の蜂須賀重喜が通じていたというものであり、以来阿波は他国者の入国を厳しく制限していた。以上は、後に漸次語られ徐々に明らかにされてゆく本作の背景である。本作は世阿弥の娘千絵を見かねて、千絵の乳母たみの兄、唐草銀五郎とその子分多市が阿波入国を企て大坂に到着したところから始まる。しかし多市は女掏摸《すり》の「見返りお綱」に資金二〇〇両と千絵の手紙をすられてしまう。二人が料理屋で策を練っているのを阿波藩お船手方の森啓之助と天童一角に聞かれ、「藩の敵」として襲撃される。手負いとなって逃げる中、たまたま通りかかった虚無僧に身をやつした弦之丞に助けられる。弦之丞は千絵の苦悩を銀五郎から伝え聞く。手紙と金を返しに来たお綱は弦之丞と出会って一目惚れする。弦之丞は、事変の前に徹底窮明を主張したためかえって謹慎させられている天満与力の常木鴻山《こうざん》、同じく元天満同心の俵一八郎とその配下目明し万吉と同盟する。銀五郎と多市はふたたび阿波方に襲われ落命するが、弦之丞は銀五郎末期の頼みとして世阿弥探索のために阿波入国を決意する。宝暦時に京都所司代で事変を裁いた松平左京之介の命により、正式な隠密となって、阿波潜入を目指す。一方、阿波方は、陰謀の主魁である公卿竹屋三位卿の命に従って藩士はもとより、お綱を自分の女にせんと追いかける元阿波の原士《はら し》にして何があってもお十夜頭巾をとらない「丹石流据《すえ》物斬《もの ぎ》りに妖妙《ようみょう》な技《わざ》をもつ」孫兵衛や、元幕府方隠密で千絵に横恋慕する旅川周馬らがそれぞれ阿波の陰謀に気づき、それぞれの抱く思惑や望みの一助にもなろうかと、弦之丞の阿波探索を阻止すべく動く。弦之丞は行動を共にするお綱と船問屋四国屋に行き、船に便乗して阿波を目指すが、海上で阿波勢に追いつかれ、船上で追いつめられた二人は鳴門の渦潮目がけて身を躍らせる……。ところで、蜂須賀家では、「捕えた隠密は必ず領内の剣山《つるぎさん》の間者牢へ送って、終身封じ込めるのが掟《おきて》」であった。世阿弥も十年、幽閉の憂き身となって、この間に牢内でぎらん草の花の汁へ自分の血を混ぜて墨汁として、蜂須賀家の陰謀を書き綴った秘帖を作っていた。すなわちこれが本作題名の「鳴門秘帖」である。この秘帖を求めて一同は引き寄せられるように剣山に集まってくるのだった。この間、千絵とお綱が異母姉妹であることが明らかになってお綱の恋の奥悩が描かれたり、弦之丞に一目惚れした茶屋の娘お米が命懸けで思慕して結局は落命する悲哀や孫兵衛のお十夜頭巾の謎が解き明かされたりと興味は尽きない。本作は一般に「伝奇小説」とされるが、剣客小説であり冒険小説でもあり、恋愛小説、スパイ小説、ミステリーとしても読める。多くの性格を持つ、極上のエンターテイメント小説である。すなわち、本作は新聞連載中に連続活劇として映画化される。大正十五年十月末の日活、同十一月七日封切りのマキノ映画、同十一月十一日東亜キネマと三社競作となる。中でもマキノ映画は昭和二年九月十五日封切りの「完結第七篇」まで全五十巻の完全映画化だった。戦後になって昭和二十九年五月に東映（渡辺邦男監督、出演・市川右太衛門、花柳小菊）が、昭和三十二年九月に大映（衣笠貞之助監督、出演・長谷川一夫、淡島千景）が映画化しているが、いずれも今日では披見が難しい。なお、昭和三十六年正月映画として東映が映画化（内出好吉監督、出演・鶴田浩二、木暮実千代、大川恵子、岡田英次、近衛十四郎ほか）しており、同作はDVD（二枚）収録（東映ビデオ）され、平成二十年に発売された。また、昭和五十二年には上述したNHK金曜ドラマで、平成二年四月十日にはTBSテレビが時代劇スペシャル「鳴門秘帖」（出演・杉良太郎・坂口良子主演）を、それぞれ放映している。〔参考文献〕寺田博『決定版百冊の時代小説』（文春文庫、平成十五年四月）、細谷正充編『面白いほどよくわかる時代小説名作一〇〇』（日本文芸社、平成二十二年）

（白井雅彦）

ナンキン墓の夢　なんきんはかのゆめ

小説。〔初出〕「週刊朝日　秋季特別号」昭和六年（朝日新聞社）。〔収録〕『吉川英治全集』（旧版）48（講談社、昭和四十三年）、『吉川英治全集』（新版）45（講談社、昭和五十六年）。◆「かんかん虫は唄う」の翌年に発表され、自伝的要素の重なる部分が多い。ナンキン墓で夢を買うと華僑の富くじが当たるという俗説は同書にも記述される。酒と女に溺れて人生の目的を失った武島と、武島を破滅に導くマリ子は、吉川作品に類型的に用いられる男女の関係であるが、十四歳で混血の半玉というマリ子の属性に少女の性の妖艶と残酷を見出している点で特筆される。浮世絵の蒐集と真贋への言及は、自伝的小説「色は匂へど」との関連が指摘される。

（上宇都ゆりほ）

南方紀行　なんぽうきこう

紀行。〔初出〕「朝日新聞」昭和十七年。〔収録〕『海ゆ

かば』昭和戦争文学全集5（集英社、昭和三十九年）。◆吉川英治は、昭和十七年十月、海軍軍令部戦史部嘱託となった。画家橋本関雪と共に福岡に一泊し、飛行機で台北へ渡る。海軍機で、台湾を離陸しフイリッピンのマニラに到着。英霊〇〇柱は、メナドの鎮護として祀られていた。原住民は、吉川英治たちに好意的であった。オランダ官憲は、テンプル・ストラート広場に日本人三百余名を立たせ、手を頭上より上に挙げさせ、一杯の水も一片のパンも与えず約四十時間にわたって曝し者にした。その後、トラックで日本人三百余名を何処かへ運んだ。原住民は、その所を「日本人の涙の広場」と呼んでいた。マカッサル、スラバヤ、ジャカルタ、シンガポール、バンコク、サイゴンを一巡し、十二月初旬に帰国した。「朝日新聞」紙上に「南方紀行」を掲載した。文部省嘱託、教科書編纂委員を命ぜられた。なお、軍国主義一色の当時において、一日も早く戦争が終結して、平和な日々の訪れることを、ひたすら願って止まない吉川英治の心境がひしひしと感じられた。この南方紀行は、人類の幸福のために、世界平和を希求する上に貴重な作品であり、特に為政者には熟読含味されることを望む次第である。〔参考文献〕吉川英治『海ゆかば』昭和戦争文学全集5（集英社、昭和三十九年）、吉川英治『現代日本の文学』II―四吉川英治集（学習研究社、昭和五十一年）、吉川英明『吉川英治の世界』（講談社、講談社文庫、平成十八年）

（中山幸子）

日本の迷子　にっぽんのまいご

小説。〔初出〕「オール讀物」昭和十三年五月号。〔収録〕なし。◆南京陥落目前の昭和十二年十二月九日の夜、上海の保険金庫房の堅牢な大金庫の中から八十二万両が盗まれた。犯人は捕まったが金は全て別の者に横取りされていた。その後、日本人街を中心に貧しい家庭に金が投げ込まれ続けた。人々は次郎さんと呼ばれている義賊、上海の次郎吉だろうと噂していた。次郎の顔を知る者はほとんどないが、彼の支那に関する知識から多くを学ぶためにも個人としての交際を続けていた、陸軍予備少佐浅野剛輔は、暫く上海を離れるからと次郎から呼び出され、そこで彼の生い立ちを聞くことになった。盲目の乞食吉蔵とその妻お咲の間に生まれた次郎は、母に逃げられ父に死なれて不良仲間に入り警察に追われるうちに偶然上海に密航することになって今に至っているのだった。その間愛する女もでき子どもも生まれたが、籍の無いことを知られて女に去られた次郎は、息子を乞食の子にしないために豪邸に捨て子していた。今、上海を離れ天津まで来た次郎は、日本人小学校の自由画展で我が子の絵を見つけ、子供たちを立派な日本から迷子にしないように守ってくれと二〇〇万円もの寄付金を受付に忍ばせて帰っていった。日本人だけでなく貧民窟に（自らの生い立ちゆえに）公設浴場とトラホーム施療所を寄付金で建てさせているという辺りは、作中「次郎さんらしい」と書かれているが、まさしく吉川英治らしいところであり、骨肉愛的なモチーフが鏤められている。刊本未収録の所以は偽作問題などではなく、扱っている戦時的な素材に関わると言うべきだろう。（原善）

日本人の系図趣味　にほんじんのけいずしゅみ

随筆。〔初出〕「文藝春秋」昭和三十四年新年号。◆昭和三十三年（一九五八）、民間の皇太子妃発表に伴いその家系が話題になったことから、日本人の系図趣味に言及した随想。小さな島国の日本では、人種の混血度の薄さと歴史の変遷の複雑さに、伝統的な家族制度による家柄尊重と郷土愛とが加わり、系図への高い関心が現代でも続いている。系図の偽作も、中古以前からすでに行われており、応仁の乱から戦国時代を経て、江戸時代に入ると専業の偽系図作者が現れるほどに隆盛を極めた。しかし、現実の自分の生身に脈打っているこの血こそ、系図書などよりよほど確かな系図なのではあるまいか。日本の歴史の中で、権力者が栄枯盛衰を繰り返しながら、貴種と民間とが交流し混和してきた血ほど、強靭な生活力と知力とに培われているのである。そして、この度の民間からの皇室入りで、天皇家自体の血が若さを甦らせ、やがて健康な皇子や皇女を授かるであろうと祝福している。（岡山高博）

日本名婦傳　にほんめいふでん

小説。**〔初出〕**「主婦之友」（主婦之友社）昭和十五年一月・三月・五月・七月・昭和十六年一月〜二月・昭和十七年一月。**〔収録〕**『日本名婦傳』（全国書房、昭和十七年）、『吉川英治全集』（旧版）補巻2（講談社、昭和四十五年）、『吉川英治全集』（新版）29（講談社、昭和五十七年）、『吉川英治文庫』88（講談社、昭和五十二年）。◆「大楠公夫人」・「静御前」・「太閤夫人」・「谷干城夫人」・「細川ガラシャ夫人」・「静御前」の五編が含まれるが、『日本名婦傳』（全国書房、昭和十七年）にはこれに「山陽の母」・「四崎早雲の妻」の二編を加えて七編とする。「山陽の母」は初出の表題を「梅颸《ばいし》の杖」として「文藝春秋　オール讀物号」（文藝春秋社、昭和五年七月）、「四崎早雲の妻」は初出の表題を「田崎早雲とその子」として「文藝春秋　夏期増刊号」（文藝春秋社、昭和七年）に掲載される。昭和初期、同名書が昭和三年に徳富蘇峰、昭和十年に菊池寛、昭和十二年に竜居松之助によって次々に著された。また昭和十六年には、宝塚歌劇においても、同名の公演が宝塚大劇場にて上演された。こうした一連の作品に先立つものとして、明治十六年に錦耕堂より隅田吉雄編『日本名婦傳』が出版された。本書は読本《よみほん》の系譜に連なる作品であり、神功皇后に始まり織田信長の侍女である阿能《あのう》の局《つぼね》に至るまでの女性が実在、虚構を問わず取り上げられている。昭和初期における多数の「日本名婦傳」の出現は、戦時下における女性への貞節の啓蒙であり、昭和十七年に出版された伊福部敬子『母性の歴史』に見られるように、母性を尊いものとして強調するものであった。吉川も軍人の妻の貞節を描いており、作者の生きた時代の意識が看取される。

（上宇都ゆりほ）

女人曼荼羅　にょにんまんだら

小説。**〔初出〕**「朝日新聞」昭和八年八月八日〜九年四月二十一日。**〔収録〕**『女人曼陀羅』（中央公論社、昭和九年）、『女人曼陀羅』上・下（矢貴書店、昭和二十四年）、『女人曼陀羅』（桃源社、昭和三十一年）、『吉川英治全集』10（講談社、昭和四十五年）、『吉川英治文庫』34・35（講談社、

昭和五十二年）。◆お孤寄せ場頭を世を欺く仮の姿として、実は公儀の密偵役であった車善七。その一人娘の雪葉の婚礼の宴は、幕府の捕方に踏み込まれ、一家離散の悲運に見舞われてしまった。雪葉の夫になる男が、倒幕派の山県大弐の息子の大治郎であり、善七が所有していた井伊直弼の秘密を記した彦根調書を狙っていたことが露見したためである。雪葉は杯を交わしたままの夫を慕い、巡礼となって放浪の旅に出てしまう。車善七は娘を探しつつ、家と財と娘を失わせた仇として、大治郎の行方を追う。しかし善七は大治郎と何度もまみえ刀を交わしもするうちに、当初婿にと見込んだだけの「私心のない武士」「まことの国士」であることを知り、自分の首を父の仇として差し出そうとする。一方倒幕派の井伊大老暗殺計画は、淫靡な邪教立川流の香煙を隠れ蓑として着々と進められた。大老の血に染まった桜田門外で、大治郎・雪葉と出会った善七は、実は雪葉こそが調書に書かれた大老の落胤であったという彼女の出生の秘密を明かした上で、若い二人の二度の祝言を祝って自らの命を差し出したのであった。『燃える富士』も『お千代傘』も、英治にとっては従来の手法による作品で、とり分け新味があったわけではなかった。しかし、『女人曼荼羅』には密かに期するものがあった」（松本昭）らしい。作者は、昭和九年の日本を振り返って「ひところの猥雑や躁狂な刺戟文芸と、人生のナンセンス観から戻って」「国体意識に目覚めてきた」という認識を披瀝した「大衆文学に反映した近代種々相」（昭和十年）の中で、五・一五事件にいたく刺戟を受けて、井伊大老を扱った「女人曼荼羅」を書いたということを明かしている。しかし「実は英治が『女人曼荼羅』の中で描きたいと思っていたのは、立川流のこと」（松本昭）であったという。真言立川流は、密教理論の要ともいうべき即身成仏を実現するために、男女交合の性愛秘技をもって可能だとしたが、本作でも、捕らわれて天母教堂の多枳尼天母《たきにてんぼ》に仕立てあげられた清純な処女雪葉が、面前で繰り広げられる信者の男女の性愛絵巻に気絶してしまう、といった淫靡な（しかし性描写はまったくなされていない）場面が出てくる。だが本作が社会事件となったのは、この淫靡な邪教の話ではなく、非人頭の車善七と配下の集団の生活描写の部分が、問題になったのだ。水平社の幹部三十人あまりが、朝日新聞大阪本社にのりこんでくるという事態にまで発展した。作者も原作者として現場へ駆けつけ、誠意をもって事にあたった。そのため円満な解決をみたが、トラブルの原因への強い責任を感じた作者は、その償いの意味もあって、つぎの連載である「宮本武蔵」では、前にもました全力投球ぶりを示したという。本作は「その意味で傑作武蔵が生れるきっかけをつくった作品」（秋月しのぶ）とされている。他に、山県大治郎を一度は町方に売ったものの財産を全て失った後、金より恋を選んで大治郎を追う女松平和歌が、「魔金」（「魚紋」）で囲碁指南の看板を掛けている北国大名の「お部屋様くずれ」であるらしいお可《か》久《く》に引き継がれていく点など、登場人物が多いだけに興味深い点も多い。〔参考文献〕秋月しのぶ「〈作品解題50選〉女人曼陀羅」（尾崎秀樹『吉川英治　人と文学』新有堂、昭和五十六年）、松本昭『人間吉川英治』（六興出版、昭和六十二年）（原善）

女来也　にょらいや

小説。〔初出〕「富士」昭和三年四月〜昭和四年九月。『女来也』（先進社刊、昭和五年）、『女来也』（桃源社、昭和三十年）。〔収録〕『吉川英治全集』第十一巻「処女爪占師・女来也」（平凡社、昭和六年〜昭和八年）、『吉川英治全集　第三巻』「万花地獄　女来也」（講談社、昭和四十三年）、『吉川英治文庫』13（講談社、昭和五十一年）、『吉川英治全集〈2〉』「神変麝香猫　女来也」（講談社、昭和五十八年）。

◆物語は、近江長浜の春の祭事の日から始まる。醒ヶ井（現・米原市醒井）の殿様と呼ばれている旗本久世弥十郎の娘千里葉が行方知れずとなる。その事件に「山窩」に類する漂泊族の「川徒」や毒婦お滝、悪人天野将曹が絡み、久世は殺され、千里葉は川徒に育てられることに。その千里葉が長じて「女来也」と記す怪盗となり、復讐に江戸の町に現れる。そして天野とお滝を追い詰めていく。加えてそこに、沼津五万石の派閥争いに将軍家から領内の久能山に収められた銘刀「波之平」の紛失が絡み、物語はあれやこれやと息をつかせない展開となる。さらに「ご存知、お数寄屋坊主・河内山宗俊」も登場し、物語は複雑になる。娯楽性豊かな初期の逸品である。このような空想力豊かな世界から、後の『鳴門秘帖』や『宮本武蔵』のような作品が生まれたのである。吉川文学の根幹を理解するためにも重要な作品と言えよう。また、この作品が昭和三年という吉川にとって家庭事情が大変な時に書かれたことを鑑みると吉川自身がこのような奇想天外な世界に浸ることにより、精神的に救われていたのではないかとさえ想像してしまう作品である。昭和三十年という早い時期に無声映画として映像化される理由もそこに在るのではないかと思われる。

（槌賀七代）

人間山水図巻　にんげんさんすいずかん

小説。〔初出〕「東京」昭和二十二年五月創刊号。〔収録〕『吉川英治全集』43（講談社、昭和四十二年）。◆菊池寛の依頼で戦後初めて「東京」に書く。北宋滅亡一年後、兵隊だった蕭照は南宋で落ちぶれ、再会した剛直な旧友夏駿は大行山の山賊頭になっていた。夏駿が殺されると蕭照が山賊頭を継いだ。ある夏、山寨下山寺の旅人老画師李唐と出会い、「善真なもの、例えば絵心は誰にでもあり、描けるとか描けないとかで自分で批判しては描くべき性能を出し得ない。素直に精進すれば人生の明るい彼岸に達しないはずがない」と言われた蕭照は、弟子となり、山寨を解散して、李唐以上の画家となった。南宋は明へと変遷、世転の過程を繰り返すのはやむを得ない法則なのか。一個の人間でも、一片の発心を絵筆に込めてさえ、文化的遺産として香り高く、この地上に遺し得ているのに。人間にとって善とは何か、悪とは何か、という宋代の緑林挿話。

（阿賀佐圭子）

野槌の百　のづえのもも

小説。〔初出〕昭和七年六月「週刊朝日」夏季特別号。〔収録〕『吉川英治歴史時代文庫』75『治郎吉格子』（講談社、平成二年）。◆大菩薩峠からの難所、小丹越えは世間に憚る者しか通らない甲州の裏街道で、安成三五兵衛は乳飲み子を抱えたお稲と江戸に向かった。三五兵衛は並の扶持暮らしから浪人ゴロに堕ちていた。お稲は甲州鮎川部屋の仁介の女だったが、美貌で陰険な用心棒の村上賛之丞と恋仲になり、それを三五兵衛が力づくで連れ出した淫婦。三五兵衛の妹は賛之丞に捨てられて自害、家名を汚したと父は切腹した経緯がある。懐の寂しい三五兵衛は四十両をいかさまし、渡世人の片腕を斬り落して逃走。博徒たちは腹いせにお稲を売り飛ばそうと企てた。零落れた百姓鍛冶屋の博徒、百之介（自称・百）は馬市で前景気の博徒を張番していた。百は十歳の頃から江戸の名人山浦清麿に弟子入りして見込みはあったものの六年目で破門。理由は本阿弥から受け取った一〇〇両が師匠の懐から消えたため、一緒にいた百は追い出されてしまった。破門状は刀鍛冶全体に廻ったので馬沓や鍬を叩いて母とひっそり暮らしていた。お稲を賛之丞が七十両、百は一〇〇両の値をつけ落札したので赤子ともども百の家に身を寄せた。百は土地家屋を抵当に一〇〇両借りた返済とお稲を喜ばす金欲しさに師匠の銘柄入り小柄を売り歩くと兄弟子に見つかり、成敗で師匠の家に連れて行かれる。家は酷く零落れていた。師匠の娘のお袖から当時の話を聞くと、酔った師匠から百が一〇〇両盗んだ処を見たという柳橋の芸妓小稲を信じ、百を破門。師匠は小稲を妾にして金を貢ぐと他の男と逃げてしまい、長患いする。お稲はその男とも別れ、甲府のばくち打と一緒になったと聞いて、百はお袖から形見の櫛を貰い家に戻る。お稲の乳飲み子をおぶった母と百は家を出てお稲と賛之丞を見つけた。師匠や自分を騙したことを叱責して縛りあげ、自作の小柄をお稲目がけて次々刺した。清々した百は母と赤子と共に旅に出た。中里介山「大菩薩峠」（都新聞、大正二年～昭和十六年）予告も、「大菩薩峠は甲州裏街道第一の難所也」と変則の道を歩む旅から始まっている。〔参考文献〕塚越和夫「吉川英治論」（「国文学解釈と鑑賞」平成十三年十月）

（岩田恵子）

野火の兄弟　のびのきょうだい

小説。〔初出〕「週刊朝日」昭和九年初夏特別号。〔収録〕『吉川英治全集（旧版）』45（講談社、昭和四十五年）、『吉川英治文庫』128（講談社、昭和五十一年）、『吉川英治全集（新版）』48（講談社、昭和五十八年）、『吉川英治時代小説傑作選　吉野太夫』（学習研究社、平成十四年）。◆名古屋城の御天主番稲富内《いなとみない》記《き》には、十四の平四郎と十三の藤太という一つ違いの兄弟がいる。しかし、藤太の出生には秘密があった。享保の改革に反し、終身蟄居を命じられた尾張宗春とお梨花様の子を、近侍の内記が引き取ったのである。そんな事情は知らず、両親の弟贔屓に鬱憤を募らせた平四郎は、兄弟喧嘩の末に藤太へ斬りかかった。内記の逆鱗に触れ、押し込められた納戸の中で、彼は宗春がお梨花様に贈った裲襠《うちかけ》と遺物書《かたみがき》を見つけ、父も母も実の両親ではないと勘違いする。そして、素行不良のため、藩の明倫学堂からも除名された。兄弟が二十六、二十五になると、内記は平四郎に肥後の延寿国資《えんじゅくにすけ》を、藤太に稲富家重代の黒金剛《くろこんごう》の刀を与えた。父が弟に家督を譲ると考えた平四郎は家出し、遊女町の組歌の師匠沢花と暮らし始める。そこへ稽古に来る町芸妓のお蕗《ふき》の母がお梨花様であると知り、彼女の生活を援助する一方、父に勘当された彼の行状は一層すさんでいった。そんな折、沢花の元へ藤太から果たし状が届く。平四郎の乱暴悪行により、父が切腹を命じられ、その赦免には彼の首が必要であるという。謹慎中の藤太も旧屋敷の納戸から裲襠の添え状を見出し、一家の禍因が己にあることを知る。決闘場所は熱田のつぐみ原。藤太は事の真相を平四郎に告げるも、兄は聞く耳を持たない。いつしか、平四郎が寒風しのぎにつけた野火の煙と焔が二人を取り巻き、危うく神宮にも飛び火しそうである。これは一大事と、二人は父の与えた累代の刀で必死に草を薙いでいく。そこに加わる女二人は、お蕗と沢花であった。やっと消火し終えると、平四郎は父を救うために自首する旨を伝え、藤太もまた兄の助命を誓い、この四人の再会を願った。享保の改革を批判した尾張藩主宗春の失脚を背景に、出生の異なる武士の兄弟の愛憎を描く。実子平四郎への骨肉の情に惹かれつつ、先君宗春の子藤太へそれ以上の慈愛を注がんとする父内記の苦衷にも心を打たれる。

（岡山高博）

梅颸の杖　ばいしのつえ

小説。〔初出〕「臨時増刊・文藝春秋オール讀物号」昭和五年七月。〔収録〕文藝家協会編『大衆文学集（昭和六年版）』（新潮社、昭和六年）、『吉川英治全集』7（平凡社、昭和七年）、『吉川英治全集』44（講談社、昭和四十五年）、『吉川英治全集』47（短編集1）（講談社、昭和五十八年）、大衆文学研究会編『歴史小説名作館』8（講談社、平成四

年）、『吉川英治時代小説傑作選吉野太夫・雲霧閻魔帳』（学習研究社〔学研M文庫〕、平成十四年）。◆京に居を構えた江戸後期の儒者頼山陽《らいさんよう》の招きで郷里広島から老母の梅颸が上京する。その手には、亡夫すなわち山陽の父である頼春水が愛用した象牙がしらの精巧な杖があった。「（略）母上、私を、昔の久太郎の頃のようにお叱りくださいまし」「（略）そなたを叱るつもりで上洛《のぼ》ったのじゃ。きっと叱らうぞ、と心を鬼に、この杖を持っての……」。一躍、時代の寵児となった息子のための上洛であった。母は息子のいっときの師だった菅茶山に、戒めとなる詩句を象牙に彫ることを頼む。茶山は、山陽若き日の放蕩を嘆いた梅颸の歌「思うことなくて見ましやとばかりに後の今宵ぞ月に泣きぬる」を聞き知っており、これを彫る。この杖を山陽に渡して母は帰郷する。その後、山陽は大坂の大塩平八郎に招かれて、杖を手に淀川三十石船で大坂へ下る船中で、杖の盗難に遭ってしまうのだが……。

（白井雅彦）

梅里先生行状記　ばいりせんせいぎょうじょうき

小説。タイトルの読み方は初出時のルビによる。〔初出〕「朝日新聞（夕刊）」昭和十六年二月十八日〜八月二十四日（全一五九回）。なお、連載時には「小説日本外史」の冠がついていた。〔収録〕『梅里先生行状記（上・下）』（朝日新聞社、昭和十六年）、『英治叢書』（六興出版社、昭和二十六年）、『梅里先生行状記』（六興・出版部、昭和三十一年）、『吉川英治全集』29（講談社、昭和四十四年）、『吉川英治全集』29（講談社、昭和五十七年）、『吉川英治歴史時代文庫』補3（講談社、平成二年）。◆題名の「梅里先生」は水戸徳川家の二代藩主光圀《みつくに》公（いわゆる「黄門様」）の号だが、本作はその一代記ではなく、常陸太田近くの西山《せいざん》の隠居所で「月並《つきなみ》の汁講《しるこう》」を楽しみとする「ご老公」と呼ばれる日常から始まる。光圀が致仕したのは六十三歳になる元禄三年（一六九〇）のことで、同十三年にはこの西山荘で病没している。本作に描かれる「行状」は、六十七歳の元禄九年十一月、光圀が生涯最後に江戸へ出た時の出来事で結ばれる。すなわち、藩主を嗣いだ綱条《つなえだ》（光圀の兄頼重の次男を世子としてもらい受けた）の側用人であった藤井紋太夫を小石川の藩邸内で手討ちにした史実である。

さて、本作だが、二月のある日「趣向など無用。へだてなく語りおうて、ただ一夜を楽しむのが汁講の交わりじゃ」とする老公の汁講に、老公四十年前に「きれいなうちに、別離の日が来てしまった」古い恋の相手だった雪乃とその娘の蕗《ふき》が連なる。講が終わって、雪乃母娘の帰途、籠《かご》が襲われて何者たちかに攫《さら》われてしまう……。

老公は家康の孫にして藩主にあった時から「天下の副将軍」と呼ばれる幕府の重鎮だったが、一方で水戸藩をあげて『大日本史』編纂の事業に取り組んでいた。これは「真の国体のすがたと、君臣のべつを明らかになさろうとしたもの」で、中心に天皇を据えるいわゆる「尊王思想」のもとに編纂事業は進められた。すなわち光圀は「宗家徳川には由々《ゆゆ》しい異端者」であり、「幕府にとって、この上もない反逆」行為をしていることにもなり、時の将軍五代綱吉とその側近柳沢吉保とことごとく衝突した。あろうことか、水戸藩の家老藤井紋太夫が柳沢と通じているらしい。老公の薫陶を受けた西山壮の家臣渡辺悦《えつ》之《の》進《しん》、佐《さっ》々《さ》介《すけ》三郎《さぶろう》、人見又四郎、江橋林助《りんすけ》らは柳沢を誅すべく行動を始める。人見は自分を慕う江戸の町娘お次を藤井家の奥仕えにし、自らは柳沢邸へ潜入する。「柳沢家へ一個の贈り物として移され」た蕗を救出し、「母（雪乃）は紋太夫の江戸のやしきに囚《とら》われ」ていることが明らかになる。そして老公の隠居所である西山壮で「お蕗とお次とが、辛くも江戸をのがれて来て、このうえは老公のお力にまつほかはないと、けなげにも訴え」たことにより、老公は慎重に策を練りながらも悪計佞臣の一掃をはかるため、江戸へ向かう。藤井紋太夫を誅殺した「老公のねがうところは、みな、わたくしの臣ならず、一藩のものでもない。世の大民草よ、栄えあれや、この邦《くに》とともに、それしかなかった」。小石川の水戸藩邸はその一部が残る現在、都立「小石川後楽園」（文京区後楽）として開放（有料）されている。また、西山荘は光圀没後に取り壊され、光圀像を安置する慧日庵《えじつあん》を建立するが、それも文化年間（一八〇四～）に焼失し、その後、時の藩主八代斉修《なりのぶ》が初めの構造に倣って復元する。これは光圀在世時の三分の一ほどの規模だが、同地（茨城県常陸太田市新宿町）に県指定史跡として現存している。

（白井雅彦）

葉がくれ月　はがくれづき

小説。〔初出〕未詳。〔収録〕『吉川英治全集』45（講談社、昭和四十五年）。◆鼠小僧治郎吉は、京の都の荒廃の中で出会った武士綱川弥十郎の主家を助けるために妹を身売りするしかないという話にほだされ、共に二条城の金蔵を破り二千両の金を奪ったが、持ち逃げされてしまう。それを追った鼠は、過日闇の中で袖を引かれた公卿屋敷の女八重路によって阻まれる。八重路は弥十郎の妹だったが、弥十郎とは実は大塩中斎門下の大曾根八兵衛であり、金を幕府の悪政に虐げられている人々のために使おうとしていると聞き、自分と同じ考え方をしている者がこともあろうに自分の嫌いな幕吏と学者の中にいたことに驚いた治郎吉は、謀反の軍用金となることを知りつつ、二条城の金蔵破りの罪は自分が着ると八重路に言い残す。表題の「葉がくれ月」は、「木の間がくれに、月ではない、女の白い顔」として初めて姿を見せ、終結間際でも「見覚えのある白い顔が、そこの葉隠れにくっきり透いて見えた」という八重路の顔を、「とうに忘れたつもりでいたが、葉がくれの月を見ると、いつでも悩《どき》っとして立ち竦んだ」という、後日談で明かされる治郎吉「の癖」に由来している。義賊治郎吉と義民平八郎をクロスさせた着眼が面白い。（原善）

袴だれ保輔　はかまだれやすすけ

小説。〔初出〕「オール讀物」昭和二十六年一月。〔収録〕『吉川英治全集』45（講談社、昭和四十五年）、「昭和の時代小説50篇」（オール讀物、昭和六十三年十二月）。『吉川英治全集』48（講談社、昭和五十八年）。◆藤原保輔は秀才の誉れが高く、秀才試験を受けたけれど不合格となった。合格したのは顕官の子弟ばかり。保輔の家には千種という許婚者がいたが、不合格となった日、保輔は出奔した。そうして土蜘蛛という草賊の仲間となり、鬼童丸の兄貴分となり、市原野に豪勢な邸宅を構える。その力は検非違使などが太刀打ちできる状態ではなく、かといって源頼光・頼信に命じて兵衛府の兵力で攻めて、乱にでもなれば都の窮民たちは土蜘蛛の味方になる惧れがある。文章博士大江匡衡が保輔を説得しに出かけるが、保輔は今の世の腐敗を指摘して相手にしない。官人は保輔の母を囮とし、自首しなければ母を斬に処すると掲示した。やむなく保輔は花園寺で母と対面し、母から千種が保輔の娘を産み、その娘は保輔にかどわかされたことを聞く。五節所から頼信の娘と思ってさらったのは実は自分の娘であった。保輔は娘を土蜘蛛どもの仲間にほうり込んで与えてしまっていた。保輔は花園寺で出家し、自害した。官人は遺骸を獄に運び、三日後に自ら舌をかんで死んだと世上に知らせた。以上が作品の梗概。題名は「袴だれ保輔」とするが、作品の中では「袴垂れ保輔」と記す。根幹資料としている『続古事談』は、保輔が随身忠延のところで腹を切ったあと、捕縛されて牢に入れられ、翌日死んだと伝える。母を囮にしたこと、千種という許婚者や娘の存在は吉川の創作。なお、『宇治拾遺物語』に保輔の兄保昌が盗賊袴垂に温情を掛ける話があり、こうしたことが袴垂と藤原保輔を同一人物とし、袴垂保輔という伝説の盗賊名が成立したと目されるが、保輔と袴垂とは別人である。

（志村有弘）

函館病院　はこだてびょういん

小説。〔初出〕「中央公論」昭和七年二月。〔収録〕『醤油佛』（六興出版社、昭和二十八年）、『吉川英治全集』44（講談社、昭和四十三年）。◆明治二年、お銀は恋しい見国に会いたい一心で函館に来た。横浜のコック清七も一緒である。お銀は総裁の榎本釜次郎と会い、見国に会わせてほしいと願ったが適わなかった。官軍の攻撃で怪我をしたお銀は函館病院の院長高松凌雲に病院に連れて行かれ、病院で働くようになった。病院には幕府軍の兵士だけでなく、官軍である薩摩や長州の負傷兵も運び込まれ、最初は幕軍の兵と官軍の兵はいがみあっていたが、いつしか親しく付き合うようになる。まもなく、幕軍は降伏し、榎本は江戸に送られることになった。清七は旅館に婿として入ることになり、お銀も函館を離れることになった。船から浜辺で脱走兵や野盗が処刑されるのが見えた。そこには筵に座らされている見国の姿があった。お銀は見国にこうした最期を遂げさせることになったのは、「自分の誘惑」であったと気付き、「悔の涙」を流す。

医師高松の毅然とした姿が印象的だ。高松に尊敬の念を抱くようになり、病院で負傷兵に尽くすお銀の姿も心に残る。新撰組副長であった土方歳三は榎本を護衛するかのように存在する姿が一度示されるが、これという活躍の場は描かれていない。しかし、「新撰組以来の土方歳三も、とうとう、死んだそうだ」という知らせが入ってきたときは、病舎の中の敵も味方も「ひとつの時代の移りを考えさせられ」、「よかれ悪しかれ、ここまで押し通って来たひとりの人間の霊に対して、敬虔な沈黙をまもりあった」と記す。これは吉川の土方への思いを示す。作品は、お銀の乗る船が「開化の横浜」に近付いたところで終わる。そのあたりに横浜生まれの吉川の思いが投影しているようにも感じる。鉄火肌のお銀や仁医高松をはじめ、登場人物を通して人間の本質は、結局は〈善〉だということを考えさせられる。（志村有弘）

旗岡巡査　はたおかじゅんさ

小説。〔初出〕「週刊朝日」昭和十二年初夏特別号。〔収録〕『新作大衆小説全集』26（非凡閣、昭和十六年）、『吉川英治短篇集』3（六興出版、昭和二十八年）、『吉川英治全集（旧版）』48（講談社、昭和四十三年）、『旗岡巡査』（六興出版、昭和四十八年）、『吉川英治全集（新版）』10（講談社、昭和五十八年）、『時代小説の楽しみ』9（新潮社、平成二年）、『吉川英治歴史時代文庫』76（講談社、平成三年）、『吉川英治幕末維新小説名作選集』7（学陽書房、平成十二年）。◆大老井伊直弼を暗殺した水戸浪士海後磋磯之介《かいごさきのすけ》は、幕吏に追われる中、権十とお松父娘の醤油船に匿われる。その後、実兄粂之介《くめのすけ》の元に身を隠すも、心を寄せるお那可の密告により、再び他国へ奔《はし》った。一方、お那可は繭仲買の専右衛門に嫁ぐ。明治九年（一八七六）、旗岡剛蔵と名を変えた彼は、茨城県の警察屯所の巡査として、貴顕大官や成り上がり者がのさばる現実に背を向け、愚鈍に徹し生きていた。そして、横浜出張中のある日、生糸仲買人の妾宅で殺人が起こる。射殺された旦那は専右衛門、本妻はお那可、その犯人は幾度も落魄を重ねて、専右衛門に囲われていたお松であった。自分へほのかな恋心を抱き続けていたお松との再会に、磋磯之介の中に激しい感動が駆けめぐる。しかしそれも束の間、彼女は自ら短銃で命を絶った。十分後、居留地の路傍には、元の任務に復し、黙然と見張りに立つ愚鈍な一巡査の姿があった。桜田門外の変に加わった実在の志士の生涯に、著者独自の脚色を施し、磋磯之介とお松の切ない運命のめぐり合わせを描く。洋妾に身を落としたお松の「元の小娘に回《かえ》つたやうに、美しく死んでゐた」という最期に、薄幸な女性に向ける吉川のまなざしの優しさが感じられる。

（岡山高博）

八寒道中　はっかんどうちゅう

小説。〔初出〕「講談倶楽部」昭和四年一月。〔収録〕『吉川英治文庫』125（講談社、昭和五十一年）。◆紀州藩の侍安成三五兵衛三十五歳は「八寒嘯」という銘の笛を携えて、妹と父の仇、村上替之丞を追いかけて四〜五年になる。人々は噂した。「目先のみえぬやつだ。人にもよりけり、あの執念深い、粘り強い、神経筆な三五兵衛のうらみを買って、色魔の賛之丞め、半年とこの世に生きていられまい」しかし、三五兵衛の目的は見つけて一気に仇討するのではなく、己の気配を賛之丞に知らしめ、ジワジワと恐怖心を与えるという復讐。そのための手段が賛之丞のいる宿の近くで八寒嘯を吹くことだった。ところがある日、思いがけず直接対決する羽目になってしまうが、やはり先に八寒嘯を吹き、冷たい音色で別の部屋にいる賛之丞を怯えさす。しかし三五兵衛は賛之丞の情婦を、一時の間に自分の情欲のとりこにし、賛之丞の目の前で、二人手に手を取って去って行く。復讐はこれで終る。この作品も「醤油仏」と同様に、新傾向の作風を模索している時期の作品である。「笛は孤独でたのしめる。」と始るこの物語は「なにもかも白い氷に凍てている天地が想像される」「八寒嘯」という銘の笛を小道具に使っている。音楽は大抵心地良く心に響くものだが、この場合逆に音で相手を恐怖に陥れる、という心理作戦で相手を追い詰める。このような状況を描く時、作者の心の中や、置かれていた環境はどうだったのだろう。実生活では家庭を顧みない家事をしなくなった妻、机に向かったままひたすら仕事をする夫、互いに何とかしなければという葛藤があったに違いない。しかし、どうにもならないジレンマ、もどかしさをこの中でぶつけたのか、サディズム的要素もあるが、復讐劇としてラストが痛快に感じる。〔参考文献〕松本昭『人間吉川英治』（六興出版社、昭和六十二年九月）　（八重瀬けい）

濞かみ浪人　はなかみろうにん

小説。〔初出〕「サンデー毎日」（毎日新聞社、昭和十三年一月新春特別号）。〔収録〕『吉川英治全集』43（講談社、昭和四十二年）、『吉川英治文庫』131（講談社、昭和五十一年）、『吉川英治全集』48（講談社、昭和五十八年）。◆武骨で粗暴な不破数右衛門は仲間と馴染めず、周囲からも持て余されていた。やがて赤穂から江戸詰めに転役となった数右衛門は、同藩の小山田家末娘お千賀に心を寄せるが、お千賀の兄庄左衛門は、借財の形に旗本の織田雄之助の元へ嫁がせる腹積もりである。お千賀の自分への思いを確かめようとした数右衛門は庄左衛門と争いとなる。争いの吟味をした内匠頭は、数右衛門を松山の大石内蔵助の元へと差廻すことにした。数右衛門は出立を前に大事な書面を紛失するが、内匠頭の温情により赦され涙を流す。数右衛門が懐紙でハナをかむと、その紙こそが紛失したと思っていた書状だった。　（児玉喜恵子）

花街三和尚　はなまちさんおしょう

小説。〔初出〕「オール讀物」昭和七年六月。〔収録〕『醤油仏』（講談社、昭和四十五年四月）。『吉川英治全集』15（平凡社、昭和八年）。◆若い美僧源心は鴻池家からの勧進の金二〇〇両を、これも鴻池から貰った名欄に隠し着服した。勝手に還俗し源助と名乗り、廓のお職の栄山を落籍する。栄山は約束の場所に来ずどうにも出来ずにうろついている所を数寄家坊主の河内山宗俊と出合う。宗俊は廓に出向き贋金の公金を使って、栄山のいた伏見河岸の柏屋を騙し情報と得金を巻上げようとしたが、姫路候酒井備前守の二男で、出家して根岸に住んでいる雨華庵の主人抱一にとめられる。宗俊は抱一から貰った扇に栄山の絵が描かれているのでもう一度雨華庵を訪ねた。わけを聞くと栄山を囲っているのではなく絵の弟子に加えたという。抱一が親元となって源助と栄山を添わせてやろうとするが二人は逃げてしまった。酒井抱一という大名家に生まれながらも画家となり、俳諧にもすぐれた作品を残した異色の人物を主人公の脇役に配した庶民娯楽性に異才を放っている。花街に材を取っているのも時代小説よりも世相人情小説という楽しみのある作品である。冒頭絵師に頼んだ屏風の五月に鮎の絵から鴻池をさぐり出す話しと、その絵師が抱一であることが種となり、歌舞伎の「天衣紛上野初花」を脚色したような面白さがある作品である。三人の粋人を中心に物語が構成されており、これが河内山宗俊を主人公として展開されてゆく。歌舞伎演目となるほどに世に知られている。吉川英治という作家の魅力はこうした手法にあるといえよう。また芸能、芸術に専心する人物を描いては幸田露伴以来の名人技という話の展開の上手さである。吉川英治は「新平家物語」や「徳川家康」などの長編時代劇作家として知られているが、こうした人情や世態小説を描いても味わい深い作品を残している。河内山宗俊という希代の悪僧を描きながら数寄家坊主の手の届かない人物を配した着想が見事である。

（中田雅敏）

母恋鳥　ははこいどり

小説。〔初出〕「主婦之友」昭和十二年八月～昭和十三年八月。〔収録〕『母恋鳥』（興亜書房、昭和十四年）、『母恋鳥』（東光出版社、昭和二十三年）、『母恋鳥』（ポプラ社、昭和二十七年）、『吉川英治全集（旧版）』別巻三（講談社、昭和四十二年）、『吉川英治文庫』153（講談社、昭和五十二年）。

◆熊本の相良藩では、前藩主の没後、その跡継ぎで十四歳の相良小金吾《こきんご》がわがまま放題の馬鹿騒ぎを続けていた。というのも、家老の立花権左衛門《ごんざえもん》が藩の実権を掌握するために、わざと愚か者になるよう教育していたのである。ある夏の晩、城の裏山から琵琶の音が聞こえてくる。その弾き手を捕えてみると、小金吾と同じ年頃の鈴丸という小法師で、実は、悪臣らに藩を追われた忠臣坂本大弐《だいに》の遺児鈴子であった。鈴丸の琵琶に小金吾がまだ見ぬ母への思いを募らせるのを恐れた立花権左は、城外に鈴丸を追放する。これに対し、鈴丸も矢文を通して、小金吾の母桔梗《ききょう》がいまも存命であることを伝え、密かに一計を授けた。正式の藩主となるため、江戸へ初登城に向かう行列の中から小金吾は策略通りに姿を消し、鈴丸と落ち合いともに都を目指す。一方、立花権左の一行も若殿は病気と偽って江戸行きを続け、息子の造酒太郎《みきたろう》らを追手とした。何とか都へ辿り着いて、小金吾を南禅寺に残し、琵琶の師藤原種風《たねかぜ》の邸《やしき》を訪ねた鈴丸は、桔梗が四条小松原にいることを知る。造酒太郎ら悪人組も小金吾らを追い詰めるが、元近習番で忠臣の泉大助や種風の助けにより、彼らの陰謀は京都所司代の板倉若狭守に訴えられた。若狭守の策で、再び藩の行列に戻り、江戸城に上がって将軍家光に謁見した小金吾が、悪臣を除いて国を再興する旨を述べると、直ちに立花権左は召し捕られた。母と悲願の再会を果たした小金吾はその翌日に元服し、相良へ帰る行列には若殿を護る泉大助、桔梗とお供の鈴子の姿があった。婦人雑誌の連載であるものの、その文体と内容から子供向けの少年少女小説と見なしうる。鎌倉末期の公卿日野資朝《すけとも》の遺児、阿新丸《くまわかまる》の挿話を巧みに取り込みつつ、母子再会の物語を骨子として、困難に打ち克つ精神、孝行、忠義など、子供たちの修めるべき徳目が小金吾の冒険活劇という形で作品化されている。（岡山高博）

林崎甚助　はやしざきじんすけ

小説。〔初出〕「講談倶楽部」昭和十五年一月号。〔収録〕『剣の四君子』（全国書房、昭和十八年）、『吉川英治全集（旧版）』43（講談社、昭和四十三年）、『吉川英治文庫』88（講談社、昭和五十二年）、『吉川英治全集（新版）』28（講談社、昭和五十七年）。◆林崎甚助重信（居合の林崎夢想流の始祖として知られる）の父は最上家の臣だったが、甚助が生まれた天文十六年（一五四七）、坂上主膳に斬られ命を落とした。元服後、甚助は母楡葉《にれは》の許しを得て、剣術修行の旅に出る。復讐を念じ四年を経て家に帰った。永禄十一年（一五六八）二月から五月末までの一〇〇日、林崎明神の神殿近くで、生死を超脱するほど修行に打ち込んだ後、伝家の銘刀来信国を腰に、坂上主膳のいる京に向かい復讐を果たした。それを聞いた母は、その後幾年もなく病床につき世を去り、それにより甚助も郷土を離れ各地を遊歴したらしい。（桐生貴明）

春雨郵便 はるさめゆうびん

小説。〔初出〕「冨士」昭和十二年四月。〔収録〕『春雨郵便』（早川書房、昭和二十二年）、『吉川英治全集・新水滸伝（二）』45（講談社、昭和四十五年）。◆全集にして二十六頁の短編小説で、短い十四の章からなっている。浅草のはずれにある東本願寺のまだ若い僧侶の明慶《みょうけい》は、六区の赤い空を眺めて、「—欧州大戦からこっち、好景気というのか何だか知らないが、まるで、半気狂《はんきちが》いの世界だなあ。—黄金の洪水が来たの、成金時代だのと、ああやって酔っぱらっているうちはまアいいが。—やがてそのあべこべが来ると、急に失業救済だとか、何の委員だとかがやって来て、お寺は社会意識を持っていないの、宗教家は眠っているのと、この寺院へも、思い出したように人が寄ってくる。—人間て、勝手なものだなあ」という感慨を抱きながら、寺の廻廊の下で雨宿りしていた女乞食のお新と世間話をしていると、境内の隅にある寺もち長屋に目立たないように入っていくお墨《すみ》の姿に気づいた。芸者をしているお墨が、病気の母親のためにお座敷を抜けて訪ねてきたのだった。弟の光夫は薬を取りに出かけて留守だったが、お墨が母親のためお粥を作ろうとしていると明慶が供物の果物籠を差し入れに訪ねてくる。そこに、学生風の見知らぬ青年がやって来て、「十五、六歳の少年を見なかったか」と言う。「帝大工学部生徒　新田潤吉」という名刺を差し出して、連れの者が、浅草の半襟屋で土産物を買っている間に商品の上に置いたバッグを取られ、その取った少年を追ってここまで来たのだと話す。お墨は先の物音で鶏小屋に光夫が隠れているのではないかと思うが、その青年は、バッグを返しさえすれば穏便に済ませたい、と言ってくれる。そこに巡査を連れた幹子という、派手な洋装の若い女性がやって来て、バックの中に五〇〇〇円もするダイヤの指輪が入っていたと彼女は言い、光夫は巡査につかまり、バッグは幹子のもとに返った。穏便に済ませようと思っていた潤吉と幹子との言い争いの声を聞いて母親が謝ろうと病床から起きてきて、幹子が、昔商売をしていたころの従業員で、主人である夫を裏切った小柴貫蔵という男の娘だと気づき、幹子に覚えているかと問いただすが、幹子は取り合わない。その後、小柴の屋敷の居間に幹子と潤吉と潤吉の研究を手伝っている池辺が居た。池辺が席を外したすきに幹子はお墨から届いた手紙のことで潤吉に詰め寄るが、潤吉は幹子との結婚を約束した覚えはないと言う。月島の小さな鉄屑屋から山の手の一等地に豪壮な邸宅を築いた幹子の父・小柴貫蔵も「無数の屍を作った欧州大戦後」の好景気で生まれた「不自然な成金」の一人であった。妻を亡くし、将来を嘱望される遠縁の潤吉を寄宿させて、一人娘の幹子と結婚させたいと願っていたのだが、幹子は潤吉や池辺の前で芸者をしているお墨に対する嫉妬の怒りを爆発させる。幹子の言葉を聞いた貫蔵が潤吉の所へやって来るが、潤吉は、自分への支援は郷里の父や自分から言い出したことではなく、幹子と結婚して養子になるつもりはない、と言う。そこに、屋敷に火を付けようと忍び込んだとして、光夫が庭師につかまってくる。光夫を連れて屋敷を出た潤吉は光夫からお墨と光夫の母親が亡くなったことを聞かされるが、小柴家からの通報で追ってきた警官に光夫は捉えられる。一方、冬のある日、本願寺の明慶が廻廊に座って光夫が逮捕された記事が載った新聞を読んでいると、そこにお墨がやって来て、小柴家を出た潤吉をこの本願寺の長屋にでもしばらく置いていれないか、と頼む。早速越してきた潤吉の所に、郷里の父からの仕送りも届き、お墨もかいがいしく手伝いに来ていたが、置屋の主人に連れ戻される。潤吉とお墨は不忍池近くの待合で芸者と客として逢瀬を重ねていたが、実家からの仕送りでは月に二度が限界だった。ある日お墨は潤吉に、郷里のお父様にも申し訳ないので、しばらく会わずに一生懸命研究を続けてほしいと言い出した。そして、潤吉のために一生懸命働いて仕送りをすると言い出すのだった。お墨のためにもと没頭した潤吉の研究は遂に完成し大学も卒業できた。境内の桜も盛りを過ぎようとする頃、明慶の所に貫蔵と潤吉の父が訪ねてきた。潤吉の代わりを狙った池辺の正体も知れ、幹子のいじらしい思いを知った貫蔵は潤吉の父も誘って、お墨に今までの両親や弟への仕打ちを詫びて潤吉から手を引いてくれるように頼んだという。すると、お墨は潤吉の研究が成功するために協力すると恨みをこぼすこともなく承諾したのだった。最後の章「何処へぞ？　洋傘《こうもり》」では、春雨の降る中、貫蔵と潤吉の父の頼みを果たすため、潤吉のいる長屋を訪ねると潤吉の姿はなく、あわてて出かけたのか洋傘が無くなっていて、春雨にぬれた、お墨からの手紙が落ちていた。そこには、これは最後の手紙で、出所する弟と遠い田舎へ行きますと書いてあった。内容的には、エリート学生が御嬢さんとの結婚話を断って、芸者との恋を貫くために自力での学問を志すが、芸者の彼女は身を引こうとする、という明治初期のころから何度も描かれてきた通俗小説の域を出ていない。ただ注目されるのは、明慶という客観人物を設定し、最初の彼の感慨にあるように、成金を生み出している社会背景が描かれているところであろう。そのような社会の中で自分の夢と恋を選ぼうとする主人公の青年に作者の生きざま重ねることも可能かもしれない。このころ吉川英治は初めの妻とうまくいかなくなり、後に妻となる文子とすでに出会い、離婚争議の最中であった。作品が発表された翌十三年四月に日活（多摩川撮影所）から水ヶ江龍一監督・脚本で映画化されている。キャストは新田潤吉に井波四郎、芸者墨菊に神楽坂芸妓出身の花柳小菊などである。（小林和子）

坂東侠客陣　ばんどうきょうきゃくじん

小説。**〔初出〕**「面白倶楽部」大正十四年一月～大正十五年二月。**〔収録〕**『坂東侠客陣』（講談社、大正十五年）、『吉川英治全集』12（平凡社、昭和七年）、『吉川英治全集』補巻1（講談社、昭和四十五年）、『吉川英治文庫』2（講談社、昭和五十二年）、『愛蔵決定版吉川英治全集』1（昭和五十八年）、『吉川英治時代小説傑作選　坂東侠客陣』（学習研究社、平成十五年）。◆千葉周作によって破られた伝統ある念流剣術の秘文をめぐる争奪を主軸に展開する。痛憤のうちに自刃した父の命に従おうとする雪乃、彼女をいったん手にしながら侠客の手に委ねてしまう乾銑之助、肺を病み酒に溺れながら、銑之助と死闘を演じる平手造酒、国を捨てる仲間に儀侠を見せる国定忠次等が登場する。吉川英明は学研M文庫の解説で、英治の作品では珍しい侠客物だが、大衆文学黄金時代の〈隠れたる傑作〉と呼んでいるが、至当の評価と言えるだろう。（山口政幸）

日出づる大陸　ひいづるたいりく

小説。〔初出〕「婦人倶楽部」昭和十二年十二月。◆上海に住む蒔子はある日拉致される。連れて行かれた先には、支那軍・空軍副司令官になっている元恋人がおり、自分が引きとった息子に逢わせるからスパイになれと脅す。断る蒔子。しかし上海に帰る為承諾する。上海ではすでに戦争が始まっており、夫に再会した蒔子は、そのまま日本の陸軍に行き自分が見聞きした事を洗いざらい報告する。そして陸軍病院で手伝いを始めるが、待っていたのは息子の死であった。この年吉川英治は毎日新聞社特派員として中国に渡っている。この小説の（終）の後に「……文壇人として最も早く従軍した吉川先生が……今回の事変による文学としておそらく最初のものであらうと思はれます……」とある。吉川英治にとって、悠久の天地を踏み土地の人々の姿を見聞きしたのは、その後の作品に大きな影響を与えた。（八重瀬けい）

悲願三代塔　ひがんさんだいとう

小説。〔初出〕「講談倶楽部」昭和十三年一月～昭和十四年六月。〔収録〕『吉川英治文庫』64（講談社、昭和五十一年）『吉川英治全集』補巻5（講談社、昭和五十九年）。◆堺、更紗屋の養子信吾二十六歳、芸妓町生まれの此葉十九歳は、心中するため半月も彷徨い歩いた末、山また山の奥にある紀州龍神の湯に来た。そして実行。先に此葉を切るが、心配した宿の人達が二人を探す声に、信吾は思わず、此葉を置いて逃げてしまう。しかし誰か知らぬ者に領主のいない、果無山の深秘境に連れて来られる。そこは伊勢の藤堂の領地でもなく、紀州家の領分でもない。約二世紀半以前、足利将軍義満の時代に戦いに敗れた葛木家が一門郎党と共に住み着いた土地。果無山と音無川に囲まれた天然の秘境五箇ノ庄。人々はそこに根を張り生きてきた。その中心に葛木家のお乃婦と華麗荘厳な三重の多宝塔があった。中には一寸一分の観世音と「一寸仏の神文」（御所の下賜状）が入っていた。これはこの一帯が葛木家の領であるという証である。しかし自分の領地であると昔から主張しているのが、土着の旧家園城寺家。対立する両家。新吾は葛木家のお乃婦に、現在園城寺家に奪われている「一寸仏の神文」を取り戻してほしいと頼まれ、成功すれば葛木家の婿にしようと言われる。一方、此葉は園城寺家の当主に助けられ情婦になる。両家の争いに巻き込まれる二人。「一寸仏の神文」をめぐり、様々な人物が入り乱れる。結局、最後は園城寺家の当主と、葛木家のお乃婦が、一対一の対決で決着をつける。新吾と此葉はそれを見届けて、やはり死を選ぶ。最初に心中しようとした地で、二人は息絶える。吉川英治は、昭和十二年「講談倶楽部」十二月号に「悲願三代塔」連載前としてこう語っている。「これは人間の事業というものの崇高な相を描こうとする私の野心作でもある。時代小説として極度なスケールと大きな抱負の下にかかる覚悟である」。この年やすとの離婚が成立し、同年末文子と同棲、結婚に至っている。生涯の伴侶を得て家庭も安定し、スケールの大きな作品を書こうとの意気込みが伝わってくる。その思いは自由な空想の翼を広げ、領主のいない果無山の深秘境という土地を作り出し、その土地を巡る争いに、心中し損ねた若い二人を絡めた。死から逃れた二人がそこをスタートに精一杯生きた物語でもある。ラストで此葉が服毒する前、月光の中で呟く。「そうだ、人間は誰でも、わたしみたいな女だって、根はきれいなのだ。心は珠のように美しいものなのだ。ただ、運命が人間と世間を織りまぜると、美しい物ばかりでは、この世ではなくなるから」。舞台や背景が空想であっても、その世界で生きているのは、まぎれもなく生身の人間である。だから私たちは共感し、登場人物に己を投影するのである。この作品は、吉川英治の最後の伝奇長編小説となった。

（八重瀬けい）

悲願の旗　ひがんのはた

小説。〔初出〕「サンデー毎日」昭和十二年新春増刊号。〔収録〕『吉川英治短篇集3（下頭橋由来）』（六興出版社、昭和二十八年）、『吉川英治全集』45（講談社、昭和四十五年）、『吉川英治全集』48（講談社、昭和五十八年）。◆蓮華王院の西の縁三十三間堂で行なわれる弓の稽古の見物者目当ての弓茶屋のうち、その器量の故におくみの店が一番流行っていたが、弓場の支配をしている寺社奉行の下役である堂見衆たちへの心付けなど出費が多く、病母も抱えて生活《くらし》に余裕はなく、言い寄る二人の男、仏師屋の若旦那九之助と、堂見の小牧台八との間でどちらを選ぶか迷っていた。大蔵経開版という聖願を立てて行乞している雲水（鉄眼《てつげん》禅師）が置き忘れた二百両の入った財布を懐に入れていたことで、台八から強請られ、柔弱ではあるが九之助の方をおくみは選ぼうとするが、九之助が店の金を持ち出して用立てた八十両を届けにいった場で体を奪われて、そのまま台八と駆け落ちしてしまった。死に場を求めて大雪の中で徘徊する九之助は鉄眼に出会い、弟子入りし、五百羅漢造立の願を立てた勧化僧松雲となったのだった。表題の「悲願の旗」とは、松雲が掲げて歩く旗竿の「五百羅漢造立勧化」と誌された旗のことである。二股をかけているだけでなく、通し矢の見物に行っても「おくみの眼にはただ、無数の男性の顔だけが映っていた。」とまで語られてしまうようにヒロインおくみは徹底して否定的に描かれているが、そこには成立時の家庭事情が影を落としていると考えられる。（原善）

非茶人茶話　ひさじんさわ

随筆。〔初出〕「週刊朝日別冊」昭和二十九年八月。〔収録〕『吉川英治全集』47（講談社、昭和四十五年）。◆茶道に関する随筆であるが蘊蓄を傾むけた話しではない。むしろ茶人としてのわきまえを知らないがそれでも茶席に招かれれば出向く。そうした茶道文化に対して利休時代も知識人は古いものの脱皮を繰り返し、新しい物への進取の意識をさかんにしていた。作者自身も抹茶を愛飲すること二十年余にもなるが、無作法、無茶心、何ひとつ卒業していないと述べている。茶席に招かれるとすぐに返礼としての茶会を開かなくてはならないのに、お返しをせずに不義理を重ねていると言う。その数何十家に及んでいるという。それ故に自分は茶人としての資格がないということから「非茶人」と称しているが、実は茶話は好きであり、それ故に「やり抜けない道なら、また自分の本道でもないのだから初心を通している、それを横着と言う」と結んでいる。茶羽織という便利な着物を着る者が少なくなったと流行論を述べながら実は自分の茶に対する姿勢が見方にまとめられている。「窓辺雑草」に収められている作品は昭和十三年に書いたものである。当然どちらも「その一」「その二」がある。題は「非茶人茶語」となっている。泉鏡花の逸話から始まり沢庵光悦、宗達などの揮毫についての逸話があがり更に色紙などに話が弾む。「僕らのすさび事など後世の恥を思うなどがすでに僣上な自己評価にすぎない」とも述べ色紙や短冊に対する自己の態度を記している。つまり茶人ぶった振る舞をしなくとも「茶はやりません」と言っていれば良いのだがそれを誇る者もいる。「その二」では作者の父親は愛茶家であり、自分も抹茶のうまさを知ったと言う。しかし「多年茶道にある人の飲むのを眺めていると、茶碗を押しいただく様子があまりにも洗練され、技巧化されており真実さが見えない」とも酷評している。更に光悦と妙秀尼、宮本武蔵などの喫茶に対する態度には松花堂風であり、松花堂は関白秀次の落胤であったとも述べ、茶道に登場する人物まで歴史小説家としての蘊蓄が垣間みられる随筆である。

（中田雅敏）

檜山兄弟　ひやまきょうだい

小説。〔初出〕「大阪毎日新聞」「東京日日新聞」昭和六年十月二十日〜七年十一月十三日。〔収録〕『檜山兄弟』上・下巻（新潮社、昭和七年・八年）、『檜山兄弟』上・下巻（博文館、昭和十六年）、『檜山兄弟』上・下巻（桃源社、昭和三〇年）、『吉川英治全集』9（講談社、昭和四十三年）、『檜山兄弟』上・下巻（六興出版、昭和四十八年）、『吉川英治文庫』25・26・27（講談社、昭和五十一年）、『吉川英治全集』8（講談社、昭和五十七年）、『吉川英治幕末維新小説名作選集』4・5（学陽書房、平成十二年）。◆十二年前、豪商銭屋五兵衛が加賀前田家に滅ぼされたとき、甲比丹《カピタン》竜兵衛の率いる星雲丸は金塊五十万両を乗せ行方をくらましていた。越後の檜山に銭五の妾腹の子孫健助、三四郎の兄弟がいた。健助は家を復興しようと自らは脇目もふらず働き続け、弟の三四郎には星雲丸の行方を捜しに行かせた。長崎まで来た三四郎は、幕末の風雲が急を告げるなか、兄の意志に反して勤王志士の仲間に入り、幕府に追われる身となってしまう。折も折り新任のイギリス公使パークスは、朝廷方と手を結び、薩長の連合を企てていた。その為の使いに選ばれた檜山三四郎は、パークスの密書を携えて薩摩の西郷、大久保、長州の高杉、山懸に逢うべく横浜から西へ向う。一方健助は、十万坪の檜山を糸魚川藩に奪われた上に、母を殺され、淋しく江戸に悶々の日々を送っていた。長崎時代から三四郎を追っている幕府の隠密中村音次郎は、イギリスと敵対関係にあるフランス公使ロセスと結託して、三四郎を死地に追い込むが、危うい所を、しばしば片目の六部に助けられついに三四郎は高杉に会うことができた。その後、日柳燕石《くさなぎえんせき》らの助力により、下関で薩長両藩の勤王の領袖たちにパークスの手紙を見せ、無事に薩長同盟が結ばれることとなった。翌年正月、京の鳥羽伏見にあがった火の手は、日本全国を包み、旧い世を焼き、新しい世界を芽生えさせていった。片目の六部とはあの甲比丹竜兵衛であり、健助は春木屋という商人の家を継ぎ、竜兵衛の娘雪乃を嫁として家の再興を成し遂げた。三四郎はパークスの妹カザリンと共に、南洋開発へと海へ乗りだしていった。直木三十五の話題作「南国太平記」のあとを承けて連載された本作への作者の意気込みは当然大きなものだった。「サムライの維新史とはちがう庶民の維新史を描くことによって、歴史に迫った問題作だった」「貝殻一平」を「さらに発展させ、素朴な庶民史観から一歩脱けだそうとした野心作」(尾崎秀樹)と評されている。作者は執筆に際して「ここに題名として描いた檜山の兄弟とは加賀の前田家が牢死させた裏日本の偉物、銭屋五兵衛の遺した外孫なのです。兄は働くために生れたように、汗そのものを家運の挽回にそそぎ、弟は、反動的に、革命に走り、藩主の弾圧とも闘おうという男です。／彼は母の愛にも、兄の手にもおえない、革命の子となってゆきます。時代は文久から慶応、明治に亙りますが、従来の幕末もの、裏面史的な巷説の体にばかり拠らず、もっと私たちの生活に近い被圧迫階級の町人層や、あるいは却って、そんな世相を得意に呼吸したやくざ者社会や、また時勢の風浪に、玩弄された女性の世界も描いてみたいと思います」と述べているが、最も大きな変化は維新史を観るのに外国という視座を設けたことであり、「列強の資本主義的なインパクトが、明治維新の動きにどのような力をおよぼしたか、それらの問題を大衆文学的な興味のなかにもりこむことが、吉川英治の意図だった」（尾崎秀樹）のだが、そのとき大きな役割を果たしたのが「尊王攘夷戦略史」（「中央公論」昭和六年七月号）を読んだことを契機とする服部之總との交友であり、列強の対立、英国公使パークスの立場などについて深く学んだところが作品に盛り込まれている。しかし作中西郷の口を借りた「百年先には、もう一度、維新が来ましょう。――それは、勤王と佐幕ではない。東亜と西洋です」という言葉に表われているように、そこには明治維新への思いだけでなく連載当時の日本が置かれていた内外情勢への思いが強く反映されていたのである。〔参考文献〕服部之総「吉川さんと私」（『〈昭和文学全集26〉吉川英治集月報』角川書店、昭和二十八年）、尾崎秀樹『伝記吉川英治』（講談社、昭和四十五年）、清原康正「解説」（『吉川英治幕末維新小説名作選集』4）、松本昭「解説『檜山兄弟』に就いて」（『吉川英治全集』8）、古川薫「パリの大砲」（『吉川英治全集』8）、久米勲「〈作品解題50選〉檜山兄弟」（尾崎秀樹『吉川英治　人と文学』新有堂、昭和五十六年）、安宅夏夫「吉川英治と直木三十五」（「解釈と鑑賞」平成十三年十月号）

（原善）

ひよどり草紙　ひよどりぞうし

少年小説。〔初出〕「少女倶楽部」大正十五年一月号～昭和三年十二月号。〔収録〕『ひよどり草紙』（大日本雄弁会講談社、昭和二年）、『少年冒険小説全集1ひよどり草紙』（平凡社、昭和四年）、『吉川英治全集』51（講談社、昭和五十八年）、『ひよどり草紙前編』（新地館、昭和二十二年）、『ひよどり草紙後編』（新地館、昭和二十三年）、『ひよどり草紙』（東光出版社、昭和二十三年）、『ひよどり草紙』（ポプラ社、昭和三十年）、『吉川英治全集』別巻第2（講談社、昭和四十二年）、『吉川英治文庫』144（講談社、昭和五十一年）、『吉川英治全集』51（講談社、昭和五十八年）。◆徳川初期の慶長十五年、宮中から江戸の将軍家へ贈られる珍鳥紅《べに》鵯《ひよどり》が、その途中で、大坂と結んで天下を狙う斯波丹波守の命を受けたその甥陣太郎によって奪われそうになった際、駕籠を抜け出て行方不明になってしまった。紅鵯の擁護役、筧大学頭と玉水甚左衛門が責を負って切腹しようとしたとき、駿府の急使がこれを止めて、大学頭の一子筧燿之助と甚左衛門の娘玉水早苗とに鵯詮議の旅にのぼらせるようにとの家康の命を伝えた。これを知った丹波守方でも陣太郎に二人のあとを追わせることにした。「三ヶ月以内に鶫を捕まえた者の父を許す」ということでライバル同士となってしまった燿之助と早苗は、それでも互いに力を合わせ、さらには陣太郎によって姉を殺された孤児麻吉も連れた、関東から天龍川、そして京都の都大路までの鶫を探す旅の中での活劇を繰り広げる。本作は、「神州天馬侠」によって「少年倶楽部」の売れゆきが急上昇したため、同じ講談社の「少女倶楽部」がたまりかね、英治に頼みこんで生まれたものである。挿絵も「神州天馬侠」と同じ山口将吉郎で、「そこに登場する少年武士燿之助は、あくまで凛々しく、少女早苗は可憐そのもの、満天下の乙女の魂を奪った作品であった」（松本昭）という。それゆえであろう、本作は何度も映画化されており、マキノ御室製作、昭和三年一月から四月まで全五部作として公開された第一作は人見吉之助監督、マキノ梅太郎、岡島艶子主演。昭和八年十一月、十二月に前後篇として公開された第二作は、新興キネマ製作、曽根純三監督、尾上菊太郎、森静子主演。戦後は、昭和二十七年十月に宝プロ製作、東映配給で、加藤泰監督、江見渉（江見俊太郎）、沢村マサヒコ（津川雅彦）、星美智子主演で映画化された後、昭和二十九年にも新芸術プロダクション製作、松竹配給で、内出好吉監督、美空ひばり、中村錦之助（萬屋錦之介）主演で映画化されている。〔参考文献〕松本昭『人間吉川英治』（六興出版、昭和六十二年）、野沢一馬「映画・舞台の「その他の歴史小説」」（『吉川英治歴史小説の世界　壮大なるロマンの魅力』吉川英治記念館、平成四年）

（原善）

風神門　ふうじんもん

小説。〔初出〕「少年世界」昭和七年五月～十一月（博文館）。〔収録〕『風神門』（「新少年附録」第4巻第12号、博文館、昭和十三年）、『風神門』（美和書房、昭和二十三年）、『風神門』（ポプラ社、昭和二十五年）、『吉川英治全集』（旧版）50（講談社、昭和四十二年）、『吉川英治文庫』149（講談社、昭和五十二年）。◆挿絵は山口将吉郎。児童向けの読み物として書かれた作品であるが、本作品は、家族の愛憎の中で傷つき生きる孤独な魂の行方をテーマに据える異色作である。坊太は宮大工職人であり、浅草観音堂の雷神門と風神門の建立をめぐって叔父と対決する。坊太の行動は父への恩愛で貫かれるが、その父は実は養父であり、実の父は坊太を見守っていた伊賀守であることが最後に明かされる。しかし伊賀守には家庭があるため父子として近づくことは禁じられる。自害した叔父の娘お町に「ああ、ふたりぼッちだ」と言ってにっこり笑ったのは、孤独を知り共有する者同士が強い絆と愛を得た二律背反的な結末の表現であろう。坊太の西瓜売りの場面から始まり、叔父に金銭貸借を申し出ながら断られるなど、作品の描写には多分に作者の少年時代の経験に重ねられるところが多い。賊に捕らわれ、口にさるぐつわを噛まされ、耳を封じられた坊太が「人間は、目をうしない、耳をうばわれても、頭脳さえたしかならば、この苦しさでも、楽しむことができる。この洞窟のなかにいても、天地に想像を馳駆することができる」と自らを励ましたことばは、「忘れ残りの記」の「生来の空想癖にすぐ遊ぶせいか、ぼくはこういう場合も、道の遠さとか、人の辛さとか、そんなことは余り心にこたえない」と述懐した作者の少年時代の思いに重なる。「万難はやすし、一難は難し」と坊太を諫め導いた伊賀守のことばは、たとえそれが作者の発見した道理であったとしても、ことばそのものが父と成り替わって生き続け、作者を教え導くものであったと思われる。

（上宇都ゆりほ）

北京から　ぺきんから

吉川英治は日中が全面戦争に発展する情勢下、昭和十二年七月二十九日毎日新聞社から北支の戦線を回って欲しいとの打診を受けた。吉川は妻やすとの離婚協議中の事もあって、後事を託して、八月二日早朝羽田を飛び立ち、夜には天津に着いた。この後、吉屋信子、尾崎士郎など多くの文士が北支に特派されるが、吉川が一番早かった。「毎日新聞」は八月三日の「本社事変報道陣に異彩　大衆文壇の巨匠　吉川英治氏特派　昨夕飛行機で天津到着」を顔写真入りで報じた。吉川は「天津にて」を取材した後、北京に移動し、北京から約三十マイル西北の南口鎮を取材した。一夜の露営と二日戦況を見て、八月十四日「南口戦従軍記　南口にて　十二日　本社特

派員　吉川英治発　第一報」を報じた。「部隊本部の所在を探してゐるころ、頭の上をがつん、じーんと巨大な○砲の弾丸がまだほの明るい夕空を裂いて、口笛を吹くやうに空気の振動をひいていく」などと報じた。第二報は「この部隊があしたは白兵戦的な進撃の第一戦に立つので、もう前夜から生死の線を越えて、かへって気もちが軽くなっているのだろうか」と最前線の空気を伝えた。第三報は「絶壁の自然石をゑぐって一種のトーチカを作ってゐたり、軽身でも登れないやうな山岳の中程まで迫撃砲をかつぎあげて、日本軍の前進隊へ頭の上から急に撃ちおろすところなど、やはり孫子の国の軍隊である」と。第二・三報とも八月二十一日に掲載されているが（十一日北平にて）で結んだ。八月二十七日午後六時から九段軍人会館での「北支観戦報告会」で、吉川は「従軍雑観」を講演し、さらに、十月一日発行の「婦人倶楽部」に「夏草だより　南口戦線の陣営から」を寄稿した。「望遠レンズで敵陣を見る吉川先生」「我が爆撃で砕けた天津北寧鉄路局にたつ吉川先生」の写真二枚と「南口鎮」を遠望したスケッチなど掲載された。**〔参考文献〕**尾崎秀樹『伝記吉川英治』（講談社、昭和四十五年八月）

（松尾政司）

べんがら炬燵　べんがらこたつ

小説。**〔初出〕**「週刊朝日」昭和九年新春特別号。**〔収録〕**『吉川英治全集』44（講談社、昭和四十五年）、『吉川英治全集』47（講談社、昭和五十八年）、縄田一男編『忠臣蔵傑作選』（旺文社文庫、昭和六十一年）、縄田一男編『忠臣蔵傑作コレクション（本伝篇）』（河出文庫、平成元年。後『忠臣蔵コレクション1（本伝篇）』と改題され、平成五年）、『吉川英治歴史時代文庫』76（講談社、平成二年）、大衆文学研究会編『歴史小説名作館』7（講談社、平成四年）、『吉川英治時代小説傑作選』（学研M文庫、平成十三年）、吉川英明編『失われた空―日本人の涙と心の名作8選―』（新潮文庫、平成二十六年）。◆討ち入り後、大石内蔵助以下十七人の浪士は細川家にお預けになった。接伴役堀内伝右衛門は、浪士の中でも最年少の磯貝十郎左衛門に惚れ込むが、それに比べて将来は婿養子にと国元から預かった修蔵の放蕩に暗澹とする。やがて一同切腹。十郎左衛門は色鮮やかな紫縮緬の切れ端と琴の爪を遺したが、それを懐中して帰る伝右衛門は、前夜身投げしていた吉良家の侍女《こしもと》の頭巾の切れ端であることを知るのだった。長編『新編忠臣蔵』の執筆に取りかかる直前の作品。本作を収めるアンソロジーの数の多さが示すように、忠臣蔵は多くの作家によって題材とされているが、あまり書かれていない討ち入り後の話であることが本作の魅力の一つである。十七人の浪士と伝右衛門の一月余りの交情の温かさの中でも、十郎左衛門へのそれが疑似父子の間とも読み取れる吉川英治的な骨肉愛というテーマや、（「彼らの宿命的な死に、伝右衛門の厳格な親心がほだされた結果」（吉川英明）とする読みもあるが）結末の「修蔵も、あれでいい。お麗のねがいも容れてやろう」という伝右衛門の独り言の意外性、など読みどころが多い。その一つが真山青果「元禄忠臣蔵」でも知られる十郎左衛門の遺した琴の爪のエピソードだが、吉川英治はよほどこの話が気に入ったとみえ、「僕はこの話が非常に好きだ。誰から贈られたか分からない。ハッと思った時には、もう腹を切って死んでいるのだ。問う術もない。如何にも武士の恋らしい」（「窓辺雑草」）と書いている。〔参考文献〕吉川英明「果てしなき樹海に立ちて」（『失われた空―日本人の涙と心の名作8選―』）　（原善）

細川ガラシャ　ほそかわがらしゃ

小説。「大楠公夫人」「太閤夫人」「静御前」「谷干城夫人」「小野寺十内の妻」の五篇の作品と共に『日本名婦伝』として刊行されている（昭和十七年の全国書房から出版されたものには、「山陽の母」「田崎草雲の妻」「わが母の記」「古代日本に咲いた華々」も収載される）。〔初出〕「主婦之友」昭和十五年七月号。〔収録〕『日本名婦伝』（全国書房、昭和十七年）、『吉川英治全集（旧版）』補巻2（講談社、昭和四十五年）、『吉川英治文庫』88（講談社、昭和五十二年）、『吉川英治全集（新版）』29（講談社、昭和五十七年）。◆明智光秀の三女（次女とも）で細川忠興夫人となった玉姫を主人公に描いた作品である。忠興は織田信長に仕えた細川藤孝の嫡男で、忠興とガラシャは信長が取り持つ縁で天正七（一五七九）年に婚儀をあげた。その三年後の天正十年（一五八二）、本能寺の変によってガラシャの生き方は大きく変えられてしまう。主君を殺すという大逆の罪を犯した光秀の娘として三戸野の山奥に幽閉され、そこでの生活は二年ほど続いた。悪口を言われるなどの辱めにも耐え忍んでいたが、そんな中で於霜《おしも》という心きれいな十二、三歳の娘だけはガラシヤに懐いていた。天正十二年（一五八四）、ガラシヤは忠興のもとに戻ることを許されたが、「叛逆者の娘である」という思いはずっと残ったままであった。その心を救うのが基督教であった。慶長五年（一六〇〇）七月、関ヶ原の合戦が始まろうとする折、忠興は徳川家康側に付き、宇都宮に陣を出していた。ガラシヤが残る細川邸には、石田三成の使者が立てられた。三成は敵陣諸将の妻子を人質にとり優位に立とうと目論んでおり、この使者もガラシヤを人質として引き立てるためのものであった。しかし、ガラシヤは使者の威嚇に屈することなく自決、その際、胸に黄金の十字架を掛けていたということである。

（桐生貴明）

牡丹焚火　ぼたんたきび

小説。〔初出〕「週刊朝日」昭和十一年七月〜十三年十一月。〔収録〕『吉川英治全集』48短編集（二）（講談社、昭和五十八年十二月）。◆六兵衛は、何故か武士を辞めて、葛飾在に牡丹畑を買い、俳句などを作って、早くから老成した生活を好んでいた。二十歳になるお筆という一人娘と細々と暮らしていた。兄重蔵は、見かえられた女の尻を追って行方不明となっていた。味噌屋の若旦那の傘亭は、牡丹園の手伝いということでやって来るが、目当ては、お筆との結婚である。暮れの二十九日には、二十人以上も集まって牡丹焚火をし、俳句を作り、酒を酌み交わした。屋外に牡丹薪を山のように積んで焚火をした。紫色の大火焔が揚がった。その夜、傘亭は、お筆に結婚を迫ったが果たせなかった。お筆は、牡丹薪を取りに来る若い武士に思いを寄せていた。その若い武士は、今年が最後であるという挨拶と共にお礼にお金をお筆に渡した。お筆は、武士に思いを伝えるために後を追った。その武士は、鯖江洪太郎という越中富山藩の前田出雲守に仕える者であった。郷里へ帰った洪太郎は、兄の力之進と会った。二人は、「悪人派の頭目、飯田兵部と、殿を毒し参らせている妖婦さえ討てば」と話がまとまった。重蔵は、深川で馴染んだ秀蝶という羽織芸妓が、妖婦お秀の方となっていることを知って、その女を殺した。重蔵は、自首したが、罪にはならなかった。富山のお庭方へ住込みで雇われることになった。お筆は、洪太郎と結婚した。お筆と洪太郎の純愛は、「牡丹焚火」という題名に象徴されるような、清々しいものであった。俳句は、吉川英治の実作の経験によるものなので、説得力があり、作品に輝きを与える存在となっている。構成も起承転結を踏まえた作品で、短編小説として成功を収めた傑作である。（中山幸子）

本町紅屋お紺

ほんまちべにやおこん・ほんちょうべにやおこん

小説。〔初出〕「講談倶楽部」昭和七年一月号。〔収録〕なし。◆連載を考えていた作品らしいが、第一回の掲載のみで休載され、未完に終っている。本作は作品年譜によって発表が確認されるが、第一回の掲載された「講談倶楽部」昭和七年一月号は、国立国会図書館にも本体は所蔵されておらず、マイクロフィルムおよびデジタルライブラリーでも「欠号」となっている。内容の確認が困難な一作で、その構想等の想像もかなわない。題名「本町」の読みすら確定しえない。（白井雅彦）

魔界の音楽師

まかいのおんがくし

小説。〔初出〕「少年世界」昭和六年六月〜十二月（博文館）。〔収録〕『少年少女吉川英治名作集』3（東西五月社、昭和三十五年）、吉川英治文庫149（講談社、昭和五十二年）、『吉川英治全集』（旧版）55（講談社、昭和四十三年）。◆「少年世界」昭和二年四月号から五年にわたって連載された「龍虎八天狗」が昭和六年五月号で完結したのに引き続き、翌月から同書に本作品が連載開始されたもので、挿絵は山口将吉郎。児童向けに書かれた作品として、上杉謙信の小姓恩智賛之丞の仇討ちの冒険活劇を主題とするが、仇討ちの相手を倭寇の八幡船の首領とし、八幡船を武田軍の謀略による偽装と設定したことによって、廻船の物流を舞台としたスケールの大きな作品となっている。賊は定期的に来襲し、民衆の日常を破壊するが、賊の来襲に対して民衆は受動的に逃げる方法しか知らない。賊は民衆とは異質の存在であり、首領は金の仮面をつけているという描写からも、折口信夫の定義した異界からのマレビト信仰を背景に解釈されよう。「宮本武蔵」でも、残虐を極める山賊の来襲に対し、神と恐れて受忍するだけであった民衆に、武蔵は合理的思考から対抗する術を教えた。賛之丞も魔界の八幡船のからくりを武田軍の謀略と暴いたが、合戦の影に存在する、無名の民衆の信仰的生活から合理的思考へという大きな歴史の流れへの視点が指摘される。〔参考文献〕南部亘国「「魔界の音楽師」と「風神門」」(『吉川英治文庫』149、講談社、昭和五十二年)

(上宇都ゆりほ)

魔金　まきん

小説。〔初出〕「富士」昭和十一年臨時増刊号(四月刊)。〔収録〕「魚紋」と改題されて『吉川英治全集』43(講談社、昭和四十二年)、『吉川英治文庫』129(講談社、昭和五十一年)。◆北国大名の「お部屋様くずれ」であるらしいお可久《かく》が囲碁指南の看板を掛けた家には、今夜も彼女目当ての、質屋山岡屋の番頭才助、医者の玄庵、自称御家人の村安伝九郎、浮世絵師の喜多川春作の四人が集まって賭け碁に耽っていたが、そこに才助を訪ねてきた男は伝馬役所の牢番だった。彼は、獄中で獄門になりそうな和尚鉄こと坊主の鉄雲からの、盗んだ小判七百両を託したいということを言伝かってきた「彼《あ》の世からの使」であった。それを隣の部屋で寝ていた薊と綽名のある遊び人の芳五郎に聞かれたのみならず、春作も盗み聞きしていたのだった。永代橋の西河岸の河の「波紋魚紋」の中に確かに小判が餅網に入れて沈められていることを確かめた才助は、薊の殺害を伝九郎に百両で依頼するが、伝九郎は返り討ちにあってしまい、才助は玄庵に毒殺され、玄庵は薊に殺される。金を得て逐電しようとする薊とお可久。薊は沈められた「白い碁石」を目印に引き上げようとした小判を、天竜川育ち自慢が仇になって手離せずにその重みで溺れてしまう。後をつけてきていた春作を頼ろうとするお可久であったが、そこに町方の捕手が現れて縛められてしまう。十数枚の画稿に春作が描いたお可久の姿はいかなるものであるかを読者に想像させるラストは暗示的で心憎い。昭和十年の夏、講談社が「キング」の増刊号を発行したことが皮切りで、講談社の各誌が一斉に増刊号の発売に踏み切った。著者も誘われて執筆したのが本作。昭和十一年十二月単行本に収める時、「魚紋」と改題されたということだがその刊本は未詳。

（原善）

魔粧仏身　ましょうぶっしん

小説。**〔初出〕**「キング」昭和十二年十一月〜昭和十四年五月。**〔収録〕**『魔粧佛身』（玄理社、昭和二十三年）、『魔粧佛身』（桃源社、昭和二十八年）、『吉川英治全集』21（講談社、昭和四十四年）、『吉川英治文庫』63（講談社、昭和五十一年）、『吉川英治全集』補巻3（講談社、昭和五十九年）。◆時代が幕府側と勤王派とに分かれた幕末、佐賀勤王党に属する魚住十郎太は、娘お柳とともに箱根の関所を破り江戸へ向かっていた。お柳の婚約相手である鷹松第四郎に会うためである。その道中、十郎太は関所番頭岡本亀八を殺めてしまう。そのことを悔やみつつ、十郎太たちは江戸で第四郎に面会するが、すでに結婚し陸軍奉行次席の身分となっていることを知り憤慨する。しかしお柳を狙う第四郎の策略によって亀八の弟薄井甚内に引き合わされた末に、十郎太は甚内をも斬ってしまうのだった。一方、亀八の息子岡本源治は父親の死後も遊び暮らしていたが、叔父である甚内の死を知って、ついに自身で仇討ちに向かうことを決意する。剣術指南を受けるため北辰一刀流の達人山岡鉄舟の道場を訪ねた源治は、そこで第四郎から逃れて女中として働くお柳と出会い、仇の娘とは知らずに、二人は恋に落ちる。しかし、折しも江戸役人の悪事に巻き込まれた源治は無実の罪を着せられてしまう。八卦見に扮し隠れていた十郎太が彼を助け、自ら仇討ちを成就させようと「無念無想の一太刀は出ぬかっ。出せぬのかっ」と源治を叱咤する。そこへ源治と同じく鉄舟の道場に出入りしていた清河八郎が現れ、八郎の提案で仇討ちは三年後に行うことになる。そして三年後、山岡鉄舟は駿府での西郷隆盛との面会からの帰途で、十郎太と再会し一連の経緯を聞く。鉄舟は、十郎太の願い通り、源治を呼び寄せるが、源治は十郎太の悔恨の意を知り仇討ちを留まろうとする。だが鉄舟は、仇として魔を粧いながらも仏心を持っていた十郎太の望みを叶えさせるように諭し、源治は、自ら刃を突き立てた十郎太に止《とど》めを指すのだった。山岡鉄舟は江戸城開城に先駆け、徳川慶喜恭順の書を携え、駿府で西郷隆盛と面会し、勝海舟と西郷の会談に貢献した人物である。物語では鉄舟は仇討ちを願う源治に剣術指南をするわけだが、事実、明治期に最後の仇討ちをした人物として知られる臼井六郎は鉄舟のもとで剣術指南を受けている。明治六年の「仇討禁止令」発布後に、捕まることを承知しながら仇討ちを果たした臼井について、鉄舟は「人を殺すの術を教授せしに相違なし。然れども苟も天下の公法を破り誰彼を殺せとは教唆せしなし」と述べている。そんな鉄舟が、「魔性仏身」では最終的に仇討ちの裁き手のような形で登場するのは物語として非常に興味深い。〔参考文献〕佐倉孫三『山岡鉄舟伝』（普及舎、明治二十六年五月）

（佐藤忠信）

松風みやげ　まつかぜみやげ

小説。〔初出〕「婦人倶楽部」昭和十三年春の増刊号。〔収録〕『吉川英治全集』45（講談社、昭和四十五年）、『吉川英治短編選集　幕末編』（六興出版、昭和四十八年）、『吉川英治文庫』131（講談社、昭和五十一年）、『吉川英治全集』48（講談社、昭和五十八年）、『吉川英治幕末維新小説名作選集』7（学陽書房、平成十二年）。◆山城河岸の津の国屋藤兵衛は近頃での名妓と言われていた若紫（おふさ）を落籍していたが、大名に貸した金が貸し倒れ御用金は搾り取られて家は傾き、妻は目ぼしい家財と共に家に戻っていた。それでも大尽遊びを続ける藤兵衛に、御家人悪の札付きで通っている青木弥太郎に唆され、姫路浪人の井田新之助と新撰組崩れの津田幸は強請をかけ続ける。井田新は兄としておふさが身売りの際の証人になっていた男だったのだ。いよいよ家が傾き、万事休して、自分で自分を流人にして配所へ流そうという藤兵衛はおふさと夜逃げをしてしまう。それから二年が経った慶応三年、千葉の寒川の辻堂にいるという噂を聞いた講釈師の桃川如燕と三味線師匠の都以中は、二人を訪ねる。その少し前に、江戸を離れ奥州に落ち延びようとする井田新が最後の無心にやってきたのを二人は快く迎え入れていた。御恩は忘れぬという井田新の言葉に、藤兵衛はかつてこれほど真実に欣ばれたことはなかったと思うのだった。
表題はそれに続く作品末尾の「ゆうべからの松風を、そっと土産に持っていけ」という藤兵衛の如燕たちへの言葉に由来する。「今の江戸には、この松風ほどきれいな声は何処にもあるまい」という江戸末期の混乱を背景に本作は「世の中が波立つと、いろいろ面白い事がある」ことを描いた作品となっている。その藤兵衛の感慨は「偽《にせ》の中にほんとがあり、ほんとの中に偽がある」という井田新が売りつけていった古志野茶碗に対する述懐に続くものであるが、そこには、「時代の渦中から身を退いて世の中を眺めている男の透徹した視線がうかがえる」（清原康正）のみならず、落ちぶれた藤兵衛に掌を返す昔の取り巻きたち、最後に回心した井田新、といった人間に対する読者の思いとそのまま重なってくる。その茶碗を首尾に配した構成も見事な好短篇。〔参考文献〕清原康正「解説」（『吉川英治幕末維新小説名作選集』7）

（原善）

1332

松のや露八　まつのやろはち

小説。〔初出〕「サンデー毎日」昭和九年六月〜十月（大阪毎日新聞社）。〔収録〕『昭和長編小説全集』4（新潮社、昭和十年）、『松のや露八』（鎌倉文庫、昭和二十二年）、『松のや露八』（同光社、昭和三十一年）、『新潮文庫』（新潮社、昭和三十四年）、『吉川英治全集』（旧版）15（講談社、昭和四十三年）、『松のや露八』（六興出版、昭和四十八年）、『吉川英治全集』（新版）11（講談社、昭和五十七年）、『吉川英治歴史時代文庫』10（講談社、平成二年）、『吉川英治幕末維新名作選集』3（学陽書房、平成十二年）。◆松のや露八は本名土肥庄次郎、天保四年（一八三三）に一橋家の近習番頭取土肥半蔵の長男として生まれた。槍術・剣術

の免許を取ったが、遊蕩のために勘当され、吉原の幇間となる。幕府の最後の戦いである長州戦争、彰義隊戦争に土肥庄次郎として参加して戦った後、いったん静岡で暮らすが、維新後再び吉原で幇間として生き、松廼屋露八を名乗り、明治三十六年（一九〇三）に七十一歳で死去した。本作品以前、昭和四年（一九二九）に「平凡」（平凡社）一月号・二月号に掲載された「飢えたる彰義隊」の中で彰義隊の志士となった露八が登場するが、本作品は、主人公である吉沢の想い人のお歌が芸妓となり、「だいぶ露八の哲学にかぶれて、ちょっとした荻江の名取になっていたという」と評する一文で締め括られている。おそらく吉川は、この時点から「露八の哲学」とは何かということを考え続けていたのではなかろうか。「飢えたる彰義隊」では、露八は「まったく泣いている のやら、笑っているのやら、わけの分からない」掴み所のない人物と評されるが、「松のや露八」は、露八の人生自体の「わけの分からなさ」に迫った作品と言えよう。本作品で描かれる露八は、山田風太郎「幻燈辻馬車」で女郎たちに尊敬され、自由党の壮士たちを助け、本気で怒れば一捻りで相手を殺してしまう、仁王のような露八ではない。剣術の免許をもらったのも父の命に従ったためであり、遊蕩にふけるきっかけも悪友に酒を飲まされ、偶然知り合った荻江流の姉妹に惚れたためである。全てが受動的に起こった結果であり、「佐幕の勤王のという資格がない生まれついての鈍物」として「自分のがらに合った世渡りを隅田川の蜆みたいに送りゃあいい」という。対照的に描かれる弟八十三郎は、次の時代を見据えて討幕運動に参加するが、露八には常に弟への骨肉愛と引け目と、時代の潮流を測る合理性への嫌悪が混在する。露八が彰義隊の志士となったのも江戸の人々との連帯感からに過ぎない。維新後、兵部省の書記となった弟と再会した露八は、弟に「てめえのような聖人君子は…（中略）…幇間もできやしねえ」と言い放つが、そこには苦い自嘲が潜む。寂しい露八の心の中にあったただ一つの「きれいなもの」、生涯変わらぬ拠り所とは、初恋の人の存在であった。本作品の露八の人物像は、昭和十年（一九三五）から東京・大阪朝日新聞に連載が始まった「宮本武蔵」で武蔵の同郷の友人である又八に大きく重なり、人物造形に深く関わっていると思われる。**〔参考文献〕**

寺井美奈子「松廼屋露八」（『ドキュメント日本人9　虚人列

伝、学芸書林、昭和四十四年）、綱淵謙錠「幕臣　松廼屋露八」（『吉川英治歴史時代文庫』10、講談社、平成二年）、森まゆみ『彰義隊遺聞』（新潮社、平成十六年）　（上宇都ゆりほ）

万花地獄　まんげじごく

小説。〔初出〕「キング」昭和二年一月～昭和四年四月。〔収録〕『万花地獄』（平凡社、昭和四年）、『吉川英治全集』6（平凡社、昭和七年）、『万花地獄』前後篇（三島書房、昭和二十三年）、『万花地獄』上下（向日書館、昭和二十八年）、『吉川英治全集（旧版）』3（講談社、昭和四十三年）、『万花地獄』（桃源社、昭和四十六年）、『吉川英治文庫』8～9（講談社、昭和五十一年）、『吉川英治全集（新版）』4（講談社、昭和五十八年）。◆甲州御代崎一万石の藩主駒木大内記は、家老司馬大学の陰謀により毒を飲まされ、奇病の廃人となって幽閉されていた。佞臣《ねいしん》大学は、駒木家に伝わる万花《まんげ》多《た》宝塔《ほうとう》の下の莫大な隠し金と、大内記の息女でその解開の鍵を握る光江の両方を狙っていたのである。京都から光江の婿養子となるべくやって来た公卿の一行を暗殺した大学は、彼女を江戸へ連れ去ってしまう。その一方で、江戸屋敷詰の役を解かれ蟄居中の小枝角太郎《さえだかくたろう》は、光江の小間使いであったお妻とその兄飛車兵衛、研師定八とその娘お吟、江戸の外科医幸安とその弟子で吹矢名人の少年荘八らの協力を得て、主家再興のために光江の奪還を試みるのであった。これに対し、大学も悪浪人の久米段之進や毒婦カルタのお兼などを仲間に加え、両者の争いは激しさを増していく中、花又三日之助《はなまたみかのすけ》なる謎の人物に光江を奪い取られてしまった。大学は大内記を人質として善光寺へ姿を隠し、三日之助から光江を奪還した飛車兵衛と角太郎を草津峠に追い詰めると、解開の鍵の秘密を打ち明ける約束とともに再び彼女を手に入れる。そして、老中水野山城守の力添えもあり、大学は御代崎一万石の代官として甲州入りを果たし、再び三日之助を仲間に引き入れることにも成功した。三日之助は甲州へ追ってきた角太郎の居所を知るとそこへ急襲し、角太郎はお吟やお妻ともども捕えられてしまった。いよいよ、万花多宝塔の秘庫を開くために、大学の一味と三日之助、光江らが地底の室へやって来た時、突然、三日之助が裏切って大学へ斬りかかった。三日之助はすぐさま捕えていた角太郎を解放すると、角太郎らは多宝塔の上層まで逃げる大学を追って、ついに討ち果たしたのである。三日之助の正体は、大内記が賤しい唄い女との間に儲けた隠し子で、光江と血を分けた実弟なのであった。三日之助もまた父や姉、角太郎らが主家再興のために悪戦苦闘するのを、日陰の者として助力してきたのである。その後、幸安は大学から光江に施された腕の「大学契《たいがくにちぎる》」の入墨を見事に消し去り、また、希有の薬草の効能によって、大内記の難病もある程度まで治癒させたという。御代崎藩のお家騒動を中心とした、勧善懲悪の冒険活劇譚である。秘宝探し、美男美女の登場人物と謎の美剣士の活躍、出生の秘密など、伝奇小説の面白さを堪能できる。主人公らが生きるか死ぬかの瀬戸際を何度もくぐり抜ける、緊迫感に溢れたストーリー展開で、しかも読者を飽きさせない仕掛けに満ちている。

（岡山高博）

みじか夜峠

みじかよとうげ

小説。〔初出〕「週刊朝日」昭和十年銷夏読物号。挿絵は小村雪岱。〔収録〕『遊戯菩薩』（新英社、昭和十年十一月）、『吉川英治傑作集下巻』（朝日新聞社、昭和十四年）、『吉川英治全集　袴だれ保輔―短編集2』第45巻（講談社〈旧版〉、昭和45年）、『吉川英治全集　短編集2』56（講談社〈新版〉、昭和54年）、『吉川英治文庫61　篝火の女　短編集五』（講談社、昭和51年）。◆昌平黌、千葉周作塾で鬼才と称えられた小普請役八十石取の仁科三九郎は、佐賀藩の向井修馬とお国をめぐって争い、殺した。その弟番之助が兄の敵と挑むのを返り討ちにする。三九郎は虚しさを覚え丹沢山の啼虫沢奥の〝どうとの瀧〟で垢離の行で心を静めた。滝行で冷えた体の三九郎を世話したのが〝どうとの小町〟と呼ばれた滝見茶屋のお葛。お葛は三九郎に思いを寄せる。向井の三男源吾は三九郎を探しあて、兄達の敵と挑むも、左腕を斬られる。お国は、一歳の吉太郎を連れて、啼虫沢の弥勒寺に辿りつき、世話になる。さらに奥のどうと滝で垢離を取る三九郎を探す。三九郎はさらに奥の取ッかえ小屋で孤独な生活を始めていたが、お国は探し当てる。この時、三九郎はお国が吉太郎を麓の寺に預けて来たことを聞き、激怒。どうとの滝に走り、心を静めた。冷えた体をお葛が用意した葛湯で温めていると、麓から四人の武士が上って来た。一人は吉太郎を人質として背負っていた。弁当を食べ終えると、取ッかえ小屋へ向かった。四人は小屋に躍り込み、お国を見つけ、三九郎の居所を聞き糺した。そこに、「仁科三九郎はこゝにいるぞっ」と名乗り出る。四人は向井の従兄、刎頸の友、そして、剣道師範であった。三九郎が太刀を抜いたが、両者が一滴の血も流さない時、「待てっ、待てっ、待て！」と三九郎の滝行などを見守っていた老武士が「わしは向井兄弟の叔父」と双方を鎮めて名乗り、懇々と説く。「何で、斬りつ、斬られつしなければならぬ理があるのか」。分別をもって「三九郎は、修馬を殺して、幸福を奪ったのか。否、決してそうではない。この夫婦の経て来た苦しみは死ぬくるしみより辛かったろう」と。嬰児と女を今日限りくれてやってしまいなさい。「復讐は、立派にできているのだ。この親子三名のこれからの血をしぼるような罪業の償いを眺めていようぞ」と説く。吉太郎を受け取った三九郎は一言。「俺たち夫婦は、罪のつぐないに旅立とう」。そして、「俺の子を――俺の宿命を――自分が負ってあるく」と吉太郎を背負い、お国と共に歩いた。

（松尾政司）

源頼朝　みなもとのよりとも

小説。〔初出〕「朝日新聞」昭和十五年一月～十月。〔収録〕『源頼朝』上下（朝日新聞社、昭和十五～十六年）、『英治叢書』23～24（六興出版、昭和二十六年）、『吉川英治全集（旧版）』30（講談社、昭和四十五年）、『吉川英治文庫』86～87（講談社、昭和五十年）、『吉川英治全集（新版）』28（講談社、昭和五十七年）、『吉川英治歴史時代文庫』41～42（講談社、平成二年）。◆果てしなく白い雪の中、ただ一騎落ちていく十三歳の童子武者は、源氏の長者源義朝の三男右兵衛佐《うひょうえのすけ》頼朝である。平治の乱に敗れた左馬頭《さまのかみ》義朝の一行からいつしかはぐれたらしい。また、厳寒の都では、義朝の愛人常磐《ときわ》が今若と乙若の手を引き、乳飲み子の牛若を抱いて、寄る辺を求めて彷徨っていた。平頼盛の家人に捕えられた頼朝は、清盛の義母池の禅尼の嘆願で一命を長らえ、伊豆の国に配流となり、他方、牛若もまた七歳の春には母と別れ、鞍馬山に預けられた。十六年後、配所に二十九歳を迎えた頼朝は、北条時政の娘政子と婚姻関係を結び、治承四年（一一八〇）、反平家の兵を挙げて山木兼隆邸を襲撃した。源氏方は一度は石橋山の戦いに大敗するも、その後は徐々に勢力を挽回し、頼朝は源氏発祥の地である鎌倉に入った。富士川の戦いに勝利した後、奥州平泉に逃れていた九郎義経が兄の元へ駈けつけ、涙ながらに運命の再会を果たす。しかし、頼朝は源氏の嫡流として武家政権の確立のために、敢えて、骨肉の情を信ずる義経に冷酷な仕打ちを与えるのであった。宇治川に義仲軍を破った義経は、新時代の建設のために旧勢力を打破する天命に生きる覚悟を決め、西海の平氏を壇ノ浦に滅亡させた。これに対し、義経の才略を知るが故にそれを恐怖する頼朝は、讒者《ざんしゃ》の画策も手伝って、ついに血を分けた弟を滅ぼすことになる。義経詮議の声が巷間に拡がる頃、義朝の廟には、兄弟の相克を嘆いた魏の曹植《そうしょく》「七歩詩」の書き付けがあった。『窓辺雑草』「英雄と女性・恋愛」の章所収の「理性と情熱、頼朝と義経の場合」において、著者は「英雄には二種類」があり、弟の義経を「破壊的な英雄」、兄の頼朝を「建設的な英雄」とし、「破壊的な英雄は末路が悲惨な割合に、その生涯は非常に華かであるが、建設的の英雄は反対に非常に理性に富んでゐる」とその性格の違いを明示している。この破壊と建設という二つの才能が合わさって、ついに平家打倒の悲願を成し遂げたものの、次第に兄弟武将の確執は深刻化していく。作品の末尾に、著者がいつも愛誦しているという「七歩詩」を引くのは、歴史の中で骨肉の争いを繰り返して止まない人間の愚かさへの警鐘であろう。

（岡山高博）

宮本武蔵　みやもとむさし

小説。〔初出〕「朝日新聞」昭和十年八月～十四年七月。〔収録〕『吉川英治全集』17～19（講談社、昭和四十三年）、『吉川英治全集』15～18（講談社、昭和五十五年）。単行本『宮本武蔵』全六巻（大日本雄辯會講談社、昭和十一年～昭和十四年）、『宮本武蔵』全八巻（大日本雄辯會講談社、昭和十四年）、『宮本武蔵』全六巻（六興出版、昭和二十四年～二十五年）。文庫本として吉川英治文庫『宮本武蔵』全八巻（講談社、昭和五十年）、吉川英治歴史時代文庫『宮本武蔵』全八巻（講談社、平成元年～平成二年）他。◆小説『宮本武蔵』は「宮本武蔵の青春物語」である。時は慶長五年、

武蔵十七歳。武蔵は幼なじみの親友本位田又八と、関ヶ原の戦に西軍、石田三成方として参加、落人としてさまよう場面から始まる。「お甲」とその子「朱美」が武蔵と又八を匿い二人を落人狩りから救う。又八は故郷作州宮本村に「お通」という許嫁がいたにも関わらず、助けてくれた「お甲」と添い遂げようと姿をくらます。以後、「又八」と「お甲」と「朱美」、そして「お通」を巡る物語が、修行者武蔵の物語のサイドストーリーとして展開していく。「新免武蔵《しんめんたけぞう》」から「宮本《みやもと》武蔵《むさし》」へと変わったのも、「お通」がきっかけであった。「お通」を捨てた又八のことを伝えようと宮本村に戻った武蔵であったが、もとより乱暴者であった武蔵は村人から疎まれ、宗彭沢《しゅうほうたく》庵《あん》の計略で千年杉に縛られる。お通は次第に武蔵に惹かれていき、武蔵の縛を解き一緒に逃げようとする。しかし、当の武蔵は沢庵の計略で白鷺城の天守閣に幽閉され、書に囲まれた生活をし、自己の存在価値に疑問を持つに至る。三年後、許された武蔵は奉公の誘いを断り、流浪の修行を決意する。そして武蔵があらわれるのを三年間待ち続けたお通の前から姿をくらましてしまう。この直前、白鷺城主池田輝政と沢庵の助言により「新免武蔵《たけぞう》」から「宮本武蔵《むさし》」へと名を変えるのである。そしてお通は武蔵を求めて、武蔵は剣の真理を求めて旅を始め、剣豪「宮本武蔵」の物語になっていく。吉川英治はこの二人だけではなく、怪僧沢庵、又八の母親お杉、又八とお甲・朱美にもそれぞれ旅をさせる。お杉は又八を捨てたお通と武蔵を成敗するために、又八は生きるために、そして沢庵は武蔵の後を追うように旅を続けながらそれぞれの人生が錯綜するロードムービーとなる。さらに武蔵を師匠と仰ぎ、「強くなりたい」と願う城太郎という十一歳の少年が加わり、物語は武蔵の精神的な成長の物語へと変化する。乱暴者で、「強くなること」しか念頭になかった武蔵に、宝蔵院住持日観、柳生石舟斎という武術の達人たちは、直接手合わせすることなく、武蔵に「欠けているもの」を諭していく。また、吉川英治は、武蔵を本阿弥光悦、灰屋紹由、烏丸光広といった粋人と交流させる。書画や茶器、楽器などを見る眼を養った武蔵は、人間としての幅も広げていく。そして、決闘。「吉岡一門との果たし合い」では、一乗寺村下り松で、吉岡一門の跡取りである、まだ幼さの残る「源次郎」を初めに切り捨てることで、総勢七十名を越える門弟との戦いに武蔵は勝利する。他に鎖鎌の使い手宍戸梅軒、物語の最後には巌流佐々木小次郎との勝負、と続いていくのだが、真剣勝負をする度に、武蔵の内面に変化が起こっていく。吉岡一門に勝利した武蔵は、初めて自らの意志で弟子を持つことになる。江戸に近い法典ヶ原で出会った少年「伊織」を、武蔵は教育していくのである。同時に武蔵は法典ヶ原の開墾に励み、また、地域の住民を盗賊から守るなどして、土地の者からは「神のように慕われた」存在となっていく。小次郎との決戦の直前には、岡崎で「無可」と名乗り寺子屋で子供たちに読み書きを指南する武蔵が描かれ、「剣豪」としてだけではない、その後の「風流人」武蔵の萌芽を感じさせる。そしていよいよ佐々木小次郎との決闘となる。細川忠利の命で小次郎と試合が組まれた武蔵は「船島」へと向かう。船の櫂を削った木刀を持った武蔵は小次郎と斬り合う。小次郎の物干竿が武蔵の鉢巻を断ち切る。その瞬間、小次郎は櫂の木刀を額に受けて倒れていく。武蔵の鉢巻きを切り落とした小次郎の顔は、勝利を確信し微笑みを浮かべていたという――。ちなみに「本位田又八」、「お杉」、「お甲」、「朱美」、そして武蔵を追い続ける「お通」という人物に関しては、吉川英治の創作である。吉川英治は、その著作の中で、「お通」「朱美」について次のように語っている。「僕はお通っていうものは意識的にやや理想像を書いていますし、朱美の方はその反対を幾らか現代の女性にちかいものにしています」。一説に、「お通」は吉川英治の妻文子夫人の姿と重なるという。いずれにしても、菊池寛と直木三十五の「宮本武蔵名人・非名人論争」がきっかけとなり生まれた『宮本武蔵』は、新聞連載後も多くの人々に影響を与え続ける作品となった。**〔参考文献〕**「吉川英治の世界」（「解釈と鑑賞」平成十三年十月号）

（冨澤慎人）

無宿人国記　むしゅくにんこっき

小説。**〔初出〕**「中央公論」昭和七年夏季増刊号。**〔収録〕**『吉川英治全集』44（講談社、昭和四十五年）、『吉川英治全集』47（講談社、昭和五十八年）、『吉川英治歴史時代文庫』75（講談社、平成二年）、『吉川英治時代小説傑作選』（学研M文庫、平成十三年）。◆上野介の夫人が上杉家

の当主綱憲《つなのり》の母に当たることもあって、吉良家と上杉家は切っても切れない関係であった。才識に経世に米沢の宝と言われた上杉家の国家老、千坂《ちさか》兵部は、浪士との対立を避け公然とはできない吉良邸の警戒にあたれる剣客を探して頭を痛めているところに、町方に追われてきた清水一角を匿うことになった。一角は上杉藩の剣法方にいたこともあったが、今やゆすり、辻斬り、ばくち場荒らしの兇状持ち、果ては自分の女お里を殺して逃げていたのだった。兵部の命で米沢に下った一角は旧知の涌井半太夫と青砥弥助を口説き落とすが、もう一人名を挙げられていた木村丈八郎はお里の弟であった。丈八郎は脱藩して吉良の付人に身売りすることを拒む。一角はお里に似た美人の妹お八重と関係を持つ。そのことを知った丈八郎と斬り合う中で下の妹のお信《のぶ》を傷つけてしまう。入水したとされていた姉のお里が実は一角と出奔していて挙句殺されたことも知った丈八郎は、さらに一角とぐるになって米沢藩の腕利きを他藩へ引き抜いたとの噂を打ち消すためにも、一角を討とうと探し求め、ついに江戸で切り結ぶが、そこを涌井らに止められ、兵部の命によって吉良家の侍部屋で仇と敵が一つ釜の飯を食うことになった。いよいよ討ち入りの夜、二人は奮戦するが共に手負いとなっていく……。〈一角を悪《わる》の人物として描いた視点が興味深い〉（武蔵野次郎）が、途中お八重まで殺している非道の男を主人公にした徹底した悪漢小説も、最後には一角が丈八郎を助太刀するほどの仲になり、首まで差し出そうとするような変化を見せるに至る、その契機に「赤穂の敵は、立派だなあ」という浪士たちの誠心に触れたことがあるのだとして、本作もまた「べんがら炬燵」などと並ぶ、まさしく「忠臣蔵」を裏側から描いた作品と言える。「武士道あるいは侍の生き方といったものを主題に据えた作品」（吉川英明）でもある。**〔参考文献〕**武蔵野次郎「解説」（『吉川英治歴史時代文庫』75）、吉川英明「学研M文庫の読者へ」（『吉川英治時代小説傑作選』）

（菅野陽太郎）

無知の弁　むちのべん

随筆。**〔初出〕**「禅文化」二〇号、昭和三十五年九月。◆安土桃山から江戸前期の臨済宗の僧で、後水尾上皇らの帰依を受けた愚堂東寔《ぐどうとうしょく》に関する随想。著者は愚堂の最も印象的な一偈として「自ら笑ふ、十年行脚の事／痩藤《そうとう》破笠《はりゅう》 禅扉《ぜんぴ》を扣《たた》く／元来 仏法に多子無きなり／喫飯喫茶 又 著衣」を挙げ、これを呟くと「現前の自己がしている世事の小煩鎖のごときは一杯のお茶漬の喰べかたに苦吟しているみたいなものだといふ自嘲の救ひを覚えてくる」と述べる。その上で、「禅家のうちには、いちばんほんとの東洋人らしい東洋人がいる。また煮つめた日本的人物と日本的精神の結晶が見られる」と記している。小説『宮本武蔵』「円明の巻」においても、人生の道業に苦悩する武蔵が愚堂和尚に教えを請う場面に、若き日の武蔵が妙心寺の禅室に足繁く通っていた頃、愚堂により示された「自嘲の作といふ一偈」として右の偈文が引かれている。また『随筆宮本武蔵』「愚堂和尚賛「二天画祖師像」について」では、愚堂自筆の画賛を有する、武蔵の手になるという彩色画の達磨和尚像が紹介されている。（岡山高博）

無明有明　むみょうゆみょう

小説。〔初出〕「婦人倶楽部」昭和十一年一月〜同十三年二月迄二十六回の連載。挿絵は岩田専太郎（昭和十二年七月号のみ富永謙太郎）。〔収録〕『吉川英治全集15　松のや鶴八　遊戯菩薩』（講談社、昭和四十三年七月）、『吉川英治文庫58、59』（講談社、昭和五十一年）、『吉川英治全集補巻2　無明有明・江戸長恨歌』（講談社、昭和五十九年四月）。

◆御小納戸組百七十俵取北条貢は、槍、剣、書、経学を学び、和歌も嗜んだが、一時身を持ち崩して朱墨子組の一味となった。御小納戸頭小梨半兵衛の奔走で貢は直参に返り咲き、水茶屋の娘鶴江を養父寅松に手切れ金を渡し妻として迎え、夫婦は菊太郎を授かり、幸福な生活を送っていた。本石町の両替商佐渡屋幸助が殺害され、二百両が奪われる事件が起きた。貢は下手人として江戸城内で捕えられ、番町の大番頭権堂弥十郎屋敷に預けられた。小梨と貢の同役藤懸左平太は心配して権堂屋敷を訪ねたが、貢は既に逃亡。弥十郎は責めを負って切腹した。小梨は「人間とは善性か、悪性か、人の棲むこの世の中実相虚相はどこにあるか」と弥十郎の亡骸に問いかけ、髻を切って雲水になった。貢は組屋敷に戻り、鶴江に「武士は今夜限る捨てた」と言い、そして、鶴江と菊太郎を抱え渋谷から目黒川へと出た。三人を追ったのは町方同心逆井雷助と手の者。貢は川の崖で織江を放し別れて逃げた。貢親子は秦野村の沢庵農家の茂十に助けられた。鶴江は目黒川沿いで浅草紙を漉いている紙漉小屋の市兵衛夫婦に助けられ、紙屑とボロをよりわけるなどの仕事を手伝っていたが、視力を次第に失っていく。そんな時、藤懸左平太に見つけられ、品川宿漁師町の養父寅松の家に運ばれた。とらわれたと言ってもいい。そこへ藤懸はよく通ってきたが鶴江は一目散に逃げ、川に身を躍らせた。それから七年の歳月が過ぎた。貢は路頭に迷っていた時、越中きっての醸造酒屋五百石村の金菱家の当主の世話になり杜氏から杜氏頭に抜擢され、さらに子供がいないため、跡目を継ぎ、親戚の娘を娶合わされ祝言となった。祝言騒ぎに紛れ込んだのが、鏡研師吉兵衛こと逆井雷助と料理番粂こと権堂九馬之丞である。二人は郡代役所に手配して捕方が金菱屋敷を取り囲んだ。取り囲まれているのを察知した貢は、躍りの乱痴気騒ぎから抜け出し、神通川に逃げるも菊太郎と逸れた。盲目の鶴江は、無明の身に有明の日を抱いて貢の後を追う。鶴江は雷助・九馬之丞に捕えられるが、江戸表で良人の潔白を訴えようと決心した。菊太郎も貢の行方を捜す。母子を見守り、助けたのが雲水石禅であり、お兼である。お兼は浅草水茶屋で、鶴江とは貢を繞っての恋敵である。のち、朱黒子組の一味にもなった。以後、貢は北国街道・東海道を経て、身を罪業に墜しいれた巧妙な悪魔の実体を突き詰めんと江戸に向かう。貢は遠州小坂井村で朱黒子組の頭領小原檀四郎に縁を切ると告げる。一方、鶴江は江戸への途中、鈴ケ森から小舟で大川を渡り、藤懸の借家に捕らわれた。後日、竹屋の渡しで貢と出会うも、貢は同乗の岡っ引きの襲撃を受けた。貢は伝馬牢近くで、朱黒子組に捕えられ、牛込の長沼兵学講堂五柳館で小原檀四郎から掟の制裁を受けた。お兼は五柳館で小原から藤懸は朱黒子より一枚上手の白蝶組の頭領と聞く。貢はお兼の機転で納屋蔵を脱出。檀四郎を斬り藤懸一味と戦う。鶴江は石禅に助けられ、小梅村の月心院に匿まわれるも雷助らに捕えられ、待乳山の黒髪堂に移された。またも助け出したのは石禅。しかし、石禅も雷助に捕まり、九馬之丞の番町屋敷に閉じ込められた。お兼が匿った菊太郎も攫われてしまう。貢が潜む谷中の天王寺五重塔は藤懸一味に囲まれた。鶴江、菊太郎の行末を世話する条件で、貢は藤懸に召捕られ、町奉行所の牢獄に送られた。九馬之丞は、藤懸に貢の引渡しを懇請したが聞き入れられず、次第に藤懸に不信を持つ。藤懸の行動から善魔両面不審の数々を思い起す。雷助はお兼より藤懸が朱黒子組よりもっと業悪な白蝶組の頭領で、両替商佐渡屋幸助殺害事件の真犯人であることを聞き、証人として品川の芸妓お勝の事を語る。藤懸一同が貢を召捕って奉行所に着いた時、雷助は「極悪人左平太神妙に縛に就け」と藤懸を十手で強打。「公儀を偽き奉り、幾多の人を罪に墜した険々佞悪な多年の罪科もはや歴歴」と南町奉行小田切土佐守が断を下した。藤懸は覚悟して切腹した。石禅は小梨半兵衛と名乗る。九馬之丞は父弥十郎の墓前に藤懸の束髪を手向けた。貢は鶴江と眼科医へ通うのを日課とし、日々明るいものを見始める。本作品は昭和十年八月「婦人倶楽部」編集部員中里辰男らの依頼により執筆した。時は日中戦争が泥沼化を深めていく。吉川は戦禍に閉ざされた中で、国民の誰彼に「死ぬな、死ぬまいぞ」と心ひそかに声をかけ、その声を自らも「神のささやきのように」聞いたであろうと進藤純孝は指摘している。庶民の明け暮を眺めながら「必ず一道の有明の道はある」と語りかけたのが「無明有明」であると。

〔参考文献〕中里辰男「断想一束」『吉川英治とわたし』（講談社、一九九二年九月）、進藤純孝「解説　無明からの脱出」（『吉川英治全集　補巻2　無明有明・江戸長恨歌』講談社、昭和五十九年四月）

（松尾政司）

迷彩列車　めいさいれっしゃ

ルポルタージュ風小説。〔初出〕「東京日日新聞」昭和十二年（一九三七）九月～昭和十二年十二月。全六十八回。〔収録〕なし。◆連載前の同年九月十七日の紙面には、この作品について、「本社特派員として戦塵渦巻く北支の現地を挺身馳駆して来たわが大衆文壇の第一人者吉川英治の新作品」と紹介されている。英治はこの年の七月、毎日新聞の特派員として天津、北京に出向いている。また同紹介欄では「迷彩列車」について「発展或いは最近提唱されつゝある国民文学の先駆的光明を見ることが出来るでせう」とする。第一回の連載は九月二十一日の夕刊に掲載され、英治の文章と共に川端龍子の挿絵が載せられた。作品は、野見菊子（仮名）という日本人女性を、大毎・東日天津支部の特派員で飛行機で天津に来た「私」が見かける場面からはじまっている。連載は翌年の十二月八日の夕刊まで続いた。英治の後任となった夕刊新小説は村松梢風の「雨降り峠」である。

（青柳まや）

明治残血録　めいじざんけつろく

小説。〔初出〕「講談倶楽部」大正十四年九月号。〔収録〕『吉川英治全集』48（講談社、昭和四十三年）。◆戊辰の五月十五日、彰義隊の九番隊士、吉沢市之助と藤田寛二は、重傷を負いまさに立腹を切ろうとしている組頭大《おお》谷内《やうち》竜五郎を無理やりに救い出した。追っ手を食い止め、二人を逃がした吉沢は負傷し、糾問所の牢獄にいる間、隣房の僧弁念から「近く出獄したら大谷内に言伝しよう」と言われて、二人の逃げた匿れ家を教えてしまう。翌二月になって突然大赦となって放免され、そこを訪れた吉沢は、密告した弁念が官軍の捕り手を連れて来ていたことを知る。その前に静岡に移っていて無事だった大谷内らを訪ねた吉沢は、沼津で藤田と再会し、互いの無事を喜びつつ、朝廷への遠慮から静岡に入ることも許されず御扶持も下りずに餓死するばかりの同志四十四人の窮状を憤る。藤田と共に大谷内夫妻の許を訪ねた吉沢は、旧彰義隊浪士の密会で上席に着いた会計組の斎藤金左衛門と上野岩太郎に伴われてきた僧侶が弁念であることに気づき、切り捨ててしまう。狼藉を詰り後日の咎めを怖れて席を立った斎藤と上野こそ、実は弁念を手先にあやつって、有ること無いこと本藩に内通し、己れ独り栄達を計ろうとしていたのだった。そのことを知らされた大谷内は、吉沢・藤田に斎藤らを討つことを依頼し、翌年五月十五日に再会することを約して二十両の金を渡した。実はそれは妻良子を茶屋奉公に出して得た金だった。斎藤らは見事な切り口で暗殺され、嘆願書が取り上げられ、彰義隊の生存者とその家族も世の人なみの日が送られるようになった。その喜びの中、暗殺された斎藤の一子源六と上野の長男秀之助は大谷内によって、剣法の達人であったが今は半農半武士となっている中条潜蔵に預けられていた。翌五月十五日に大谷内の家を訪ねた吉沢らも、奉公に出ていた妻良子も、共に大谷内によって菩提寺の広禅寺に呼び出されたが、そこでは同じく呼び出された中条に連れられた二人の少年に大谷内が自分を親の仇として討たせていたところだった。明治三年、上野の山の激戦からの三周忌に当たる日の流血の悲劇を描いた本作はなるほど「明治残血録」というタイトルにふさわしい内容だが、旧版全集では「初期短編」として収められた本作が新編全集では外されているのはどのような経緯なのか、あるいは代作というような問題が明らかになったのか、本作を論じる際にはまず確かめておくべきだろう。官軍側の人物でなく彰義隊の側に立っていることが珍しく見えかねないが、雲井竜雄はじめ米沢の上杉家を描く作品はいくつも拾えるので、それをもって吉川英治らしからぬとも言えないし、大谷内の深い人情の部分は吉川英治的だと言える。ラストで女にはわからないと切り捨てられている良子の哀れな描き方が評価を分けるところだろう。

（菅野陽太郎）

明治秋風吟　めいじしゅうふうぎん

小説。〔初出〕「家庭シンアイチ」昭和六年秋季特別号。〔収録〕『吉川英治短編選集　幕末編』（六興出版、昭和四十八年）、『吉川英治全集』44（講談社、昭和四十五年）。◆米沢藩士児島（雲井）竜雄は、上杉家の次席家老丸山昇に呼ばれて同席した席で諸藩からの勤王派の説客七人を論破したために、帰り道で闇討ちにあい最後の青年と相討ちになって深手を負って倒れていたところを、心配して後を追ってきた昇の娘晴子に助けられる。それが縁で相思だった二人は翌春に結ばれたが、前年の暮れには昇は生き残った浪士に暗殺《やみうち》にあっていた。上杉家が江戸府内の市中警護にあたることになり、竜雄も出府して警備屯所の副隊長として勤務していたが、ある夜警備から帰った部下の巡邏より橋の袂に捨て児があったのを見捨ててきたと聞き、部下を叱責して自らその嬰児を拾いにいき、陰に潜んでいる親に向かい安心するように声をかけた。それに感激して礼を言いに出てきた若い浪士と顔を合わせた二人は互いに見覚えがあると思いつつ、別れたのであった。その後京都で土佐藩士に捕まった竜雄は、米沢で竜雄を見たことのあるという若い浪士石田の首実検の結果難を逃れることができた。やがて時代は明治となり、新政府は各藩の有為の人物を官吏に登用し竜雄も衆議院寄宿生に取り立てられていたが、時代に媚びえなかった彼は辞表をたたきつけ反政府の同志を糾合していたが、それが露見して捕縛され、幽閉された。その秋に刑執行の護送のために兵部省から使わされてきた役人の宰領らしい武士こそが、実は石田であり、例の捨て子の親だったのである。作中でも「ひと度、腰間の秋水をはらえば、一閃必ず一人の血を吸う殺剣の持ち主、児島竜雄には、その反面にまた、非常に情けに強いというよりは、――弱いといえる位に、涙と血とを、多分に持っていた」として「剣人にして詩人、愛国家にして情の人間」と評されているが、まさしく壮志と悲調とロマンティシズムに溢れた詩人と言われる雲井龍雄らしいエピソードが作りあげられている。表題は作品終結部で刑場に運ばれる軍鶏籠《とうまる》の中で竜雄の吟ずる「秋吟之賦」に拠っている。（原善）

盲笛　めくらぶえ

小説。〔初出〕「オール讀物」昭和十年五月号。挿絵は志村立美。〔収録〕『吉川英治全集48　忘れ残りの記』（講談社、昭和四十三年八月）、『吉川英治全集第45巻　新・水滸伝2』（講談社、昭和五十六年一月）、『吉川英治短編集1』（六興出版社、一九五三年）。本作は、小野賢一郎と企画し執筆した初めてのラジオ小説台本。「東京朝日新聞」（昭和十年二月十四日）は、「吉川英治氏の書き卸し連続ラヂオ小説『盲笛』」と報じ、夜九時十分から連続ラジオ小説として、第一回放送と報じた。出演は歌舞伎畑の新人坂東蓑助。随所に「極めて遠く時々拍子木の音《おと》　横笛の音《ね》　距離をかんじる程度に、冴え、澄む」と、放送による効果音を記し情景をより深めている。昭和十五年日活で田崎浩一監督、月形龍之介主演で映画化された。

◆江戸深川の仙台堀の味噌問屋味噌熊は、伊達家の用達を兼ねる旧家で百五十軒の貸長屋持ちの大家主である。先代熊太夫は正妻が若死し、名妓を家に入れたが手代と不埒な仲になり、熊太夫は樽小屋で折檻した。二人は変死した。下手人とされた熊太夫は仙台堀に飛び込み消えた。熊太夫の娘お茅江の叔父と名乗って出たのが現当主の七兵衛で、砂利場軽子で道楽ものであったが、頑固な金の番になっていた。一日の金勘定を済ませると、必ず貸長屋を見廻る。三軒長屋の水島銑蔵と里見安右衛門の二人は、藩の勘定役を闇打ちした敵持ちで、狙われる者として怯える日々。真ん中には五十近い売卜者の夜鶴堂が住む。顔に大痣があり「痣の八卦見」と知られる。奥には若い盲人余之市が住む。七兵衛は息子徳次郎とお茅江を娶合せ、味噌熊の跡目に据えようと目論む。余之市は、夜鶴堂に「遺物はこの笛一本」と身上を語った。夜鶴堂は町与力今村惣次と味噌熊の七兵衛から徳次郎とお茅江を娶合うすことについて占わせられる。余之市は大事な笛を銭湯松之湯で盗まれた。八月二十五日お茅江と徳次郎の婚礼の日、捕手が夜鶴堂の部屋に踏み込む。浪人二人は慌てて逃げ、余之市は浪人の部屋で見つけた笛で、お茅江に思いを込めて吹く。この時、火事が起き、花嫁お茅江が消える。この騒動の中で、夜鶴堂は「わしが味噌熊の当主だ。十四年前、姿をくらました熊太夫である」と名乗り、七兵衛と斬り合う。それを留めた余之市は何方ともなく立ち去った。荒れ狂う嵐の下、七兵衛も熊太夫もずぶ濡れになる。やがてお互いが悪かったと謝る。「おぬしの娘は、やはり徳次郎の嫁にやってくれ。若夫婦に味噌熊の暖簾を盛り返させなければ」と結び、二人は自身番に名乗り出るのである。〔参考文献〕「朝日新聞」（昭和十年二月十四日）　（松尾政司）

燃える富士　もえるふじ

小説。〔初出〕「日の出」昭和七年八月号〜八年十二月号。〔収録〕『燃える富士』（新潮社、昭和九年）、『燃える富士』（三島書房、昭和二十三年）、日本文芸家協会 編『新・時代小説長篇選書　燃える富士』（東京文芸社、昭和三十一年）、『吉川英治全集』11（講談社、昭和四十四年）、『吉川英治文庫』31（講談社、昭和五十年）、『吉川英治全集』9（講談社、昭和五十八年）、『吉川英治時代小説傑作選　燃える富士』（学研M文庫、平成十五年）。◆四代に亘って長州藩の御用達をつとめてきた淀屋の平八（淀平）は、家屋敷も妻子も捨て、何かの役に立つことがあればと、敗走する長州兵の後を追う中で、倒れている武士を助ける。それは獅子林隊隊長の風速三位の、兄弟同然に育った従弟（とされているが実は拾われ子であり、しかも女）である千尋であった。三位から秘密を打ち明けられた淀平は、江戸に向かう千尋に付き添うことになった。京都見回りに役籍を置く旗本の不二木襄馬と井関十郎太が二人に切りかかり、千尋は十郎太を短銃で斃すことになる。仇の千尋と淀平の〈二人は幕軍にとって、恐るべき惑星ではなかろうか〉という襄馬の予感は的中することになる。幕軍造船所を焼打するために、寄場人足として潜入する千尋。造船所を守る海事目付となった不二木襄馬。さらに襄馬は、金山奉行が隠した二百万両の砂金の壺を探索し、幕府の瓦解をくいとめるための軍用金に当てようとしていた。襄馬と千尋は何度も敵同士として衝突することになるが、いつしか二人は秘かに想い合うようになっており、そのために襄馬は幕軍からも追われる身となってしまう。千尋には実は出生の秘密があり、二百万両の行方を解く鍵、金襴の守袋を持っていたが、それは幕臣仁礼甲斐守の実子の証だった。一方、淀平の子余市は父を追いながら、それと知らずに襄馬の世話にもなっているが、彼こそ千尋と共に捨てられていた千尋の実弟だったのだ。勤王派と幕府方が死闘を続ける幕末期に男装の麗人を一方の主人公にした「波乱万丈の〝維新小説〟であり、宿命的な悲恋小説」（小松伸六）。新潮社の創刊した「日の出」の初代編集長が、「キング」創刊号に作者を登用した広瀬照太郎であったために、創刊号から連載されることになったのが本作である。『女人曼荼羅』には密かに期するものがあったよう」なのに比して『燃える富士』も『お千代傘』も、英治にとっては従来の手法による作品で、とり分け新味があったわけではな」（松本昭）いと評されてもいるが、「新味が」ない分まさしく吉川英治らしい作風と言える。一難去ってまた一難的な展開も息をつかせぬ魅力的なものだが、相思いながら成就しない二人の関係は武蔵とお通そのままでもあり、読者の胸を打つはずである。小松伸六は「空想奔放をきわめた千変万化の伝奇小説」と評価している。「死闘の舞台となる横須賀の造船所は、作者が少年期を過した所でもあり、そのイメージが生かされている。また佐幕でも勤皇でもないと、中立を守る少年余市は、少年時代の作者の面影を彷彿とさせる」（秋月しのぶ）とも言われている。〔参考文献〕秋月しのぶ「〈作品解題50選〉燃える富士」（尾崎秀樹『吉川英治　人と文学』新有堂、昭和五十六年）、小松伸六「解説　読者に夢をはこぶ」（『吉川英治全集』9）、松本昭『人間吉川英治』（六興出版、昭和六十二年）

（菅野陽太郎）

もつれ糸巻

もつれいとまき

小説。〔初出〕「少女倶楽部」昭和七年一月号。挿絵は山口将吉郎。◆町方同心秦蔵六と目明しの仁吉は、松尾舎人の入谷朝顔屋敷を不審に思い家人を起こした。この時、仁吉が血の塊のついた仮面を拾う。出て来たのは娘の美鈴。その顔が仮面とよく似ていたので蔵六の背筋に戦慄が走った。屋敷内を調べていると、母屋の奥に泊まった麹町の従姉妹お粂が手足バラバラに斬り殺されているのが判明。蔵六は、朝顔屋敷の当主松尾舎人、妻織江、長男一郎と使用人を尋問。遺留物も見つけられない。しかし、蔵六は美鈴を発頭人と見当をつけ、仁吉に朝顔屋敷への潜入を指示した。床下に潜入した仁吉は、ある夜、美鈴の悲鳴を聞く。父舎人、母織江も駆けつけた。織江は「第一夜ノ殺戮ヲ実行セリ…汝ノ家ノ秘蔵朝顔『献上纐纈』ノ胚子」を譲れとの如月魔之助からの脅迫状を見て失神。舎人は「死んでも渡さない」と。魔之助の正体が掴めない。そして、四日目の朝、首を刎ねられ胴だけの一郎が見つかる。仁吉は、犯人を取り逃がした。一郎の首は小川の底から見つかった。朝顔屋敷の土蔵小屋の羽目板に、又も「余ハ遂ニ第二刃ヲ揮ヘリ」の脅迫状。蔵六・仁吉も朝顔屋敷を見張る。四日目の夕方、一人の若者が朝顔屋敷を覗いた。虚無僧姿の蔵六は故意に肩をぶつけて「無礼ものッ」と尺八で若者の腕を打つ。仁吉も取り掛かる。若者は身をひねって隼のように遁走した。そして、（つゞく）となる。編集者は、「何といふスバラシイ面白さでせう。…殺人鬼如月魔之助の正体は」「こんなに面白い小説をこれから続いて読むことが出来る」と記した。しかし、「もつれ糸巻」は、作者吉川英治と講談社との些細なことから溝を深めた。このため昭和七年二月号から吉川の名前は、講談社の各誌から、一斉に消えた。それを矢野錦浪が仲立ちをし円満に解決。昭和九年一月号の「キング」誌上に「恋山彦」が掲載され、吉川と講談社の関係は回復。しかし、「もつれ糸巻」の〈つゞく〉の掲載はなかった。〔参考文献〕尾崎秀樹『伝記吉川英治』（講談社、昭和四十五年十月）（松尾政司）

紋付を着るの記《もんつきをきるのき》

随筆。〔初出〕「東京新聞」昭和三十五年十一月。〔収録〕『吉川英治全集（旧版）』47（講談社、昭和四十五年）、『吉川英治全集（新版）』52（講談社、昭和五十八年）。◆昭和三十五年（一九六〇）十一月三日、吉川英治は文化勲章を受賞、授賞式には紋付を着て出席した。この随筆には紋付に関するエピソードが記される。二十三、四歳の暮れ、両親は英治のために紋付の春着を新調したが、英治は「ぼく。紋付なんかりません。嫌いなんです」などと言ったため、父と口論になり「一生着ない！」と言い放ったという。以後、四十年ぶりに紋付を新調し袖を通すことにした英治は「一生着ない、と若気なままに言いきって、あんなにもかんかんにまで病臥の心身をいからせた父へたいしてどう心で詫びるだろうか、まだ実感には持てていない」と述べている。紋付を着て、父への詫びとしたかった英治の想いがあったのだろう。（桐生貴明）

柳生石舟斎《やぎゅうせきしゅうさい》

小説。〔初出〕「講談倶楽部」昭和十五年九月号〜十六年四月号（十六年二月号掲載なし）の七回の連載。挿絵は小川倩葭。〔収載〕『剣の四君子』（桃源社、昭和三十一年）、『柳生石舟斎・剣の四君子』（全国書房、昭和三十七年）、『吉川英治全集第29巻』（昭和四十四年）、『柳生石舟斎』（六興出版社、昭和四十八年）。◆柳生石舟斎宗厳の求道一代記である。大和国小柳生城主柳生美作守家厳の嫡男として生まれた新介宗厳は、生来丈夫な体ではなく、父家厳から弱い肉体では戦いで役にはたたぬ。僧侶になれと言われたほどであった。新介十六歳の時、天文十三年、大和筒井城主筒井順昭勢に小柳生の庄が攻められた。この戦いで新介は捕虜となった。新介の毅然たる態度に心打たれた順昭は、和議を提案して、新介を質子とした。新介は筒井城で、朝は夙に起き、馬術、弓道の稽古、読書に励んだ。順昭の息子藤勝（のちの順慶）の悪戯や屈辱にも耐えた。在城中の剣法師範神取新十郎から「よい修行だな」「きっと大成する質だ」と励まされた。天文二十年、新介宗厳は二十五歳。順昭の娘お由利とともに柳生城に帰った。松永久秀が将軍足利義輝を弑逆以後、宗厳は「わが兵馬は、逆のために動かさず。わが剣は、乱のために把らず」と柳生城に籠り禅に。読書に。又、養身鍛心に邁進した。宗厳は、「人間が到り得る境地まで、この心を磨い」ていた奈良宝蔵院胤栄を介して稀代の人と称される上泉伊勢守秀綱の来訪を受けた。宗厳は伊勢守を「この人にこそ、日頃の懐疑を質し、悶えを打明けてみよう。師事してもよい」と思った。宗厳は宝蔵院を訪ね、伊勢守と試合をした。一方は山の如く、一方は水のように、木剣と木剣とは、ひそとしたまま動かない。耐えられず宗厳が、跳びついた。木剣は打落されていた。次の日、そして三回目も同じ負け方をした。宗厳は伊勢守に入門し、柳生城に招いた。朝、昼、夜、時も選ばず師事し研鑽した。伊勢守も「剣は持てど、剣に恃まず、剣に妄執せず、無刀の心をもって、体としておる」と訓えを惜しまなかった。宗厳は師伊勢守と自分との距離が、心態の相違が、はっきりと心に見えた。伊勢守は三年後の来訪を約して立った。宗厳はすざましい修行の辛苦に克った。永禄八年の初夏、再来した伊勢守から、「今はあなたに勝る人はあるまい。天下無双の剣といってもよいでしょう。爾今は、あなた独自の一流をもって柳生流と称されるがよい」と新陰流の正統の印可と絵目録を授けられた。慶長元年、宗厳は六十八歳。「兵法の舵をとりても　世のなみを　渡りかねたる　石の舟かも」と詠む。石舟斎の号は、これに因むか。七月、山城国を中心に大地震があって程なく、石舟斎は愛弟子の黒田長政の勧めで、四男五郎右衛門、五男宗矩、孫の兵庫利厳とともに上洛中の徳川家康と京都鷹ヶ峰で会った。家康は「嫡子秀忠に、剣の良師を求めている」。徳川家に随臣の意思を問われ、石舟斎は固辞し、代わって宗矩を推した。家康の「何をもって、宗矩は能とするか」の問いに「治国の剣――世を治める剣、民を愛護し泰平を招来するの経世の剣」と答えた。宗矩は徳川家に仕えた。慶長五年九月、関ヶ原の戦い後、宗矩は三千石、将軍家兵法師範に登用され、但馬守に任官した。宗厳は病床に宗矩を招き、「兵法を通じて、一国の状勢を視ることである。剣理を基本として、経世民治の要を知ることじゃ」と説いた。七十八歳の生涯は、剣の奥義を求め続けたものであった。

（松尾政司）

柳生月影抄 やぎゅうつきかげしょう

小説。〔初出〕「週刊朝日」昭和十四年新春読物号。挿絵は小村雪岱。〔収載〕『長編小説名作全集8』（講談社、昭和二十五年）、『吉川英治短編集第4（醤油仏）』（六興出版社、昭和二十八年）、『吉川英治全集45』（講談社、昭和四十五年）、『吉川英治短編集8』（講談社、昭和五十一年）、『吉川英治全集48　短編集2』（講談社、昭和五十八年）、『吉川英治歴史時代文庫　名作短編集2』（講談社、平成二年）、『歴史小説名作集六』（講談社、平成四年五月）。◆柳生但馬守宗厳と四人の子息の生きざまを描いている。但馬守は、八重洲河岸に屋敷構え、将軍家剣道指南役に加えて、諸大名を監察する大目付の激職にあった。長男十兵衛三厳は、剛腹で竹で刺した目を、小柄で抉り抜いて隻眼である。但馬守より九州一円の探索を命じられる。次男刑部友矩は、小姓組番士で将軍家光の寵童として仕えている。三男又十郎宗冬は、太祖石舟斎宗厳に「この孫の骨は悪くない」と言われ、兄十兵衛をさえ凌いだ腕前であった。四男右門義春は妾腹の子で、体も弱く腺病質である。写経をしたり、瞑目の境にあることを好んだ。又十郎が湯女お駒と別れ帰邸した時、北陸の武辺者綾部大機と試合をした。自信家の又十郎が不覚を取った。しかし、十兵衛が瞬時に大機の頭骸骨を砕いた。大機の亡骸を懇ろに葬るように指示したのは右門義春であった。その土饅頭に酒を手向けるお由利と親しくなる。お由利は、柳生屋敷の小間使として仕えた。将軍家光が浜御殿に渡御し、武芸を上覧した。又十郎は上意を受け、敵手を四人まで打ち伏せた。十兵衛にも声がかかったが、「柳生流は治国の兵法。遊山のお座興に供する」ことは出来ないと拒む。代わって但馬守が立合い、瞬時に又十郎の木剣を叩き落し、肩に一撃を加えた。但馬守は「修行の精進を心に失うている証拠でなうて何であろう。今日限り、子でない父でない。勘当だ」と大喝。右門は浜御殿へは病気と称して在邸した。父但馬守の居間でお由利が掃除をしているのを見かけ、晩の八刻に会う約束をした。お由利は、懐中へ幾通かの書類を抱いて退室。但馬守が帰邸し、持薬の咳の粉薬を口に含むや、戸を開け、吐きだす。そして、本箱の書類が失くなっているの気づく。右門は屋敷を出て、お由利と会い、「白魚ばし」の袂で、お由利が差し出した包の薬を噛み、抱き合って大川に身投げして、河面の月影を砕いた。お由利は柳の枝につかまった。駈けつけた又十郎はお由利を捕え、十兵衛は右門を助け出した。十兵衛は又十郎にお駒とお由利は姉妹で、加藤忠広の家老加藤淡路守の遺子で、綾部大機は忠義無類な家来であったことを打ち明けた。そして、十兵衛と又十郎の二人は修行に旅立った。（松尾政司）

山浦清麿　やまうらきよまろ

小説。〔初出〕「講談倶楽部」昭和十三年九月臨時増刊号。〔収録〕『吉川英治全集』43（講談社昭和四十二年）。◆幕末、信州松代藩の長国寺の境内で試し斬りが行われた。藩では初代水心子《すいしんし》正秀の直弟子庄司箕兵衛直胤を高禄で抱えていた。この直胤が打った刀に対抗するのは、無名の赤岩村（現・東御市）の山浦真雄の一振りであった。斬られるのは陣笠、刀の鍔や、古い兜などであった。斬り人は真雄の弟環《たまき》。しかし、兜を切ったとき山浦の刀は折れた。環は妻も嬰児も置いて養家の大石村（現東御市）の長岡家を出奔、江戸に出る。そして旗本窪田清音《きよね》の下に身を寄せ、刀鍛冶に打ち込む。何年かが経ち、環は山浦清麿と称し、名声は高くなり、清人という弟子も出来る。しかし、胸を病みときどき喀血するが、好きな酒だけは止められない。佐久間象山との邂逅もあるが、吉田松陰の事件に関与したとして、逮捕される前に緑青を飲んで自決する。なお作者は「山浦清麿の遺作は今日なお不朽の銘刀として残されたもの少なくありませんが、彼の事歴は死後湮滅されたため記録も稀で、作者の推理と想像によったところ寡少としません」と書いている。（崎村裕）

やまどり文庫　やまどりぶんこ

小説。〔初出〕「少女の友」昭和十二年一月～昭和十三

年四月。〔収録〕『やまどり文庫』（ポプラ社、昭和二十四年）、『吉川英治全集』別巻第四（講談社、昭和四十三年）、『吉川英治文庫』153（講談社、昭和五十二年）。◆武州金沢の海辺町、正直屑屋である勢六のもとで養女として育てられた環は、父が御文庫から持ち帰った屑の中に一冊の本を見つける。その本は紀貫之の妹である山鳥が筆写した『古今和歌集』の下巻であった。その価値を知らない環は、近所に住む熊木為彦に騙され、楠細工の手筥と交換させられてしまう。奉行である近江典上と息子の鏡太郎は藩主米倉丹波守から命を受け、御文庫の中にあったはずのやまどり文庫を求めて為彦のもとを訪れるが、為彦は勢六と典上を手にかけ、逃亡してしまう。共に父を失った環と鏡太郎は父の敵討ちとやまどり文庫を取り戻すという二つの使命を持ち、為彦を探し求める。他にもやまどり文庫をつけ狙う者たちがいる中、鏡太郎は父の仇を討ち文庫を取り戻す。環もまた、自分を助けてくれた人物が実父であったことが判明する。本作品の鍵となる『古今和歌集』は「書物」であり、「万葉仮名」で書かれているとされる。だが、実際に金沢文庫に所蔵されているものは巻第一春歌上と巻第二春歌下との「断簡」で三十二紙、「片仮名」で表記され年代も異なり、紀貫之の妹のものとする奥付もない。本作中に『古今和歌集』が取り入れられた背景には昭和五年（一九三〇）に再建された県立金沢文庫の存在がある。館の再建に伴い、資料の整理及び調査研究が進んだ結果、昭和七年（一九三二）頃には新聞記事が数々の貴重資料の存在を報じており、それらによって作品の着想を得たと考えられる。

〔参考文献〕『企画展金沢文庫発見ものがたり』（神奈川県立金沢文庫、平成二十二年）、『金沢文庫名品図録創立五十周年記念』（神奈川県立金沢文庫、昭和五十六年）

（山田昭子）

夕顔の門《ゆうがおのもん》

小説。〔初出〕「婦人倶楽部　夏の増刊」昭和十三年（講談社）。〔収録〕『新作大衆小説全集』2（非凡閣、昭和十四年）、『英治叢書』13（六興出版社、昭和二十五年）、『新書太閤記』2（六興出版部、昭和三十二年）、『時代小説大作全集』1（六興出版社、昭和三十四年）、『新書太閤記』2（読売新聞社、昭和三十八年）、『吉川英治全集』（旧版）43

（講談社、昭和四十二年）、『吉川英治文庫』131（講談社、昭和五十一年）。◆お市は曽我部兵庫と結婚する以前に想い合う仲であった格之進を忘れられず、兵庫との結婚に不満を抱き続けていた。ある日格之進が家の前で斬り付けられ、瀕死の状態となる。兵庫は格之進をお市の想い人と知りつつ匿い、お市に介抱を任せる。兵庫は全てを知った上で結婚したのであり、兵庫の愛とは格之進へのお市の想いをも許し、包容しようとするものであったことを知り、お市は自殺した。妻の愛ゆえということばが兵庫の口から出た時点で、時代小説から超えた愛が描かれた小説である。

（上宇都ゆりほ）

遊戯菩薩　ゆうぎぼさつ

小説。〔初出〕「サンデー毎日」昭和十年六月号〜九月号。〔収録〕『遊戯菩薩』（新英社、昭和十年）、『遊戯菩薩』（矢貴書店、昭和二十三年）、『遊戯菩薩』（桃源社、昭和二十八年）、『吉川英治全集』15（講談社、昭和四十三年）、『吉川英治文庫』47（講談社、昭和五十二年）、『吉川英治全集』11（講談社、昭和五十七年）。◆藤沢の遊行寺の施粥小屋で小泉百介《ももすけ》に救われたお莱《らい》と和平。和平は播州御影の浄土院にいた僧侶だったがお莱と駆け落ちしてきたのだった。しかしお莱はこの日から小泉百介に惚れてしまい、品川に来てからも焦がれ続けている。実は倒幕の急進派の浪士だった小泉百介は、お莱に邪険にされて身を投げた和平を救い、その美貌と性格を利用して「智識様」という教祖にしたてて民衆を世直しの方向へと煽るのだった。「宗教だ、宗教に限る。宗教ならば大きな財力をよび集めることができるし、幕府の眼もくらませるというものだ」と述べる本作は、当時話題になった大本教の出口王仁三郎とＰＬ教団の「ひとのみち」をモデルに描いたものであり、王仁三郎が説いた「世の中の立替え、立直し」が高木熊軒の説法や、小泉百介の「実行のためには手段をえらばない気持になってきた」という暴力革命の揚言に活かされているが、松本昭は「そのまま英治の憂国の至情を表わしているといってもよいようだ」とし、マルキストではない英治であってみれば「これは王陽明の「行動の哲学」の影響に違いない」としている。ほとんど言及されることがない本作だが、怪しい宗教が扱われるという意味では『女人曼荼羅』にも通じるところがあったり、平賀源内の登場のさせ方であったり、なかなか読みどころはある作品のはずである。しかし松本も述べるように「〝世の中の立直し〟を考えるより前に、英治は自分の家庭をどうにかする必要があった」時期だったのであり、お菜の造形には赤沢やす子の影を見ることができよう。〔参考文献〕松本昭『人間吉川英治』（六興出版、昭和六十二年）　（原善）

吉川英治対談集《よしかわえいじたいだんしゅう》

対談集。〔初出・収録〕『吉川英治対談集』（講談社、昭和四十二年）。◆昭和二十六年（一九五一）から昭和三十六年（一九六一）の十年間に雑誌や新聞などに掲載された対談、テレビ出演時の対談を収録した対談集。内容と対談相手・初出は、「希望の文学」（長谷川如是閑、「別冊週刊朝日」昭和二十六年三月号）、「「吉川文学」問答」（服部之総、「日本読書新聞」昭和二十七年一月一日）、「文学への道」（吉屋信子、「婦人公論」昭和二十七年五月号）、「芸術対話」（川端康成、「中央公論」昭和二十八年五月号）、「西山清談」（大渡順二、「保健同人」昭和二十八年十月号）、「何んということのない話」（浦松佐美太郎、「週刊朝日特別号」昭和二十八年冬期号）、「文学と人生」（伊藤整、「毎日新聞」昭和三十年一月三日）、「あの頃・その頃」（阿部真之介・ゲスト：木村毅、「別冊サンデー毎日」昭和三十年三月十日）、「私の好きな女性」（石坂洋次郎、「婦人倶楽部」昭和三十年六月号）、「悪と善」（石川達三・司会：徳川夢声、「文芸」昭和三十年六月号）、「話の広場」（中野好夫、「サンデー毎日」昭和三十一年一月十日号）、「問答無用」（徳川夢声、「週刊朝日」昭和三十一年五月号）、「日本の地層」（梶井剛、「電信電話」昭和三十二年六月号）、「文学と事業」（後藤慶太、「清流」昭和三十三年三月号）、「円満なる常識人」（川口松太郎、「日本」昭和三十三年九月号）、「春水に墨をとく」（町春草、「婦人公論」昭和三十四年一月号）、「新らしい日本文化」（三笠宮崇仁・ゲスト：犬養道子・司会：松島栄一、「婦人公論」昭和三十四年二月号）、「やァこんにちは」（近藤日出造、「週刊読売」昭和三十五年十一月号）、「大衆のヒーロー」（飯島耕一・佐伯彰一・進藤純孝・村松剛・笠原伸夫、「批評」昭和三十五年6号）、「〝大衆〟その意味するもの」（鹿倉吉次、ＴＢＳ昭和三十六年一月）、「「太平記」縦横談」

（佐藤春夫、「日本文学全集月報」昭和三十六年六月）の二十一編。

（上宇都ゆりほ）

吉野太夫　よしのだゆう

小説。〔初出〕「週刊朝日　新春特別号」昭和十二年（朝日新聞社）。〔収録〕『吉川英治短編集』2（六興出版社、昭和二十八年）、『吉野太夫』（六興出版、昭和四十九年）、『吉川英治全集』（旧版）45（講談社、昭和四十五年）、『吉川英治文庫』130（講談社、昭和五十一年）、『吉川英治短篇集名婦編』（六興出版、昭和五十一年）、『吉川英治全集』（新版）48（講談社、昭和五十八年）。◆吉野太夫は実在した名妓であり、慶長十一年（一六〇六）生まれで本名松田徳子、父は松田武右衛門という浪人である。幼い頃に父が没したため、禿《かむろ》となって禿名《かむろな》を林弥《りんや》とし、十四歳で太夫となった。和歌や俳諧など教養が深く、管弦など芸能の才に優れ、その美貌は遠く明国まで聞こえたという。後陽成天皇の四男で近衛信尹《このえのぶすけ》の養子となった関白近衛信尋《このえのぶひろ》と灰屋《はいや》紹益《じょうえき》に身請けを請われるが、二十六歳で紹益と結婚し、寛永二十年（一六四三）に三十八歳で死去。日乾上人に帰依し、山門を寄進した常照寺に墓がある。刀鍛治職人が吉野に恋慕する逸話は井原西鶴「好色一代男」が先行して取り上げているが、西鶴は吉野と紹益の結婚の逸話を吉野と世之介に置き換える。吉野と紹益の逸話は、明治三十八年（一九〇五）に高安月郊によって歌舞伎「桜時雨」として舞台化され、以後松島屋によってたびたび上演される演目となった。「宮本武蔵」には武蔵に緊張だけでなく弛緩もまた重要であると諭す教養深い名妓として初代吉野が描かれるが、武蔵を吉野の元に連れたのは紹益の義父灰屋紹由《じょうゆう》であり、吉野の側には禿りん弥が描かれている。従って、本作品はりん弥が成長した後の「宮本武蔵」の派生譚としても捉えることができよう。

（上宇都ゆりほ）

夜の司令官　よるのしれいかん

小説。〔初出〕「週刊朝日」昭和十三年一月二日〜三月二十日。〔収録〕『吉川英治全集』13（講談社、昭和四十三

年）、『吉川英治文庫』43（講談社　昭和五十一年五月）。◆「夜の司令官」は、現代小説である。舞台は蘆溝橋事件直後の中国。主人公の羅文旦《らぶんたん》は、「RR秘密結社」の盟長として、何千人もの部下を持つ人物である。作品の題名である「夜の司令官」は彼のニックネームであった。羅文旦は敵対する憲兵隊に狙われながら、生き別れた母親を探し求めている。彼の父親は中国人だが、母親は中国に渡ってきた日本人であった。彼は母親の手掛かりを求めて、反日感情の高まる中国社会を暗躍するのであった。この作品は、「特派員として蘆溝橋事件直後の中国の状況を視察して欲しい」という要請を毎日新聞社から受けた吉川英治が、昭和十二年八月、一ヶ月にわたり天津・北京を視察し、帰国した直後に執筆したものである。松本昭は「戦火の生々しい跡を訪れたのだから、その印象は強烈であったに違いない」という。そして、「日中提携のためには、蒋介石側と米英の死の商人の結びつきがなによりの癌と思えたに違いない」とも。作品中、主人公の羅文旦は「国民政府」と敵対しながら、イギリスの戦争商人ジョン・ブラックレイとも戦っている。そこには中国で吉川英治が見た現実と感想とが反映されているようである。主人公羅文旦の希望は次のようなものであった。「おれは、日本を母とし、支那を父としている東洋人だ。………おれは子として、どんな事をしても、その母と父とを、一つ家庭に入れて、真の幸福をもたらせずには措かれない」。そして、RR秘密結社の目標として掲げられた「日本と共に、四億の民衆の楽土を築き上げる」ことこそ、現地の惨状を目の当たりにした吉川英治の、理想の日中関係であったのだろう。〔参考文献〕松本昭「『青空士官』『夜の司令官』茶話」（『吉川英治文庫』43所収）

（冨澤慎人）

竜虎八天狗　りゅうこはちてんぐ

少年小説。〔初出〕「少年世界」昭和二年四月号〜六年五月号。〔収録〕『侠勇小説　竜虎八天狗』1〜4（博文館、昭和四年〜六年）、『龍虎八天狗 上巻 水虎の巻』（ポプラ社、昭和二十三年）、『龍虎八天狗 中巻 火龍の巻』（ポプラ社、昭和二十四年）、『龍虎八天狗 下巻 鳳凰の巻』（ポプラ社、昭和二十四年）、『吉川英治全集』別巻3（講談社、昭和四十二

年）、『吉川英治文庫』145・146（講談社、昭和五十一年）、『吉川英治全集』50（講談社、昭和五十七年）、『少年小説大系』15（三一書房、平成六年）。◆慶長十八年四月半ば、九度山に住む真田幸村の身辺には来喬太郎をはじめ徳川方の忍者がつきまとっていた。高野山青巌院の山頂で家康調伏の四字を鏃に刻んだ金色の呪いの矢を、徳川の隠密が発見し、さらに地中から小箱を見つけ、山の守り人木食和尚を斬ろうとするが、来合せた幸村の一子大助がこれを助け、小箱の中にあった巻物を和尚から貰う。それは豊臣の秘宝、天下をとるためには絶対必要な「扶桑掌握図」三巻のうちの水虎の巻だった。そのいずれが欠けても天下を掌握できないその三巻が、秀吉の他界後はなれ離れになっていた。残る火竜の巻は妙義山、鳳凰の巻は駿府の家康の手許にあった。大蜘蛛に化けた旅の法師今川蝉阿彌に水虎の巻を盗み取られた大助と姉の奈都女《なつめ》は三巻探索の旅に出る。行く手をはばむ蝉阿弥、喬太郎、悪道士・鉄牛舎葛鼓の妖術に悩まされて苦難の連続だが、度重なる危難を豊家恩顧の八天狗の人々（篠切一作・穴山小十郎・妙義太郎・伊吹塔之助・道明寺隼人・車源弥・佐分利甚内）に助けられて、ついに二巻を手に入れたところで大坂の冬の陣が始まる。八天狗の活躍はあったが戦いは豊家の敗北に終り、人々は南の海へと去って行った。「少年倶楽部」で名声を博した「神州天馬侠」に刺激され、老舗でありながら「少年倶楽部」に部数で大きく水をあけられていた「少年世界」の編集長である新井弘城から、起死回生の秘策として「神州天馬侠」並みの作品の掲載を求められ、それに応えたのが本作であった。結果、「英治の長編大衆児童時代小説一一編のうち、何を代表作と考えるか」で「『神州天馬侠』『龍虎八天狗』『天兵童子』の三作」（鳥越信）としてあげられたり、『『天馬侠』に勝るとも劣らぬ名編」（松本昭）と並び称されたり、『神州天馬侠』が未完であったのに対してこれは完結、連載は大成功」（浜野卓也）と「神州天馬侠」に勝ると評価されたりもしてきている。本作掲載中は「少年世界」は一時的にだが少年雑誌界の王座を回復できたという。また、吉川文学の系譜を超えて「馬琴の名作「南総里見八犬伝」のスケールを髣髴とさせる少年伝奇小説の白眉」（田辺貞夫）とまでする評価がなされている。鳥越の評価の理由は「大衆児童文学が備えるべき諸要素が、すべてみごとに組みこまれている点」であり、浜野は「敗者の遺児の見果てぬ夢を描き「滅びの美学」を歌った」点を特徴として見ている。なお本作は、昭和十一年に稲葉蛟児監督、阪東勝太郎主演で極東映画によって映画化された。また戦後昭和二十九年に東映で、丸根賛太郎監督、東千代之介、千原しのぶ主演の四部作として公開された。〔参考文献〕新井弘城「龍虎八天狗の思い出」（『吉川英治文庫』146）、田辺貞夫「〈作品解題50選〉龍虎八天狗」（尾崎秀樹『吉川英治　人と文学』新有堂、昭和五十六年）、松本昭『人間吉川英治』（六興出版、昭和六十二年）、城塚朋和「解説」（『少年小説大系』15）、浜野卓也「吉川英治の「滅びの美学」」（『少年小説大系月報』23）、鳥越信「吉川英治の児童文学」（「解釈と鑑賞」平成十三年十月号）（原善）

牢獄の花嫁　ろうごくのはなよめ

小説。〔初出〕「キング」昭和六年一月～十二月。〔収録〕『吉川英治全集』7（講談社、昭和五十八年三月）。◆物語は、江戸南町奉行同心波越八弥と、加山耀蔵が仲秋の名月下に府内を巡視中、挙動不審の男二名を発見することからはじまる。先行するのは黒頭巾に黒服装の武士、後行は鎧櫃を負った百姓風の大男である。波越らはすかさず尋問しようとしたが、士装の男はいち早く逃走、鎧櫃の男のみを確保した。奉行所にて取調べるも男は聾唖で要領を得ず、定紋を削り落してある鎧櫃を改めると、中からは二十歳前後の美女の死体が出てきた。立会与力東儀三郎兵衛の指揮・指示のもと事件の探索が開始される。ここからこの事件の幕開きとなる。この死美人は、左手の人差し指が切りとられていた。東儀は、事件の早期解決を期するため、今は退職隠退中のもと名与力塙隼人、号江漢漁史に助力を相談する。隼人は、自分が老体であることから折りから在府中の大坂町与力の羅門塔十郎を推せんし、江戸流と上方流の異なる捜査手法で下手人探しを競うことになる。その後も数人の死者が出、さらには塙江漢の息子で遊学中の郁次郎、その許嫁の富武五百之進の娘花世らが事件に巻き込まれる。特に塙郁次郎は、本件の下手人として捕われの身となり、その潔白を証明するために父江漢は捜査に没頭する。結果は、本件一連の殺人事件は、亀山六万石城主前黄門周防守松平龍山公の世継ぎ騒動から発したものであることが解明される。その下手人は、何と羅門であり、隼人から追及された羅門は、苦しまぎれに隼人に斬りつけたものの、自身も自刃する。隼人の子郁次郎は無罪放免となり、花世と添い遂げる。一代の名与力塙隼人は、若き二人の前途を祝しつつ浄土へと旅立った。本作品は、吉川英治にしては珍しい捜査もの、現代風にいえば刑事ドラマ風とでもいうものである。全篇を通して塙隼人の息子郁次郎とその許嫁花世に対する父性愛を感じる。作者は本作品を「タネ本は、黒岩涙香の訳本『死美人』である旨を「草思堂随筆」で述べている。また自叙伝の「忘れ残りの記」（昭和三十年～三十一年）によれば、「……緑日の露店の古本屋で、涙香の翻訳物や押川春浪の冒険物などを漁り出し……」とあり、さらに「自筆年譜」（昭和三十六年）の明治三十五年（作者十歳）の項に、「小学校の校門のそばに、学校小使の某が副業に貸本屋をしていた。……ほとんど貸本屋の棚を読みつくす。……自転車お玉、天下茶屋、また涙香物などのおもしろさをおよそ知る」と記している。涙香は作者が少年時から愛読していたことからして、その影響が少なからずあったであろう。涙香の作品は、当時の殆んどの大衆作家に影響を与えたが、これはあたかも近代以後、キリスト教が多くの作家に与えた影響と相似しているようである。「牢獄の花嫁」は、昭和六年と同十四年さらに同三十年に映画化された。

（柳澤五郎）

六波羅の馬　ろくはらのうま

小説。〔初出〕「オール讀物」昭和十年一月、三月。
◆平家の黄金時代、平清盛を父に持つ兄弟、兄重盛の重厚な性格にひきかえ、弟宗盛は、酒宴歌管遊びに耽っていた。ある時、宗盛は、白拍子曼珠との蹴鞠に負けて、望みの物を取らせると約束した。愛人渡邉競が、日頃名馬を求めているのを知る曼珠は、宗盛の名馬南鐐を所望する。宗盛は、それは叶わぬが、兄重盛の名馬木下をやると約束。曼珠が競に事情を話すと、「名馬木下は既に主君源頼政の嫡子仲綱の所有になっている」と競は困惑する。重盛が仲綱に蛇を上手く処分した礼にと贈っていたのだ。女との約束を果たす為には、無法をもしかねない宗盛である。曼珠は、宗盛に「木下はいらない」と言いに行ったが、宗盛は退屈凌ぎに自分の富と権力を示したくなり、仲綱の所へ、木下を渡すように三度目の使者を遣り、木下を取り戻した。名馬木下に仲綱と名付けて金焼し、面白がっていた。(つづく)とあり未完。

(阿賀佐圭子)

若き親鸞　わかきしんらん

↓「宗祖物語親鸞上人」を見よ。

忘れ残りの記―四半自叙伝　わすれのこりのき―しはんじじょでん

自伝小説。〔初出〕「文藝春秋」昭和三十年一月号～三十一年十月号。〔収録〕『忘れ残りの記―四半自叙伝―』(文藝春秋新社、昭和三十二年)、『忘れ残りの記―四半自叙伝』(角川文庫、昭和三十七年)、『吉川英治全集』48(講談社、昭和四十三年)、『ジュニア版日本文学名作選』57(偕成社、昭和四十七年)、『吉川英治文庫』134(講談社、昭和五十年)、『忘れ残りの記―吉川英治四半自叙伝―』(六興出版、昭和五十年)、『日本人の自伝』15(平凡社、昭和五十五年)、『吉川英治全集』46(講談社、昭和五十九年)、『吉川英治歴史時代文庫』77(講談社、平成元年)、『作家の自伝』104(日本図書センター、平成十二年)。◆吉川家の事歴から筆を起こし、父母の生い立ちにふれた後に英治少年の成長が描かれる。裕福な家に生れながら父が訴訟に負け根岸監獄に入ってからは貧苦のどん底で、印章店に丁稚として住込んだのを皮切りに点々と職を変えながら家族を支える少年は、船腹のペンキ塗りの最中にドックの底へ墜落した事故を転機に、文学へと転身し、上京後、川柳人として一本立ちしていく。以上の二十二歳くらいまでの「四半」というより執筆時の年齢から言えば三分の一「自叙伝」は「自作年譜」と並んで「吉川英治という巨人の人物像を解明する上に欠かせない資料」(松本昭『人間吉川英治』)として言及・引用されるのが常となっているが、「よくここまで書いたと思われるほどの赤裸々さ」で描かれる英治少年の「凄じい生活苦の物語」(松本昭「吉川英治の魅力」)を通して、「明治の横浜に少年期を過した吉川英治の開明的気風、思考が、彼の文学を培ったこと」（久米勲）や「長い苦難の思い出を通してこそ、吉川英治は母と深い愛情に結ばれている」（傳馬義澄）ということがしみじみと伝わってくる。池島信平は作品成立の背景を紹介しながら本作を「美しい「母恋いの記」であり」「「封建の子の一型」の想い出ばなし」だとした。そしてそれは、本書第一章の「五石十人扶持」に「口のわるい友人たちは「本文は読まないが巻末の年譜だけはおもしろかった」と云ったりした」とあるとおり、「そもそも年譜からしておもしろく」つまり作者が「題材である「生い立ち」を並べただけでも小説になってしまうような経歴の持ち主」（塚越和夫）であることに由来する小説的な面白さを本作が持つということではあるが、それとは別に、尾崎秀樹が『伝記吉川英治』で「自作年譜」との照合など克明な調査結果を紹介しているように、本作が「自伝そのものというより、むしろ自伝的小説であること」を見落としてはなるまい。「その意味では『忘れ残りの記』に登場する主人公は、作者の分身ではあるが、作者その人ではなく、作者の夢を体現した存在としてとらえるべき」（尾崎秀樹『伝記吉川英治』）であり、〈日本に少い青春期の精神形成小説であり、青春小説としても一遺産に数えられる〉（久米勲）、〈日本でも十指に入る青春小説〉（尾崎秀樹『吉川英治　人と文学』）といわれるとおり、教養小説の傑作として高く評価されるべきだろう。本作連載は「新・平家物語」一本にうちこんでいた時期であり、月刊誌の連載をひき受けることはかなり負担だったはずだが、池島信平の懇望もあって引き受けたらしいが、「新・平家物語」好評による自信が自分の苦難の少年時代を振り返ることを可能にさせたとも言えようし、逆に本作を纏めることが「新・平家物語」以降の晩年の作者の爛熟にも繋がっていたはずである。なお本作は昭和三十年上半期の文藝春秋読者賞を受賞している。

〔参考文献〕池島信平「心残りの記」（『吉川英治全集月報』29、昭和四十三年）、尾崎秀樹『伝記吉川英治』（講談社、昭和四十五年）、佐伯彰一「解説」（『日本人の自伝』15）、久米勲「〈作品解題50選〉忘れ残りの記」（尾崎秀樹『吉川英治　人と文学』新有堂、昭和五十六年）、松本昭『人間吉川英治』（六興出版、昭和六十二年）、塚越和夫「解説」（『作家の自伝』104）、松本昭「吉川英治の魅力」（「解釈と鑑賞」平成十三年十月号）、傳馬義澄「吉川英治の女性観」（同）

（原善）

われ以外みなわが師

われいがいみなわがし

随筆・詞華集。〔初出〕『われ以外みなわが師　わが人生観』（大和書房、昭和四十七年二月五日）。〔収載〕『われ以外みなわが師』は大和出版（昭和四十八年）、学陽書房（平成九年四月）からも出版されている。◆吉川英治は昭和三十七年九月七日に亡くなった。七十歳であった。没後も、多くの人々が吉川文学に強い関心を持ち、吉川作品を求め続けた。没後四年後の昭和四十一年八月から刊行となった『吉川英治全集』（川口松太郎他編集、五十六巻）、次いで『吉川英治文庫』（吉川英治文庫刊行会、昭和五十年〜、一六一巻）、『吉川英治全集』（吉川英明責任編集、昭和五十五年〜、五十八巻）を刊行しているのがその証左である。その人気の根底を探ると、吉川文学には、吉川が経験した苦難の数々から学び取った教えが随所に溢れている。それを人々は、脈々と流れる地下水脈の如く「人生の指針の書」「希望の書」としてわが身に受け入れて、座右に備えようとしたのであろう。このような観点から本書は、毎日新聞記者として吉川英治の最後の大作『私本太平記』を担当した松本昭が、『折々の記』『随筆新平家』『草思堂随筆』『宮本武蔵』や「聖人七百年大遠忌講演」などから、「人生のことば」を選び出して編集したのである。編集にあたって、吉川の人生そのものに焦点を合わせている。全体は、「第一章　わが青春の時　第二章　希望の文学　第三章　やさしい・むずかしい　第四章　求道の精神　第五章　女性について　第六章　人生余墨　第七章　信じるということ」で構成されている。その「わが青春の時」は、生い立ちから、大正十二年、三十一歳の時、関東大震災に遭い、「人生第二の転機」を乗り越え、大衆作家として踏み出すまでが綴られている。吉川は、父吉川直広が事業に失敗して、訴訟に敗れ、刑務所に入る。母いくの生活は吉川と六人の弟妹を抱えて貧窮のどん底。晩に食べる物が無い極貧状態を体験する。吉川も貧しく、汁粉屋に奉公している九歳の妹かゑから小銭を巻き上げたり、馬鈴薯を盗んで食べる極貧ぶりであった。しかし、「この逆境を如何によりよく生きて行こうか」「どんな逆境におかれても希望の燈を持ちたい」と考える。人生の数々の危機をも、吉川はそれを「人生の転機」と捉える。第一の転機は十九歳の時、横浜船渠会社の船具工として塗工足場からドックの底に転落し、一ヶ月入院生活をした。この時、昼夜の黙想と聖書を読み、次の発奮へと押し出してくれたチャンスととらえた。第二の転機は関東大震災の時、勤めていた東京毎夕新聞社近くの隅田川に浮かぶ肥料舟で一夜を過ごした。川面に黒焦げの死体がぽかぽかと浮いているのを「地球の怒った顔だ。永久に、忘れないように、見ておこう」と見つめた。そして、「あの震災に遭った人々は、すべて転機に立ったのだ」と見る。大衆作家として活動する吉川の根底には、大衆と同じ立ち位置、目線で取り組もうとする。「大衆は大知識」という信念である。「作家として見ると、大衆は実に大智識と思うしかありませんね。自分は大智識を対象にしているんだ」と強く自覚する。「大衆は個々に何か一つずつ高いものを持っている。それが大勢寄ってるんでしょう。これは大智識として恐れざるを得ない」。「すこしでもこっちが教えるような素振りになると、もういけない」「作家と読者の立場が、先生と生徒みたい」になっては駄目だ。吉川は「ぼくはみんなの中へ入っちゃう」、「お互い凡愚になって大衆の中へ机を置く」ことの大切さを説く。『宮本武蔵』執筆は菊池寛が「武蔵名人説」、直木三十五が「武蔵非名人論」を展開した時、聞き役の「吉川君はどう思いますか」が動機となり、「僕は作家だから小説で書く」といい、武蔵研究に取り組んだ結果である。歴史上の人物は、「故人というものは決して死んだ人ではない」「何時でも今日の社会の情勢に応じて」、「地下に生きて来て日本の文化を手伝っている」「故人の力というものも、進歩的な文化の間に間接に働いているということを僕は信じている」と断言する。「今日民衆の中に何が一番欠けているか――小説を大体選ぶ前に考えて見ることは先ずこれである。……自分を信じ、人を信じ、自分の仕事を信じ、自分の今日の生活を信じて行くような信念」の大切なことを強く説く。吉川は人間としての生き方を描く作品で読者に問いかけているが故に、多くの共感者が吉川作品に共鳴すると言えよう。大衆が大智識とは、すなわち、「われ以外みなわが師」である。

〔参考文献〕 松本昭「解説　吉川英治　その人と文学」（『われ以外みなわが師』大和書房、昭和四十七年二月）

（松尾政司）

III　付録篇

吉川英治主要参考文献目録

《単行本》

わたしの吉川英治刊行委員会編『わたしの吉川英治―書簡と追憶』（文藝春秋新社、昭和三十八年）
吉川文子編『吉川英治余墨』（講談社、昭和三十九年／昭和四十四年／平成四年）
桑原武夫『「宮本武蔵」と日本人』（講談社、昭和三十九年）
杉本久英編『人生論読本　吉川英治編』（角川書店、昭和四十年）
吉川文子編『吉川英治対話集』（講談社、昭和四十二年）
吉川英治国民文化振興会『吉川英治展：日本人の心のふるさと』（吉川英治国民文化振興会・講談社）
吉川英治記念館『吉川英治その人と文学―日本人の心のふるさと』（吉川英治記念館、昭和四十五年）
尾崎秀樹『伝記吉川英治』（講談社、昭和四十五年）
扇谷正造『吉川英治氏におそわったこと』（六興出版、昭和四十七年）
松本昭編『魚に河は見えない―吉川英治人生読本』（講談社、昭和四十七年）
吉川文子編『吉川英治文学アルバム』（講談社、昭和四十八年）
吉川英明『父吉川英治』（文化出版局、昭和四十九年／講談社文庫、昭和五十三年／六興出版、昭和六十二年／講談社、平成二十四年）
城塚朋和『奥多摩の吉川英治』（未来工房、昭和四十九年）
吉川英治記念館・毎日新聞社編『吉川英治　日本人の心のふるさと』（吉川英治記念館、昭和五十二年）
尾崎秀樹『吉川英治　人と文学』（新有堂、昭和五十五年）
城塚朋和『作家以前の吉川英治―川柳家吉川雉子郎』（未来工房、昭和五十五年）

吉川英明『吉川英治の世界』（講談社、昭和五十九年）
松本昭『吉川英治　人と作品』（講談社、昭和五十九年）
尾崎秀樹・永井路子『新潮日本文学アルバム29　吉川英治』（新潮社、昭和六十年）
吉川英治記念館編『吉川英治小説作品目録』（吉川英治国民文化振興会、昭和六十二年）
松本昭『人間吉川英治』（六興出版、昭和六十二年）
NHK編『NHK文化講演会16』（日本放送出版会、昭和六十三年）
横浜近代文学研究会編『吉川英治と明治の横浜―自伝小説「忘れ残りの記」を解剖する』（白楽、平成元年）
池田大作『吉川英治　人と世界』（六興出版、平成元年）
島内景二『剣と横笛―「宮本武蔵」の深層―』（新興社、平成三年）
講談社編『吉川英治とわたし　復刻版吉川英治全集月報』（講談社、平成四年）
吉川英治記念館編『吉川英治　歴史小説の世界―壮大なるロマンの魅力』（吉川英治記念館、平成四年）
大野風太郎『吉川英治―下駄の鳴る音』（葉文館、平成九年）
姫路文学館編『吉川英治と宮本武蔵』（姫路文学館、平成十一年）
松本昭『人間吉川英治　吉川英治幕末維新小説名作選集・別巻』（学陽社、平成十二年）
水野治太郎ほか編『「宮本武蔵」は生きつづけるか―現代世界と日本的修養―』（文眞社、平成十三年）
吉川英治記念館・毎日新聞社編『武蔵からバカボンドへ「吉川英治展」』（毎日新聞社、平成十三年）
松本昭『人間復活：吉川英治、井上靖、池田大作を結ぶこころの軌跡』（アールズ出版、平成十三年）
吉川英明編著『いのち楽しみ給え：吉川英治人生の言葉』（講談社、平成十四年）
『宮本武蔵攻略本：見る！知る！楽しむ!!吉川英治不朽の名作』（学習研究社、平成十五年）
斎藤愼爾編『〈武蔵〉と吉川英治：求道と漂泊』（東京四季出版、平成十五年）

中島誠『吉川英治　ものがたりの時代『新・平家物語』『私本太平記』の世界』（論創社、平成十六年）
吉川英治記念館編『吉川英治　人と文学』（吉川英治記念館、平成十八年）
高山憲行『名作の舞台をゆく：吉川英治「宮本武蔵」の世界を訪ねて』（碧天舎、平成十八年）

《論文》

矢野正世「吉川氏のことども」（「大衆文学月報」昭和三年一月）
柳寿六「吉川英治氏の作品」（「大衆文学月報」昭和五年五月）
白井喬二「吉川英治氏について」（「大衆文学月報」昭和五年六月）
杉本英一郎「吉川英治小論」（「大衆文学月報」昭和五年六月）
三宿次郎「苦難時代の片影」（「大衆文学月報」昭和五年六月）
野村胡堂「江戸三国志」（「大衆文学月報」昭和六年五月）
森本忠「直木、吉川、その他大衆文学」（「新科学的文芸」昭和七年十月）
三田村鳶魚「鳴門秘帖」（『大衆文芸評判記』汎文社、昭和八年／中央公論社、平成十一年）
柳田國男「小野於通」（「文学」昭和十四年五月）
三田村鳶魚「宮本武蔵『時代小説評判記』（梧桐書院、昭和十四年／中央公論社、平成十一年）
正宗白鳥「家論Ⅱ」（『吉川英治と長谷川伸作』創元社、昭和十七年）
宮本顕治・加藤周一「文学と政治：統一的評価について・太宰治について・宮本百合子について・合理的精神について・吉川英治について・愛国主義とヒューマニズムについて」〈対談〉（「展望」昭和二十四年四月）
武田清子「吉川英治の思想と作品」（『夢とおもかげ―大衆娯楽の研究』中央公論社、昭和二十五年）
正宗白鳥「「宮本武蔵」と「細雪」」（「中央公論」昭和二十五年四月）

徳川夢声「武蔵と小次郎」（『日本評論』昭和二十五年四月）
寺田弥吉「吉川英治の「親鸞」を糺す1～10」（『世界仏教』昭和二十六年一～十二月）
大衆文化研究グループ「大衆小説研究の一つの試み　「宮本武蔵」は読者にどう受けとられるか」（『思想』昭和二十六年八月）
扇谷正造「家庭の吉川英治」（『文藝春秋』昭和二十七年四月）
浦松佐美太郎「百万人の文学の秘密—吉川英治の人と作品」（『別冊文藝春秋』昭和二十七年十月）
木々高太郎・福田定良「吉川英治小論」（『文學界』昭和二十九年六月）
竹内好「吉川英治論」（『思想の科学』昭和二十九年十月）
高橋磌一「吉川英治の秘密」（『歴史家の散歩』河出書房、昭和三十年）
荒正人「『新・平家物語』について」（『文学』昭和三十二年十二月）
杉浦明平「『宮本武蔵』の秘密」（『革命文学と文学革命』弘文社、昭和三十三年）
荒正人「大衆文学史」（『岩波講座　日本文学史』14、岩波書店、昭和三十四年）
荒正人・武蔵野次郎編『大衆文学への招待』（南北社、昭和三十四年）
榊山潤・尾崎秀樹編『歴史文学への招待』（南北社、昭和三十四年）
荒正人「歴史文学に迫る「宮本武蔵」」（『国文学解釈と鑑賞』昭和三十四年一月）
黒田俊雄「古典文学と大衆文学—吉川英治「私本太平記」について」（『歴史評論』昭和三十四年九月）
杉浦明平「吉川英治、その文学的でないもの」（『文学』昭和三十五年七月）
酒井蜜男「吉川英治さんの小説のかなしみ」（『思想の科学』昭和三十六年十二月）
杉本苑子「私は吉川英治のただ一人の弟子」（『婦人公論』昭和三十七年一月）
尾崎秀樹「告白体の大衆文学論」（『日本文学』昭和三十七年六月）
尾崎秀樹「変革期の〝夢〟と〝求道〟」（『週刊読書人』昭和三十七年九月）

尾崎秀樹「吉川英治を継ぐもの」(「読売新聞」昭和三十七年九月)
吉川晋「兄・吉川英治はもういない」(「週刊読売」昭和三十七年九月)
尾崎秀樹「吉川英治文学からなにを受け継ぐか」(「日本文学」昭和三十七年十月)
尾崎秀樹「『講談倶楽部』と吉川英治」(「東京新聞」昭和三十七年十一月)
賀来曙美「父吉川英治の死」(「若い女性」昭和三十七年十一月)
河原崎長十郎「情熱の人吉川英治先生」(「文化評論」昭和三十七年十一月)
中谷博「吉川英治氏の死と大衆文学」(「早稲田公論」昭和三十七年十一月)
進藤純孝「吉川英治と芥川」(「学燈」昭和三十七年十一月)
吉川文子「夫吉川英治との愛の二十五年」(「婦人公論」昭和三十七年十一月)
杉本苑子「恩師・吉川英治」(「文芸朝日」昭和三十七年十一月)
高橋磌一「吉川英治氏のこと」(「文芸」昭和三十八年二月)
畔上道雄「一つくらいあっても　アンチ吉川英治論」(「思想の科学」昭和三十八年八月)
尾崎秀樹『大衆文学』(紀伊国屋書店、昭和三十九年／〈新装版〉平成二年)
尾崎秀樹『大衆文学論』(勁草書房、昭和四十年／講談社、平成十三年)
机公太郎「伝奇小説から「宮本武蔵」へ」(「大衆文学手帳」昭和三十九年四月)
岡潔「中谷さんと物理学と吉川さん」(「図書」昭和三十九年八月)
川口松太郎「吉川英治氏と文子夫人」(「週刊現代」昭和三十九年九月)
田中保隆「吉川英治」(「國文學」昭和四十年一月)
武田泰淳「吉川英治論—罪深きなかより」(『新編　人間・文学・歴史』筑摩書房、昭和四十一年)
松島栄一「時代小説」(「国文学解釈と鑑賞」昭和四十一年十一月)

日沼倫太郎「流行作家のイメージ―国民作家・吉川英治」(『純文学と大衆文学の間』弘文堂新社、昭和四十二年)
興津要『大衆文学の映像』(桜楓社、昭和四十二年)
松本昭「観音様を女房にした吉川英治」(「新評」昭和四十二年九月)
浅井清「大衆文学の生成と展開―中里介山と吉川英治―」(『講座日本文学の争点6 現代編』明治書院、昭和四十四年)
尾崎秀樹「合せ鏡として見る歴史文学―吉川英治」(『大衆文芸地図―虚構の中にみる夢と真実』桃源社、昭和四十四年)
尾崎秀樹『大衆文学五十年』(講談社、昭和四十四年)
原子朗「吉川英治」(「國文學」昭和四十四年一月)
木村毅「吉川英治氏断片」(「文林」昭和四十四年三月)
尾崎秀樹・多田道太郎『大衆文学の可能性』(河出書房新社、昭和四十六年)
尾崎秀樹「平家物語と近代作家―吉川英治の場合」(「国文学解釈と鑑賞」昭和四十六年二月)
武蔵野次郎「吉川英治『宮本武蔵』」(「国文学解釈と鑑賞」昭和四十六年六月)
萱原宏一『私の大衆文壇史』(青蛙房、昭和四十七年)
佐藤忠男「宮本武蔵論」―その修業と遍歴のイメージ」(「伝統と現代」昭和四十七年七月)
岡野素道「吉川先生の精進ぶり」(「婦人公論」昭和四十七年八月)
中谷博『大衆文学』(桃源社、昭和四十八年)
武蔵野次郎「吉川英治と国民文学」(『文芸評論 時代小説』春陽堂書店、昭和四十八年)
菊地昌典「歴史家と歴史小説」(「潮」昭和四十八年七月)
桑原博史「宮本武蔵―吉川英治「宮本武蔵」―」(「國文學」昭和四十九年三月)
吉川英明「わが父の「昭和史」を語る」(「潮」昭和四十九年五月)
尾崎秀樹「わが青春を動かした作中人物―宮本武蔵」(「流動」昭和四十九年七月)

吉川英明「こわかったなあ」（「微笑」昭和四十九年十月）
尾崎秀樹「父親としての吉川英治」（「小説新潮」昭和四十九年十一月）
松浦総三「吉川英治と週刊誌」（『戦後ジャーナリズム史論』出版ニュース社、昭和五十年）
岡部直裕「虚空・銀幕―竹韻よりみたる介山と英治の文学」（「皇學館大學紀要」昭和五十年一月）
武田勝彦「現代文学に描かれた武士像―吉川英治『宮本武蔵』」（「国文学解釈と鑑賞」昭和五十年一月）
尾崎秀樹『歴史文学論―変革期の視座―』（勁草書房、昭和五十一年）
松本昭「吉川英治―その人生の歩みと作品の関連―」（「本の本」昭和五十一年五月）
八木昇編『大衆文芸図誌―装釘・挿絵にみる昭和ロマンの世界』（新人物往来社、昭和五十二年）
佐藤忠男「吉川英治論」（『苦労人の文学』千曲秀社、昭和五十三年）
市古貞次編『日本文学全史6現代』（学燈社、昭和五十三年）
安宇植「司馬遼太郎と吉川英治」（「第三文明」昭和五十三年二月）
田井友季子「『かんかん虫は唄う』と幻の悪女」（「大衆文学にゅーす」昭和五十三年十月）
菊地昌典『歴史小説とは何か』（筑摩書房、昭和五十四年）
塚越和夫「歴史・時代小説作家論―吉川英治」（「国文学解釈と鑑賞」昭和五十四年三月）
石井冨士弥「吉川文学の技術原型」（「大衆文学研究会報」昭和五十四年九月）
岡治良「吉川文学と川柳」（「大衆文学研究会報」昭和五十四年九月）
城塚朋和「東京毎夕新聞紙上に見た吉川英治」（「大衆文学研究会報」昭和五十四年九月）
尾崎秀樹・菊地昌典『歴史文学読本　人間としての歴史学』（平凡社、昭和五十五年）
尾崎秀樹『横浜の作家たち―その文学的風土』（有隣堂、昭和五十五年）
笹本征男「尾崎秀樹著『吉川英治―人と文学』」（「大衆文学研究会報」昭和五十五年十二月）

池田浩士『大衆小説の世界と反世界』（現代書館、昭和五十八年）
「吉川英治著書目録」（『日本古書通信』昭和五十八年十月）
尾崎秀樹監修『歴史小説・時代小説総解説』（自由国民社、昭和五十九年）
岡保生「松本昭著『吉川英治人と作品』」（『学苑』昭和五十九年十二月）
鶴見俊輔『大衆文学論』（六興出版、昭和六十年）
村田芳音「墨東に於ける吉川英治」（『江東史談』昭和六十年三月）
会田雄次『歴史小説の読み方　吉川英治から司馬遼太郎まで』（PHP研究社、昭和六十一年）
塚越和夫「吉川英治」（『国文学解釈と鑑賞』別冊　現代文学研究　情報と資料、昭和六十一年十一月）
増田正造「近代文学と能」七―杉本苑子『華の碑文―世阿弥元清』吉川英治『私本太平記』（『観世』昭和六十一年十二月）
田中励儀「従軍する作家たち」（『講座　昭和文学史』第三巻、有精堂、昭和六十三年）
村松友視「陰画としての〈江戸〉―昭和一〇年前後の大衆時代小説―」（『講座　昭和文学史』第二巻、有精堂、昭和六十三年）
井上ひさし「ベストセラーの戦後史6　吉川英治「宮本武蔵」―世界中で「ムサシ」が愛される理由」（『文藝春秋』昭和六十三年七月）
尾崎秀樹「大衆文学の世界像」（『日本文学講座』昭和六十三年六月）
祖田浩一「伊上凡骨と吉川英治」（『大衆文学研究会報』昭和六十三年八月）
尾崎秀樹『大衆文学の歴史』上　戦前篇（講談社、平成元年）
尾崎秀樹『大衆文学の歴史』下　戦後篇（講談社、平成元年）
日本近代文学館「〈翻〉所蔵資料紹介　吉川英治書簡（一）」（『日本近代文学館』平成元年三月）
日本近代文学館「〈翻〉所蔵資料紹介　吉川英治書簡（二）―島根県邑智郡川本町三原方言・島根県倉吉市八屋方言・兵庫県養父郡八鹿町朝倉方言について（その一）」（『日本近代文学館』平成元年九月）

伊藤秀雄「吉川英治と涙香（上）」（「日本古書通信」平成元年九月）
伊藤秀雄「吉川英治と涙香（下）」（「日本古書通信」平成元年十月）
日本近代文学館「〈翻〉所蔵資料紹介　吉川英治書簡（三）」（「日本近代文学館」平成元年十一月）
尾崎秀樹『歴史文学夜話　鷗外から180篇を読む』（講談社、平成二年）
大岡昇平『歴史小説論』（岩波書店、平成二年）
秋山駿『時代小説礼讃』（日本文芸社、平成二年）
日本近代文学館「〈翻〉所蔵資料紹介　吉川英治書簡（四）」（「日本近代文学館」平成二年一月）
伊藤秀雄「吉川英治の場合」（『大正の探偵小説』三一書房、平成三年）
縄田一男『時代小説の読みどころ　傑作・力作徹底案内』（日本経済新聞社、平成三年）
中島誠『時代小説の時代』（現代書館、平成三年）
尾崎秀樹『書物の運命』（出版ニュース社、平成三年）
磯貝勝太郎「特集　代作の系譜　吉川英治と「特急『亜細亜』」―梅原北明の代作か」（「大衆文学研究」平成三年四月）
田口和夫「『太平記』の芸能―史実からドラマまで」（「国語教室」平成三年十一月）
駒田信二「翻訳と語りなおし」（『新編対の思想』岩波書店、平成四年）
菊池真一「『金忠輔』をめぐって―渋柿園・美妙・英治」（「甲南女子大学研究紀要」平成四年三月）
尾崎秀樹「吉川英治の文学」（「大衆文学研究」平成四年十二月）
吉川文子・尾崎秀樹「〈インタビュー〉吉川英治の素顔」（「大衆文学研究」平成四年十二月）
城塚朋和「『青年太陽』時代の吉川英治」（「大衆文学研究」平成四年十二月）
清原康正「『宮本武蔵』の欧米での詠まれ方」（「大衆文学研究」平成四年十二月）
縄田一男「宮本武蔵―映画と原作の間」（「大衆文学研究」平成四年十二月）

磯貝勝太郎「吉川英治」（『新・現代文学研究必携』学燈社、平成五年二月）
田中義一「吉川英治の思い出―先生と『長恨歌』」（『江東史談』平成五年三月）
鈴木貞美『日本の「文学」を考える』（角川書店、平成六年）
井波律子「特集　日本人と諸葛亮」（『月刊しにか』平成六年四月）
浅子逸男「大衆文学の拡がり」（『二十世紀の日本文学』白地社、平成七年）
大村彦次郎『文壇うたかた物語』（筑摩書房、平成七年）
佐古純一郎「親鸞の思想と近代文学」（『仏教文学講座』平成七年一月）
尾崎秀樹「吉川英治『鳴門秘帖』『宮本武蔵』」（歴史・時代小説の作家たち）（講談社、平成八年）
時代小説の会『時代小説百番勝負』（筑摩書房、平成八年）
浜田雄介「大衆文学の近代」（『岩波講座日本文学史』第十三巻、岩波書店、平成八年）
ファザーアンドマザー編『時代小説ベスト100』（ジャパンミックス、平成八年／〔新装版〕平成十年）
セシル・サカイ著・朝比奈弘治訳『日本の大衆文学』（平凡社、平成九年）
浅井清『近代の日本文学』（放送大学教育振興会、平成九年）
小倉孝誠『歴史と表象　近代フランスの歴史小説を読む』（新曜社、平成九年）
尾崎秀樹『思い出の少年俱樂部時代　なつかしの名作博覧会』（講談社、平成九年）
世田谷文学館編『時代小説のヒーローたち展』（世田谷文学館、平成九年）
撫尾清明「川柳の夜明け（井上剣花坊から吉川英治まで）」（『九州龍谷短期大学紀要』平成九年三月）
城塚朋和図「吉川英治『三国志』」（『大衆文学研究』平成九年三月）
大村彦次郎『文壇栄華物語』（筑摩書房、平成十年）
『近代作家追悼文集成』第三十八巻〈吉川英治・飯田蛇笏・正宗白鳥・久保田万太郎〉（ゆにま書房、平成十一年）

佐藤卓己「キングの時代」（『近代日本文化論』七　大衆とマスメディア、岩波書店、平成十一年）
尾崎秀樹『日本文学の百年　もう一つの海流』（東京新聞出版局、平成十一年）
水野治太郎「吉川英治と司馬遼太郎　大衆文学の人間学的研究」（「麗澤大学紀要」平成十一年十二月）
小森陽一「起源の言説―「日本近代文学研究」という装置」（『内破する知　身体・言葉・権力を編みなおす』東京大学出版会、平成十二年）
山室恭子『歴史小説の懐』（朝日新聞社、平成十二年）
尾崎秀樹「吉川英治」（『逝く人の声』北溟社、平成十二年）
川西政明・柳谷杞一郎「吉川英治記念館（3）国民作家の創作の庭」（「潮」平成十二年三月）
磯貝勝太郎「司馬遼太郎の〝辺境史観〟司馬文学と吉川英治」（「小説tripper」平成十二年三月）
関川夏央「虫の本よみ（6）『宮本武蔵』吉川英治　大正教養主義の嫡子であった剣豪」（「図書」平成十二年十二月）
縄田一男「吉川英治　求道者、宮本武蔵」（「週刊朝日百科　世界の文学95　名作への招待」平成十三年）
大衆文学研究会編『歴史・時代小説ベスト113』（中央公論社、平成十三年）
磯貝勝太郎『司馬遼太郎の風音』（ＮＨＫ出版、平成十三年）
野山嘉正・安藤宏『近代の日本文学』（放送大学教育振興会、平成十三年）
大村彦次郎『文壇挽歌物語』（筑摩書房、平成十三年）
島内景二「歴史小説「創世記」（13）永遠の武蔵像・吉川英治」（「歴史読本」平成十三年一月）
永井勝「九州名作探訪（10）吉川英治『宮本武蔵』―熊本市」（「財界九州」平成十三年八月）
佐藤忠男「吉川英治の小説と映画」（「国文学解釈と鑑賞」平成十三年年十月）
新保祐司、富岡幸一郎「対談　吉川英治と大佛次郎―歴史小説家と歴史家」（「国文学解釈と鑑賞」平成十三年十月）
吉川英明「父と私」（「国文学解釈と鑑賞」平成十三年十月）

石川巧「権力の機構―『私本太平記』論」（『国文学解釈と鑑賞』平成十三年十月）
傳馬義澄「吉川英治の女性観―母・お通・文子夫人」（『国文学解釈と鑑賞』平成十三年十月）
原卓史「吉川英治と坂口安吾」（『国文学解釈と鑑賞』平成十三年十月）
杉本健吉「インタビュー『新・平家物語』の挿絵について」（『国文学解釈と鑑賞』平成十三年十月）
鈴木貞美「吉川英治の歴史観」（『国文学解釈と鑑賞』平成十三年十月）
志村有弘「『新・平家物語』」（『国文学解釈と鑑賞』平成十三年十月）
渡部芳紀「吉川英治文学散歩」（『国文学解釈と鑑賞』平成十三年十月）
蒲池勢至「『親鸞』―吉川英治の親鸞像」（『国文学解釈と鑑賞』平成十三年十月）
立間祥介「吉川『三国志』の魅力」（『国文学解釈と鑑賞』平成十三年十月）
齊藤明美「吉川英治の文体」（『国文学解釈と鑑賞』平成十三年十月）
鳥越信「吉川英治の児童文学」（『国文学解釈と鑑賞』平成十三年十月）
松本昭「吉川英治の魅力」（『国文学解釈と鑑賞』平成十三年十月）
浅井清「吉川英治と菊池寛」（『国文学解釈と鑑賞』平成十三年十月）
杉本苑子「孫悟空、仏陀の掌を走る―師、吉川英治先生」（『国文学解釈と鑑賞』平成十三年十月）
小玉武志「『三国志』」（『国文学解釈と鑑賞』平成十三年十月）
安宅夏夫「吉川英治と直木三十五」（『国文学解釈と鑑賞』平成十三年十月）
曾根博義「吉川英治と井上靖」（『国文学解釈と鑑賞』平成十三年十月）
渡部芳紀「文学アルバム　吉川英治」（『国文学解釈と鑑賞』平成十三年十月）
塚越和夫「吉川英治論」（『国文学解釈と鑑賞』平成十三年十月）
清原康正「『剣難女難』」（『国文学解釈と鑑賞』平成十三年十月）

川村湊「『水滸伝』の遺伝子：日本における「水のほとりの物語」の系譜」（『国文学解釈と鑑賞』平成十三年十月）
小玉武志「吉川英治研究参考文献目録」（『国文学解釈と鑑賞』平成十三年十月）
縄田一男「『新書太閤記』」（『国文学解釈と鑑賞』平成十三年十月）
中島誠実「吉川英治を読みながら、花田清輝を想う」（『新日本文学』平成十五年）
水野治太郎「修養文化と武蔵像―吉川英治『宮本武蔵』にみる日本の修養文化とは」（『歴史読本』平成十五年三月）
丸川浩「吉川英治と小林秀雄―「読者」「大衆」をめぐって」（『山陽女子短期大学研究紀要』平成十七年三月）
竹田真彦「泣かずに魏延を焼き殺す：吉川英治の読んだ三国志」（『アジア遊学』平成十九年十二月）
縄田一男「吉川英治の巧妙さ」（『中央公論』平成二十年一月）
縄田一男「眠気も吹き飛ぶ時代小説　吉川英治『鳴門秘帖』国枝史郎『神州纐纈城』大佛次郎『鞍馬天狗・角兵衛獅子』ほか」（『中央公論』平成二十年九月）
大場啓志「記憶に残る本（17）『宮本武蔵』吉川英治」（日本古書通信、平成二十一年一月）
縄田一男「たまらなく熱い「歴史小説の傑作」100選　司馬遼太郎『竜馬がゆく』、北方謙三『水滸伝』、吉川英治『宮本武蔵』ほか」（『プレジデント』平成二十一年六月）
縄田一男「百尺下の水の心―剣豪小説の愉しみ　吉川英治『宮本武蔵』好村兼一『伊藤一刀斎』、村上元三『佐々木小次郎』ほか」（『新刊展望』平成二十一年十月）
蒲豊彦「一九三八年の漢口―ペン部隊と宣伝戦」（『言語文化論叢』平成二十二年十月）
安富順「随想・革命家と国民作家―寒村・英治とハンケチ芝居（二）」（『歌舞伎研究と批評』平成二十四年五月）

【参考文献】尾崎秀樹『吉川英治　人と文学』（新有堂、昭和五十五年）、小玉武志「吉川英治研究参考文献目録」（『国文学解釈と鑑賞』平成十三年十月）

（青柳まや）

吉川英治略年譜

明治二十五年（一八九二）　八月十一日、神奈川県久良岐郡中村根岸（現横浜市南区）に生誕。父・直広、母・いく。

明治二十九年（一八九六）　横浜市山手町へ転居。

明治三十一年（一八九八）　横浜市千歳町の私立山内尋常高等小学校に入学。

明治三十二年（一八九九）　横浜市山手遊行坂上へ転居。近所の「岡塾」（岡鴻東主宰）へ通い、漢学の教えを受く。

明治三十三年（一九〇〇）　太田尋常高等小学校に転校。

明治三十四年（一九〇一）　横浜市南太田清水町へ転居。太田尋常高等小学校に転校。

明治三十五年（一九〇二）　学友らと新月会を結成。冊子「詩文」を作る。時事新報社「少年」に作文が当選。

明治三十六年（一九〇三）　小学校を中退。商店に奉公に出される。

明治三十八年（一九〇五）　横浜市西戸部蓮池へ転居。「芭蕉句抄」を露天にて求む。

明治三十九年（一九〇六）　貧窮続く。「学生文壇」（高嶋米峰主宰）に投稿した小説「浮寝鳥」が当選。働きながら商業学校夜間中学へ通学。「貿易新報」に俳句の投稿を始める。

明治四十年（一九〇七）　絵画に興味を引かれ、絵を多く描く。日出町の海軍御用雑貨商の住み込み店員となる。

明治四十一年（一九〇八）　仕事をやめ家へ戻る。建築現場の土工となる。

明治四十二年（一九〇九）　年齢を偽り横浜ドック船具工となる。

明治四十三年（一九一〇）　翻訳物を多く読む。勤務先の横浜ドックで作業中ドックの底へ転落し全治一ヶ月の重傷。退院後、上京。菊川町のラセン釘工場の工員となる。

明治四十四年（一九一一）　会津蒔絵師の徒弟となる。

明治四十五年（一九一二）井上剣花坊らの「新川柳」同人となり、雉子郎と号して作品を発表。

大正元年（一九一二）井上剣花坊の柳樽寺川柳会に入り、「大正川柳」同人となる。家族も上京。徴兵検査を受けるが丙種。

大正二年（一九一三）日本橋林善兵衛のもとで働き、一人暮らしを始める。吉原での遊びを覚える。

大正三年（一九一四）三越百貨店が各種文芸を募集した「文芸の三越」川柳一等に当選。「講談倶楽部」の懸賞小説に「江の島物語」一等当選。

大正七年（一九一八）三月十五日、父直広死去。

大正九年（一九二〇）大連に渡る。ホテルで投稿のための小説を執筆。

大正十年（一九二一）母いく危篤のため帰国。母いく六月二十九日死去。講談社の懸賞小説に「縄帯平八」「でこぼこ花瓶」「馬に狐を乗せ物語」が当選。賞金を得る。山崎帝國堂広告文案係となる。

大正十一年（一九二二）矢野錦浪の推挙により東京毎夕新聞社入社。童話や談話筆記などを執筆。社命により新聞小説「親鸞記」の連載を開始。

大正十二年（一九二三）赤沢やすと結婚。九月、関東大震災。北信濃の角間温泉で作家として立つ決意固める。

大正十三年（一九二四）「面白倶楽部」への「剣魔侠菩薩」掲載を皮切りに、他誌からの依頼も来る。

大正十四年（一九二五）一月、「キング」創刊号に「剣難女難」を連載。初めて「吉川英治」の筆名を用いる。

大正十五年（一九二六）五月、「少年倶楽部」に「神州天馬侠」を発表。八月、「大阪毎日新聞」紙上で「鳴門秘帖」連載開始。

昭和二年（一九二七）報知新聞の野村胡堂の訪問を受け、「江戸三国志」連載を受諾。十月、連載開始。

昭和三年（一九二八）作品の売れ行きが良く、印税を得るがそれにより家内不和起こる。園子を養女とする。

昭和五年（一九三〇）　家庭不和続く。出奔し各地の温泉地を転々する。

昭和六年（一九三一）　帰京し山形ホテルに仮住まいする。失踪していた異母兄と三十年ぶりに邂逅。

昭和七年（一九三二）　大衆文学研究誌「衆文」発刊。

昭和十年（一九三五）　「日本青年文化協会」設立。赤坂区表町へ転居。「東京・大阪朝日新聞」に「宮本武蔵」の連載開始。

昭和十二年（一九三六）　毎日新聞特派員として天津・北京へ。やすと離婚。九月、池戸文子と再婚。

昭和十三年（一九三七）　連載中の「宮本武蔵」の取材旅行として小倉から門司を訪ねる。日中戦争勃発。毎日新聞特派員として訪中。

昭和十三年（一九三八）　「ペン部隊」として菊池寛らと共に揚子江溯江作戦に従軍。十月、長男英明誕生。命名は菊池寛による。「三国志」執筆開始。

昭和十四年（一九三九）　「新書太閤記」を「讀賣新聞」に連載。

昭和十五年（一九四〇）　三月、次男英穂誕生。前進座により「新書太閤記」上演。

昭和十六年（一九四一）　開戦。赤坂表町の家屋類焼。

昭和十七年（一九四二）　一月、長女曙美誕生。命名は横山大観による。八月、朝日新聞特派員として台湾・フィリピンなどの南方占領地を訪問。

昭和十九年（一九四四）　三月、西多摩郡吉野村（現青梅市）へ疎開。四月、急性肺炎に倒れ、重態となる。

昭和二十年（一九四五）　三月、東京大空襲により養女園子死去。八月、終戦。休筆。

昭和二十一年（一九四六）　疎開先の吉野村に居住を続け、知己の者らが日日訪れる。

昭和二十二年（一九四七）　執筆再開。

昭和二十三年（一九四八）　「讀賣新聞」に「高山右近」を連載。

昭和二十五年（一九五〇）　四月、「週刊朝日」に「新・平家物語」連載開始。六月、次女香屋子誕生。十二月、「新・平家物語」の取材旅行として小倉から門司を訪ねる。

昭和二十七年（一九五二）　一月二十七日〜三十日にかけて「新・平家物語」取材旅行。志賀直哉が同行。

昭和二十八年（一九五三）　三月、『新・平家物語』で第一回菊池寛賞を受賞。八月、青梅から品川区北品川へ転居。

昭和三十年（一九五五）　自叙伝「忘れ残りの記」執筆開始。六月、急性腸カタルで病臥。

昭和三十一年（一九五六）　一月、「新・平家物語」が朝日文化賞受賞。十月、菊池寛銅像除幕式（高松市）出席。

昭和三十二年（一九五七）　五月、渋谷区松涛へ転居。

昭和三十三年（一九五八）　一月、「毎日新聞」の「私本太平記」連載開始。六月、港区赤坂へ転居。

昭和三十五年（一九六〇）　十一月、文化勲章受章。

昭和三十六年（一九六一）　三月、画家杉本健吉らと京都・神戸などを取材旅行。十月、健康悪化し入院。肺癌の手術を受ける。

昭和三十七年（一九六二）　一月、毎日芸術大賞受賞。吉川英治賞創設。二月、長女曙美結婚。七月、癌再発により再入院。九月七日死去。享年七十歳。九日、自宅にて密葬をとりおこなう。


「自筆年譜」・松本昭『人間吉川英治』を参考に作成。

（児玉喜恵子）

【編者プロフィール】

志村有弘（しむら・くにひろ）

文芸評論家・相模女子大学名誉教授・日本文藝家協会会員・日本ペンクラブ会員・神奈川近代文学館評議員。北海道生まれ。主要著書に『平家物語の旅』『応仁記』『川角太閤記』『賤ヶ嶽合戦記』『陰陽師安倍晴明』、監修に『日本説話伝説大事典』『姓氏家系歴史伝説大事典』『福岡県文学事典』『戦国残照　お江とその時代』『坂本龍馬事典』『合戦騒動事典』『日本ミステリアス妖怪・怪奇・妖人事典』（以上、勉誠出版）など。

吉川英治事典《よしかわえいじじてん》

2016年8月15日　初版発行

編　者　志村有弘

発行者　池嶋洋次

発行所　勉誠出版 株式会社

〒101-0051　東京都千代田区神田神保町3-10-2

TEL：(03)5215-9021(代)　FAX：(03)5215-9025

〈出版詳細情報〉http://bensei.jp/

印刷・製本　平河工業社

装　　丁　萩原睦（志岐デザイン事務所）

ISBN 978-4-585-20048-2　C1000

索　引

・本索引は、本書中の主要な人名、作品名、用語について立項した。
・本書中に見出しとして立項されているページは太字で表記した。

【さ】

【た】

【な】

【は】

【ま】

【や】

【ら】

【わ】